国防科学技术大学研究生教材出版基金资助项目

科 学 社 会 学

高嘉社　编著

科学出版社

北京

内 容 简 介

本书是在阐述传统科学社会学内容的基础上，结合作者近年教学和科研的成果编写而成的。书中增加了国防科技、军事技术发展与社会的相关内容，主要包括科学社会化与社会科学化、科学技术的社会过程、科学主体和科学精神、科学文化与社会、国防科技创新体系的社会运行、军校科技成果的社会转化、国防军事创新与社会、科学技术与战争等内容。

本书可作为研究生教材，也可作为本科生、广大科技人员和从事军事社会学研究的人员的参考书。

图书在版编目（CIP）数据

科学社会学/高嘉社编著. —北京：科学出版社，2011.6

ISBN 978-7-03-031460-4

Ⅰ.①科… Ⅱ.①高… Ⅲ.①科学社会学-高等学校-教材 Ⅳ.①G301

中国版本图书馆 CIP 数据核字（2011）第 107649 号

责任编辑：潘斯斯 张丽花/责任校对：朱光兰
责任印制：张克忠/封面设计：迷底书装

科 学 出 版 社 出版
北京东黄城根北街16号
邮政编码：100717
http://www.sciencep.com

源海印刷有限责任公司 印刷

科学出版社发行 各地新华书店经销

*

2011 年 6 月第 一 版 开本：720×1000 1/16
2011 年 6 月第一次印刷 印张：13
印数：1—2 000 字数：260 000

定价：38.00 元
（如有印装质量问题，我社负责调换）

序

潮流终逝　探索永续——科学社会学的哲学反思

　　我的同事高嘉社，已研究和讲授科学社会学 20 余年，可以说是伴随着科学社会学在我国创立发展而成长起来的一代科学社会学学者。这本《科学社会学》著作，是高嘉社同志长期教学与科研成果的总结，也是吸纳翻译引进的西方科学社会学著作及国内 STS（science，technology and society）研究成果的全面展示，同时也是高嘉社同志立足国防科技战线，以科技与军事的视角审视科学社会学问题的独特心得。因此，呈现在读者面前的是一部既具有理论气质，又具有鲜明特色的科学社会学著作，尤其是"国防科技创新体系的社会运行"、"军校科技成果的社会转化"及"科学技术与战争"等内容，超越一般科学社会学著作与教材，令人耳目一新。该书在论述科技与社会相互关系的同时，专门列出"科学主体和科学精神"一章，作者注重科学个体对于科学技术发展的重要性，对科学个体与科学共同体之间的辩证关系有客观的认识，"科学家在社会化过程中，会逐渐形成自己的态度，对待科学和科学史上的事件都会有自己的判断，这是十分必要的，不然就会人云亦云，没有自己的见解和认识，淹没在历史长河中。""科研团队应该是一个成员优势互补、相互尊重、相互信任的科研群体。"这是该书值得称颂的地方。在目前绝大多数科学社会学的著述中，科技工作者个人的地位以及个体创新与社会条件相互关系的论述都略显薄弱。贝尔纳的《科学的社会功能》在标题中数十次出现科学家或科技工作者，但缺乏理性的概括。只有巴伯的《科学与社会秩序》一书，通过科学家与社会相对等的标题及篇幅表述了自己的看法，其中第九章的标题即"发现与发明的社会过程：个人与社会在科学发现中的作用"。巴伯指出，"在此过程中，个人与社会都各尽其能，各司其职。"[①]"自主性与社会影响的同时作用，产生了多种发现，发现者的活动部分受已有科学遗产的导引，部分由他们的创造性想象力所支配……'社会需要'并不总是产生社会发明，因为许多'社会需要'已经存在而且继续存在着，却没有招致相适应的发明……无论个体的功能与特定问题如何受社会条件的支配，个体在科学研究中仍然起着主动积极的作用。"[②] 国内的科学社会学研究对科学家和科技工作者个人的某种忽视，既有深刻的意识形态背景，也源于对马克思主义理论缺乏全面的理解。马克思曾指出"人的本质

---

　　① 巴伯．科学与社会秩序．北京：三联书店，1991：222.
　　② 巴伯．科学与社会秩序．北京：三联书店，1991：235～236.

并不是单个人所固有的抽象物，实际上它是一切社会关系的总和。"① 人可以视为错综复杂的社会关系网络上的一个个节点，这个巨大的网络由节点和关系共同组成，二者融为一体，如果要割裂开来考察二者之中何者更为重要，则绝无一个通用的简单答案。事实上，马克思就在提出"人是一切社会关系的总和"的著名论点的第二年（1846 年）曾经指出，"人们的社会历史始终只是他们的个体发展的历史，而不管他们是否意识到这一点。"② 在此之前，马克思还指出，"社会本质不是一种同单个人相对立的抽象的一般力量，而是每一个单个人的本质，是他自己的活动，他自己的生活，他自己的享受，他自己的财富。"③ 马克思理想的社会是"每个人的自由发展是所有人自由发展的条件"，在通向人类理想社会的漫长历史过程中，科学共同体内部理应具有最接近于人类理想社会的个体与群体关系。当代中国杰出人才的匮乏，诺贝尔自然科学奖的空白，国家自然科学奖一等奖的经常性缺失，并非仅仅是受高等教育体制和水平的限制，而有其深刻的哲学思想根源。该书在突破传统思维定式方面有所思考和创新，令人感到欣慰。但愿科学社会学的进一步研究工作在关注科学发展与社会需求、社会建制、社会控制相互关系的同时，更多地重视科学家个人与科技发展的关系，将以人为本的理念落实到科学社会学的学科发展之中。

本人作为科学社会学的爱好者和研究者，对于科学社会学的现状和发展十分关注，同时也有自己的反思，现借此机会表达出来，请读者与专家指正。

一、学科地位：升向显学

孔孟儒学与封建政治伦理秩序互相支撑，成为中国古代社会最大的显学，显赫于中国古代学术界两千余年；王阳明的心学，作为孔孟儒学的一支，借助明代的世风人情和王阳明的非凡业绩，成为明代最大的显学；哥白尼的天文学，因推翻地球中心这一宗教教义而震撼人类灵魂，从此偏僻的天文学成为显学；马克思的经济政治理论，伴随着声势浩大的社会主义运动，成为世界的显学；康德的三大批判哲学，作为包涵真善美的集大成之作，至今已风云哲学界二百余年；牛顿的力学，因为其普遍有效的科技与工业应用，成为人类科技史上的最大显学；基于达尔文生物学理论的进化论哲学，150 年来成为社会科学领域最大的显学之一；爱因斯坦的相对论和海森伯等的量子力学，因其惊人的理性力量、应用价值和深刻的哲学意义，成为当代科学界最重要的显学；数学虽然一直艰涩难懂而远离世俗，但是菲尔茨奖等数学大奖的设立，使大奖得主及其成果家喻户晓，深奥的学科俨然成为显学。此外，凯恩斯的经济学、涂尔

①　中国社会科学院社会学研究所理论室．马克思、恩格斯、列宁的社会学思想．北京：人民出版社，1989：5.

②　中共中央马克思恩格斯列宁斯大林著作编译局．马克思恩格斯全集．第 27 卷．北京：人民出版社，1972：478.

③　中共中央马克思恩格斯列宁斯大林著作编译局．马克思恩格斯全集．第 42 卷．北京：人民出版社，1979：22.

干的社会学、弗洛伊德的心理学、维特根斯坦的逻辑经验主义、乔姆斯基的语言学、李泽厚的美学等，都曾风生水起，振聋发聩，引领潮流，成为一时之显学。相比之下，科学社会学的巨擘萨顿、默顿、贝尔纳、巴伯等，其影响力主要限于学科专业内部，只能算是特定领域的显学，而非社会的显学。库恩的影响似乎更大，也仅仅扩张到各个学术领域，而难以算做社会显学。怀特海认为，近代社会与古代社会的一切差别，几乎都与科技有关。卡西尔指出，各种文化样式发达成熟的顺序是语言、艺术、宗教、科学，"科学是人的智力发展的最后一步，并且可以被看成人类文化最高最独特的成就。"① 事实上，比现代哲学家怀特海、卡西尔等更早更深刻地评价并发挥科学社会功能的是马克思，正如恩格斯在《马克思墓前悼词草稿》中指出的，"没有一个人能像马克思那样，对任何领域的每个科学成就，不管它是否实际应用，都感到真正的喜悦。但是他把科学首先看成历史有力的杠杆，看成最高意义上的革命力量。而且他正是把科学当做这种力量来加以利用。"②

第二次世界大战（以下简称二战）以后，科技是国家综合实力的重要表现已为世所公认。近代科技落后的中国，由于外强入侵及长期军事战争和经济发展经验的启示，终于在当代走上了"科教兴国"和"科技强军"的复兴之路。科学技术无论在世界和中国，无论是作为社会力量的源泉，还是文化精神的强者，都已无可争辩地处于历史的高峰，并成为时代的重要象征。但是，与科学技术在近现代社会的特殊地位相比，尤其是与其在当代社会中的显赫地位相比，植根于科技与社会双重基础之上的科学社会学太渺小了，科学社会学大师在当代社会的影响也太微弱了。因此，这是一个需要造就伟大学者的科学社会学家的时代，同时也是一个需要能够提升公民科学素质并滋润大众心田的科学社会学思想的时代。

科学社会学有成为重大显学的历史条件和时代要求，但是仅有这样的条件仍然不够，历史上重大显学的成长历程启示人们，一门学科能否成为学术史上的重要显学，决定于它最终能否具备时代化、本土化和大众化的综合品位。其中时代化表达历史进程的普适规律和时代要求；本土化反映学科的地域特征，尤其是人文社会学科的显学，它必定只能先扎根一方沃土，而后再走向世界；大众化意味学科必须雅俗共赏。

二、学科主题：转向求善

学科的生命在于提出问题和解决问题。有真问题才有真探索，只有解决时代的真问题，才有跻身学术史的真理论。科学社会学的重要奠基人默顿，在其名著《十七世纪英国的科学、技术与社会》（1970 年版）的前言中，重申著作中提出的七大问题，其中包括："社会、文化与科学之间相互影响的模式是什么"，"一旦科学业已发展出

---

① 卡西尔. 人论. 上海：上海译文出版社，1985：263.
② 中共中央马克思恩格斯列宁斯大林著作编译局. 马克思恩格斯全集. 第 19 卷. 北京：人民出版社，1965：372，373.

内部的组织形成之后，科学家之间的社会互动的形式和速度怎样影响着科学思想的发展"，"当一种文化把社会功利性强调作为科学工作的一条基本的标准时，科学发展的速率和方向会受到什么不同的影响？"等。① 正如默顿所概括的那样，这些问题主要围绕科技进步本身以及影响科技进步的条件而展开，"对这些问题的回答将进一步阐明我们的基本问题：确定出与这个时期的科学进展密切相联系的一些条件。"② 著作透露出默顿的主要研究兴趣在于求"真"，即揭示 17 世纪英国科技进步的影响因素。20 年后，纪念《十七世纪英国的科学、技术与社会》出版 50 年的文集《清教主义与现代科学的兴起：默顿论题》中，默顿在后记中又梳理出著作所涉及的八大课题，但是这些课题仍是以科技本身及其发展为重心，直至晚年，默顿所关注和理解的科学社会学研究的重心，仍然局限于科学知识论和科技进步论范畴。他甚至认为，《十七世纪英国的科学、技术与社会》一书已成为默顿学派一个经久不衰的研究纲领，已蕴含了自己和学派所有的研究课题。公允地说，在 20 世纪 30 年代，即二战以前，默顿将关注的中心聚焦于科学与社会相互关系中的科技方面及科技进展条件的研究，写出了《十七世纪英国的科学、技术与社会》一书，是一次远承马克思、近接黑森且更专业化的开拓性工作，开辟了科学社会学专业化的研究方向。在相对论和量子力学主导的科学革命时代，在科学技术的滥用及其负面作用尚未激起多数人警惕的时代，默顿的研究工作指向解答科技知识及其进步之谜，可以说是基本符合科学社会学的时代主题的，被誉为"科学社会学之父"，也算是实至名归。但是，时至 20 世纪 90 年代，在纪念《十七世纪英国的科学、技术与社会》出版 50 周年之际，默顿的科学社会学理念仍然囿于 20 世纪 30 年代，则是严重的落伍。学术思想落伍的实质是对科学社会学时代主题转变认识的迟钝，是对科学与社会相互关系中重大问题变化的失察。

科学与社会相互关系中另一个重大主题是科学技术社会应用的效果及控制问题。早在 19 世纪，恩格斯即已敏锐地指出，"我们不要过分陶醉于对自然界的胜利。对于每一次这样的胜利，自然界都报复了我们。每一次胜利，在第一步都确实取得了我们预期的结果，但是在第二步和第三步都有了完全不同的、出乎预料的影响，常常把第一个结果又取消了。"③ 恩格斯当时主要从科学认识论角度关注这一问题，希望人们"能够认识和正确运用自然规律"④，尽量消除科技应用中的负面效果。到 20 世纪初（1918 年），列宁关注的则是科技负面效果背后的制度因素与主观动机，"资本主义在这方面的最新发明——泰罗制，也同资本主义其他一切进步的东西一样，有两个方面：一方面是资产阶级剥削的最巧妙的残酷手段；另一方面是一系列的最丰富的科学成就，即按科学来分析人在劳动中的机械动作，省去多余的笨拙的动作，制订最精确

---

① 默顿. 十七世纪英国的科学、技术与社会. 成都：四川人民出版社，1986：4，5.
② 默顿. 十七世纪英国的科学、技术与社会. 成都：四川人民出版社，1986：354.
③ 恩格斯. 自然辩证法. 北京：人民出版社，1971：158.
④ 恩格斯. 自然辩证法. 北京：人民出版社，1971：159.

的工作方法，实行最完善的计算和监督制度等。社会主义实现得如何，取决于我们苏维埃政权和苏维埃管理机构同资本主义最新进步的东西结合的好坏。"①

默顿的导师萨顿关注的问题也有异于默顿。萨顿除了注重科学发展的内外条件等求真问题外，更全面关注"真、善、美"问题，认为"生命的最高目的是形成一些非物质的东西，如真、善、美"，并自称为"人文主义者"。早在 1920 年的《爱西斯》(Isis) 杂志三卷二册的前言中，萨顿已经开始深思技术应用对人类社会生活的负面影响："我们建造雄伟的桥梁、飞艇、摩天大楼，如果我们因此而失去了快乐的技巧和谦逊的生活，那么这一切对于我们人类又有什么用处呢？如果我们注定要死于疲于奔命的单调生活，那么物质上的清洁精密以及舒适卫生又有什么用处呢？——一刻真正的生活抵得上一辈子的安逸呀！"② 比萨顿稍晚，爱因斯坦在 20 世纪 30 年代，已经高度关注科技应用的负面效果。1931 年，爱因斯坦谆谆告诫美国加州理工学院的学生们："关心人的本身，应当始终成为一切技术上奋斗的主要目标；关心怎样组织人的劳动和产品分配这样一些尚未解决的重大问题，用以保证我们科学思想的成果会造福于人类，而不致成为祸害。"③ 1934 年，爱因斯坦又指出，"目前出现的衰落可由这样的事实来解释：经济和技术的发展大大加强了生存竞争，严重地损害了个人的自由发展。……未来的历史学家会把目前社会不健康的症状，解释为有雄心壮志的人类的幼稚病，它完全是由于文明进步得太快所造成的。"④

二战中空前发展的技术及其应用，以及空前的规模和残酷，使科学技术应用的社会效果、动机及控制问题，空前广泛地进入各界人士的眼界和内心。爱因斯坦忧虑于技术滥用对整个人类的严重威胁，提出了两条应对途径，一是政治途径，走向"世界政府"："技术和军用武器的发展所造成的结果，等于我们这个行星某种程度的缩小。……现在可用的进攻性的武器在突然的总毁灭中不会给地球留下一块净土。我们要活下去的唯一希望就在于创造一个能够运用司法裁决来解决各个国家之间冲突的世界政府。"⑤ 二是伦理途径，诉诸科技工作者的道义责任，"在我们这个时代，科学家和工程师担负着特别沉重的道义责任，因为发展大规模破坏性的战争手段有赖于他们的工作和活动。"⑥ 令人欣慰的是，科学家的道义责任问题已受到科学社会学界的普遍关注，出版了一些著作和教材。而另一条途径——依靠世界政府或联合国解决国家层面冲突中的技术应用问题，至今不为科学社会学界所重视。此外，在人类健康卫生、食品安全方面，也有数不清的技术滥用案件，抗生素、氢化油、三聚氰胺等威胁着人类的生存和健康。上述大量现实问题，为当代科学社会学的发展完善提供了极佳的机遇

① 中共中央马克思恩格斯列宁斯大林著作编译局．列宁选集．第 3 卷．北京：人民出版社，1960：511.
② 萨顿．科学史和新人文主义．上海：上海交通大学出版社，2007：5.
③ 爱因斯坦．爱因斯坦文集．第 3 卷．北京：商务印书馆，1979：73.
④ 赵中立，许良英编译．纪念爱因斯坦译文集．上海：上海科学技术出版社，1979：52.
⑤ 爱因斯坦．爱因斯坦文集．第 3 卷．北京：商务印书馆，1979：215.
⑥ 爱因斯坦．爱因斯坦文集．第 3 卷．北京：商务印书馆，1979：287.

和营养。可以毫不夸张地说，今日的科学社会学已面临学科内容与研究重点转折的课题：从主要关注科学本身的进展及其条件的科学知识学倾向，转向主要关注科技社会应用的效果、动机与控制的科技价值论倾向。

在科学社会学界内部，深刻认识到科学社会学研究主题转变的正是科学社会学巨人贝尔纳，贝尔纳对科学社会学主题的理解迥异于默顿。默顿的主要兴趣在于阐释科学技术发展的社会条件，而贝尔纳将自己的开山之作命名为《科学的社会功能》，而且在著作的序言中一开头就点名要"用批判的眼光对科学在社会中的功能进行审查。"将最后一章的标题也取名为"科学的社会功能"，这是耐人寻味的。贝尔纳的著作虽然写于二战开始前的1938年，但是当时科学与社会关系的发展已使贝尔纳的主要兴趣集中到科学的社会功能方面，而非科学技术的本身发展方面。贝尔纳以超宏观的历史眼光提出人类历史的三个里程碑：建立社会，产生文明，对社会的科学改造。他同时指出："我们正处于人类历史上的一个重要过渡时期。我们最紧迫的问题是保证这个过渡可能迅速完成，把物质、生命和文化的破坏减少至最小限度。"[1] "科学意识到自己的目标，就能在长远中变成改造社会的主要力量。……但是，科学如果不明白自己的社会意义，就会沦为背离社会进步方向的力量手中的工具而无法自拔，并且在这一过程中毁坏了它的精华，即自由探索的精神。……目前世界上存在着一些明显的具体祸害——饥饿、疾病、奴役和战争。在以前时代中，人们把这些祸害看做天然的现象或者看做凶神的降临，而现在之所以继续发生这些祸害，完全是因为我们陷入过时的政治和经济制度的罗网中。……只有在把这些祸害从地球上消灭了的时候，人们才能够感到，科学已经被很好地应用于人类的生活了。……只要发起一个认真的、有充分经费的科学运动，努力发现上述祸害的原因并予以消除，都是可以加以解决的。"[2]尽管贝尔纳关于造成人类祸害的原因过于绝对，关于科学在解决祸害中作用的结论言过其实，但是在原子弹使用的前7年（1938年），他已将克服科学应用的负面社会效果作为考察的重点，这在自然科学家和科学社会学的先驱者中是非常突出的。至于在理论上将这一问题作为科学与社会关系中的研究重点，更是一个首创。

当然，世界包含复杂的社会结构。处于不同发展阶段的国家，不仅社会体制、思想观念有别，科学技术的发展水平和社会需求也大不相同。与此相应，科学社会学除了反映科学与社会普适关系之外，其社会功能与学科主题必然各不相同。发达国家的科技进步已有稳定的社会条件支撑和成熟的发展模式，因而大致成为一种自然发展过程。随着科技应用的日益广泛和负面影响的不断增长，科学社会学主题从求真转向求善，是顺理成章的事。发展中国家面对的问题与发达国家有很大的不同，依靠科技进步发展经济、加强国防成为压倒一切的任务。与此相应，科学社会学主题停留在求真阶段，因此翻译、移用发达国家早年的科学社会学著作及思想有其历史合理性。但是

---

①　贝尔纳 J D. 科学的社会功能. 北京：商务印书馆，1982：544.
②　贝尔纳 J D. 科学的社会功能. 北京：商务印书馆，1982：544，545.

科学技术的滥用及其负面效果亦在发展中国家迅速扩张，因此发展中国家的科学社会学家要面对求真和求善的双重使命。然而反观当前我国学术界的科学社会学研究，在现实问题意识和全面发挥科学社会功能（不仅是作为第一生产力）的认识深度及社会责任感方面，并没有很好地继承马克思、恩格斯的思想。

三、学科体系：走向开放

科学社会学从创立发展至今天，凝结了中外数代学者的心智，学科体系形成这样的逻辑结构，是社会客观条件与学者主观探索相结合的产物，作为科技时代的文化精神反映和交叉学科分支，有其不可替代的历史地位与现实意义。贝尔纳的睿智，不仅在于36岁就当选英国皇家学会会员，是物理学家兼科学社会学家的文理通才，而且在于其深谙学术发展新陈代谢的辩证法。尤其难能可贵的是，在《科学的社会功能》发表27年后（1965年），他对于亲自创立并已声势显赫的科学社会学、科学学学科，丝毫没有孤芳自赏、自满保守的倾向，而是借用中国古代思想家老子的语言，表达出彻底开放的学术精神："'道，可道；非常道。名，可名；非常名。'……对于科学或科学学，我们也无需下一个严格的定义"，"过于刻板的定义有使精神实质被阉割的危险。""科学学不是从天上掉下来的，必须通过研究现实生活，花大力气去寻找。"① 贝尔纳的原话虽是针对科学学而言的，但其精神适用于一切学科。

将贝尔纳与另一位科学社会学奠基人默顿作比较是很有意思的。默顿在《十七世纪英国的科学、技术与社会》原作再版的1970年，即原作出版32年后，对自己早年创设的学科内容作出了如下评价："本论文所提出的主要问题今天仍然与我们同在。……这些问题显然具有足够的普遍性，它们适用于具有一定数目的科学工作者的各个社会和历史时期。"② 前文已经评述，默顿所提的问题已远不能反映二战以后的时代需求，就学术视野、精神境界及哲学思维而言，贝尔纳与默顿相比，高下自见。贝尔纳是既掌握马克思、恩格斯方法论，又熟悉中国传统思想的学者，由此给人一种启示：马克思、恩格斯的辩证法和中国传统思想的精华，仍有巨大的生命力。"工欲善其事，必先利其器"，哲学思维是一切创新工作不可或缺的思想利器。事实上，恩格斯早就有关于逻辑方法和历史方法相统一的深刻见解，"可以采用两种方式：按照历史或者按照逻辑。……逻辑的研究方式是唯一适用的方式。但是，实际上这种方式无非是历史的研究方式，不过是摆脱了历史的形式以及起扰乱作用的偶然性而已。历史从哪里开始，思想进程也应当从哪里开始，而思想进程的进一步发展不过是历史过程在抽象的、理论上前后一贯的形式上的反映；这些反映是经过修正的，然而是按照现实的历史过程本身的规律修正的。……我们看到，采用这个方法时，逻辑的发展完

---

① 贝尔纳 J D. 科学的社会功能. 北京：商务印书馆，1982：13，14.
② 默顿. 十七世纪英国的科学、技术与社会. 成都：四川人民出版社，1986：4，5.

全不必限于纯抽象的领域。它需要历史的例证，需要不断接触现实。"①

对于科学社会学的学科逻辑体系，我们必须采用马克思的辩证态度，"观念、范畴也同它们所显现的关系一样，不是永恒的。它们是历史的暂时的产物。"② 科学社会学所植根的科学与社会的关系，既非一成不变，又非变动不居。积极推动学科发展，关键在于敏锐发现并正确把握变的"度"，即善于权变。具体来说，要"因时制宜"、"因地制宜"、"因己制宜"地不断调整科学社会学的体系结构。"因时制宜"，即适应时代需求的变化，也就是时代化。"因地制宜"即适应国情和地域的特点，也就是本土化。学科的世界化，大都以本土化为前提或中介，默顿与贝尔纳的开山之作在全世界流行之前，首先在英国和欧美出版并获得认可。两人的著作虽然今天已成为世界名著，但是其浓厚的西方特色是显而易见的，默顿的著作用将近三分之一的篇幅讨论清教与科学的相互关系，这是默顿处理普适性的近代科学时立足本土的一个成功权变。贝尔纳的著作比默顿的著作有更大的世界普适性，但是西方发达国家的特色仍随处可见，如在 20 世纪 30 年代对取消单调乏味的劳动机器的一再强调。本土化虽可在一定程度上自发产生，但对当代中国科学社会学学者而言，清醒认清中西方的差别，自觉针对中国社会独特而重要的问题构建、调整、完善科学社会学理论体系，是义不容辞的历史使命。中国和发达国家处于不同的社会发展阶段，也处于不同的科技发展阶段，发达国家是近现代科学的发源地，又是依靠科技实现工业化、信息化的先行国家，科技进步已有稳定的社会条件支持和较成熟的发展模式，所以二战以来，发达国家的有识之士已主要关注科技应用的社会效果及其控制。中国作为发展中国家，科技进步的一系列问题仍有待探索，与日益繁多的科技滥用问题相比，推进科技进步仍是今后相当长时期内的主要课题，因此中西方科学社会学关注的重心有相当的差别。中国学者必须认清自己面临的特殊课题。例如，当代中国的科技人才结构与美国的有重大差异，美国由于成功吸纳众多国际高端人才，因而人才结构比较合理，而中国由于高等教育落后等一系列原因，拔尖人才严重不足，由此引发"钱学森之问"，这样一个关乎中国科技创新的重大问题，是否可以纳入科学社会学的研究范畴呢？再如，中国科技创新在大科学层面和工程技术层面都有出色的成绩，在小科学层面和基础研究领域却不尽如人意，这一鲜明反差也是中国独特而重大的科技发展问题，是否也能进入科学社会学的视野呢？又如，科技资源的企业化是符合科技创新规律的潮流，也得到中国最高领导人的肯定，目前创新资金的企业化已基本实现，但高端人才的企业化还有很大差距，这样的重要问题是否也可列为科学社会学的议题呢？还有，马克思早就提出过低估科学的价值问题："对脑力劳动的产物——科学的估价，总是比它的价

① 中共中央马克思恩格斯列宁斯大林著作编译局．马克思恩格斯选集．第 2 卷．北京：人民出版社，1972：122~124.

② 中共中央马克思恩格斯列宁斯大林著作编译局．马克思恩格斯选集．第 1 卷．北京：人民出版社，1972：109.

值低得多，因为再生产科学所必要的劳动时间，同最初生产科学所需要的劳动时间是无法相比的，如学生在一小时内就能学会的二项式定理。"[①] 能否结合中国当前知识产权保护严重不足的现实问题，将其纳入科学社会学的范畴？在科学与文化的关系上，中国超强的工具主义科技价值观和中国传统哲学的实用理性思维模式，如何影响中国科技的历史和现状，似乎也应成为科学社会学关注的问题。只有广泛而深刻地认准中国科技与社会关系中的现实问题，方能"因地制宜"地发展科学社会学的逻辑体系，实现科学社会学的本土化，即中国化。对于"因己制宜"来说，这里的"己"指科学社会学学科，与相邻学科——科技史、科技哲学和科技管理学，有互补，有交叉，且有竞争。从来没有绝对分明的学科界限，各学科都自觉不自觉地采取基于比较优势的扬长避短策略。例如，早年的地理学学科包罗广泛，涵盖地质学、气象学的研究内容，明代地理学家徐霞客的考察成果从今天来看，许多可归为地质学范畴。但近现代以来，地质学和气象学迅猛发展，形成高度专业化的独立研究机构，地理学学科不得不放弃这方面的研究工作，而专注于自身有特色且有优势的研究对象上，如地理与经济的交叉领域，或地质学忽视的河口海岸研究等。中国的科技史学科属于理科门类，历史学门类中的专门史也包括科技史，中国社会科学院历史所研究员杨宽就写出《中国古代冶铁技术发展史》[②] 这一力作，这是杨宽先生与中国科学院自然科学史研究所研究员华觉明交流合作、竞争的结晶。因此，学科之间的交叉是普遍的要求。科学社会学与其相邻的学科（科技史、科技哲学、科技管理学）的研究内容有区别，只具有相对的合理性，而不具有绝对的意义。无论科学社会学学科，还是科学社会学学者都不宜囿于传统的学科逻辑体系，而应以开放的心态、敏锐的直觉、理性的分析面向中国和世界丰富复杂的现实社会和突飞猛进的科学技术，用自身独特的方式，及时发现和提出科学社会学的新问题，以独树一帜的成果推进科学社会学科的发展。

朱亚宗

2011 年 5 月

---

① 中共中央马克思恩格斯列宁斯大林著作编译局. 马克思恩格斯全集. 第 1 卷. 北京：人民出版社，1975：377.

② 杨宽. 中国古代冶铁技术发展史. 上海：上海人民出版社，1982.

目　　录

第一章 绪 论

科学社会学是研究科学技术与社会诸因素相互作用的科学。随着科技的进步和社会的发展，科技社会学的研究向深度和广度发展。科学社会学研究的内容相当广泛，不仅有科学内部的社会学研究，而且也有科学外部的社会研究，其研究的视角各有不同，研究方法多种多样。学习研究科学在社会发展中的规律，有助于我们树立辩证唯物主义的科技观，正确理解科学在社会中的地位和作用。

第一节 科学社会学的涵义

人类文明的历史是人类借助一定的手段作用于自然界的历史，科学技术作为推动人类文明进步的重要手段，随着人类社会实践而不断丰富和增强。人类社会从农业社会、工业社会到信息社会，三次社会变革无不是为科技的力量所推动。在人与自然的相互作用中，人类从茹毛饮血的生活到学会操作机械，再到数字化生存，生产方式出现了巨大的转变。这种变化的根源来自于人类不断发展的科学技术。科技不仅推动了物质生产方式的改变，也使人们的思维方式有了变化。哥白尼的日心说、牛顿的三大定律、量子力学和爱因斯坦的相对论使人们由神学思维走向机械思维、整体思维和系统思维。科学的力量渗透到社会的方方面面。科学技术为何有如此大的功效？科学技术是怎样发展的？为什么某一个时期有些国家科学技术发展迅速？什么条件又会制约和阻碍科学技术的发展？这些问题成为人们关心的话题。正因为如此，人们开始从不同的角度探索科学技术的发展及其社会问题。

科学社会学正是从科技与社会关系的角度来回答科学技术的发展问题的学科。科学不是一般零散的知识，科学是崇尚真理，面向自然界和社会永无止境地探索、实践，它是理论化、系统化的知识体系。科学是科学劳动者、科学共同体对自然、社会、人类自身规律性的认识活动，科学还是一种社会建制。贝尔纳（1901～1971年）则把现代科学的主要特征概括为六个方面：一种建制；一种方法；一种积累的知识传统；一种维持或发展生产的主要因素；构成我们的各种信仰和对宇宙与人类的各种态度的力量之一；与社会有种种相互关系。科学技术的发展离不开人类社会的历史条件，我们应当站在这样的立场和高度来看待科学的产生与科学的鉴别问题。一般认为，科学是反映客观世界（自然界、社会和思维）的本质联系及其运动规律的知识体系，它具有客观性、真理性和系统性，是真的知识体系。科学不是孤立地存在于个人或科研院所的活动之中的，科学是社会的组成部分，并且在与社会的互动中成为推动社会进步的积极力量，发挥着重要的社会功能。"决不能用孤立、静止的眼光来研究科学的社会功能，而要把它当做一种随着科学的发展不知不觉地发展起来的事物来加以研究。科学已经不再是富于好奇心的绅士们和一些得到富人赞助的才智之士的工作，它已经变成巨大的工业垄断公司和国家都加以支持的一种事业了。这就不知不觉地使科学事业，就其性质而言，从个体的基础上转移到了集体的基础上，并且提高了设备和管理的重要性。不过由于科学事业的发展很不协调、杂乱无章，结果到目前形成了一种极其无效率的体制，无论就其内部组织而言，还是就其应用于生产或福利问题的手段而言，都是如此。要使科学为社会所充分利用，就必须首先对它加以整顿。这是一项非常困难的任务，因为要把科学事业组织起来就有破坏科学进步所绝对必需的独创性和自发性的危险。科学事业当然决不能当做行政机关的一部分来加以管理，不过无论在国内还是在国外、特别是在前苏联，最新的事态都表明，在科学组织工作中把自由和效率结合起来还是可能的。"[①] 显然，科学在最初发展起来的时候就与社会相互作用，科学离不开社会的整顿和控制。

　　19 世纪后期，英国社会学家、哲学家斯宾塞在其《社会学原理》(1876～1896 年)一书中就将科学列为社会学研究的内容。但早期的科学社会学研究主要是在知识社会学的范围内进行的，把科学当做一种社会职业来研究，这为科学社会学的诞生奠定了基础。马克思和恩格斯有关科学与社会的关系的论述，对科学社会学理论的形成也有重要的影响。德国社会学家韦伯（Max Weber，1864～1920 年）于 1919 年发表了《作为一种职业的科学》的论文，突出了科学作为一种社会建制的自主性，论述了科学的社会功能。该文被看成科学社会学研究的起点。1935 年，美国社会学家默顿在《十七世纪英国的科学、技术和社会》的博士论文中，第一次提出科学作为一个社会系统，有其独特的价值观的观点，并对科学系统进行了功能分析。1939 年，英国科学家、科学社会学的创始人贝尔纳发表了《科学的社会功能》一书，从马克思主义的立场出发，全面阐述了科学的外部关系与内部问题。他的研究不仅形成了科学社会学的英国传统，还吸引着许多经过自然科学训练的学者进行跨学科的研究。20 世纪中叶以来，科学技术的巨大进展对社会、经济、政治、军事、思想意识等方面产生日益重要的影响，也给人类带来了许多严重的社会问题，科学向人类社会提出了挑战，科学、技术与社会的关系日益成为人们关心的重要课题。由于科学体制化的发展，科学研究活动进入国家规模，成为"大科学"，科学家成为重要的社会角色，科学成为一种重要的社会建制。在体制化社会中的科学活动，科学内部的社会关系和社会结构更加复杂，科学引发的社会问题不断增多，吸引了更多的学者进行科学社会学的研究。科学社会学在这种形势下迅速发展起来。1962 年，美国科学史家和科学哲学家库恩在《科学革命的结构》一书中，论述了科学发展的规律及科学进步与社会发展的关系，提出了一系列具有进行经验研究潜力的概念，并将科学革命与科学共同体的动态过程联系起来，成为一个影响很大的科学社会学模式。

---

① 贝尔纳 J D. 科学的社会功能. 陈体芳译. 桂林：广西师范大学出版社，2003：1.

今天以科学技术为研究对象的理论和学科有很多，如科学学、科技哲学、科学经济学、科学伦理学、知识社会学、科学技术史等。科学社会学与这些学科既有联系交叉，也有区别。科学学是由自然科学、社会科学和人文科学交叉融合形成的一个研究领域，是以科学技术为研究对象，探讨科学技术的结构与功能、发展规律以及科技、经济、社会协调发展的综合性学科。科学社会学是 20 世纪二三十年代出现，五六十年代逐渐形成的一门学科。科学社会学同任何其他学科一样，也有它的前史。默顿把圣西门和孔德、马克思并列为科学社会学的三位元祖。20 世纪二三十年代到第二次世界大战，是科学社会学发展的第一个阶段。第二次世界大战后，科学社会学的发展趋于成熟。正如默顿在《欧洲的科学社会学》的前言中所说，"科学社会学起源于把科学作为一种认识的、社会的、历史的现象来研究的学术兴趣的汇合。最初科学社会学是和科学史、科学哲学和科学政治学联系在一起的，后来就更多地和科学政策研究、信息科学、科学心理学和科学经济学连接在一起。"科学社会学是科学学的一个组成部分，科学学在揭示科学功能和发展的一般规律和整个机制方面，利用了科学社会学的成果。二者的主要区别是，科学学着重研究作为一个系统的科学的功能和发展，科学社会学着重研究科学和其他社会系统相互作用的功能和发展。

科学技术哲学属于哲学的重要分支学科，主要研究自然界的一般规律、科学技术活动的基本方法、科学技术及其发展中的哲学问题、科学技术与社会的相互作用等内容。科学技术哲学的历史很长，中国古代和古希腊时代的思想家就开始研究自然哲学方面的问题。随着科学技术的发展，科学技术影响日益明显的现代，科学技术与社会关系成为科学技术哲学研究的一个重要方面，显然，科学技术社会学也成为科技哲学的组成部分。

19 世纪中叶，知识在社会发展中作用的加强和知识的专业化综合化趋势要求对知识作出专门研究，尤其要研究知识与社会的关系。这时社会学出现了，古典知识社会学也随之出现。从孔德、马克思、杜尔凯姆、韦伯、舍勒到曼海姆，这是古典知识社会学孕育并逐步成熟的时期。社会学的创始人之一孔德（Auguste Comte）把社会发展的阶段与知识发展的阶段对应起来加以考察，开辟了知识与社会之关系研究的先河，为知识社会学孕育了模式。而默顿称之为"知识社会学的风暴中心"的马克思主义则把知识加以区分，并研究了知识的社会功能，这对知识社会学的产生和发展产生了积极的影响。马克思既是社会学的创始人，也是知识社会学研究的先行者。此后，法国社会学家杜尔凯姆（Emile Durkheim，1858～1917 年）开始了真正意义上的知识社会学研究。他在知识进化和知识功能方面的贡献为知识社会学的最终形成提供了丰富的思想材料。而和杜尔凯姆同时期的韦伯的知识价值的观点（如价值关联与价值中立的思想）对知识社会学的研究产生了长远的影响。舍勒（Max Scheler）在 20 世纪 20 年代与曼哈姆（Karl Manheim，1893～1947 年）一起提出知识社会学的名称，并讨论和研究了知识社会学的有关问题。知识社会学的集大成者是德国社会学家曼哈姆。他以《认识论的结构分析》（1922 年）和《意识形态和乌托邦》（1924 年）创建了知识社会学。

把知识作为社会学的研究对象是社会学研究知识的一个良好开端和起点，这为社会学对知识的认识和研究开辟了新的道路，为社会学更好地服务社会的发展提供了工具，也为人们思考科学社会学提供了视角。从宽泛的知识社会学（古典知识社会学）到比较狭窄的科学社会学经历了几十年的时间，其中最重要的环节是把科学当做社会职业的研究以及科学的历史社会学的出现，这可以看成科学社会学的起点。

山东大学文史哲研究院的马来平先生在考察了知识社会学产生的历史后，阐述了科学社会学与知识社会学的关系。他认为，知识社会学的研究对于科学社会学的诞生具有重大意义：①开辟了道路。知识社会学把知识作为社会学的专门研究对象，并且承认科学是最重要的特殊的知识类型。这样，知识社会学研究的开展，无形中就把对科学的社会学研究提上了日程。尽管知识社会学界普遍否认对科学知识内容进行社会学研究的可能性，但由丁科学具有多种形象，对科学体制、科学活动等侧面进行社会学研究，与知识社会学还是并行不悖的。事实证明，这些研究的确在知识社会学的带动下率先开展起来了。至于对科学知识内容的社会学研究，由于一部分社会学家的视角转换，既突破了知识社会学的樊篱，又充分利用了知识社会学的基础，很快也扎扎实实地开展起来了。②提供了范例。既然科学与知识具有种属关系，那么，知识社会学研究与科学社会学研究自然就具有较多的共性。在研究课题、研究视角和研究方法等方面，前者可以为后者提供范例。事实证明，科学社会学的各流派，尤其是科学知识社会学的确从知识社会学那里汲取了丰富的养分。为此，有人把科学社会学视为知识社会学的分支，更多的人则把科学知识社会学称作知识社会学的复兴。这些说法充分说明了知识社会学和科学社会学的关系是十分密切的。③输送了人才。知识社会学和科学社会学具有较多的共性，决定了二者在对研究人员的知识结构和素质要求上，也一定会具有较多的共性。这样，客观上知识社会学就起到了为科学社会学培养和输送人才的作用。事实上，科学社会学的从业人员中，有不少人的确有过从事知识社会学研究的经历。例如默顿，在明确自己的科学社会学方向之前，于 20 世纪 40 年代中期就曾进行过知识社会学的研究。至于科学知识社会学学者、从事过知识社会学研究的人就更是不胜枚举了。[①]

科学社会学是关于科学领域社会行动因果联系的社会学分支学科，也是处于社会学、科技哲学、科学技术史、公共政策和自然科学之间的交叉学科。其内容涉及科学的社会建制及其规范、基本形式、组织体系和分层结构，以及科学社会建制与经济、军事、宗教等其他社会建制和科学认知组织的关系。

第二节　科学社会学的历史与现状

科学社会学是基于特定历史条件的产物。首先是 20 世纪 30 年代，战争与社会民

---

①　马来平 . 科学社会学诞生的历史回顾 . 河北师范大学学报，哲学社会科学版，2003，（9）：44.

主的力量交织成为科学社会学思想萌发的时代背景；其次科学时代特征的转变为科学社会学理论奠定了特殊的科学背景；最后以研究科学技术系统为对象的诸学科群的嬗变成为科学社会学形成的理论背景。[①]

第一次世界大战（以下简称一战）期间，为了取得战争的胜利，各式各样的武器被首次应用于战场。在这个过程中，科学家被各国政府重视，与军事有关的科学研究实现了国家的控制。为了维持战争之需，各国都争相为科学家提供优越的科研条件，保证科研的进行。1938 年，美国资源科学委员会在罗斯福总统的赞助下，提出了《研究是国家资源》的报告之后，物理学家布什在另一个报告中写道："在下一代，技术进步和基本科学发现将是分不开的；而一个借助别的国家供应基本科学知识的国家，在创新的竞赛中将处于极端不利的地位。"此后，国家对科学研究领域的拨款得到了加强。第二次世界大战（以下简称二战）中，美国政府为了赢得战争的胜利，通过了拨款制造原子弹的决议，实施了代号为"曼哈顿工程"的计划。原子弹的发展使政府看到了科学所需要的巨大的政治支持和财政支持。在战争中，科学比以往任何时候都更加显著地证明了它巨大的社会后果。这次战争的一个重要特征就是大批物理科学家被动员起来，进行生物武器、雷达和激光的研究开发，呈现出"物理学战争"的壮观景象。

战争促进了科学技术的发展，战争也促进了人们的思考。战争使科学研究及其成果的社会应用成为引人注目的社会话题，其中包括科学家的社会责任问题。人们对科学成果的应用决定权究竟应该掌握在谁的手中，科学活动到底应该遵循哪些基本的社会规范等内容展开了更多的思考。不少经历了战争的科学家后来转向了科学史、科学社会学的研究，这一定与他们战时的深刻体验有关。科学社会学家巴伯曾说："概述一下二战以来所发生的事以导致科学社会学作为一门科学专业的兴起和成熟，是再合适不过的事。"[②]

在阐述大科学出现对科学社会学发展的影响时，学者王英认为，在一战期间，与军事有关的科学研究实现了国家的控制。二战后，科学经历了由"小科学"向"大科学"时代的转变。在小科学时代，科学的建制在相当大的程度上是追求准确无误的、有独创性的知识，它以增长人类知识为主要目的，以科学家个人的自由研究为主要形式，科学家追求"为科学而科学"。由于小科学所需要的经费、场地、仪器都比较简单，研究者有可能从自己的兴趣出发从事科学工作。科学具有很大的自主性，科学研究成果的独创性成为最高价值目标，科学家并不重视成果的社会效益、经济价值。科学研究目标的选择、行为准则和成果评价等环节在科学共同体内形成，很少受其他外界因素的左右。由于战争的影响，科学研究逐渐成为一种社会化程度较高的活动，规模越来越大，发展到国家规模甚至国际协作的规模。特别是二战以后，世界各列强之间在工业和军事上的竞争带动了各种科学研究机构的成立，促进了科学政策组织和研

---

①　王英.科学社会学兴起的历史考察.科学·经济·社会，2009，(1)：85.

②　伯纳德·巴伯.科学与社会秩序.顾昕，郑斌祥译.北京：三联书店，1991：7.

究的兴起。大部分政府都将为科学提供巨额资助当做一种义务，陆续出现了由垄断企业建立的大型实验室和由国家资助的实验研究机构。对科学成果的承认开始倾向于社会及其应用，公众对科学的态度开始影响到科学研究的进展，科学的社会支持系统日益完备。

随着科学成为一种职业，科学家活动的场所得到了扩大。无论是学会还是大学抑或是企业的研究机构，都需要对科学研究活动进行管理。这个过程中势必会出现很多问题，例如如何维持科学研究的正常运行而不危及科学的民主？科学家在研究过程中，如何从制度上对科学知识生产行为进行必要的控制？如何对科学的成果进行科学的管理？正是在这样的背景下，引发了默顿等科学家对科学中的民主问题的关注。

科学社会学产生的理论背景主要是以科学为研究对象的相关科学发展，主要是科学哲学和科学史的发展，以及对科学的社会学开创性的研究。

首先，是对科学的历史与哲学反思。对科学现象进行反思的历史，与科学发展的历史一样久远。古希腊时期的先哲们就已经开始了科学史、科学的哲学反思。哲学集中研究的是人类获得知识的认识论和方法论问题，后来从哲学角度产生了一门专门研究科学的学科——科学哲学。科学哲学是对科学方法的基础和科学认识的结构通过概念分析进行哲学考察并给予说明和解释的学问。科学技术史则主要论述的是科学技术发展的历史过程，综合论述科学发展的社会背景，总结它的历史规律。虽说科学哲学和科学史都以科学作为自己的研究对象，但是二者具有不同的研究目的，遵循不同的研究方法。而且，要全面探索"科学"的形象，探索科学技术的社会形象，仅有一两门学科也是远远不够的。进入 20 世纪后，科学哲学和科学技术史作为独立的学科得到了快速的发展。特别是二战后，科学技术的快速变化影响了与其相关的其他学科的变化。一方面是科学技术领域走向高度分化；一方面是科学技术内部学科走向高度综合。

其次，是对科学的社会研究。1931 年，物理学家格森在英国伦敦举行的第二届国际科学史大会上，宣读了论文《牛顿力学的社会经济根源》。此文开创了科学史外史研究的先河，并把马克思主义的科学观和唯物辩证法介绍给了西方学者，在国际上产生了积极的影响。1935 年，默顿完成了他的博士论文《十七世纪英国的科学、技术和社会》。论文把科学放到社会、经济和文化的背景中，研究了 17 世纪英国科学的社会结构以及科学家的社会地位等问题，开创了科学社会学的研究领域，其主题是讨论科学与文化、军事和经济等彼此间的互动关系。

科学社会学从其产生、发展乃至逐步地成熟、完善，其历史悠远弥长。默顿（1910～2003 年）是美国著名社会学家、科学社会学的开拓者，是科学社会学的奠基人之一。他相继在哈佛大学、杜兰大学和哥伦比亚大学从事社会学教学。他曾担任美国社会学协会主席、美国东部社会学协会主席、科学的社会学研究会主席；当选为国家科学院院士、国家教育科学院院士、美国艺术和科学研究院院士、瑞典皇家科学院院士。1979 年他作为"有特殊贡献的教授"、"荣誉退休教授"退休。他一生著述丰富，是社会学"功能学派"的代表人物之一，和他的老师帕森斯（Talcott-Parsons）并称为"功能论巨子"。他在科学社会学方面的专门著作，除了博士论文外，还有《科学社会学：理论与经验研究》(1973 年)，以及他参与编写的《欧洲的科学社会学》(1977 年)、《论科学的衡量标准：科学指标》(1978 年) 和《科学社会学：片段回忆》(1979 年) 等。

默顿早期研究的重点是外部社会环境对科学的影响。他考察了 17 世纪英国的情况，得出了两个假说：①新教（尤其是清教）伦理精神的潜功能促进了科学的兴起；②经济、军事和技术的需要促进了科学的发展。后期他转而对作为社会一个子系统的科学内部的社会现象进行研究，讨论了科学精神气质与科学共同体以及它们之间的关系。科学精神由客观性和创造性两个价值标准来表现，从中又产生出构成科学共同体社会结构的规范标准：普遍性、共有性、无私利性和有条理的怀疑性。默顿认为科学共同体还有自己的组织结构。他区分了科学的交流、评价、防范和奖励系统，研究了科学共同体的社会分层及马太效应。他认为，科学内部社会系统既不能脱离整个社会环境，又应该有相对的自主性，这是科学的认知结构所提出的要求。

贝尔纳是英国著名物理学家、科学社会学家和科学学家，曾先后在剑桥大学和伦敦大学伯克贝克学院任教，1937 年在他 36 岁时当选皇家学会会员。20 世纪 50 年代曾访问过中国。1939 年，贝尔纳发表了《科学的社会功能》，1954 年出版了《历史上的科学》。贝尔纳从马克思主义的立场出发，全面阐述了科学的外部关系与内部问题。他的研究不仅形成了科学社会学的英国传统，还吸引着许多经过自然科学训练的学者进行跨学科的研究。马来平先生在阐述了贝尔纳科学社会学思想后总结认为，《科学的社会功能》最突出的贡献是，①适时地提出科学的社会功能这一重大时代课题，并给予了初步回答；②百科全书式地提出了科学与社会互动关系的研究课题，如科学教育、科研组织管理、科学交流、科学经费、科学战略与规划，以及科学对社会的改造等；③从研究范围、研究方法到研究风格，全面开创了科学社会学综合研究的英国传统。

1962 年，美国科学史家和科学哲学家库恩在《科学革命的结构》一书中，论述了科学发展的规律及科学进步与社会发展的关系，提出了一系列具有进行经验研究潜力的概念，并将科学革命与科学共同体的动态过程联系起来，成为一个影响很大的科学社会学模式。

进入新的世纪，人类社会进入了信息、知识经济的时代。科学技术是生产力，其对社会的作用也日显突出。越来越多的人关注科学技术发展及其社会作用，越来越多的国家及其政府都将科技事业作为公共管理的重要领域。在这样的背景之下，科学社会学的研究和探索不断向深度和广度发展。默顿、贝尔纳等创立的理论与方法主要是以美英西方国家为对象的研究成果。但其方法与理论可为我们所借鉴。我国很多学者在这方面做过有意义的研究，翻译出版了相关的著作和文章。

有关科学社会学在中国的发展，一些学者也做过概括和总结。何亚平先生认为科学社会学在中国大致经历了初创、建构发展和走向成熟三个阶段。

(1) 初创阶段：从改革开放开始到 20 世纪 80 年代中期。

1979 年 7 月 11～18 日，中国第一次科学学学术讨论会在北京举行。科学学是由自然科学、社会科学和人文科学交叉融合形成的一个研究领域，是以科学技术为研究对象，探讨科学技术的结构与功能、发展规律以及科技、经济、社会协调发展的综合性学科。这次会议是由中国科学院、国家科学技术委员会和中国科学技术协会联合召开的，会上讨论了科学技术发展的规律和特点、科学技术现代化的标准、科研体制与提高科研效率、系统工程学在科学管理中的应用、科技人才和科技管理人才的培养等问题。

1982 年 8 月，中国科学学与科技政策研究会的代表参加了第十届世界社会学大会的第 23 届研究委员会（科学社会学）的学术会议。这是改革开放后中国学者首次参加国际社会学研究与交流的大型活动，它既为正在恢复中的我国社会学学科建设注入了新的活力，同时也是科学社会学确立其学术地位并得以发展的重要转折。

初创阶段的中国科学社会学，是由正在形成中的科学学、自然辩证法和科学技术史三支队伍的推动进行的，因此表现出鲜明的多元化和交叉性特征。

1979 年，由国家教育委员会组织编写的《自然辩证法讲义》是新时期我国自然辩证法教学与研究的第一部集体成果。它既满足了当时全国各高校研究生公共课教学的急需，又是深化自然辩证法研究的良好开端，其第二篇即自然科学观，也是对科学技术社会研究的新开拓，是我国科学社会学研究的一个开篇。

1982 年 10 月 16～22 日，由中国科学院《自然辩证法通讯》杂志社主办的"中国近代科学技术落后原因学术讨论会"在成都召开。这是一次主题鲜明、内容广泛、讨论深入的重要会议。与会者 70 人，提交论文近 50 篇，涉及自然科学史、自然辩证法、科学学、哲学和历史等方面。"中国近代技术落后的原因"是国内外学者关注的焦点。著名的"李约瑟命题"虽已提出多年，但是，在学术界并没有比较统一的认识。此次大会是在中国第一次召开的有关这个问题的学术讨论会，具有重要的理论意义、现实意义和历史意义。

1982 年以后的几年，一些有影响的科学社会学著作得到了翻译和出版。［美］D-普赖斯的《小科学，大科学》（世界科学出版社，1982 年）、［英］贝尔纳的《历史上的科学》（伍况甫等译，科学出版社，1983 年）、［苏联］拉契科夫的《科学学——问题-结构-基本原理》（科学出版社，1984 年）、［英］约翰-齐曼的《知识的力量——科学社会学范畴》（许立达等译，上海科技出版社，1985 年）陆续被翻译出版。

1986 年 11 月 5 日在广州举行了我国科学社会学界具有历史意义的会议——科学社会学学术讨论会。整个 80 年代初期，国外学术界的这些译著的陆续、集中地引介，使得我国科学社会学的研究出现了一个欣欣向荣的良好局面，也预示着我国的科学社会学之研究必将会有一个更大更深刻的发展。国外一些重要的科学社会学经典著作陆续在我国出版，为初创中的我国科学社会学研究构筑起了一个新的平台和参考系。它开拓了我国学者们的学术视野与思路，促进了具有马克思主义科学技术观传统的中国科学社会学研究和与蓬勃发展中的国际科学社会学接轨。

（2）建构发展时期：从 20 世纪 80 年代中期到 90 年代初期。

中国科学社会学建构发展的重大转折，是在全国第一次科学社会学学术研讨会上出现的。那次会议，实际上形成并确认了以中国科学院《自然辩证法通讯》杂志社和南开大学社会学系为学术研究和交流中心，联系辐射到各相关高校与研究机构的科学社会学教学和研究网络。可以说，这是中国科学社会学体制化发展中的一个重要标志。在会上还就更加系统、全面地翻译国外科学社会学著作、研究生培养及教材编写和加强科研与教学交流等问题，进行了规划、协商，形成了基本共识。这是中国科学社会学研究新阶段的一个良好的开端。

在科学社会学广州会议之后，一批规划中的科学社会学译著、著作和教材陆续出版，呈现出科学社会学在我国发展过程中空前的学术繁荣。这是建构发展中的中国科学社会学的一个突出特点。

首先是一批优秀的译著有计划地出版。这些著作涵盖面较广，从跨学科、学科交叉如科学哲学、科学史，而不仅仅是从科学社会学学科本身，对科学社会学来进行论述，其中主要的如下。[美]乔治-萨顿的《科学的生命——文明史论集》（刘珺珺译，商务印书馆，1987 年），本书作者是科学社会学之父默顿的博士论文的指导老师、同时又是科学史先驱者。他的论文集从科学史的视野出发，论述了以下几个重要的主题并将它们联系起来：人类的统一，知识的统一，科学的国际性，人类使命的实现者、精神财富的创造者和传播者——艺术家、宗教家、科学家的亲近关系。艺术史、文教史、科学史是人类历史的根本所在，但在很大程度上一直是"秘密的历史"。科学史是进步的，而艺术史和宗教史则不然。其他形式的进步依赖于科学的进步。因此，科学史是文明史的主线，是知识综合的枢纽，是科学与哲学的中介，是教育的基石。[美]黛安娜-克兰的《无形学院——知识在科学共同体的扩散》（刘珺珺，顾昕等译，华夏出版社，1988 年）则从学科内部出发，详细阐述了科学社会学中的核心概念——科学共同体的一种特殊组织形式——无形学院。该书把库恩关于科学发展的范式和科学共同体学说、普赖斯关于科学知识增长的定量研究，以及作者自己关于科学中社会组织的研究精致地结合起来，指出：社会互助在科学增长中是起作用的，和这项发现相适应的思想变化的模式是什么样的；社会组织的某些类型（如交流的网络）有助于科学创新的急剧和有效发展；在科学知识的传播和研究的过程中，个人影响的作用也很大。[英]约翰-齐曼的《元科学导论》（刘珺珺等译，湖南人民出版社，1988 年）从"科学的科学"（元科学）的角度出发，把科学当做一种社会现象全面地进行研究。作者的看法具有强烈的时代感，指出科学不再只是个人的事业，而完全是社会的活动。作者的详细论述是从科学的研究的本来过程开始的，说明了科学家怎样进行科学研究，怎样从研究过程得到有效的科学知识。这种自然的叙述是从认识论与方法论角度总结的，也就是运用了现代科学哲学的研究成果，分析了科学认识过程中的一些根本问题。作者探讨了科学交流、科学共同体及其规范、权威结构与分层现象等问题。值得注意的是，他根据科学哲学历史学派的观点，把科学中认识的变化与体制的变化结合起来考察，把这种看法总结为科学知识的社会学。作者从一开始就使用了"学术科学"这样的概念来说明传统的科学及传统的科学观，但该书的后一半则着重论述了这种传统的学术科学怎样转变为集体化的、与技术结合在一起的科学的，以及相应的组织问题和经济问题。作者清楚地看到了传统的学术科学及其规范的深刻影响，又看到了这些东西与当代集体化的应用科学的不一致及矛盾之处。该书最后部分论述了科学与政治、科学与科学家的社会责任、文化与科学等问题。[美] 杰里·加斯顿的《科学的社会运行》(顾昕等译，光明日报出版社，1988年) 以对英美科学界奖励系统的运行情况为基础，研究了科学的认识发展和国家的社会组织对科学的奖励系统的普遍性运行的影响。作者的重点在于指出科学界的奖励系统就像一个市场体系运行的金钱那样使科学运转，并指出分配中是存在马太效应和其他效应的 (如波敦克效应)。最后作者指出"如何使未来的科学奖励系统有益于而不是有碍于科学的运行"的问题，并指出其"底限"：如果政治方面的考虑而不是科学方面的考虑变成主要目标，那么普遍性的奖励系统就处于危险之中，从而也危及科学技术本身的运行。

此外，同时期翻译的著作还有：莫里斯·戈兰的《科学与反科学》(王德禄，王鲁平等译，中国国际广播出版社，1988年) 通过案例的形式，分析了科学与政府、宗教、知识分子的冲突，科学的性质与行为的冲突，围绕学术问题的冲突、科学界个人之间的冲突指出了有关科学家的一些不切实际的神话，指出了科学发展中一些令人吃惊的现象，还指出了科学中的欺骗行为。[美] 约瑟夫·本·戴维的《科学家在社会中的角色》(赵佳苓译，四川人民出版社，1988年) 试图描述科学家这一社会角色的出现和发展，主要论题是社会条件和科学活动的效果。以科学家这一社会角色出现和发展为主题，作者指出只有当某些兴趣被认为是一种角色的组成部分时，才会出现支持这一角色发展的传统；科学活动在时空中的变化水平和形式是通过一种自然选择的方式来发展的。最后作者还指出了科学研究中心的继承问题和科学组织社会学方面的问题。[美] 科尔兄弟的《科学界的社会分层》(赵佳苓，顾昕等译，华夏出版社，1989年) 以对美国物理学界的调查为基础，得出了一系列有说服力的结论：引证率作为科学工作成果的质量指标基本上是合理的；科学是一个高度分层的社会体制，科学家获得的有声望的奖励、任职于有声望的学院、在同行中的知名度均由其工作的质量所致；科学界不存在对妇女、黑人平等权名作的歧视；科学领域存在明显的马太效应；只有相当少一部分科学家的研究工作奠定了科学未来发展的基础，大部分科学家的工作对科学进步无甚贡献；科学界中普遍主义是大量存在的。

1991年，伯纳德·巴伯的《科学与社会秩序》(顾昕等译，生活·读书·新知三联书店，1991年) 中文版在我国出版，此书初版于1952年。杰里·加斯顿曾经评价此书为"第一本系统论述了科学社会学的经典著作"。科学社会学真正兴起是在20世纪60年代之后，默顿和巴伯都为此作出了突出的贡献。两人都师从美国著名社会学家塔尔科特·帕森斯，因而他们同属于结构功能主义这一学派。从结构功能主义的理论出发，默顿等把科学视为一种社会建制，科学对整个社会的整合发挥了一种独特的功能，同时又保持着某种自主性。伯纳德·巴伯的这部著作正是全面地论述了科学这种社会建制同社会的互动状况，以及科学内部的社会结构。(见顾昕，译后记) 全书内容涉及以下几个方面：理性在人类社会中的作用、社会对科学进化的影响、科学在极权社会中的地位、有关科学的社会组织的某些一般的看法、美国科学的社会组织、大学、工商业界、政府在科学发现中的作用、个人与社会在科学发现中的作用、科学与社会控制问题。值得一提的是，巴伯先生专为中译本写了一篇名为"科学社会学的兴起与成熟"的序言。作为历史见证人的巴伯的论文，自然具有非常高的学术价值。而默顿本人也为这本书写了前言，并分析了科学社会学在当时的美国（1952 年）尚不发达的原因，并指出，这本书的独特之处在于：它使关于科学与社会相互影响的其他零散的和不协调的资料的积累，有了暂时确定下来的秩序。

对国外科学社会学著作的翻译出版，是建构中国科学社会学的第一步。与此同时，一批各具特色的科学社会学专著和教材也相继出版。李汉林的《科学社会学》（中国社会科学出版社，1987 年），作为我国第一本真正意义上的科学社会学教材，这本书的出版，为后继教科书的出版提供了一个很好的范例。刘珺珺的《科学社会学》（上海人民出版社，1990 年），这是一本颇具学术深度的教科书，内容涉及科学社会学的各个方面，至今仍然被大量地引证。张碧晖、王平的《科学社会学》（人民出版社，1990 年）是一本内容广泛的科学社会学著作，对科学社会学方向的基本内容进行了简明扼要的概括。内容包括：科学社会学与科技史、科学哲学的区别、科学社会学的研究方法、科学的体制化（以史为序）、科学家的社会角色（行为规范）、科学共同体（学派、分层）、科学的社会过程（交流、合作、竞争）、科学的社会功能、科学与其他因素的活动、科学的社会控制。何亚平主编的《科学社会学教程》（浙江大学出版社，1990 年）是一本科学社会学方面的高校教材，内容几乎涉及科学社会学基础的各个方面，大体分为三个部分：①科学社会学研究的引论，着重介绍了科学社会学的历史现状，介绍了各种科学社会学的主流派别的发展及其对我国研究的影响；②科学社会学的基本概念和基本理论，介绍了科学家角色、分层和互动、科学共同体、科学中的奖励系统、科学的社会控制等内容；③介绍了科学研究的基本方法，介绍了科学社会学研究的原则、类型，数据的收集和处理技术等。

通过《科学学译丛》这块阵地，在大量翻译国外文献的同时，结合有关科学社会学基本理论、基本研究模式的论文的发表数量和前几年相比有了大幅度的增加。据统计，1988～1992 年 5 年间，发表在《自然辩证法通讯》、《自然辩证法研究》、《科学学研究》、《科学、技术与辩证法》、《科技导报》和《科学》这六种主要专业期刊上的科学社会学方面的文章达 189 篇之多①！内容既涉及科学社会学基本的理论研究，也有结合中国现实如中国科学体制和科学共同体的研究，涵盖面非常广。

1992 年 4 月 1 日，也就是继 1986 年第一届全国科学社会学会议召开 6 年之后，由中国科学院《自然辩证法通讯》杂志社、中国自然辩证法研究会、南开大学社会学系、中国社会科学院社会学研究所和河南教育出版社联合筹办的"第二届全国科学社

---

① 张淑杰．近年来科学社会学论文研究综述．科学技术与辩证法，1992，94：5.

会学学术讨论会"在天津市南开大学校内举行。会议共有三个议题：科学社会学理论研究与理论评价、科学与社会的互动和科学的文化意义以及科学社会学实证研究。

作为 1986 年的第一次科学社会学学术研讨会的一个合理延续，这次会议取得了显著的效果，会议上讨论的几个议题实际上对后来的科学社会学研究起到了一个提纲挈领的作用。后来蓬勃发展的科学的文化研究以及科学社会学的实证研究，实际上都是在本次会议后逐步发展成熟的。

（3）成熟阶段。

成熟阶段主要有三个突出研究领域为标志，一是关于科学技术是生产力的研究；二是关于科学文化的深入探讨；三是关于 STS 领域的研究。

围绕着"科学技术是第一生产力"的研究，是 20 世纪 90 年代前后中国学术界的热门话题，也是科学社会学研究的一个重点所在。"科学技术是第一生产力"的著名论断，是一个具有鲜明时代特征的伟大战略思想，是邓小平科技思想的精髓。科学技术是第一生产力，是对当今世界科学技术已经成为历史发展的火车头这个时代根本特征最简明、最生动的概括和总结。它实际包含着两个层次的基本涵义：科学技术既是第一物质力、经济力，同时又是第一精神力、文化力。正如龚育之 1995 年 4 月 25 日在"人·自然和发展学术研讨会暨自然辩证法工作会议"上所指出，"'兴国'之所以要靠科学，我认为，一是因为科学技术是第一生产力，一是因为科学思想是第一精神力量。在社会主义的诸多任务中，要把发展生产力摆在第一位，在发展生产力的诸多任务中，要把科学技术摆在第一位。科学技术在发展社会主义社会的生产力、发展社会主义社会的物质文明中，有极重要的作用。这个道理，现在讲得比较多，还要继续讲，还要进一步落实，这是毫无疑义的。科学思想、科学方法、科学精神，作为精神力量，在建设社会主义精神文明中，在提高人们的精神素质、形成人们科学的思想方式、工作方式、生活方式，推动社会主义社会全面进步中，有极重要的作用。"[①]

科学技术既是第一生产力，又是第一精神力。这两个方面是紧密联系在一起的，相辅相成，缺一不可。其根本意义就在于为中国的现代化建设确立了牢固的支点，也为中国的物质文明建设和精神文明建设指明了方向。根据马克思主义的生产力理论，在构成生产力的诸多要素中，人是主导性的因素。当代科学技术正是经由掌握科技知识与技能的劳动者，不断改进劳动工具，不断开拓新的劳动资料，不断变革劳动管理以创造出新的劳动生产率，并通过改变人们的思想观念，树立科学的自然观、宇宙观和世界观、人生观，从而发挥出它的物质功能与精神功能的。这是任何其他力量都不可替代的。20 世纪 90 年代中国科学社会学研究最重要的成果，都是与对"科学技术是第一生产力"的深入探讨与阐述联系在一起的。

1994 年，由中国自然辩证法研究会青年委员会、黑龙江省自然辩证法研究会、哈尔滨市哲学学会等联合主办的" '94 哈尔滨科学文化、经济与当代中国的发展全

---

① 龚育之. 科学思想是第一精神力量. 自然辩证法研究，1995，（8）：1.

国青年学术讨论会"在哈尔滨市举行。会议围绕以下三个议题进行了讨论：①中国科学文化的状况及重建问题；②市场经济条件下企业文化与社会发展战略问题；③中国哲学的发展及其方法论问题。对于中国的科学文化现状与会者有三种看法：第一种看法认为，科学文化在中国出现了前所未有的繁荣，真正地推动着中国社会（主要是经济）的进步；第二种看法认为，目前中国科学文化正在衰退，原因是各种伪科学和不计后果的科学滥用现象盛行于世，造成有科学无文化的局面；第三种看法则认为，中国实际上还不存在富有个性的科学文化，文化尚未定型。① 尽管关于这个问题并没有达成共识，然而通过辩论，也使与会学者认识到要重建中国的科学文化。重建的途径是以科学精神为核心，立足中国实际，广泛吸收人类的一切优秀文化成果。通过这样一次会议，我国学者更坚定了这样一个信心：加强我国的科学文化研究，必将为我国科学文化的重建、为我国的四化建设起到推波助澜的重要作用。

此后，有关科学文化的研究继续深入。世纪之交，有关技术文化、技术社会学的研究也日渐增多。

1996 年 4 月，北京大学科学与社会研究中心举行成立 10 周年纪念暨 STS 学术报告会上，孙小礼教授作了"关于'科学、技术与社会（STS）研究'"的主题报告。龚育之教授也发表了重要讲话，讲话强调了科学、技术与社会研究的马克思主义背景以及这个领域的中国思想先驱，有针对性地阐述了面向 21 世纪的自然辩证法需要着重研究的三个问题，即人与自然的关系、科学与社会的关系、捍卫和发展科学精神。此次大会既是一次纪念会，更是一次学术交流会议。近百名学者和全国近五十个兄弟院校通过此次会议而相聚在一起，有力地促进了我国关于 STS 的研究。

1999 年 6 月，由全国 STS 研究会（筹）与中国科普研究所、福建省科学技术协会、福建省社会科学联合会共同主办的"全国第六届 STS 学术讨论会"在福州市召开。来自全国各地的近 80 位专家学者参加了大会，并提交了 40 余篇学术论文。会议期间，于光远、李宝恒、袁正光、朱厚泽等学者分别作了题为"教育及科学文化的发展"、"知识经济与可持续发展"、"知识经济与创新"、"全球的知识化和经济一体化"的学术报告。此外殷登祥教授、魏宏森教授、北京大学郑春开教授分别作了"STS学科的理论与应用"、"知识经济与区域发展"、"核技术与人类生存发展"以及"生物高技术与人类社会可持续发展"的主题发言。与会者围绕以下思想专题进行了热烈讨论：①知识经济与经济社会发展；②可持续发展战略；③国家和地区创新体系与策略；④STS 的理论与应用及其学科建设。

2001 年 7 月，由中国 STS 研究会（筹）和中国社会科学院 STS 研究中心举办的"新世纪论坛"第一次会议"STS 与中国现代化"在中国社会科学院哲学研究所举办，来自中国社会科学院、中国科学院、国家教育委员会、清华大学、中国科技大学研究生院和中国人民大学等单位的 20 多位专家学者汇聚一堂，就 21 世纪的特点、

---

① 刘啸霆. 科学文化、经济与当代中国的发展讨论会简介. 哲学动态，1994，4.

STS 在新世纪所面临的问题、STS 和我国现代化的关系以及 STS 的学科建设等问题进行了探讨。黄顺基教授、殷登祥教授、中国社会科学院王松霈研究员、北京系统工程研究所黄志澄研究员都就当今时代特征和 STS 研究进行了探讨。

关于 STS 研究的中国化，殷登祥研究员认为应该包括以下三个方面。①研究重点：发展科技第一生产力，为实施科教兴国服务；②价值导向：坚持社会主义原则，实现共同富裕；③课题选择：面向现实，研究现代化建设中的实际问题。关于新世纪的 STS 研究，他认为，STS 的学科建设包括理论和实践两个方面。在理论上要解决在 STS 研究中提出的一些基础理论问题，在实践上要解决科学技术社会应用的热点问题。中国青年政治学院肖峰教授对两种 STS——科学、技术和社会（science, technology and society）与科学技术研究（science and technology studies）作了论述。他认为，除了从这两种含义来理解之外，还可以从另外两个层次上来理解，即作为本体论的 STS 和作为认识论的 STS。

这样一系列频繁的卓有成效的学术活动、学术会议表明，STS 研究在中国正处于一个大发展时期。

第三节　科学社会学的研究内容与方法

科学社会学可以从宏观和微观两个角度研究。宏观的科学社会学主要研究、探讨科学对社会的影响，社会对科学的控制，以及科学发展的社会条件和社会后果；微观的科学社会学主要研究科学家们在知识生产中的价值观念和行为规范，以及科学作为一个社会系统的内部运动规律。对科学界本身的研究，又称科学内部的社会研究，其内容相当广泛，包括科学的社会规范、科学家分化与科学共同体的形成、科学共同体的分层与结构、科学共同体内部成员的互动、科学的奖励与评价体系等；对科学和社会关系的研究，又称科学外部的社会研究，包括科学的社会功能，科学进步对社会发展的影响和产生的问题，科学作为一种社会建制与其他社会建制的关系，社会、经济、文化、心理等要素对科学的影响等。

科学社会学研究遵循了一个重要的原则：科学不在社会之外，而是社会大系统中不可分割的子系统。在科学界也存在一个相对独立的科学子系统。不论是系统内部还是系统与系统之间都有以下众多的理论和实践问题。

（1）对科学与社会的关系的研究。包括科学的社会功能，科学进步对社会发展的影响和造成的问题，科学作为一种社会建制与其他社会建制的关系，社会、经济、文化、心理等要素对科学的影响等。

（2）对科学本身的研究。研究构成科学的基本科学思想、科学方法论、科学的作用、科学的动员和奖励制度等。

（3）对科学界的研究，包括科学共同体、科学界内部的人际关系和行为规范，科学家的社会角色等。

（4）对科学技术政策的研究。

（5）对科学与军事的研究。

在科学社会学发展的历史上，培根、马克思、孔德、斯宾赛、曼哈姆、默顿、贝尔纳、普赖斯、库恩等在科学社会学研究内容和方法上做了奠基性工作，后来的STS 研究又不断丰富和发展了科学社会学研究的内容。

培根被康德誉为"近代最伟大的哲学家之一"，被英国皇家学会称为"物理学的伟大复兴者"、"实验历史的伟大建筑师"，被费尔巴哈叫做"近代自然科学的直接的或感性的缔造者"，被罗素指认为"近代归纳法的创始人"、"经验科学研究程序进行逻辑组织化的先驱"，被马克思评价为"英国唯物主义和整个现代实验科学的真正始祖"等。培根所获得的所有这些美誉，都与他关于科学方法的论述、科学知识的分类，以及科学与社会的关系等方面的理论建树分不开的。在科学与社会的关系方面，培根最突出的贡献就是针对宗教神学抬高信仰、贬抑理性和知识、宣扬"知识即罪恶"的谬论，以及针对新柏拉图主义认为真正确实的知识不可能获得的怀疑论，充分肯定了知识对社会的价值与功能，提出了"知识就是力量"的著名论断。并且，对该论断从以下几个方面进行了详尽论证：①知识是掌握自然奥秘的手段；②知识是通过认识自然而驾驭自然的巨大力量；③知识是社会改革以及文治武功和治国安邦的力量；④知识是人类自我完善的重要手段；⑤知识是滋养信仰最完善的养料等。

知识社会学的代表人物主要有德国社会学家曼哈姆、舍勒、马克思以及韦伯、法国社会学家杜尔凯姆等。马克思被认为是知识社会学的代表人物，是因为马克思认为，知识是属于上层建筑的内容。在社会学界人们也公认："马克思是提出分析思想的产生、知识形态（意识形态）与不同社会形态的关系的系统方法的第一位重要社会理论家。"[①] 社会存在决定社会意识是马克思所创立的历史唯物主义的基本原理。根据这一原理，经济基础决定上层建筑，而上层建筑所包括的政治、法律思想、道德、艺术、宗教、哲学和其他社会科学等意识形态，统统属于知识的范畴。这样，某些知识受制于经济基础就成为马克思的一个基本观点。所以，马克思的意识形态理论成为知识社会学中一个颇有特色的理论。它对一些知识社会学家尤其是对曼哈姆发生了重大影响。人们甚至称曼哈姆知识社会学中的一些观点为"马克思-曼哈姆"观点。

著名科学史家科恩说："默顿的《十七世纪英国的科学、技术与社会》于 1938 年发表以后的半个世纪里，它至少在两个知识领域成为经典，即定量科学史和科学社会学。"默顿的《十七世纪英国的科学、技术与社会》，凝练了科学社会学一系列重大的、经典性的研究课题。它虽然是一项有关科学技术与社会的实证性的专题研究，但由于作者广征博引、深入浅出、资料翔实、理论严谨的学风，使得该书小中见大，广泛涉及了科学的许多重大基本研究课题。关于这一点，默顿曾先后作过两次说明。

第一次说明是他在《十七世纪英国的科学、技术与社会》1970 年再版（首版 32

---

① 艾伦·斯温杰伍德. 社会学思想简史. 陈玮等译. 北京：社会科学文献出版社，1998：304.

年之后）前言中作出的，他认为《十七世纪英国的科学、技术与社会》所提出的科学社会学研究课题，可尝试概括为以下几点：社会、文化与科学之间相互影响的模式问题；人才向各门科学流动的原因问题；科学家的研究兴趣中心在不同学科和同一学科内部不同研究领域之间发生转移的原因问题；科学的社会组织化过程中和彻底组织化以后，研究兴趣中心转移的不同表现及其原因问题；科学实现组织化以后，科学家之间的社会互动形式和速率怎样影响科学思想发展的问题；当一种文化把社会功利性作为科学工作的一条基本原则时，对科学发展的速率和方向会产生什么影响的问题等。默顿认为，一般说来，这些问题在科学社会学中具有永恒的普遍意义。

第二次说明是 1990 年默顿在为美国科学史家科恩（I-Cohen）编的一本纪念《十七世纪英国的科学、技术与社会》出版 50 周年的文集（题为《清教主义与现代科学的兴起：默顿论题》）所写的后记中作出的。在这篇题为《STS：科学社会学研究问题的萌芽》的短文中，默顿专门就《十七世纪英国的科学、技术与社会》所提出的科学社会学基本研究课题进行了梳理。他认为，《十七世纪英国的科学、技术与社会》几乎囊括了后来他本人乃至以他为首的学派所研究的所有主要课题，只不过这些课题在《十七世纪英国的科学、技术与社会》中还不够系统化，有的问题不够明确而已。课题大致有以下 8 项。

（1）科学的精神气质。

（2）站在巨人的肩膀上（科学的继承性、积累性）。

（3）优势和劣势的积累（如马太效应）。

（4）优先权冲突和科学奖励系统概念的提出。

（5）科学中的多重发现。

（6）科学成果的性质变化：个人知识和公众知识的界限。

（7）科学中研究问题的选择。

（8）社会行动的非预期后果：清教主义与科学关系假设的例证。

《十七世纪英国的科学、技术与社会》无论在理论上还是在方法上都为科学社会学的研究树立了一个相当出色的范例。正是在这种意义上，人们把《十七世纪英国的科学、技术与社会》誉为科学社会学的奠基之作，而把默顿誉为"科学社会学之父"。

1939 年贝尔纳的《科学的社会功能》一书出版，该书回答了以下几个问题：科学的功能究竟是什么？是什么原因导致科学也能为患？科学家个人和团体应该承担什么责任？科学怎样才能更充分地发挥其造福功能？贝尔纳围绕发挥科学的社会功能进行了多方面的论述，其中包括以下几方面。

（1）如何扩大科学人才数量和改革教育，提高科学人才的培养质量。

（2）如何对科学实验室和科学研究所内部与外部的组织形式进行改革，以提高科学应用的速度和效率。

（3）如何全面改组科学家之间的学术交流、科学家与大众之间的交流，以有利于科学的应用。

（4）如何建立一个灵活而可靠的科学经费筹措制度。

（5）如何制订发展科学的战略，其中着重讨论了科学是否可以规划、怎样规划等问题。

（6）科学怎样端正目的，用来为人类谋福利，以及科学为人类谋福利的可能性和广阔前景。

（7）科学如何改变社会以及科学家如何推动科学改变社会。

（8）对科学在当前的社会功能以及今后的社会功能作出明确界定等。

随着科学对社会各个领域的广为渗透，科学的社会功能日趋显著，不论是科学社会的微观方面还是宏观方面，其研究内容不断扩展和深化。根据科学社会学领域众多学者的研究，可将科学社会学研究的具体课题和领域作进一步的分类。

（1）科学的社会性任务：科学的社会功能；科学家的社会责任；科学的社会文化特征；科学生态性的发挥；科学对社会诸因素的影响；科学的社会价值体系及其影响。

（2）科学发展的社会因素：社会诸因素对科学发展的影响；社会各集团对科学发展的作用；科学发现、科学评价、科学传播的社会条件；科研成果推广的经济学机制；科学发展与社会需求之间的关系；社会文化结构对科学思想的影响；科学发展的社会计量；科学与地区文化、民族文化的关系等。

（3）科学家的社会性：科学家的行为模式；科学家科学研究的社会动机；科学社会的凝聚力及其内在原则；科学家之间的联系和人际关系；科学共同体；科学家个人创造力与社会环境；科学组织形式的演变；科学社会的主体年龄结构、地位；科学发现的心理学机制及其评价；科学劳动的社会组织；科学社会的精神生活；科学社会的国际化等。

（4）科学发展中的社会问题：社会为什么有对科技发展的不满；科学对社会的特殊要求；科学与和平；科学与环境；科学与战争；科学与宗教；科学的社会监督；科技革命的社会问题；高科技发展的社会问题等。

科学与社会的问题纷繁复杂，因此科学社会学研究必须注重和了解科学社会学的研究方法，包括科学社会学研究的指导方法和具体的研究方法。科学社会学研究的指导方法是科学社会学理论思维的方法，决定科学研究的思路和方向；科学社会学研究的具体方法是从事具体的科学社会学研究的工具和手段。

要进行科学社会学的理论研究和思维，就必须要有一定的方法论作指导，并以此作为一定时期的思想方法规范来制约和影响人们对科学社会学问题的研究。最根本的科学社会学理论思维的方法论应该是马克思主义的分析方法。马克思主义关于客观事物相互联系和变化发展的辩证法、社会存在决定社会意识、生产力决定生产关系、经济基础决定上层建筑和社会经济形态更替发展的历史唯物主义等基本原理和方法论都是我们观察与研究科学中的各种社会问题的基本出发点。

在分析科学发展的历史过程中，按照马克思主义的方法论，我们能够看到，科学是一种动态的发展过程。而且，这种动态的发展过程始终是与改造自然界的物质生产活动过程相联系的。这是由于改造自然界的物质生产活动过程中出现了技术的需要，这种需要直接推动人们去进行科学活动。通过马克思主义方法的分析，使我们能够清晰地看到，科学活动的发生、发展和应用过程，是一种始终与物质生产活动过程相联系的社会过程。马克思主义对科学发展过程的这种分析方法，为我们深入研究科学同经济、科学与技术的关系、科学技术转移的社会过程和社会动因以及物质生产活动对科学发展促进与制约作用提供了一条明晰的基本线索。又如马克思主义方法论中关于现象与本质的论述，是科学社会学中重要的方法论原则。我们可以通过大量有关科学社会的材料，找出隐藏在现象背后的规律性的东西。"马克思主义的价值在于它是一个方法和行动的指南，而不在于它是一个信条和一种宇宙进化论。马克思主义和科学的关系在于马克思主义使科学脱离了它想象中的完全超然的地位，并且证明科学是经济和社会发展的一个组成部分，而且还是一个极其关键的组成部分。它这样做，也就可以剔除在整个科学历史进程中渗入科学思想的形而上学成分。我们正是依靠马克思主义才认识到以前没有人分析过的科学发展的动力，而这种认识也只有靠马克思主义的实际成就才能体现在为人类造福的科学的组织形式中去。"①

除此以外，在科学社会学的理论研究中，人们还运用了其他具体的科学研究方法。

（1）社会学的研究方法。

科学社会学是社会学的一个分支，社会学的研究方法自然可以用于科学社会学的研究。社会学中最常用的方法有观察法、实验法、文献法、个案研究法、抽样调查法、普查法等。通过这些方法收集数据、验证理论，从而为研究者提供进一步研究的起点，发现研究工作的突破口，为理论模型和假说提供可资借鉴的依据。

（2）社会统计法。

社会统计方法在科学社会学的具体方法中只有两个方面的意义。首先，就社会统计方法本身而言，它自成理论，自成体系，是人们认识事物的一种工具；其次，就科学社会学研究的具体方法而言，它既是科学社会学研究具体方法中的一种，同时也寓于其他分支社会学具体研究方法之中，堪称方法的方法。这两个方面的意义也就构成了社会统计法在科学社会学方法论中的地位。在科学社会学的研究中运用统计的方法，就是要通过对科学的社会现象和社会行为在数量上的分析，反映出其在特定条件下发展变化的过程及其相互关系，揭示出研究对象的规律性。例如，利用统计方法分析各国在一个或几个学科领域中互引参考文献为依据的国际情报流，可以看出各国科学研究的动向、趋势、科研力量投入的比例和水平等；又如，从对回答能反映科学价值观念的问卷的统计分析，可以揭示出科学家价值取向和价值变化的一般规律等。

① 贝尔纳 J D. 科学的社会功能. 陈体芳译，桂林：广西师范大学出版社，2003：483.

在科学社会学的研究中，人们运用的统计方法很多。随着科学的发展，尤其是计算机技术的普及，已经有不少从事科学社会学研究的学者借助于电子计算机对收集到的数据进行处理和统计分析。在科学社会学的研究中，离开了统计方法，定量分析就是一句空话。

（3）历史方法与逻辑方法的一致。

要掌握科学社会的发展规律，就必须弄清科学社会发生发展的历史，熟悉科学社会与社会其他诸因素之间的互动关系。因此，历史方法是科学社会学中必不可少的一种研究方法。科学社会的发生、发展，又有其内在的逻辑结构，遵循着一定的逻辑规律，因此，逻辑的方法也是科学社会社会学的研究方法。为了使科学社会学的一系列基本问题得到正确的理解，我们一方面要把各种科学社会现象放在历史的天平上进行衡量，另一方面又必须对各种复杂的科学社会现象进行分类、比较、归纳，从中发现科学在社会发展中的规律，阐述科学与社会之间的相互关系。

（4）结构-功能分析方法。

结构-功能分析方法的主要代表者是美国社会学家帕森斯和默顿。结构是组成各社会系统的相关成分和要素。功能是说明系统中各种成分和要素与整体之间的关系，表示系统在特定条件下所要达到的目的或具有的功能。结构-功能分析方法主要是从现存的社会系统结构出发，分析社会系统应该具备什么样的社会结构，该结构产生什么样的社会效应，推动社会发展应对现存的社会系统结构作出哪些变化和调整。

结构-功能分析方法首先要求人们在分析和研究一些社会系统结构和社会现象时，要探寻这一社会系统结构和社会现象在更广泛的社会联系中应有的社会功能。结构-功能分析方法的任务就在于揭示出它们所具有的各种社会功能，积极克服和解决一个社会系统结构和社会现象的所带来的负功能，在不断完善系统社会功能的过程中，因势利导地保持一个社会系统结构的稳定性，同时正确地解释各种社会现象。结构-功能分析方法要求人们从系统思想方法出发去分析科学社会学方面的问题，就是要探讨科学作为社会系统自我调节与控制的机制，研究使科学系统保持平衡的各种社会因素（例如，科学的价值观念与行为规范，科学系统与政治系统以及与其他环境系统进行社会互动的条件和方式等）。总之，结构-功能分析方法是从结构出发，分析功能。在这种方法论看来，系统结构是系统功能的基础，系统功能是系统结构的表现，结构决定功能。

第四节 研究学习科学社会学的意义

科学技术是历史上起巨大作用的革命力量，面对知识经济时代的到来，科学技术不仅在经济发展中占有重要的地位，而且在社会的各个方面都将产生深刻的影响。反过来，社会的全面进步及社会问题的解决，更离不开科学技术，同时也影响着科学技术的发展和进步。

科学技术社会学主要任务是阐述科学与社会，科学技术与生产力、生产关系、政治制度、军事技术、思想文化等发生着广泛的联系和相互作用；探讨科学技术与政治、经济、军事、文化等协调发展的途径。

科学技术社会学是科技政策分析的理论基础，学习和研究科学技术社会学，对于树立辩证唯物主义科技观，认识科技在现代社会中的作用和运行机制，贯彻落实新时期的科技方针和政策都有重大的理论意义和现实指导意义。科学社会学的研究，有助于人们认识科学发展的基本规律，了解科学发展所带来的社会问题，为制定科技发展政策、经济社会发展战略提供理论依据，并对相邻学科的发展起促进作用。

科学社会的学习和研究，有助于提高我们的哲学素养，进一步树立辩证唯物主义的世界观，用正确的观点和方法去看待、分析科学技术发展过程中提出的各种问题，增强自身的鉴别能力和解决问题的能力。通过科学社会学的学习和研究可以培养我们树立辩证唯物主义的科技观，正确认识科学技术的社会价值，在实践中落实"科学技术是第一生产力"的指导思想。辩证唯物主义科技观是指导我们正确认识和分析科技社会发展规律、处理科技社会面对科技发展带来的一系列社会问题的指导思想。

我们生活在科学技术日新月异的时代，虽然对科技成就有着许多感性认识，也学习和掌握了一定的科技知识，但是如果不经过专门的理论学习，我们不可能正确理解科学技术的本质，因而也就难以在头脑中形成作为科学技术社会化时代的公民应该具备的科技意识。科技意识是一个人对科学技术的哲学、社会学认识和他所掌握的科学技术知识的总和。公民的科技意识的强弱，反映着一个国家的科技水平的高低。17世纪英国哲学家培根提出了"知识就是力量"的命题。100多年前马克思把科学看成"最高意义上的革命力量"。邓小平在当代作出了"科学技术是第一生产力"的精辟论断。现代科学技术作为第一生产力，不仅是社会物质文明建设的强大驱动力，也是精神文明建设的重要基石。因此，深刻领会、牢固树立科学技术是第一生产力的思想，对于大力发展我国教育事业，实施科教兴国战略，对于我们建设富强、民主、文明的社会主义现代化国家具有重大意义。

科学技术不仅以革命的力量促进生产力的发展，而且还发挥它特殊的社会功能，影响社会政治和军事，促进人们思维方式的变革、道德观念的更新以及文化教育事业的发展。同时，也应该看到，由于社会对科学技术的应用和发展方向的决策失当，也会带来如生态环境恶化、资源枯竭甚至大规模战争的危机。因此，我们必须认识科学技术的社会功能，全面理解科学技术的社会价值和作用。

在科学技术作用于社会的同时，它也受到社会诸因素的影响和制约。例如，经济发展水平决定了对科学技术的需要，生产技术水平决定能为科学研究提供何种物质条件，政治制度和政策决定了学术研究的自由度和科技发展环境的优劣，国民教育水准决定了科技人才的数量和素质。因此，正确理解科学技术发展的社会条件，把握科学技术与社会诸因素的互动关系，可以使我们在更高的水平上全方位地认识科学技术与社会之间的关系。

通过学习科学社会学知识，能使我们对科技系统有一个清晰的、整体性的了解，认清科学技术的特点和发展趋势，并吸取国外学者的研究方法，丰富和充实我们自己，提高我们研究科学与社会关系的科学性和实效性。

思 考 题

1-1　科学社会学发展历史上有哪些著名的科学社会学家？他们的代表著作有哪些？

1-2　科学社会学有哪些主要的研究方法？

1-3　研究学习科学社会学的意义是什么？

第二章　科学社会化与社会科学化

科学社会化与社会科学化已经成为当今社会不可阻挡的潮流。在这一潮流的冲击下，科学已不再是"纯粹"的科学了，社会也不仅仅是经济的社会，知识化社会、信息化社会已经到来。

科学社会化是指科学活动的规模是由小科学发展到大科学，科学体制不断完善化；从现实发展看，科学技术自身已经产业化，科学技术与教育、经济联系日益紧密，呈现出一体化的趋势。社会科学化是指科学技术渗透到社会的方方面面，引起社会生产、社会生活等发生巨大变化，科学方法也被广泛用于社会经济的方方面面，科学技术的渗透使领导和管理科学化。一方面，科技知识迅猛增加，加速向社会转化，并极大地推动社会生产生活等物质文明的发展；另一方面，科学技术产生的巨大效益渗透到社会生活的政治、经济、文化等领域，成为社会发展的主导因素。科技是社会化的科技，社会是科技化的社会。科技与社会相互渗透，相互促进，表现出一体化的趋势和性质。科学技术与社会一体化已经成为一种必然。

第一节　从小科学到大科学

在科学发展史上，人们将以个人研究为主的科学研究称之为小科学，如哥白尼对天体运动的研究、牛顿对万有引力的研究、法拉第对电磁感应的研究、瓦特对蒸汽机的研究、孟德尔的遗传理论研究以及居里夫人对放射性元素的研究，都是以一个人为主，或者在几个必要助手的参与之下进行的。科学社会化最初就表现为科学研究活动的规模由个体研究为主向集体协作研究到国家规模的研究发展。

小科学的主要特征如下：①以增长人类知识、探索自然界的奥秘为主要目的，研究者不计较个人的利益；②科学研究的最初原动力是满足自己的好奇，他们一般凭自身的技艺、兴趣和依靠别人给予的资金（也有少数人是自己的资金）进行科学研究活动；③仪器制造和利用上都很简陋，不需要大量的金钱投入。

随着近代科学活动的频繁，科学活动逐步体制化，科学研究活动渐渐摆脱了那种只是少数人凭兴趣爱好进行业余研究活动的状态，科学研究成为专门的、公认的社会化职业，有其专门的组织机构，有其交流发表科学研究成果的专业书刊，也有了培养科学家和工程师的各类专门学校等，小科学逐步发展到了大科学。

这种体制化的开端是 17 世纪英国的业余科学家团体和皇家学会的成立，到 18 世纪以来科学体制化进程加快发展并最终在 19 世纪成为一种重要的社会建制，而科学活动最终成为一种社会建制也是科学社会化的过程，表明科学发展受到社会影响的程度不断增强。"自然科学本身（自然科学是一切知识的基础）的发展，也像与生产过程有关的一切知识的发展一样，它本身仍然是在资本广义生产的基础上进行的，这种资本广义生产第一次在相当大的程度上为自然科学创造了进行研究、观察、实验的物质手段。由于自然科学被资本用做致富手段，从而科学本身也成为那些发展科学的人的致富手段，所以，研究科学的人为了探索科学的实际应用而互相竞争。另外，发明成了一种特殊的职业。因此，随着资本广义生产的扩展，科学因素第一次被有意识地和广泛地加以发展、应用并体现在生活中，其规模是以往的时代根本想象不到的。"①

湖南农业大学人文社会科学学院的邝小军在"科学与社会交换过程中的科学体制化"② 一文中，较为详尽地阐述了科学体制化的历程，认为科学体制化是科学与社会交换的产物。

从 16 世纪起，欧洲北部的海上贸易商人、零售商人和工匠在航海、机械、采矿、透镜磨制、钟表制造等方面对科学的需求越来越强烈。这些科学的实践者逐渐形成一个新兴阶级，并且人数越来越多，成为一个推动科学发展的社会基础力量。1660 年，皇家学会宣告成立；1662 年，皇家学会得到英王查理二世的特许状；1663 年，皇家学会正式公布了学会章程。英国皇家学会的诞生对于科学体制化的意义在于，它是历史上第一个官方认可的科学家组织。科学的发展为社会生产出了经验的知识和理性的知识，这些知识促进了经济、技术、军事、个人自我的发展，推动了宗教多元论和社会变革，社会、政府则对科学的价值给予承认。17 世纪的英国成为科学发展的中心。英国皇家学会虽然得到了王室的承认，却不是一种由国家提供经费的专门的科研机构，它的运转主要靠会员交纳会费支持，科学家们仍然必须用从事其他职业的收入来维持生活和进行科学活动。这些都说明，在英国科学体制化仅仅是初步的。

17 世纪早期，法国出现了一些由个人自发组织起来的学术团体，被称做科学院。这些科学院的活动都由赞助人资助，但这些资助并不固定，特别是进行大规模的科学考察和探险更需要钱，而由私人提供这些资金难以为继。于是，一些人提出，由国王和富有的人建立一个专门机构，提供专门的资金，雇用专门的人员，来开展经常的科学活动。因此，1666 年在国王的赞助下，法国科学院成立。法国王室对科学和技术的承认是有条件的，即科学的经验和实验方法不得扩散到政治中，而且科学中普遍主义的规范也不能应用到宗教和社会等级中。法国王室赞助设立科学院，是需要自然科学为自己的经济和军事目的服务。与英国皇家学会相比，法国科学院在科学体制化方面向前迈出了较大的一步。这主要表现在：①科学院是一个专职科研机构，会员以从事学会的研究工作为职业；②国家不但给予科学院足够的投入，维持其正常活动，而且还给每个院士颁发丰厚的薪金，配备助手和学生；③科学院院士的评选严格以科学

① 马克思．经济学手稿（1861～1863 年）．马克思恩格斯全集．第 47 卷：572.
② 邝小军．科学与社会交换过程中的科学体制化．科协论坛，2009，(10)：181.

研究水平为标准，即使是出身贫寒的科学家，如果有重大科学成就，也可以成为院士，并领取国家给予的薪金。总之，法国科学院的产生，表明科学家作为一种社会角色已经出现，科学作为一种社会体制业已形成。法国专制政权出于自己的技术、经济、政治和宗教目的支持科学，科学家们则抓住从任何方面提供给他们的有利条件，借助法国科学院较为严格的建制和领取俸薪制度，比英国更成功地实现了科学与社会的交换。在 18 世纪，法国逐渐成为了世界的科学中心。到该世纪的最后 10 年，法国科学的质量在每个领域都超过了英国，法国科学院成为世界上最有声望的科学组织。法国科学院的建立改变了业余科学的状况，专门的、职业化的科学家出现了。

　　如果说法国科学的中心是科学院，那么德国科学的中心则在大学。德国的大学比意大利、法国、英国的发展得都晚一些，却在 19 世纪率先演变成新型大学。德国的大学改革肇始于柏林大学。当时，在一大批人文主义者和哲学家地积极倡导下，柏林大学被改革为一种以哲学为中心的新型大学。这种大学对科学家而言有两个特征具有重要意义：一是学术自由和自治；二是收费讲师和教授的设置。前者保证了科学研究的独立自主性，教师可以根据自己的兴趣进行科学研究；后者反映出在教师的职位设置上存在收费讲师和教授的阶梯，收费讲师要想晋升为教授，通常要经过多年的、独立的研究，取得一定的成果，最后由教授组成的评议会进行考核才能成为教授。这种职务设置、晋升和考核制度，使柏林大学克服了原先大学中的教师只从事教学而不从事研究的倾向，成为一种教学与科研紧密结合的新型大学。受柏林大学改革的启发，德国的许多大学都在进行体制的改革和转换。对于德国来说，科学体制化完成的最终标志，就是在科学学会所倡导的科学精神影响下，在各大学中建立起来的实验室制度。

　　大学实验室的建立虽然开始于英国，但其兴盛、繁荣并最终对科学体制化完成产生巨大的影响，则发生在德国。化学家李比希从法国学成归国后，于 1826 年在吉森大学建立了集教学与科研于一体的现代化学实验室。在他的影响下，德国的许多大学纷纷建立了类似的实验室。这些实验室都是在教授的指导下进行工作的，因此，与实验室相伴而生的就是自然科学教授职位的设立。德国大学实验室的建立，使德国科学摆脱了哲学的束缚，找到了一条适合自己发展的道路。随着德国大学中实验室的建立与发展，到 19 世纪末，德国的大学逐步转换为新型的、以实验研究为主的大学。这样的科学体制对 19 世纪德国科学的发展起到了积极的推动作用。在 19 世纪上半叶，德国形成了一个需求研究者的固定市场。在大学里，个人可以直接进入科学研究，并把科学研究作为一种报酬合理的职业来追求。科学研究逐渐变成了一种固定的职业。随着德国工业化进程的开始，科学的发展与经济、政治和社会问题联系得越来越紧密。工业界、医院和军事部门经常求助于科学家的意见和科学研究工作，科学与技术的关系也越来越密切。科学已经成为一个独立于社会其他部分的子系统。

　　在大学的改革完善中，科学体制化进展迅速。后来美国的大学改革，既克服了德国大学制度的弱点，又吸收了其优点。首先，美国大学以系的建制取代了德国大学的教授教席制度，还建立了并不附属于教授教席的研究所和实验室。系的容量远远大于教授教席的容量，在一个系内，可以有许多水平相当的教授，他们在大学科的不同领域都具有权威地位。在新的学科发展成熟、新的人才涌现的时候，系的建制充分地显示了优越性。在美国大学中，教授因承担教学工作而获得工资，在教学的同时，还通过某一方面的研究得到各种资助。他们利用申请到的研究经费，购置仪器设备、聘用助手，从而形成了各种研究所和实验室。这些研究所和实验室多数是以课题或任务为中心的，存在的时间可长可短，规模可大可小，研究人员是流动的，比德国大学的那种附属于教授教席的研究组织灵活得多，可以适应多种情况。这些都对美国大学科研事业的发展起到了重大作用。其次，美国大学的第二个根本性变化是研究生院的建立。1876 年，约翰·霍普金斯大学首先建立研究生院，成为第一所以科研和培养研究生为主的现代型大学。紧随其后，美国各个大学纷纷建立起研究生院。改革以后的美国大学教育，特别是研究生教育尤为注重研究能力的培养，一切课程设置和活动安排遵循的基本原则，就是有利于研究生科研精神和科研能力的造就与培养。美国研究生的财政资助方式保证了研究生的学习和研究，研究生可以获得三种资助，即奖学金、兼任助教工资与助研工资。这三种资助方式，不但保证了许多学生攻读硕士和博士学位的机会，而且还可以使他们直接从事科学研究工作，从而为科学研究工作的持续、快速发展提供了条件。

科学家的社会角色不仅通过研究型大学的教师身份得到实现，同时也出现在工业和政府的机构中。在许多国家，私人企业（主要是工业）中的实验室和国家机构所属的实验室为科学家提供了许多职业岗位，这是科学家进行角色活动的另外两个场所。当人们不仅仅把实验视为证实理论获取知识的手段，而且还要把它应用于开发那些能够投入生产并换取利润的产品的时候，工业实验室便应运而生了。1876 年，发明家爱迪生建立了美国第一个从事应用与开发工作的实验室，爱迪生实验室开创了工业研究的新时代，即科学与技术、科技与生产相结合的新时代。19 世纪 80 年代，钢铁工业组建了自己的工业实验室，90 年代通用电气公司建立了自己的实验室，此后，杜邦公司、IBM 公司以及石油、化工、橡胶、冶金等领域的公司纷纷建立了自己的实验室，并有一系列发明与创造。工业实验室的研究课题大都是与企业生产紧密相关的产品和技术课题，但有些大的工业实验室也从事与工业生产有关的基础科学问题研究。这些研究需要花费企业大量资金，但也为企业挣得更大的利润。由于科学家和实验室在工业发展中具有极其重要的作用，工业科学家的队伍也不断壮大和发展。在整个美国社会，工业企业中有组织的研究部门自一战以后增加很快，从 1920 年的约 300 个到 1940 年的 3480 个，到 1956 年达到了 4834 个。在同一时期受雇于工业界的科学家和工程师人员从近 9300 人增加到 7 万多，到 1957 年，这个数目达到 725000 人。工业中的科学家成为科学家队伍的重要组成部分。

政府不仅资助大学的纯科学研究，也资助那些目的是解决实际问题的科学研究，并建立自己的研究组织和实验室。国家机构中的实验室在性质上与私人企业中的实验室不同，在这些实验室工作的科学家不是私人企业的雇员，而是政府的工作人员。有资料统计，到 20 世纪初，美国政府机构中，大约有一半以上的部、局和委建立了科学研究组织，尤其是医药、卫生、国防等部门，更是与科学技术紧密地联系在一起。到二战后，在美国政府机构中工作的科学家或工程师人数已有 3 万人，其中 1/3 是农业科学家，1/3 在国防部工作。总之，大学、工业和政府机构中的科学家三足鼎立，构成了科学家的整体，科学家的角色就是在这三种职业岗位上，在教育、工业和政府提供的社会环境中得到实现的。资料统计表明，1962 年美国登记的科学家人数是 21.5 万人，其中 40% 在工业领域，30% 在以大学为主的教育机构中，20% 在政府研究机构中。科学这种社会体制不但与教育紧密结合在一起，而且日益与工业、政治和军事相互结合、渗透。科学与社会的交换变得越来越经常和广泛，越来越多样化和协调。美国在改革德国科技体制的基础上形成的新的科技体制，是美国的科技与经济能够得以持续发展并保持世界领先水平的重要因素。

　　贝尔纳也曾作出历史分析概括，指出科学能够实现规模，与政府的作用是密切相关的，因为科学已成为工业生产的组成部分，"科学之所以能够在它的现代规模上存在下来，一定是因为它对它的资助者有其积极的价值。科学家总得维持生活，而他的工作极少是可以立即产生成果出来的。科学家有独立生活资财或者可以依靠副业为生的时代早已过去了。用前一代的一位剑桥大学教授的话来说，科学研究工作已经不再是'供一位英国绅士消遣的适当工作'了。美国若干年以前进行的一次调查统计说明，在这个国家的 200 名最著名的科学家当中，只有两个人是富有家财的，其余的人都担任有报酬的科学职位。今天的科学家几乎完全和普通的公务员或企业行政人员一样是拿工资的人员。即使他在大学里工作，他也要受到控制整个生产过程的权益集团的有效控制，即使不是在细节上受到控制，也是在研究的总方向上受到控制。科学研究和教学事实上成为工业生产的一个小小的但却是极为重要的组成部分。"①

　　通过上述分析，可以看出科学体制建立的过程也就是科学社会化的过程，是科学与社会相互作用的过程。科学体制化的历程是科学适应变化着的社会各方面的需求，不断改革创新寻找能有效、协调地与社会交换的科学组织、研究机构形式的过程。

　　大科学概念是美国科学史学家普赖斯首先提出来的。普赖斯（1922～1983 年）是科学剂量学的奠基人和情报科学创始人之一。他 1942 年毕业于伦敦大学物理系，1946 年获物理学博士学位。1947 年移居新加坡，在马来亚大学任教。1948 年，他研究了物理学论文数量增长的现象，发现了科学文献指数增长规律，绘制了著名的普赖斯曲线。1954 年他获英国剑桥大学科学史博士学位。他根据《科学引文索引》判断科学论文的价值，提出了科学论文增长的统计模型，为信息科学研究工作奠定了基础。他曾担任过联合国教科文组织的科学政策顾问。1983 年当选为瑞典皇家科学院院士。普赖斯发表了 300 余篇论文和 17 本专著，其中，对信息科学产生深远影响的有《巴比伦以来的科学》、《科学论文网络》、《小科学，大科学》、《世界大脑的一些问

---

① 贝尔纳 J D. 科学的社会功能. 陈体芳译. 桂林：广西师范大学出版社，2003：15.

题》、《引文循环》等。

进入 20 世纪后，科学活动日益从个人或少数人的独立研究发展成为大规模、有分工、高度组织化的集体，即从"小科学"逐渐发展到"大科学"。最早使用"小科学"、"大科学"提法的是美国的科学史学家普赖斯，他在《小科学，大科学》一书中虽然没有明确地定义"小科学"和"大科学"，但他分析了科学的指数型发展以及这种发展对当代社会的影响。普赖斯指出，"任何认为从小科学过渡到大科学的过程纯属其规模的改变的想法是一种天真的思想"。普赖斯继而分析了科学家的作用，复活了一个 17 世纪的术语"无形学院"，来说明科学家之间的网络关系在科学中的重要性。他最后又分析了现代科学对政治、资财、国家地位以及未来发展的影响。可见，大科学较之小科学，不仅仅是规模上的扩大，更实质的变化是科学作为一种社会活动、社会建制的性质越来越明显地突出出来了。所谓大科学，就是指科学在按指数规律高速增长的基础上成为全社会范围内的、以集体合作的形式有计划地进行研究的事业。按照普赖斯的说法，由于现代科学取得了辉煌的成就，足以同古埃及的金字塔和欧洲中世纪的大教堂相媲美，国家或地区对科学事业的人力、物力、财力等投入规模巨大，科学已成为国民经济的重要支柱和战略产业，因此我们应以大科学来恰当地称呼它。

20 世纪 30 年代以来又出现了高度综合性的科研项目，如高能加速器技术、原子能技术、空间技术等。这些课题跨专业、规模大，决不是一两家集体规模的研究所所能承担的，因此出现了国家规模的研究形式。这种国家规模的科研活动首创于德国。1937 年，希特勒花了 3 亿马克建立军事科研中心，制造出 v-1、v-2 导弹。其后，1942 年，美国动员了 15 万人员，耗费了 23 亿美元，动用了全国 1/3 的电力，实施"曼哈顿工程"，制造了首批原子弹。1961 年，美国组织了为期 10 年的"阿波罗登月计划"，动员了 42 万人，2 万家公司，120 所大学，耗费了 255 亿美元，其规模超过了历史上任何一项科研活动。可见，人类进入了大科学时代，科学已经发展为国家组织计划的事业，这样的科学研究直接与国家安全和国际民生相关，反过来，国家的体制又保证了科学按指数规律的高速增长。科学研究组织形式的改变和规模的不断扩大，是科学日益社会化的最显著标志。

大科学有以下几个特征。

(1) 大科学是社会高度协作、高度组织化的科学。大科学时代是集体研究行为的时代，其科学研究设备庞大、资金费用巨大，研究目标宏大，项目一般是跨地区国家组织管理、甚至是国际间的协作完成，一般是由政府和社会力量组织、领导的科学研究，服从于国家战略和社会需要。大科学项目一般具有综合性、复杂性，每一科研课题的解决都需要多学科专家的共同努力。由于大科学的科学研究系统包括各级、各类的专业研究机构、实验机构、管理机构、职能机构等众多部门，科学研究的实施都需要社会各层次的大力协作。

(2) 大科学是涉及学科门类多、工程技术手段综合、层次分明、结构复杂的科学。大科学是自然科学、技术科学和人文社会科学的相互渗透、学科内容相互交叉的科学，科学的知识结构和科学的社会结构密切结合的多层次、多序列的复杂大系统。

（3）大科学是科学管理系统规划的战略科学。大科学项目一般需要动用全社会的人力资源和物质资源，以节约低耗实现整体最优化为目的，因此项目的前期论证、顶层设计尤为重要，其实施更离不开科学管理的方法，如科学评估、科学预测等。

（4）大科学是社会效益和社会影响巨大的科学。大科学科学研究成果一般具有创新型、高效性和社会性的特点。其科研成果的社会应用会产生巨大的社会效益，对人类的经济生产和生活方式产生深远的影响。大科学应用于军事将导致战争方式的根本变革，战争将变成全方位、全社会的综合性国力的对抗。

上述特点也表明：①在大科学中，科学家已不可能完全凭自己的兴趣从事研究，其研究要受到社会的限制。这种限制主要表现在，其一，许多研究项目因不能申请到科研基金而不得不放弃。也就是说，高度选择性的科学基金，不管是由于本身的资金限制，还是政治上的考虑，都已成为科学的一个社会限度。其二，许多研究的目的和手段要受到伦理规范的限制，如核物理学、基因学等领域的研究。②在大科学环境下，所有重大的研究行为都是在一定规模组织的领导和影响下，正如前面提到的，科研活动必须服从国家战略和社会的需要。贝尔纳在分析科学家职业变化时指出，由于科学体制化发展，现在的科学家和小科学时代科学家工作性质是不同的，受社会因素的制约，科学家也要与社会各个方面打交道，体制化下的科学家像公务行政人员一样了。"科研过去原是由业余爱好者或教师在业余时间进行的。人们还不习惯于把科研看做一种独立的职业，人们也没有怎么认识到进行科学教学的能力和进行科研的能力并不总是一回事，以适当的方式承认科研是一种单独的职业，就会使情况大为改观。这样一来，也许会有少数无所事事的科研人员继续存在下去，但是在同时却能保证大多数认真的工作者全心全意地从事工作，不必再像现在那样致力于自我奋斗了。在法国现在已经承认了科研职业而且加以资助，这个事实说明这是一个完全切实可行的目标。现在从事实际工作的科学家是现行的选拔和教育制度的产物。在如此迥然不同的社会和经济环境中，他们同那些奠定现代科学基础的人们有所不同是不足为怪的。在过去，决定从事科学研究是一种个人的抉择，只有极少数人这样做而且他们在作出这种抉择时，还准备承担由于选择如此无用的职业必然要产生的严重不利后果。因此，只有有钱的人和能够取得别人赞助的人才能从事科学。现在科学肯定是一种职业了，至少可以从中取得中等的生计，因此吸引了许多新来者。在科学教育体系内部进行的选拔过程，一方面注重技术效率和勤奋，另一方面注重遵奉社会习俗的一般态度。假如一个科学家想成功的话，他就像行政人员一样需要同有权势的人打交道。"①

总之，随着科学与社会政治、经济、文化、军事等因素越来越多地联系，科学研究的实践活动已成为社会大系统中的子系统，大科学的发展必将推动科学技术与社会

---

① 贝尔纳 J D. 科学的社会功能．陈体芳译．桂林：广西师范大学出版社，2003：102．

更加广泛联系，互相促进，互为因果。大科学的发展不仅对促进各国的基础科学研究具有很大的意义，而且对国家经济发展、国家安全等具有重大意义。所以，不仅各国实施的大科学项目越来越多，而且国际之间的大科学项目也不断地增加，如国际大科学研究计划就有：全球变化研究计划（GCRP）、大洋钻探计划（ODP）、全球植物基因测序、蛋白质数据银行（PDB）、全球太阳活动观测网络组织、国际智能制造系统项目、大型强子对撞机（LHC）、国际热核试验反应堆计划（ITER）、国际空间站等。

这里以人类基因组计划为例来看一下大科学的规模和影响。1986 年，美国生物学家、诺贝尔奖获得者杜尔贝科首次提出了测出人类基因组 DNA 序列，发现所有人类基因并阐明其在染色体上的位置，从而在整体上破译人类遗传信息的设想，该计划得到了美国政府的积极响应，并于 1990 年 10 月正式启动了这项将耗资 30 亿美元、为时 15 年的计划。该计划自实施以来，很快受到国际科学界的重视，英国、日本、法国、德国的科学家先后加盟，并扩展成国际性合作计划，1996 年举行了国际合作的人类基因组大规模测序战略会议，我国也于 1999 年 7 月在国际人类基因组组织注册成功，作为唯一的发展中国家成为该计划的第 6 个参与国，负责测定全部序列的1％。2000 年 6 月 26 日，各国科学家联合向世界宣布人类基因组工作草图已基本完成，已绘制出人体 97％的基因组，85％的基因组序列得到了精确测定，其中包含了人体约30 亿个碱基对的正确排序。这一重大成就立刻受到全世界的瞩目。各国均给予了高度评价，认为人类基因组计划是继"曼哈顿工程"、"阿波罗登月计划"之后的第三大科学计划，其对人类认识自身，提高健康水平，推动生命科学、医学、生物技术、制药业、农业等领域的科技发展具有极其重要的意义。人类基因组工作草图的完成是该计划实施的一个里程碑，标志着人类在研究自身的过程中迈出了关键的一步。

第二节 科学技术产业化与科技教育经济一体化

21 世纪的科技社会化具有一个明显的特征，就是高科技将成为社会化的主要内容。由于高科技本身具有高知识含量、高附加值、高效率、低物耗、低能耗、低自然资源约束以及低污染等特点，可以说 21 世纪的科技社会化将向高级化发展，对人类社会生产、社会生活、社会管理的影响将更加深刻。以面临突破的纳米技术为例，其应用之广泛令人难以想象，可能带来的经济效益和社会效益无法估量。科学家们认为：纳米技术所带来的技术革命，将远远超过电子技术对人类的影响。

新兴产业是指随着新的科研成果和新兴技术发明、应用而出现的新的部门和行业。现在世界上讲的新兴产业，主要是指随着电子、信息、生物、新材料、新能源、海洋、空间等新技术的发展而产生和发展起来的一系列新兴产业部门。新兴产业的出现，对科技和人才的需求提出了相应的要求。20 世纪四五十年代以来，新的科学技术突飞猛进地发展，特别是电子、信息技术得到日益广泛的应用，标志着人类社会进入了技术革命的新阶段。

新兴产业大致可以分为以下三类。

（1）新技术产业化形成的产业。新技术一开始属于一种知识形态，在发展过程中其成果逐步产业化，最后形成一种产业。例如，在20世纪五六十年代或者说在更早的时候，生物工程技术只是一项技术，那么现在已成为生物工程产业，使这些成果服务于社会。在美国，生物工程产业被誉为一个非常有前景的新兴产业。同样，IT（information technology）产业，由于数字技术的发展，也被认为是一个新的朝阳行业。

（2）用高新技术改造传统产业，形成新产业。例如，几百年前用蒸汽机技术改造手工纺机，形成纺织行业，使得整个纺织行业产生了飞速发展。相对来讲纺织行业在当时就是新兴产业。现在新技术改造传统行业，如改造钢铁行业，则形成了新材料产业，生产复合材料以及抗酸、抗碱、耐磨、柔韧性好的新型材料。同样，用新技术改造传统的商业，形成现在的物流产业。这些产业改造的核心使经济效益比传统产业有较大幅度的提高。

（3）对发展起来的社会公益事业的行业进行产业化运作。在国外，传媒业是一个重要的行业，也是产生百万富翁最多的一个行业。在美国，仅一个好莱坞，通过几个大的传媒公司来运作，每年就赚几十亿甚至上百亿美元的利润。教育、文化等产业化已是科学技术社会化的重要领域。所以说，当前发展新兴产业是有重要意义的。

现代科技的发展为新兴产业提供了强有力的支持和发展的动力。随着科学技术的发展，新兴产业不断涌现。新兴产业的发展离不开科技的发展，科技的进步同时又推进了新兴产业的繁荣。从国际产业演进和发达国家发展历程看，只有抓住科技创新和产业转移的重大机遇，适时地推进产业结构调整优化，才能够提升在国际产业分工中的地位，保持经济持续增长的态势。美国、日本、韩国和中国台湾地区，均在不同的发展阶段明确了重点发展的新兴产业。例如，日本在石油危机后重点发展计算机、电子、新材料、新能源等产业，进入21世纪以来又把信息通信、物资流通、节能和新能源开发、环保、生物工程、宇宙航空、海洋开发等产业作为国家重点扶持的领域；美国在克林顿执政期间先后出台了"先进技术计划"、"制造技术推广计划"、"信息高速公路"等一系列产业政策，有效地促进了产业结构的升级和优化。因此，从一定的角度上讲，科技已经作为生产力推动着整个经济和社会的发展，同时，整个社会的进步也在影响着科学技术的发展。科学技术已经是一个独立的产业了。

科技产业化归根结底是科技与经济的一体化，就是基于以盈利为价值取向，把专利技术、实验室技术转化成商品或产业技术的过程，其核心是作为知识形态的科学技术向物质形态的生产力转化的问题。随着市场经济的逐步建立，大批的科技产品进入市场，使得科学技术不再是一个抽象的概念，而成为一些具体的商品为普通人接受。过去只有在科幻书籍中看到的情景，如今大部分变成了现实。电子产业、计算机产业、生物工程产业迅猛发展，创造出巨大的社会财富，并成为社会生产力发展的主导力量。以电子计算机存储器为例，它所用的原料比相同质量的铁锅还便宜，但通过科学的加工之后，其售价却相当于相同质量的白金。

随着现代科技日新月异的发展，科技向社会生产的转化也更加快捷。一方面，从科技成果转化到产品的周期大大缩短。据统计，从科技成果转化到产品的周期在 18 世纪平均为 70 年，在 19 世纪平均为 20 年，在 20 世纪中叶平均只有几年。目前，从科学发现、技术发明到形成产业的周期平均为 18 个月。另一方面，以科技为支撑的产品更新换代加快，不断丰富着市场。

中国改革开放的总设计师邓小平说过："现代科学为生产技术的进步开辟道路，决定它的发展方向。许多新的生产工具、新的工艺，首先在科学实验室里被创造出来。一系列新兴的工业，如高分子合成工业、原子工业、电子工业、电子计算机工业、半导体工业、宇航工业、激光工业等，都是建立在新兴科学基础上的。""当代的自然科学正以空前的规模和速度用于生产，使社会物质生产的各个领域面貌一新"[①]。

科学体制化，尤其是教育体制化的发展，大批科学人才的培养，为科学社会化打下了基础。科学技术社会化与教育的发展是密切相关的，教育是科技发展的基础，科技推动着教育的改革，科技教育相互作用并极大影响科技社会化进程，大科学时代科技教育经济一体化日趋明显。

中世纪及以前的远古时代，科技并没有形成独立的生产力要素存在于社会。直到 18 世纪中后期爆发的第一次产业革命和 19 世纪中期爆发的第二次产业革命，科技才逐步形成独立的生产力要素。20 世纪中叶，世界进入了新的科技革命时代，科技又逐步从独立的生产力上升到第一生产力。科技作为第一生产力活跃于社会，是与教育的基础作用、中介作用的发挥分不开的。科技的发展依靠高素质人力资源的支撑，高等教育正是高素质人力资源产出的中转机构。科技与社会生产形成一体化，其结合部正在于教育。因此，为了迎接新的科技革命，世界发达国家都制定了教育超前发展战略，并对教育的科技取向作出了第一反应。以教育为依托的科技，极大地推动了社会生产力的发展；以科技为取向的教育，极大地推动了社会的科技化。

二战后逐步形成了以美国和苏联为代表的两大霸权国家。霸权主义在政治、军事等领域的竞争，依托的是国家的科学技术，科学技术发展的平台是教育，世界各国都很清楚这种国家发展模式。因此，在世界范围内的科技竞争中，各国都在调整教育布局，借助教育的科技取向以增强国家的实力。

1957 年，苏联首颗卫星发射成功，这是国家对科技革命和教育的科技取向所作出的超前反应。在科技革命的旗帜下，为了把教育的科技取向发展到一个新阶段，当时苏联重点做了三方面的事情：一是把科技革命和教育科技取向发展摆到国家发展战略的重要位置，通过党的文件作出具体规定，并发展成国家行为；二是大力推进以教育科技取向为重心的教育改革，对高等学校提出"根据最新的科学技术成就来提高培养专门人才工作的理论水平"，"全力发展高校科研是改进专门人才培养的基础，是加速科技进步的重要潜力"等教改要求，以推动教育科技取向的形成与发展；三是围绕

---

① 邓小平. 邓小平文选. 第 2 卷. 北京：人民出版社，1994：87.

"科技革命与教育革命"、"教育-科技-生产"一体化等教育科技取向的重大理论问题研究空前活跃,推出一批教育科技取向的理论研究成果,形成教育科技取向理论与实践的呼应。

1991 年苏联解体,世界进入多极时代,单极美国对世界多极社会的控制和世界多极社会对美国单极的叫板,集中表现在以信息技术为标志的科技竞争方面。因此,各国为了掌握高科技的制动权,对教育的科技取向又作出了新的反应。其显著标志就是各国建设世界一流大学和高水平研究型大学的步伐明显加快,教育和科技的结合更加紧密。21 世纪的国家创新体系建设,极大地推动了大学科技取向的发展。

在大学科技取向没有形成之前,大学只是知识存储和知识传播机构。当洪堡提出"教学与研究相统一"的教育原则后,大学的科技取向由此萌动。经历了一个多世纪的发展,尤其到 20 世纪中叶,新科技革命的发展和国家创新体系的提出,大学理念科技取向在教育整体中的权重才有实质性提升,大学在真正意义上具备了知识传播和知识创新的双重教育功能。科学研究是知识创新的载体,大学的科学研究有别于独立的科研机构,它有宽厚的教育背景、齐全的学科设置、丰富的人力资源(包含学生)以及与知识传播相交叉渗透的得天独厚条件等。因此,教育与科研的相互依存和融合,形成了科教一体化。

科教一体化把大学的知识传播与知识创新相联系、教师的教与学生的学相联系、教学与科研相联系,是最具教育效应的当代教育方式,其核心是一种研究性的教育。这种教育在新的教育理念的引领下,以崭新、复杂的社会科学和自然科学研究课题为蓝本,教师采用研究性的教学,学生进行研究性的学习,使知识创新与知识传播置于同一教育流程,实现教师与学生互动,教与学互动、教学与科研互动,形成了教育的立交桥。

教育与经济相结合,导致教育产业化。经济发展最基本的因素是人,而人的素质提高要依靠教育。从这个层面讲,教育是经济的发动机,是经济发展与转型的动力和支点。高等教育是教育体系的重要组成部分,是社会体系的一个子系统,它必然与社会经济发生千丝万缕的联系。随着社会经济的发展,高等教育与经济之间的关系也不断地发展变化。现代经济社会中经济对高等教育的影响越来越主动,起的作用也越来越大;高等教育也日益成为制约经济发展的关键因素。因此,高等教育与经济必然要求相互适应,这种适应是双向的非均衡的互动关系。

一、高等教育促进经济的增长与发展

1. 高等教育为经济发展提供着重要的智力资源

美国国民生产总值中的高科技含量已高达 80%,日本为 75%。在我国一些较为发达的地区如经济特区,科技含量在国民生产总值中可以占到 60% 左右,但在一些落后的省份,自然型的农业经济和粗放型的工业经济还占很大的比重,高科技含量还不到 15%。乐观地估计,全国经济发展中高科技贡献的平均水平大概在 30%。很明显，我国要在 21 世纪追赶世界先进水平，除了大力开发人力资源，大力发展科技和教育事业，没有第二条路可走。当今世界知识经济的兴起已经向人类昭示了一个重要信息，在未来社会的生产中，劳动者的知识与技术水平将取代资本和自然资源而成为最重要的生产要素，建立在知识基础上的高科技将为人类寻找到可持续发展的新资源、新天地。

高科技的发展有赖于高水平人才的创新活动，而高水平创新型人才则需要高等教育的精心培养。大学阶段的教育，类似于制造一件产品的成型阶段，培养出来的人将直接进入社会的生产活动过程。个体在基础教育阶段所形成的基础知识、基本能力要在高等教育阶段进一步发展为专门的应用能力，包括发展为实际工作中的创新能力。因此高等教育是培养高水平创新人才的关键一环。高等教育的发展水平直接决定着一个国家高级专门人才的数量和质量，也在一定程度上决定着高科技领域的发展水平，从而决定其可持续发展的能力。

2. 高等教育为经济发展提供重要的知识基础和先进的科技成果

对于社会的发展来说，知识、技术、产品是现实的力量。工具、工艺、方法与管理的水平直接决定着生产的效率。高等教育不仅通过培养人才为社会的可持续发展提供智力支持，而且通过科研活动直接为社会的可持续发展提供各种知识、技术和产品等支持，为经济可持续发展战略的实施提供不可或缺的重要条件。

高等学校是国家科技创新体系的重要组成部分，高等教育的发展要与经济社会发展紧密结合，既要为现代化建设提供各类人才支持，又要提供知识贡献。由于高等学校具有多学科并存以及注重系统知识传授的特点，所以它在总结、整理人类已有知识成果以及开展基础研究方面往往占有一定的优势，一所高水平的大学往往就是人类知识的一座宝库。另外，在现代社会，随着各国政府和社会各界对高等学校社会服务职能的强调，高等学校越来越重视科技成果的开发、转化和推广工作，其对于社会发展的直接作用越来越大，许多高等学校已经成为社会的知识创新与传播以及科技发明与推广的中心。

3. 高等教育为经济发展注入重要的精神动力

经济发展需要劳动者知识与能力水平的提高，需要科学技术的支持，更需要人类成员间的相互理解、宽容和合作，需要人们摆脱那种根深蒂固的极端利己主义的价值取向，需要一种科学高尚的精神境界或精神力量。

要提高人类自身的文明水准，提升人类的精神追求，除了寄希望于社会制度的变革和加强法治以外，最实际、最根本的措施还在于教育。由于担负着传承和发展文化、促进人类个体和社会进步的神圣使命，高等学校虽然不完全是社会的一方净土，但总体上还是具有一种清新脱俗的气质。相对于社会公共环境和多数社会机构来说，高等学校可以为学习者提供一个更加富有理性和人文色彩的文化环境，学生不仅可以学习各种专业知识、锻炼专业能力，而且有很好的条件去学习人文与社会科学方面的知识，从而促使他们感悟人生、孕育理想、涵养心灵，提高精神境界或人文素养。因此，社会总是希望高等教育在防止道德滑坡、重建人类精神家园方面发挥更积极的作用，为社会的现代化进行价值导航。

二、经济增长的质量与效果从根本上制约教育的发展

1. 经济增长为教育协调发展提供物质基础

教育一定程度上是指通过人力投资的基本形式——教育投资所形成的，按计划培养和训练劳动能力的活动。从这个角度看，教育的投资和经营可以看成一个产业的一种投入产出过程。从负担的主体角度看，教育成本可以分为社会成本和个人成本两部分。高等教育的扩展需要增加相关的投入。教育协调发展，在根本上是要保证长期和持续的教育投入，但这必须以经济的持续稳定增长为前提。

2. 经济增长对教育发展具有制约和导向作用

经济发展的水平决定着教育的规模、内容、组织形式、教学方式和教育手段，还决定着劳动力的素质和教育培养人才的素质。从根本上说，教育作为培养人的活动，是社会发展的重要组成部分，其发展最终受经济发展水平的制约。经济发展水平既决定着教育投资的需要量，也决定着教育投资的供给量。这必然要求各级各类教育的规模与发展速度与经济建设的规模和发展速度相适应，在数量上相协调。

教育产业化至少包含两方面的含义：一是把教育当做对国民经济发展具有全局性、基础性、先导性的第三产业，而不是单纯的消费性公益事业；二是在办教育的过程中，应该注意计划与市场的双重调节机制。一方面，教育具有公共性，教育产品具有公共产品的特征，人人都有资格享受，人人都有受教育的权利。保证每个人接受良好的教育，是社会公平的重要组成部分，是人类社会永恒的追求，也是世界各国政府工作的着力点所在。教育（特别是基础教育）是公益性事业，实施免费教育或义务教育是国家应当承担的责任。另一方面，教育又具有私人性，教育产品具有私人产品的特征（一个人享有了某种服务后，就会减少其他人对这种服务的享用，甚至排除了其他人对这种服务的享用）。应该适应市场规律，按产品单位付费，谁享用谁付费。例如，高等教育传播的知识具有探索性和研究性的特点，不是人人都可以来分享的。而且举办高等教育需要大量的投资，在中国能够享受高等教育的人毕竟是少数。教育是事业性和产业化的统一，因此，在教育产业化过程中，应坚持公益性和盈利性，经营效益和社会效益相统一。

21 世纪是一个知识经济的时代，教育将不再局限于一个部门或一部分人，也不再局限于一个人的某个阶段，教育已是"全民教育"与"终身教育"相结合的全方位、立体式的大教育概念，所有产业都必须以先期教育为前提，也必须以同步培训为支撑。因此，大力发展教育产业，是知识经济发展的客观要求。随着经济社会的不断发展，尤其是知识经济时代大量的高新技术应用于生产，人类利用极小的资源即可创造出极大的社会财富。并且，科学技术的发展使再生资源、替代资源的开发利用成为可能。资源对经济的发展的作用逐步为知识所取代，知识可以增值，知识可以直接成

为财富，人力资源的开发利用对国家、企业和个人具有重要的意义，时代要求我们发展高等教育产业，提供高质量的高等教育服务。

第三节　科学技术是第一生产力

由于科学技术的不断发展，科学技术对社会的作用和影响日益增强，广泛渗透于社会生活的各个方面。在社会经济发展体系中，现代科学技术愈来愈居于主导地位，因而形成了社会的科学化局面。社会的科学化还表现在科学技术发挥其各项社会功能，科学技术已成为第一生产力，极大地促进了生产结构和产业结构的变革，实现了科学、技术、生产一体化。

1978 年 3 月 18 日邓小平在全国科学大会开幕式上的著名讲话，是中国科学的春天到来的重要标志。它不仅是进入改革开放新时期，在政治上、理论上拨乱反正的战斗檄文，而且是邓小平科技思想的第一次系统、全面地阐述，是邓小平理论形成和发展过程中的一个里程碑。整个讲话充满激情，内容丰富，洋溢着马克思主义辩证法的活力和生动的时代气息，是动员全国人民和广大知识分子投身四个现代化建设，实现新时期全党工作重心转移到以经济建设为中心上来的伟大纲领性文献。1985 年 3 月，邓小平曾回顾说："七年前，也是三月份，开过一次科学大会，我讲过一篇话。主要讲了两个意思，两句话。一句叫做科学技术是生产力；一句叫做中国的知识分子已经成为工人阶级的一部分。当时，所以要讲这两条，是因为有争论。七年过去了，争论已经解决了。结论是谁做的？是实践做的，群众做的。"

邓小平同志在全国科学大会之前的 1977 年 5 月 24 日发表的《尊重知识，尊重人才》一文中有这样一段话，"一定要在党内造成一种空气：尊重知识，尊重人才。要反对不尊重知识分子的错误思想。不论脑力劳动，体力劳动，都是劳动……要重视知识，重视从事脑力劳动的人，要承认这些人是劳动者。"从中我们不难看出，当时党内确实存在不尊重知识、不尊重知识分子的思想和现象，甚至还相当严重，把知识分子，尤其是高级知识分子都看成要被改造的资产阶级。所以，邓小平同志在全国科学大会讲话中一再强调科学技术的重要作用。科学技术的力量，在这里已成为知识的主导力量。

20 世纪 80 年代初期学术研究的一个中心话题就是对"科学技术是生产力"这一马克思主义的基本观点的探索，同时也是关于科学的社会研究的重要切入点。1979 年出版的《自然辩证法讲义》一书，结合现代科学技术和现代生产力的发展，考察了"生产力里面当然包括科学在内"以及科学转化为生产力的问题。并指出，"只要人们把科学和实践结合起来，知识形态的东西就转化为直接的生产力。这是一条客观规律。"（见《自然辩证法讲义》第 160 页）1982 年出版的孙显元的《科学和生产力》进一步比较系统地阐述了马克思主义关于科学技术是生产力的基本观点，还介绍了国内外的相关论述，是当时有影响的论著之一。随后出版的一批科学学早期著作，如夏

禹龙等编著的《科学学基础》(科学出版社，1983 年)、田夫、王兴成主编的《科学学
教程》(科学出版社，1983 年) 等著作，以及关西普、汤步华主编的高等学校教材
《科学学》，都对此进行了更加深入的分析与阐述。这些成果既是科学学奠基之作，也
为初创中的科学社会学，构筑起了理论和实践相结合的宽阔平台。

　　"科学技术是第一生产力"的著名论断，是一个具有鲜明时代特征的伟大战略思
想，是邓小平科技思想的精髓。这一论断是对马克思主义科技学说和生产力理论的继
承与发展。马克思是把科学技术纳入生产力范畴的开创者。马克思在《政治经济学批
判》中，明确指出：机器生产的发展要求自觉地应用自然科学，"生产力中也包括科
学"，"劳动生产力是随着科学和技术的不断进步而不断发展的。"在马克思提出科学
技术是推动现代生产力发展的重要因素和重要力量的思想之前，许多经济学家在他们
的经济理论中讨论投入与产出时，所考虑的只是土地、资本和劳动，而认为"科学是
与他无关的"。① 马克思和恩格斯在系统地考察近代科学技术革命和产业革命发展历
史的基础上，明确地提出了"科学技术是生产力"的基本原理。这一原理是沟通与连
接马克思主义科技学说和生产力理论的中介与桥梁，是马克思主义理论宝库中最重要
的基本原理之一。遗憾的是，在马克思主义发展史上，这又是长期被忽视和遗忘掉的
原理，特别在中国的"文化大革命"时期，它还被诬蔑为"唯生产力论"的修正主义
谬论，遭到长期批判。因此，当邓小平在 1978 年 3 月强调："科学技术是生产力，这
是马克思主义历来的观点"的时候，其政治上、理论上的拨乱反正的意义，无疑是一
次思想大解放。邓小平不仅澄清了被颠倒了的政治和理论是非，而且还从历史与现实
的结合出发，分析了科学技术同生产资料和生产力这两个生产力基本要素的内在联系
与辩证统一，既具有重要的理论意义，也具有强烈的现实感和时代特色。邓小平在那
次著名的讲话中，还以敏锐的洞察力和广阔视野，精辟分析了现代科学技术发展的态
势与影响。他指出，现代科学技术正在经历着一场伟大的革命。近三十年来，现代
科学技术不只是在个别的科学理论上、个别的生产技术上获得了发展，也不只是有
了一般意义上的进步和改革，而是几乎各门科学技术领域都发生了深刻的变化，出
现了新的飞跃，产生了并且正在继续产生一系列新兴科学技术。同时，他强调：
"现代科学为生产技术的进步开辟道路，决定它的发展方向。许多新的生产工具、
新的工艺，首先在科学实验室里被创造出来。一系列新兴的工业，如高分子合成工
业、原子能工业、电子计算机工业、半导体工业、宇航工业、激光工业等，都是建
立在新兴科学基础上的。"他还着重指出，当然，不论是现在或者今后，还会有许
多理论研究，暂时人们还看不到它的应用前景。但是，大量的历史事实已经说明，
理论研究一旦获得重大突破，迟早会给生产和技术带来极其巨大的进步。"当代的
自然科学正以空前的规模和速度应用于生产，使社会物质生产的各个领域面貌一

---

① 中共中央马克思恩格斯列宁斯大林著作编译局. 马克思、恩格斯全集. 第 1 卷. 北京：人民出版社，
1956：607.

新。特别是由于电子计算机、控制论和自动化技术的发展，正在迅速提高生产自动化的程度。同样数量的劳动力，在同样的劳动时间，可以生产出比过去多几十倍、几百倍的产品。社会生产力有这样巨大的发展，劳动生产率有这样大幅度的提高，靠的是什么？最主要的是靠科学的力量、技术的力量"。[①] 邓小平的这些深刻论述，即使是在 30 多年后的今天来看，也是言简意赅、精辟深刻的，它实际上已经蕴含着对当时初见端倪的新科技革命预测与展望。

邓小平"科学技术是第一生产力"的论断，不仅是科技本质上属于生产力范畴的概括，也是对科学技术的对社会强大推动力和社会功能的精辟概括，同时，强调"科学技术是第一生产力"还包含了全社会必须尊重知识、尊重人才的涵义。

从历史上看，科学技术是推动经济发展的重要因素。从科学技术对经济增长的贡献率看，20 世纪初为 5%～10%，现在一些发达国家已达 60%～80%，明显超过了劳动力和资本的作用。随着科学技术的发展，人类先后经历了三次科技革命。第一次科技革命，使世界工业生产总值成 10 倍地增长，社会在 100 年内创造了比过去历代所创造的还要高得多的生产力。第二次科技革命，在 100 年内使世界工业生产总值增长了 20 倍。可见科技每前进一步，都会引起社会生产力的深刻变革。特别是本世纪以来，量子力学、相对论等具有划时代意义的科技成果，孕育了第三次技术革命。总之，当今世界各国生产力的发展，综合国力的提高，越来越取决于科学技术的发展，科学技术已越来越成为生产力解放和发展的标志。现代科学技术在成为第一生产力的状况下，具有更为深刻、广泛的社会功能。

（1）现代科技渗透到劳动生产力诸要素之中，使生产力水平空前提高。

（2）现代科技不断开拓新的生产领域和产业部门，使产业结构发生根本变革。

（3）现代科技进步通过变革产业结构而引起社会结构的深刻变革。

（4）现代科技进步通过物质生产力发展而引起社会生活和社会文化的深刻变革。

（5）现代科技通过生产力的变革，推动社会形态的发展与变革。

由于科学技术对生产、社会管理的渗透，社会的各行各业都离不开科技理念和科技手段，科学技术是第一生产力，不光是指科学技术转化为直接的生产力，具有强大的社会功能，科学技术也转化为科学理念、科学认知，转化为对知识和社会人才的尊重。

科学技术也是维护国家安全、增强国力和提高威望的力量。现代科技与军事相结合，使武器的种类激增，出现了如原子弹、激光武器、生物武器、化学武器等。同时，又使军队编制、作战方式发生根本的变革，军队的编制也由单一兵种发展为多种兵种。此外，它又使军事训练和模拟作战的军事演习更加科学化，从而大大提高军队的战斗能力，增强国家的军事力量。所以，现代战争虽然是科技发展在军事领域的集中表现，实质上就是国力的竞争，哪一个国家掌握了现代军事科学技术，实际上就拥有了维护国家安全、增强国家实力和提高威望的力量，在国际政治斗争

---

① 邓小平. 邓小平文选. 第 3 卷. 北京：人民出版社，1994：275.

中就居于主动地位。

　　科学技术用于发展社会公共福利，是人类获得生存的必要保障。现代人的衣食住行以及医疗，无不依赖科学技术，科学技术已渗透到工业、农业、国防、教育、医疗、文艺、体育、公共福利事业。例如，数码相机、数码摄像机、液晶高清电视、电子计算机等电器已进入家庭，人们从烦琐的家务劳动中解放出来，有更多的时间和精力从事工作、学习以及文化娱乐活动，生活变得丰富多彩。这一切都显示出科学技术的巨大社会价值。

　　科学技术不仅具有生产力的功能，而且还具有认识的功能。它使人类不断摆脱愚昧无知的状态，思想日益科学化。科技的发展使人类碰到的种种自然之谜不断被揭开，自然现象得到合理的解释，原先笼罩在人们头脑中的宗教迷信观念也就失去了其存在的理由，愚昧落后的观念将被文明、先进、科学的观念所取代。

　　"科学技术是第一生产力，不光是指科学技术转化为直接的生产力，也指转化为人们对客观世界发展规律更加科学的认知。例如，过去人们对人与自然的协调发展不够重视，但包括环境、生态、生命科学和医学等在内的多门学科的研究，都发现了人与环境协调问题的存在。如果人与环境不协调，即使生产力规模一时发展很大，也是不可持续的。又如，敌敌畏，当时效果很好，后来发现杀了害虫，也杀了益虫，破坏了生态平衡。另外，敌敌畏通过土壤和水、通过食物链沉积在动物和人体里，后果非常严重。虽然发明敌敌畏的人获得了诺贝尔奖，但敌敌畏后来还是被停止生产。因此，科学技术作为第一生产力，不光要看它当时的作用或者直接的转化，还要看到它对人与自然环境的协调发展，对人类全面辩证认知客观世界，推动人类文明进步和人类总体生产能力、生存能力和发展能力的提高所带来的贡献。"[①]

　　可见，对"科学技术是生产力"的理解包含了广泛的科学与社会相互关系的内容。说科学技术是第一生产力，也是由知识创新和创造知识的劳动在现代社会生产中所起的作用决定的。科学研究是进行知识创新或进行创造知识的劳动，知识也属于生产力的要素。随着知识经济时代的到来，知识已经被认为是提高生产率和实现经济增长的驱动器。在知识经济中，作为经济驱动器的知识必须不断创新，而对从事知识创造新劳动的人就必须倍加重视。肯定科学技术是第一生产力，就是要尊重知识、尊重人才，特别是进行知识创新、技术发明创造的人才，随着知识在社会生产和社会生产力系统中作用的提高，知识劳动者的作用将越来越重要。金吾伦先生在阐述科学技术是第一生产力的内涵时就主张由劳动者生产力向知识者生产力转变。

　　20世纪90年代以后，科学技术又有了突飞猛进的发展，以因特网为代表的网络技术飞速发展，其后出现了知识经济时代问题的讨论，创新成为时代的新课题。这些都让知识的作用和意义发生了史无前例的变化，也带来了一系列理论问题的深入讨论。这种变化表现在生产力上，就是从劳动者生产力转变为知识工作者生产力。这两

①　路甬祥．应全面理解科学技术是第一生产力的科学内涵．中国科学院院刊，2005，20（2）：163.

个概念是著名管理学家德鲁克提出来的。

德鲁克指出，过去100年主要立足于努力提高劳动者的生产力，而从现在开始必须充分重视以系统的方法提高知识工作者的生产力。知识工作者的生产力和劳动者的生产力有着多方面的差别。德鲁克又指出，过去100年，在世界舞台上占有领导地位的国家和产业，都懂得率先提高劳工生产力，如美国、日本和德国。但现在，"发达国家未来要掌握竞争优势，办法只有一个，即培养、教育和训练知识工作人才。这是未来50年发达国家要在质和量上同时掌握重大优势的机会"。

德鲁克同时提出，18世纪以来，知识的意义发生了3次转变，或者说知识意义的变化分成3个阶段。需要说明的是，他所说的知识不一定全指科学技术知识，但主要是科学技术知识。第一阶段为时100年，知识被应用于工具、工艺和产品，从而促成了工业革命；第二阶段从1880年前后到二战结束，知识被应用于工作，这次改变带动了生产力革命；最后阶段是把知识应用于知识本身，就是管理革命。这里所谓的生产力革命，实际上就是使劳动工作者的生产力转变为知识工作者的生产力。

科技社会学者金吾伦先生认为，现在应该努力使劳工生产力尽快转变为知识生产力，从而实现生产力革命。这就是科学技术是第一生产力的真正的和实质性的涵义。科学技术是一种推动历史发展的决定性力量。科技的历史是人类对自然、对世界的认知史，也是人类智慧的发展史。

20世纪上半叶发生的一系列科学革命，不仅深刻地改变了人类对世界自然图景的认识，而且带动了经济社会的飞速发展。相对论、量子论和信息论的创立，DNA双螺旋结构分子模型、夸克模型的发现，系统论与控制论的建立，以及地球板块模型、宇宙爆炸假说的提出，标志着人类对于物质、能量、时空、信息、生命、地球和宇宙认识的新的革命。量子化学、固体能带论、质能转换原理、生物遗传中心法则、受激辐射理论、反馈控制等为技术发展提供了划时代的关键科学原理，开创了信息技术、新材料与制造技术、生物技术、新能源技术、海洋技术和空间技术等一系列高新技术领域。源于核物理学研究的核技术的发展，导致了原子弹、氢弹、核电站以及可控核聚变实验的实现；源于半导体物理学、电子物理学研究的微电子技术的发展，导致了电子计算机的硬件系统从电子管到晶体管再到集成电路和大规模集成电路、超大规模集成电路的迅猛发展，其软件系统的发展则是以数学和逻辑学为基础；源于量子理论的光发射和吸收理论与固体物理学结合导致了激光器的诞生，不仅发展出半导体激光器和气体激光器等多种激光器，还衍生出基于其他物理原理的自由电子激光器和原子激光器等，导致了激光和光通信技术的出现；而基因控制技术，包括引起震撼的动物克隆技术，则都是以DNA的双螺旋结构和遗传中心法则为基础的。快速推进的科学和不断发展的社会需求成为技术进步的基础和推动力。基于科学基础上的技术创新、技术发明不断涌现，不断引发影响深远的新的产业革命。技术进步也为科学发现和研究提供了前所未有的实验与观察手段。

上述这些最重要的科学技术成就已经对人类社会产生了巨大影响，而且仍然在不断迸发出对社会发展的强大推力。不仅如此，这些划时代的科学技术成就既是与科学技术相互作用的结果，又对其自身发展有着极为深远的影响，使科学技术在最近100年里展现出前所未有的、绚丽多彩的图景。在这100年的时间里，人类已经创造出了前几千年都不可比拟的物质文明。今天，人类开始进入工业化社会的高级发展阶段——信息化时代，并已形成以知识为基础与推动力的知识经济构架。科学技术更加彰显出了推动社会发展的无与伦比的力量，成为国家综合国力与竞争力的决定性因素。

第四节　当代科技革命的本质与社会生活科技化

当代科技革命始于20世纪中叶，以原子能、电子计算机的广泛应用为主要标志，涉及信息技术、新能源技术、新材料技术、生物技术、海洋开发技术、空间开发技术等高技术群落，其影响力已渗透于经济、政治、军事、文化、思想等包括马克思主义在内的许多领域，从而引起了生产方式、社会结构、思维方式等的一系列变化，其影响力是前两次世界科技革命所不能比拟的。唯物史观认为，社会发展动力是一个错综复杂的多层次的系统，不同层次的动力所起的作用也不同。社会生产方式或社会基本矛盾是社会发展的根本动力，生产力是生产方式中最活跃、最具革命性的因素，是一切社会发展的最终的或最后的决定力量。当代科技革命的发展，使科学、技术成为一个不可分割的整体，科学技术化，技术科学化，科技一体化，科学、技术、生产一体化已成为不容否认的事实。

物质生产力和物质生产方式的发展是人类社会发展的本质和根本动力，不同的文明形态归根到底是由不同的物质生产力和物质生产方式所决定的，不论把握文明的演进历史还是未来发展，都应始终坚持这一客观标准。从物质生产方式的视角去分析和认识新科技革命和新产业革命及其造成的社会变革，是遵照唯物史观认识当代社会发展的根本要求。事实证明，不能按照唯物史观的要求从物质生产方式的视角去认识新科技革命和新产业革命，去把握人类文明的演进历史及工业文明的发展，就难以认清新科技革命、新产业革命的本质和趋势，更难以认清工业文明的未来走向，就不可能形成真正具有前瞻性的切实可行的发展战略。究其原因，一是没有对西方学者提出的观点予以必要的分析，而大多是囫囵吞枣式地全盘接收；二是被现代社会扑朔迷离的表面现象所迷惑，而没有看清内在的本质和规律。例如，多年来一直流行这样一种观点，即认为信息化是比工业化更高级的文明形态，其实，这既违背了唯物史观关于物质生产方式的变革是社会发展的根本标志的原理，同时也不符合事实。因为目前的信息化只是沟通了人与人、人与机器以及机器与机器，它在生产中的作用主要体现在控制环节和信息交流环节上，而不是直接的物质生产环节上。单凭信息化还不能完全改变工业生产方式，只是提高了工业生产率，还远远不能解决能源短缺、资源匮乏以及环境污染等传统工业危机问题，因此，单靠信息化仍不能超越工业化的生产方式。事实表明，要实现从工业生产方式向更高级生产方式的飞跃，不仅需要信息科技，还需要上述其他一系列新科技，尤其需要这些新科技的系统集成，形成物质生产方式层面的全面的根本的变革。这些事实告诉我们：①在当今的新产业革命中，必须格外重视新科技革命，只有依赖新科技革命才能实现新产业革命，才能实现经济的新飞跃；②新科技革命引发的新产业革命不再是某一方面或某一领域的单独变革，而是物质生产方式的全面革命，我们要切实关注物质生产领域中的新能源、新材料、新工具、新方法的一系列深刻转变。具体地说，信息科技、生物科技、纳米科技、新能源科技、新材料科技、环保科技、太空科技等一系列高新科技将形成一种整体的力量，推动并产生一场物质生产方式的彻底变革。这就是我们坚持唯物史观所看到的新科技革命的本质和趋势。

社会科学技术化不仅是物质生产方式变革，也表现为社会物质生活方式的变化，即在当代科技革命的推动下社会生活日益科学技术化了。

不管人们有没有意识到，科学技术已经深深地影响着我们的日常生活，在经济和社会发展中扮演着不可或缺的角色。21 世纪以来，科学技术，尤其是计算机网络技术、电子信息技术的飞速发展，使得手机、电子计算机那些高科技产品步入寻常百姓家，成为我们生活的必需品。科学技术不但在一定程度上改变着我们的生活方式，同时也改变着我们的文化。科技渗透到我们日常生活的各个领域，可以说我们现在的生活就是一个科技化的生活。

数字高清电视、MP3、MP4、数码产品、家庭影院、电冰箱、微波炉、DVD 和卡拉 OK 系统等，极大地改变和丰富了人们的家庭生活；IDD 和 DDD 电话、传真机、E-Mail、移动通信和因特网等，有效地加强了人们的社会联系和沟通；X-CT、核磁共振成像技术、B 超、远程医疗、基因药物、人工组织器官等，大大提高了人类健康水平和医疗能力；以飞机、地铁、高速列车为代表的现代化运输工具和立体化交通网络，大大节省了人们出门和旅行的路途时间。科技向社会生活的加速渗透，使科技含量高的商品出现了一些新的特点：一是品质优良，其工艺水平、可用性及安全性达到新的高度；二是功能齐全，市场及消费者有什么需求，就会有与之相应的商品；三是简略性，即高科技商品的使用越来越简单，如照相机、模糊洗衣机和电子计算机等，越来越方便快捷；四是价格下降快，科技向社会生活的加速渗透，使人类的生存与繁衍更依赖科学技术。离开了现代科技，人类的社会生活将无法想象。

在现代条件下，人们之间的社会关系也随着科学技术的进步而发生改变。科学技术的进步，使人们之间的关系越来越社会化，广播电视的普及，可以使地域上彼此隔离的人们建立起互相学习的关系，教育者与受教育者的关系。E-Mail、电话、传真技术的发展，使人们之间的社会联系更加密切，社会组织化的程度大为提高。

现在，随着科技的发展生产力水平越来越高，人类生产出来的东西也越来越多，相信未来人类能够生产出更加丰富的物质产品。同时，随着科技的发展，各地区之间的合作日益频繁，欧洲共同体（欧共体）、东南亚国家联盟（东盟）纷纷成立，打破关税壁垒，互通有无，统一货币，统一服务定价，甚至是统一语言，统一生活习惯渐渐成为世界发展的趋势。而现在发展物联网、兴建智能化城市成为人类科技发展的一个新目标，相信随着科技的发展终将有一天会成为现实。那么，整个社会在生产力高度发展，物质极大丰富，在物联网的基础上，在科技发展的基础上实现高度透明，实现按需分配，城乡差距将越来越小，人们个性达到充分的发挥，最终达到共同富裕。那么马克思所说的共产主义的实现也将会在科技发展的基础上水到渠成。生产力决定生产关系，共产主义的实现依靠生产力的高度发展，而科技的发展是生产力发展的决定因素，因此科技的发展是实现共产主义的必经阶段。

思 考 题

2-1　大科学产生的历史过程及其特点是什么？

2-2　如何认识和理解科技-教育-经济一体化？

2-3　如何理解科学技术是第一生产力？

2-4　当代科技革命的本质是什么？

2-5　为什么说未来社会是科技的社会？

2-6　如何正确认识科学技术社会应用的负面影响？

第三章　科学技术的社会过程

现代科学作为一种社会现象，不论是科学家个人的活动，还是科学共同体的运行，都是一个社会过程，是科学社会系统有连续性交互作用的动态关系、动态状况。从社会学的观点来看，科学最重要的社会过程是交流、合作和竞争。这种交流、合作和竞争，成为科学系统和各种社会关系之间相互作用的规律和形式。

第一节　科学（学术）交流

曾获诺贝尔文学奖的爱尔兰著名剧作家和思想家萧伯纳有过这样一句名言："倘若你有一个苹果，我也有一个苹果，而我们彼此交换这些苹果，那么，你和我仍然是各有一个苹果。但是，倘若你有一种思想，我也有一种思想，而我们彼此交流这些思想，那么，我们每个人将各有两种思想。"① 这段话十分形象地说明了交流的意义。那么什么是交流呢？什么又是科学交流呢？

科学家或者科学团体之间的社会联系，不是通过接受命令，也不是需要承担的法律义务，而是通过交流信息和知识联系起来的。就本质来说，科学是一种公有的知识，每一个研究者都把他个人的成就贡献给它，同时通过相互之间的批评，得到修正和澄清。科学是一种协同的活动，我们每个人在我们前辈的工作基础上添砖加瓦，又与我们的同辈进行竞争性的协作。因此对科学来说，交流是极其重要和必要的，可以说"它是'科学方法'的心脏。"②

在一般意义上，所谓交流，"是指各个体之间借助于他们共同的符号系统（对人类来说就是口语、手势、文字等）进行情报交换，是指人们日常的思想交流。"③ 而科学交流顾名思义就是关于科学信息情报的交流，前苏联的米哈依洛夫在他的《科学交流与情报学》一书中对其的定义是，"人类社会中提供、传递和获取科学情报的种种过程是科学赖以存在和发展的基本机制，这些过程的总和我们称之为科学交流。"④

一般把科学交流过程分为两大类，即非正式过程和正式过程。

一、非正式过程

非正式过程一般被人们认为是一种有效的交流方式，是指基本上由科学人员自己

---

① 米哈依洛夫等．科学交流与情报学．徐新民等译．北京：科学技术文献出版社，1980：47.
② 齐曼 J．知识的力量——科学的社会范畴．上海：上海科学技术出版社，1985：82.
③ 张碧晖，王平．科学社会学．北京：人民出版社，1990：226.
④ 科学交流与情报学．北京：科学文献出版社，1980：47.

来完成的那些属于科学交流的过程，目前普遍存在的包括科学家和专家之间就他们所从事的研究进行直接对话；科学家和专家参观自己同行的实验室、科学技术展览等；科学家和专家对同行作演讲报告；交换书信、邮件、出版物或其他资料；研究成果在发表前的准备工作，包括发表形式以及发表地点和时间的选择等。这些过程的共同特征在于它们都带有明显的个体性质，科学家或专家必须要毫无例外地参与其中。正是基于这一特点，"美国社会学家门泽尔将它们统称为'非正式'过程，以区别与以利用科学文献为基础的'正式'过程。"① 美国专家卡尔森和普赖斯分析，科学家和专家的信息的来源，70%～80%是在资料正式报道之前，通过讨论会、年会、出版物预印本以及专家口头对话获得的。美国学者罗森布拉姆和沃立克，曾向在四家公司工作的 3200 名科学家、工程师和学会会员调查，发现通过个人接触获得的科技信息占全部科技信息的 53%。美国国防部对从事军事技术研究、研制、实验和鉴定的 600 名工程师进行了调查，发现通过非正式渠道所获得的科技信息占 41%。

我们尚不清楚这些数据是如何得来的，以及其可靠性如何。但是，美国社会学家门泽尔提出的科学交流的'非正式'过程是存在的，而且科学交流的非正式过程具有毋庸置疑的一些优点。

首先，通过非正式渠道进行科学交流具有最短的情报间隔时间，可以在较短的时间内获得较多的情报。在专家之间进行个人交往或者通信的条件下，他们所需的情报会以科学技术文献所无法达到的速度传递。而这一特点已经在影响出版事业，如在杂志中出现了致编辑部信件提供资料的基本形式。

其次，非正式的科学交流具有高度的针对性和选择性。因为同行之间直接的接触交流，会比查找散见于几百种、数千期科学杂志上的有关论文要有效得多。前西德一名诺贝尔奖金获得者就说过，"一个年轻科学人员最重要的事情，就是要和同行名流对话。"②

最后，非正式交流能了解到未写入论文中的有关细节，启发联想和产生新思想。科学人员在进行个人交往时，在他们的发言中总会包含着内部潜在语和感情洋溢的色彩。在个人交流和学术讨论中，谈话和演讲的气氛、听众的反应、演说人的面部表情和手势等所有这些生动语言的作用要素有时能促使听众更好地对思想作出评价，更加全面地了解问题，也就更有利于激发新的学术思想。

但是，非正式过程也存在缺点，它的应用范围毕竟有限，同时，对于它们所传播的科技信息的价值、客观性、真实性和可靠程度，缺乏监督机构真正的评价和检验。在评价科学交流非正式过程的作用时，不应忽略一个事实，那就是没有科学文献和构成所谓正式渠道的整个传播系统，那么以现代形式出现的科学便完全是不可能的了。科学家和专家的个人交往活动，只有建立在充分了解他们中间每个人对科学所作出的

① 米哈依洛夫等．科学交流与情报学．徐新民等译．北京：科学技术文献出版社，1980：49.
② 张碧晖，王平．科学社会学．北京：人民出版社，1990：229.

贡献的基础之上，才能是有成效的。因此，科学家反对过分夸大科学交流非正式渠道的作用。

二、正式过程

相对于科学交流的非正式过程，借助于科学图书、科学文献、科学报告、发明说明书、情报出版物等科学技术文献进行学术交流的过程，是科学交流的正式过程。如果没有科学文献，没有构成所谓正式渠道的整个传播系统，那么现代形式的整个科学就不可能出现。科技史表明，"科学的社会结构是建立在科学出版物的系统上，个别科学家的发现和研究变成共同的科学知识的过程，都是在科学出版物系统内部进行的。"① 科学交流的正式过程早已社会化，成为人类社会活动的独立部门，如编辑出版和印刷过程、书评活动、科学出版物的发行（包括书刊商业活动）、图书馆书目工作和档案事务、科学情报活动等。在这些社会过程中，出现了新的社会分工，科学研究人员和研制人员的作用开始逐渐减少，并形成一种专门的社会职业。需要指出的是，在这些正式过程中，除情报工作外，任何一种都不是仅为科学交流所特有的。

科学文献作为科学交流正式过程的基础和途径，在科学的社会结构中占有特殊的地位，同时也是不可分割的一部分。它是衡量一门学科或一个国家科学技术水平的重要标志。任何一个科技人员都需要系统地阅读有关的科技文献，从中得到科研工作所需要的知识和思想，这也是科技人员取得科技信息的一个重要来源。具体说来，科学文献的作用表现在以下几个方面。

（1）科学研究的结晶以科学文献的形式来表现。

（2）科学文献是传播科学的基本手段之一。

（3）科学文献可以作为科学发现优先权的标志。

（4）科学文献发表的数量是研究人员创造性劳动效率的公认指标。

（5）科学文献的积累反映并构成了科学的发展。

在科学交流的社会体系中，人们逐渐揭示出了标志着科学出版物与科学发展的内在联系的某些规律，确定了已发表的文献数量和科学增长指标间存在的定量关系，其中有以下几种现象值得我们关注。

1）"马太效应"

马太在《新约》中这样写道："……谁若有，就给他，并不断增加；而谁没有，则连已经有的都要被夺走。"② 这种效应也存在于科学社会系统中，也就是说，大多数的著作者终其一生也只发表了一篇或两篇文章，与此同时，人数不多的一些著作者却是硕果累累，一生能发表几十甚至数百篇的学术论文。美国科学社会学家朱克曼曾

① 张碧晖，王平. 科学社会学. 北京：人民出版社，1990：230.

② 张碧晖，王平. 科学社会学. 北京：人民出版社，1990：231.

经作过统计，1965 年，在《科学引文索引》中，诺贝尔奖金获得者的论文平均每人被引用了 97 次，而一般科学论文的作者平均只被引用 6 次。[①] 阿根廷的奥赛在获得诺贝尔奖金后 28 年间，又获得了 11 所科学院的 27 个名誉学位，并被授予各式各样的奖章 15 枚。

　　科学界的"马太效应"是一个复杂的社会现象，它既有利于科学的积累，属于人们尊重科学权威、崇拜卓越科学家的反应，但又容易造成一种盲目崇拜和信任，以至于压制后进，不利于形成科学发展的良好社会环境。对于这种科学社会分层的现象，人们正试图找到一个合理的评价标准，找到利弊的平衡点，以达到兴利除弊的目的。

　　2)"普赖斯指数"

　　以贝尔纳为代表的很多科学社会学学家们都论述过知识老化的现象，即已经发表的文章会随着时间的延长，而失去其作为科学情报源的价值和作用，从而会越来越少地被科学家们利用。为此，巴尔顿和凯普勒提出了用"半生期"的方法来衡量已发表文章的老化速度。所谓"半生期"，是指某学科现在被利用的全部文献的一半是在多长的一段时间内发表的。例如，如果社会学的文章的半生期是 5 年，也就是说，这一领域现在被利用的所有文章中有一半的年龄不大于 5 年。不过，一些社会学家如劳恩认为这个方法中没有考虑文献的持续增长，从而算出的文献老化指标是没有多少实际意义的。有关科学技术文献的"半生期"如表 3-1 所示。

表 3-1　有关学科技术文献的"半生期"[②]

学科	半生期/年	学科	半生期/年
医学	3.0	生物学	7.2
冶金学	3.9	化学	8.1
物理学	4.6	植物学	10.0
化工	4.8	数学	10.5
社会学	5.0	地质学	11.8
机械制造	5.2	地理学	16.0

　　普赖斯则建议引入另外一种指标，认为计算"有现时作用"的引文数量与"档案性"引文数量的比例将比引文的"半生期"更为有效，并为此在前苏联的《哲学问题》杂志上发表文章。人们把对不高于 5 年的文献引用的数量与总的引文数量的比例，称之为"普赖斯指数"。

　　"档案性文献"的普赖斯指数的数值范围为 22%（正常增长）～39%（迅速增

①　朱克曼 H. 科学家的精英. 北京：商务印书馆，1982：58.

②　米哈依洛夫等. 科学交流与情报学. 徐新民等译. 北京：科学技术文献出版社，1980：187.

长），"有现时作用"的文献则为 75%～80%，各学科的总平均值约为 50%。例如，物理和生物化学方面期刊的指数是 60%～70%，X 射线学和放射学为 55%～60%，社会科学为 40%～45%，语言学和历史学则少于 10%[①]等。

"普赖斯指数"当然不是完备的指标，随着科学交流的社会化进程不断推进，各种新的指标也将应运而生。大部分学者认为，无论是"半生期"还是"普赖斯指数"都不能够十分充分地反映出科学文献的老化规律，因为这些指标都或多或少地受到各种相互关系很弱的因素影响，如该领域的知识的累积性、已发表的文章的总数和增长速度等。需要指出的是，今后大量的综合性科学期刊的存在是科学技术期刊体系的必然属性，它反映了科学的整体化趋势，正是由于这种期刊的存在，才保证了各领域和各学科之间的联系，使得科学交流朝着更加有利的方向发展。

一般来说，科学交流分为非正式交流和正式交流两大类，但具体来说其实际的交流形式是多种多样的，几个世纪以来有重点地发生着变化。

1. 书信

根据科学史专家的研究，私人信件一直是提供有关新观点的发现和传播的最主要的证据之一，而科学家之间的通信是科学交流的最早形式。17 世纪时，伽利略就曾经通过书信和奥地利的科学家就潮汐活动进行研究。牛顿也于 1671 年和 1674 年分别致信给皇家学会秘书奥尔登伯格，叙述他用新式望远镜进行观测所取得的新进展。书信成为一种交流的重要形式，英国曾在 20 世纪 60 年代对 500 名化学家、物理学家和生物学家进行调查，发现 95% 的科学家是通过信件进行交流的。在极端的情况下，书信甚至会成为主要的交流形式。例如，在"文化大革命"时期，我国内蒙古和南京的两位学者，为了对基本粒子问题进行讨论，就互相通信了数百次。即使有了其他交流形式，人们发现科学文献中"私人通信"也显得十分重要。为了有利于整个科学界的情报流通，甚至出现了如《物理评论通信》这样的专门发表短"信"以报道那些被认为是重要的科学发现的杂志。这种杂志的创办使得作为以往传递科学观点的唯一方式——私信公开发表了，同时也标志着科学交流进入了新的阶段，发表此类书信已成为一种不可阻挡的趋势。

2. 书籍

在科学交流系统中，图书是最古老的工具之一，流传至今的最早图书，是起源于公元前 4000 年的美索不达米亚的楔形文字泥板。[②] 17 世纪科学革命以前，新的科学观点公布于众的唯一途径是通过专门印刷出版的书籍。[③] 科学家们把重要的书籍视为是研究和研制不可或缺的工具，其意义相当于如今的电子计算机或显微镜，在科研工作中扮演着重要的角色。科学著作不断地著成、出版并收藏在图书馆里。这些著

①　米哈依洛夫等. 科学交流与情报学. 徐新民等译. 北京：科学技术文献出版社，1980：189.

②　张碧晖，王平. 科学社会学. 北京：人民出版社；1990：240.

③　齐曼 J. 知识的力量——科学的社会范畴. 上海：上海科学技术出版社，1985：86.

作中有很多是为学生而写的教科书，陈述了指定课程范围内的、当前所公认的观点。那些在很多大学里被广泛推荐为普通课程教材的大学教科书是一种宝贵的学术财富，具有广泛的影响和深刻的作用。书籍的传播作用还在不断的扩大中，日本是世界上出书最多的国家，几乎每有一项重要科学发现和发明时，就会立即出现对公众普及的书籍。

书面文献数千年发展的经验表明，其形式的演变主要是受到社会需要的影响，科学的兴起和印刷术的发明之间的巧合并不是偶然的。早在公元前 47 年，亚历山大图书馆就有 70 万卷的藏书。12 世纪以后，随着中国的造纸术传到欧洲，特别是在 1448 年古登堡发明了活字印刷术之后，书籍取代了手抄本，其出版量扶摇直上，成为把情报固定下来的更有效工具。尽管在科技迅猛发展的今天网络与电子图书盛行，书籍依旧以其长久的生命力而存在着，现今出现的音像软件，也是具有图书的意义的。但是，书籍的出版周期过长也会对科学交流造成一定的影响，如曾经震撼世界的巨著《物种起源》，几乎耗费了达尔文一生的心血，而现在很少会有人像他那样等了 20 年之久才发表巨著。由于知识变化的速度太快，使得作者单独靠自己撰写专著会导致知识落后，因此出现了各种由不同作者撰写的专题论文集或评论文章汇编，可迅速拼凑装订成册。

3. 学术杂志

作为新科学成就的传播工具，由私人通信自然发展起来的原始论文是科学交流最重要的媒介物，而学术杂志就是这种媒介物的承载体，成为交流新的科学发现的标准工具。在小科学时代，科学交流的主要工具就是定期出版物。已故的英国著名编辑迪克曾说道："从 17 世纪开始，定期刊物是报道新发明和传播新理论的主要工具。我甚至说，假设没有定期刊物，现代科学当会以另一种途径和缓慢得多的速度向前发展，而且科学和技术工作也不会成为如同现在一样的职业。"①

学术期刊是以文字表达方式反映学科（或专业）具有一定理论水平的科技成果论文的定期出版物。编辑出版学术期刊是学会传统的任务之一，它是反映研究成果的一种有效方式，也是进行学术交流的一个重要阵地和有效手段。

科学技术的发现、发明和许多研究成果，往往首先要通过学术刊物来发表，以便为国内外公认和利用。这些科学的记录记载着科学技术发展的进程，它像一面镜子，反映了国家的科学技术水平，起到"藏之名山，传之后人"的作用。学术期刊与科学图书相比，信息量大、交流快、发行面广，对培养专门人才、进行国际学术交流起着特殊的作用。

学会编辑出版的学术期刊主要有两类：一类是代表学科或专业水平的高级学术刊物，统称为学报；另一类中级科技刊物，有各种科学通报、译丛、文摘及科技杂志等。由于学术杂志的数量极大，以致所有有关的学术论文不可能都被及时地注意

---

① 米哈依洛夫等. 科学交流与情报学. 徐新民等译. 北京：科学技术文献出版社，1980：87.

到。例如，孟德尔曾于 1866 年在《布吕博物学学会会志》上发表过关于豌豆属植物遗传学的著名论文，由于未被达尔文或赫胥黎看到，直到 1900 年才引起学术界的注意。

　　学术杂志逐渐成为了评鉴科学家学术成果的一项指标，发表论文的数量就是一个最直观的衡量数据。但也并不是那么绝对。普赖斯在其专著《小科学、大科学》中提到，"谁敢把爱因斯坦的一篇论文与哲学博士约翰·德的一百篇关于巴苏陀兰下游森林中各种树木弹性常数的论文看成对等的？"[①] 现在学术杂志还在急速的增长中，几乎每隔十年，杂志的数量就要翻一番。但由此引发的问题就是大多数论文质量不高，而且出版周期冗长等，影响着科学交流的正常进行。人们为了解决这些问题，采用了各种方式，包括缩微化、集中存储和编索引、计算机检索等。

　　对于从事实践的科学家来说，最重要的问题就是他的研究水平不落后于学科文献的水平，并了解与其研究相关的新近出版的其他著作。这就促成了"文献杂志"的出现，这种杂志在详细分类的标题下刊载了所有新的科学论文的摘要。当然，随着信息网络技术的迅速发展，如今的人们已经可以在因特网上利用检索系统和各种网站轻易获取这些信息情报。

　　4. 学术讨论会

　　学术讨论会是科学交流的一种重要而又十分普遍的形式，从国内到国外，从各个学科到学科间的综合，形式多种多样。学术讨论会的雏形是"学园"，最早可以追溯到古希腊时期，它既是学者讲学、研究的场所，也是古代学术活动交流的中心。大约公元前 387 年，希腊唯心主义哲学家柏拉图在雅典附近创办了一所学校，因校址设在命名为阿卡第漠斯（传说中的英雄人物）的运动场中，故被称为"阿卡第米亚"（希腊文 Akademeia），现译作柏拉图学园，简称"学园"。柏拉图学派又称学园派，是古希腊、罗马宣扬唯心主义的主要场所，亦进行讲学、研究和学术交流。1459 年意大利的佛罗伦萨也设立了一所名为柏拉图学园的机构，专事研究柏拉图的著作。近代以来，特别是在二战结束后，学术会议越来越多，一些知名的科学家几乎是在各种学术会议上度过的。无论是国内还是国际的，学术会议都在知识交流中发挥重要作用。通过学术讨论，科学家们不仅增进了友谊和相互了解，更重要的是交流了学术思想，引起共鸣和争论。现今，一个科学家如果不参加任何与本研究领域相关的国内或国际学术会议，不与同行进行探讨和交流，就会被认为孤陋寡闻，在科学上落伍，而且很难做出什么成就。曾经被马克思、恩格斯称赞过的费尔巴哈，后期为什么无所建树，主要原因是躲到了几乎与世隔绝的穷乡僻壤。[②]

　　5. 科学普及

　　科学知识除了科学家内部交流外，还涉及如何把知识带给普通大众的问题。许多

---

① 张碧晖，王平. 科学社会学. 北京：人民出版社，1990：242.

② 张碧晖，王平. 科学社会学. 北京：人民出版社，1990：243.

科学家认为这是防止人们对科学兴趣发生衰退的最好方法，并积极投身于这一领域。1660 年成立的英国皇家学会就坚持把科学知识传播给大众，法拉第正是在听了戴维的科普讲座后走上了科学研究的生涯，而后成为世界闻名的科学大家。科学普及的传统一直延续至今，并成为各国科学交流的重要形式。除了科普讲座，更多的是通过科普读物进行传播，为未受过教育的阶层提供一系列普及的、实用的科学书籍。

6. 人才流动

知识流动是科学交流的本质，而科学人员作为知识的载体，其流动成为科学交流的最高形式。目前在世界范围内，已出现了大规模的科学人才的流动，造成这种现象的原因是多方面的。一方面是出于学科界限的不确定性以及新兴学科赖以建立的需要；另一方面是来自于教育方面，如预测不准和对所需专业人员培养的长远规划出现偏差。

前苏联的库格尔曾经作过调查，发现只有不到 2/3 的科研人员正在从事他们在大学所学专业的课题研究。在职业流动大军中充当主要角色的是物理学家和化学家，而人文社科领域的相对较少。美国国家科学基金会对 1978～1979 年间科学家的职业流动进行了调查，发现在这一时期数学家的流动性最大，其中 41.6％的人改变了他们的职业或专业方向，其次是社会科学的学者、计算机技术专家、心理学家和工程师。值得注意的是，一个很大的倾向是从科学家、工程师向行政管理领域的流动。美国等国家的统计资料表明，在向行政管理或有关经营领域流动的科学和工程职业中，其相对流量最大的为社会科学和计算机技术这两个专业，它们所占的比例分别为 32％和 27％左右。① 另外，前苏联的凯彼克院士经研究发现，职业流动往往与新现象的出现、新理论的创立或新研究方法的产生有关。

在未来的科学领域中，人才流动范围将扩大，其发挥的社会重要性也将随之增大。不仅仅表现在跨职业的人才流动，还有公司间、国内与国际间的大范围区域内的科技工作者的流动。

科学交流作为一种社会活动，具有一定的规律性和特征。前苏联情报学家米哈依洛夫等一些学者研究发现，无论是群众性交流手段还是科学交流手段，它们有一个共同的规律是，随着新手段的出现，先前的手段并未消亡，而仍在人类交际中保存下来。② 新手段产生，先前手段和方法只将部分功能让出，而继续保留下来的这部分功能则更有效地发挥作用，以后再新的方法出现依然是这样。例如，学术期刊的出现并没有使科学图书消亡；印刷品的出现也没有导致科学家摈弃作品手稿、书信交往等手段；无线电、电影、电视技术的出现不仅没有把图书（科学上认识世界的工具）排斥掉，反而使图书作用更加有效，使之传播更为广泛。由此可见，学术交流新的方法和手段的不断出现，是对学术交流活动方法、手段的不断补充、增强，使学术交流活动

---

① 库格尔 S. 职业流动是新兴科学领域人员构成的社会机制. 科学学译丛. 1985：6.
② 米哈依洛夫等. 科学交流与情报学. 徐新民等译. 北京：科学技术文献出版社，1980：65.

更容易、更有效地开展，使学术交流系统更具稳定性。

科学交流的这一规律把交流系统与许多其他的社会现象和过程区别开来。对此，前苏联社会学者舍宁曾表示，交际手段的进化过程是特殊的，新创造手段与其说是排斥，倒不如说是用以补充现有的手段。这一规律性是可以解释的，一方面对交流手段的新的需求看来并不会导致原有手段已能满足的那些需求的消失；另一方面，交流的方法和手段之所以具有很大的稳定性和保守性，是因为它们是社会意识的物质表现，而它们在一定范围内的应用意味着在人类社会一定部分的成员之间建立稳定的联络渠道。

作为社会体系的科学交流系统具备一系列重要特征，主要有以下三点：①学术交流作为系统是一个广泛的系统，它的内部结构使这个系统对于外界影响异常稳定；②学术交流系统具有整体性，学术交流系统是一个有机整体，不是各种渠道和手段的算术和，即使系统中的某一部分被取消，也不会破坏整个系统；③"等级"结构是学术交流系统最稳定的结构，学术交流在自己组织的过程中力求达到最稳定的状态，但这只有当该系统拥有"等级"结构时才能够达到。例如，某学科的学术期刊，经过一定时期发挥其功能后，由其中一些最重要的期刊组成"核心"，在同类期刊中形成了一定的"等级"。一个学会由于其发展和会员人数的增多，在它的内部会有少量主要科学家形成"核心"，这样就在内部建立了会员之间的"等级"（不是上下级等级的概念）。

科学交流在推动科学发展和扩大社会影响方面起着十分重要的作用，发挥着重要的社会功能。科学交流是科学劳动的一种特殊方式和手段，贯穿于科学劳动的始终。其主要功能包括以下几点。

（1）传播、推广最新的科技情报。科学交流是知识的社会推广及普及，是利用各种手段将科学理论的创造者、科学信息的发现者和新技术的发明者联系起来的一种活动。这种同行之间的交流，属于高层次的普及，每个交流者都将自己的研究成果、最新的科学情报拿出来分享、交流。相对于一般的科学普及是由科技人员单向地向听众或读者普及知识，学术交流则具有多向性。在学术交流中，每个普及者同时也是被普及者。伴随着对最新科技情报的审查、评定、批评和查漏补缺，同行之间交流思想是省时又高效的选择。

（2）促进、激发新的科学创造。国内学术交流的广泛开展，已经显示了学术交流对启发、联想、激励的作用。这主要表现在知识、信息、学术思想的不断传递和碰撞，必然引发"智慧的火花"，而且在交流的气氛中产生群体效应。这也是科技人员为什么始终热恋于学会学术交流的原因。科学交流实质上是交流者集体大脑的思维过程，又反过来影响每一个交流者大脑的思维。科学情报具有不可加性和不可组合性，即包括在科学情报中的信息，不是组成该信息的信息要素的简单算术和。信息在接受和结合过程中，可以产生新的结构方式并产生新的信息，如同逻辑学中的三段论一样。事实上，不同思想结合产生新思想的例子在科技史上有许多，如光的波动说与粒子说的结合产生现代光学，光速不变与相对性原理结合的基础上产生了狭义相对论等。①

（3）作为学术单位的成绩和效益的评价标准。在科学交流基础上发展起来的科学计量指标，已经成为世界各国用来评价学术成绩和效益的基本方法之一。通过这一方法得出来的指标，具有较大的科学性和可靠性，可以作为有关领导和管理部门进行评估的重要参考。表 3-2 介绍的就是中国科学技术协会所属专业学会系统的科学计量排序情况。（资料来自于中国管理科学研究院《学坛》通讯）

表 3-2　　中国科学技术协会所属专业学会系统的科学计量排序

名次	学会名称	1983 年	1984 年	1985 年	在国际权威杂志发表论文总数/篇	人均论文数/(篇/人)
1	天文科学学会	70	95	38	203	0.15
2	化学科学学会	611	368	445	1424	0.10
3	物理科学学会	600	567	581	1748	0.05
4	工程科学学会	245	214	474	933	0.03
5	数学科学学会	222	223	168	613	0.03
6	力学科学学会	99	53	106	258	0.02
7	生物科学学会	311	198	220	729	0.02
8	医学科学学会	792	672	620	2084	0.02
9	地学科学学会	392	414	308	1114	0.01
10	农业科学学会	138	56	27	221	0.005
11	林业科学学会	2	12	10	24	0.0007

说明：人均论文数是指各类学科三年总论文数与相应学会会员数之比值。

（4）检验科学人员的科学态度。科学是一种创造性的劳动，但又不是从零开始，每一项科学成就都是在前人的基础上取得的，通过科学交流来共享人类的共同财富——知识。一个严谨的科技人员是十分重视科学交流的，它可以显示出科学工作者负责任的态度。无论是自然科学家还是社会科学家，都应该具有这种品质。列宁在撰写自己专著的过程中，仔细翻阅和研究过大量的文献资料，其中包括 22 种文字的 16000 件图书、小册子、文章、定期出版物、文件和书信。② 事实上，列宁的每一部著作都是在详尽研究有关科学文献、统计材料、报纸等之后编著的。例如，在著述《俄国资本主义发展》时，列宁差不多利用了 600 种各式各样的参考资料。

① 张碧晖，王平．科学社会学．北京：人民出版社，1990：236.
② 张碧晖，王平．科学社会学．北京：人民出版社，1990：238.

第二节　科研合作

科学是人类的一种社会活动，显著表现为科学社会化过程中的合作现象。在 16 世纪以前，科学研究基本上处于分散的状态，主要是科学家们个体的活动。尽管科学家胡克、卡西尔和波义尔曾在 1665 年合作撰写过科学论文，但这只是一种偶然现象。人们在仔细研究科学史后发现，在职业科学家出现之前，科学研究只是一些人的副业或者兴趣爱好，谈不上也不会想到去和他人合作。据有关抽样统计，那时科学论文合作仅占 0.3%。[①] 科学合作是在科学职业化之后的必然产物，可以说是与近代科学同时产生的。以法国为例，其科学职业化开始于拿破仑时代，科学家的科学劳动在当时已经得到社会的普遍认同和支持。作为社会成员一部分的科学家们，凭借自己丰富的知识、科学成就和对社会的贡献，逐渐形成了属于自己的社会——科学界。此后法国科学家们著述了大量的合作性论文，其合作率大大超过当时尚未实现科学职业化的英国和德国。人们开始认识到，个体的科学活动最终将退出人类历史的舞台，正如科学管理之父泰罗所说："现在，我们已经踏入真正合作的新时代的门槛了。任何人可以不依靠别人的帮助而独闯天下取得成就的时代正在迅速地消逝。"[②] 控制论创始人维纳也曾说过，爱迪生个人发明创造的时代已经过去了，现在已经进入了科学合作的时代。[③]

人类对客观世界的认识，从把握其连续性、过程发展到其控制性特征，除了有空间和数量的共性外，还有信息的、控制的、系统的广泛统一性的内容。客观世界的这一特性决定了认识主体应该有合作的需要。事实上，科学合作与科学的整体化趋势是同步发展的。科学的整体化趋势表现在两个方面：一是科学分工越来越细，二是各学科之间的联系越来越紧密。一方面科学活动中的专门化分工，对不同能级的科学人员、科学辅助人员来说意味着要加强合作；另一方面由于科学的横向转移，各门学科相互渗透，产生了许多综合性交叉学科和新的边缘科学，尤其是一些连接经济、社会发展的横断科学，如材料科学、环境科学、能源科学等，涉及的问题更为广泛，需要众多学科的科学家和其他人员之间建立合作的关系。科技实力分布和科技资源配置的不均衡性也是引发科学合作的重要原因。和世界上其他国家一样，我国不同省区的科技工作者也在各个学科领域频繁合作。在基础研究与应用基础研究领域，科学合作成果的主要形式是联合署名的学术论文。表 3-3 的数据来自于 CSCD（Chinese science citation database）数据库。该数据库全称为"中国科学引文数据库"，是由中国科学院文献情报中心创建的。数据源为国内具有较高学术水平的 582 种专业期刊，覆盖了数学、物理学、化学、生命科学、地球科学、农林科学、医药卫生、工程技术以及环

---

①　张碧晖，王平. 科学社会学. 北京：人民出版社，1990：246.

②　泰罗. 科学管理原理. 上海：上海科学技术出版社，1982：2.

③　张碧晖，王平. 科学社会学. 北京：人民出版社，1990：248.

境科学等主要科学技术领域。社会科学与人文科学期刊不在收录范围。我们选取
CSCD 数据库 1999 年版收录的中国内地 31 省（直辖市、自治区）的科学论文为计量
样本。台湾、香港和澳门产出的论文暂未考虑。表 3-3 列出的是 31 省（直辖市、自
治区）的 CSCD 论文产出情况，包括同一省区作者完成的论文和省（直辖市、自治
区）间合作完成的论文。

表 3-3　中国内地 31 省（直辖市、自治区）的 CSCD 论文产出*

序号	省（直辖市、自治区）	论文总数	省（直辖市、自治区）内论文	与他省（直辖市、自治区）合作的第一作者论文
1	北京	14528	12043	2485
2	上海	6785	5805	980
3	江苏	5147	4105	1042
4	广东	4257	3421	836
5	湖北	3896	3300	596
6	陕西	3592	3132	460
7	山东	2969	2360	609
8	四川	2750	2251	499
9	辽宁	2532	2273	259
10	浙江	2436	1954	482
11	吉林	2218	1980	238
12	湖南	2157	1736	421
13	天津	2139	1881	258
14	安徽	1798	1408	390
15	黑龙江	1703	1522	181
16	福建	1553	1165	388
17	重庆	1323	1087	236
18	甘肃	1090	860	230
19	河北	1015	782	233
20	河南	987	764	223
21	山西	829	636	193
22	云南	828	669	159
23	广西	427	292	135
24	内蒙古	405	312	93
25	江西	353	239	114

续表

序号	省（直辖市、自治区）	论文总数	省（直辖市、自治区）内论文	与他省（直辖市、自治区）合作的第一作者论文
26	新疆	350	267	83
27	贵州	339	239	100
28	青海	112	78	34
29	海南	106	77	29
30	宁夏	93	62	31
31	西藏	22	14	8
	合计	68739	56714	12025

﹡梁立明，朱凌，侯长红．我国跨省区科学合作中的马太效应与地域倾向．自然辩证法通讯，2002（2）：43～51

除了跨省（直辖市、自治区）合作，个人间的合作也很频繁，我国近年来科学发明奖和自然科学奖的情况就说明了这一点，如表 3-4 所示，个人得奖者仅 31 项，而合作得奖则达到 386 项，占总数的 93%。

表 3-4　1979～1980 年我国公布发明奖和自然科学奖情况（417 项）﹡

	个人	合作
特等奖（1 项）	/	1
一等奖（6 项）	1	5
二等奖（49 项）	6	43
三等奖（217 项）	7	210
四等奖（144 项）	17	127
合计	31	386

﹡张碧晖，王平．科学社会学．北京：人民出版社，1990：247.

根据 2007 年《国务院关于 2006 年度国家科学技术奖励的决定》，2006 年度国家自然科学奖一共授予了 29 项，其中有 27 项是属于合作项目（包括 1 项一等奖）。此外，2006 年 SCI 收录的我国内地论文中，国际合作产生的论文为 18846 篇，占我国作者发表论文总数的 21.9%，我国科技人员作为第一作者的国际合作论文 10331 篇，涉及合作的国家与地区高达 74 个。[①]

马克思曾经指出，科学是总的历史进程的产物，它"部分地以今人的协作为条件，部分地又以对前人劳动的利用为条件。"[②] 科学合作作为科学社会化过程中的一

---

① 中国科学院．2008科学发展报告．北京：科学出版社，2008：246.

② 中共中央马克思恩格斯列宁斯大林著作编译局．马克思恩格斯全集．第25卷．北京：人民出版社，1963：120.

个显著特点，是与科学劳动的本质有关的。翻开灿烂的人类科学史，有关科学合作的案例不胜枚举：正是由于英国人普利斯特列的实验和法国拉瓦锡的思考相结合，氧化还原理论才应运而生；爱因斯坦在其他数学家的协作下，才完成了广义相对论的研究；在杰出化学家、生物学家、生理学家的合作之下，吉耶曼和沙利制取了下丘脑激素；玻尔、海森伯和波恩师徒三人坚持自由讨论、教学相长，最终成为量子力学的创始人；1979 年以丁肇中教授为首进行的胶子喷注实验的成功，也是众多科学家合作的产物。这方面的案例还有许多，达尔文在《物种起源》中列举了世界各国 34 位学者和他们的著作，有力论证了进化论思想是在前人的启发之下，并经由与后来诸多科学家合作后的结果。正因为卢瑟福主张"科学是国际性的"，剑桥大学卡文迪许实验室才能够聚集各国的杰出科学家，成为造就科学精英和频出科学成果的著名科学中心。科学合作在很多方面都早已超越了地域和空间的界限，近代大工业的动力——蒸汽机就是在英、法、德三国科学技术人员的共同努力下创造出来的成果，并且被恩格斯称为"第一个真正国际性的发明。"①

大科学时代，是科学合作的时代。科学合作的目的是促进科学的发展。科学合作的动机是多种多样的，而有什么样的动机，就会有什么样的合作形式与其相对应，既有直接和间接的，也有组织性和非组织性的合作。

1. 满足各自需要的合作

科学家们出于自身研究的需要，常常要求合作，如在实验设备和仪器方面的合作。在自然科学研究领域，除了理论教学之外，几乎每项科学成果的产生，都建立在科学实验的基础上，以实验得出的数据结论为依据从而概括出科学的规律。可以说，实验是科学的生命，理论的源泉。这一特点就决定了科学家们要在实验室开展合作，同时还能提高实验仪器与设备的利用率。美国费米国家实验室就是一个很好的个案，它由 52 所大学合作建立而成，共享实验设备和成果。我国有关部门也根据科学劳动的特点和科研管理原则，积极资助若干国家重点实验室的建设，以更好地为科学合作服务。

科学研究一般都要横跨多个学科，兼具各个领域的技术，科学家如果仅仅依靠自己个人的专业知识和技能是无力进行科学研究的，必须在一些技术甚至是原材料上求助于科学合作。以我国为例，遗传学家们在研制人工合成酵酶丙氨酸转移核糖核酸时，认识到活性测定是一项他们很难胜任的重要的技术，迫切要求分析化学家的协助。通过这项合作，使得我国的一种活性测定技术成为世界上特有的超微量方法。

此外，还有为满足个人承认的需要的合作。科学的社会分层使得科学系统按照不同的科学水平和才能形成等级结构，一个科学研究人员的成就，必须获得有相应资格的人的认同。因此，科学人员们为了取得这种认同而要求合作。比奥是 19 世纪初期法国最具权威性的科学家之一，但他的成就获得肯定并且地位不断上升，是在他致信给拉普拉斯表示愿意校对《天体力学》之后开始的。由于经常性的合作，他得到了拉

---

① 恩格斯. 自然辩证法. 北京：人民出版社，1971：92.

普拉斯的欣赏和提携，顺利进入了巴黎科学院，并成为伦敦皇家学会的成员。肖克利在《研究实验室中个人出成果能力变化的统计》中指出，由于一些人的威信的影响，于是就把这些实际上没有参与这本著作的人员包括在作家集体中，或者为了提高年轻的、成长中的研究人员的威信，也采取同样方法。[①]

2. 为提高科研效率而进行的合作

人类对大自然奥秘的探索已经扩大到整个太阳系，深入到物质的基本结构粒子层，这些活动需要越来越复杂的设备和越来越庞大的投资。为了提高科研效率，完成各项研究，同时避免知识单一以及低水平的重复，许多来自各个不同专业领域的研究人员联合起来进行合作。例如，1746 年出版的《大英百科全书》只由两名科学家撰写而成，但是到了 1967 年，参加编写《大英百科全书》的专家多达 10000 名。如今，科学合作已经成为科学研究的正常结构模式。在我国，科学合作由于受到鼓励，合作发生率是比较高的，如表 3-5 所示。

表 3-5　我国科学合作发生率（1976~1980 年）*

学科	取样论文数	单独著作	合作论文	合作率/%	国外类似数据/%
生命科学	266	14	252	95	78
化学	185	24	161	87	82
物理学	357	138	219	61	64

*张碧晖，王平. 科学社会学. 北京：人民出版社，1990：255.

3. 新的合作形式

社会的协调发展迫切要求科学、技术、经济等多领域的合作，一些新的合作形式也相继应运而生，如科研-生产联合体、科学工业园、科学城等。

科研-生产联合体亦称科学生产联合公司。一般指科研机构和生产单位相结合，实行企业化经营的一种组织形式。这种联合体以大型科研机构为中心而组成，包括科研、设计、工艺机构、实验室、实验工厂、调试与安装部门及批量生产工厂等；以共同的目标而联合在一起，承担科学探索、新技术开发、生产应用等任务，对促进科技和经济发展有显著效果。这种合作形式可以避免在科研选题上出现盲目性、分散性的问题；能大大缩短从科研到生产应用的周期，尽快实现科研成果的价值，有利于研究和运用新技术；从组织上消除科研与生产单位相脱节现象，提高科技人员进行创造性劳动的积极性；为工业部门提供信息，引进专利，进行技术预测与市场预测，培养科技人员等。它是伴随现代科技发展而出现的智力与技术密集型产业，多分布在智力技术集中、协作条件好或信息方便的地区，如中国的深圳科技工业园。

科学工业园或者更大规模的科学城，是 20 世纪 50 年代开始出现的更高级的集科研、生产于一体的综合体。科学城是专门设置科学研究和高等教育机构的一种卫星

---

① 多勃罗夫. 普通科学学导论. 天津：天津科学技术出版社，1984：175.

城，它以知识、技术、人才的高度集中和科研、教育、生产融为一体的新的区域性科研生产组织形式，实现科学、技术、经济、教育更为高层的合作。建设科学城既可减轻大城市拥挤程度，也有利于促进科学事业发展，便于利用大城市的社会环境、雄厚的物质技术基础和丰富的情报资料。集中设置科研和高教机构，利于加强它们间的内在联系和满足对外部环境质量的共同要求。世界代表性的科学城有 20 世纪 50 年代末建设的前苏联新西伯利亚科学城、70 年代建成的日本东京都的筑波科学城以及世界著名的美国硅谷等，如表 3-6 所示。这种合作形式更为深远，剑桥大学的科学公园由于其深远的社会影响而被称为"剑桥现象"。

表 3-6　世界的主要科学城

		筑波科学城 （日本）	硅谷 （美国）	新西伯利亚科学城 （俄罗斯）	法兰西岛科学城 （法国）
规模	面积/m²	27000000	70000000	13000000	35000000
	人口	22000	250 万以上	50000	112000
目的		将研究机构集中，建立一个具有良好环境的"脑城"	促进需要高级技术的产业发展，促进当地工业化，提供就业机会	创造从事应用研究的基本环境，以开发西伯利亚的自然资源	将研究机构、私人产业部门集中起来形成科学城
核心机构		44 个政府或半政府的研究机构和 2 所大学	以附近一流大学斯坦福、伯克利和加州理工等为依托，有大小电子工业公司 10000 家以上	20 所国家的研究所和大学	集中了法国 60% 的高等院校和 43% 的公共科研机构
雇员数		研究机构 11000 人	科研人员 100 万人以上	研究机构约 18000 人	35000 多名研究人员和工程师

4. 科学的国际合作

科学技术的进步一日千里。富有战略意义的重大研究项目不仅需要大批优秀科技人才、高精度仪器设备，而且要有庞大的研究经费。这对任何国家来说都是力不从心的巨大负担。因此，这成为当代国际科技合作迅速发展的重要原因。科学是全人类的共同财富，科学的产生、发展都需要国际合作，大科学时代尤其如此。联合国教科文组织一系列的全球性研究项目，如"人与生物圈"、"世界气候与海洋的考察"等，都要求国际间的密切合作。任何一个国家要想在飞速发展的科技潮流中不落伍，都必须要与世界科学技术保持紧密联系，加强合作交流。社会和国家的进一步开放，为这种合作和交流也提供了良好的条件。如今，各国参与的科技合作，已经在全球构成一面交织紧密的网络，各发达国家、发展中国家都在这一网络之中本着取长补短、互助互利、共同受益的精神，分享着合作的成果。资源匮乏的日本在二战后的科技合作中捞到巨大实惠，一跃成为世界经济大国。它的成功甚至改变了多年的传统观念——认为只有疆土辽阔、资源丰富的国家才能成为强盛之邦。一些发展中国家或地区在国际合作中也受益匪浅，如巴西、韩国、印度等。在这个过程当中，国际学术会议及其组织起了积极的作用。成立于 1919 年的国际科学协会联合会，就是一个包括各个学科在内的国际性科学团体，它有力地促进了各个学科和各个国家之间科学家们的合作。我国在这方面也作出了不少努力。为了鼓励在与中国科技合作与交流中，为推进科技进步，增进中外科技界合作与友谊，为中国科学技术事业作出重要贡献的外国科学家、工程技术人员和科技管理人员及组织，我国于 1994 年专门设立了中华人民共和国国际科学技术合作奖，每年评审一次，迄今共有 47 位外籍专家获此奖项。

5. 自然科学与社会科学的结合

列宁曾指出："从自然科学奔向社会科学的强大潮流，不仅在配第时代存在，在马克思时代也是存在的。在 20 世纪，这个潮流是同样强大，甚至可说更加强大了。"① 进入 21 世纪之后，伴随着科学技术革命，人类的科学实验、技术革新、生产实践和社会管理等活动日益结合成为统一的社会实践体系，自然科学和社会科学的合作和联盟已经形成滚滚潮流。如今，任何重大社会实践问题的解决，都离不开自然科学、社会科学和技术科学所提供的知识、技能和手段的综合运用。例如，一些复杂的综合性问题，包括空间开发、资源短缺、环境保护、生态平衡、社会变革、地区发展等，都必须要有自然科学和社会科学的合作。著名的柯布-道格拉斯生产函数就是由数学家和经济学家合作研究的成果，而享有盛名的《博弈论与经济行为》则是由数学家诺依曼和经济学家摩根斯坦共同撰写的。

各国对于自然科学和社会科学结合这一发展趋势也表示出了关注和兴趣。美国麻省理工学院在 1977 年就设立了"科学、技术与社会计划"的教学科研中心，俄罗斯也一再强调"知识的整体化"，呼吁自然科学与社会科学的联盟。我国在组织自然科学家和社会科学家合作研究这一方面也做过不少工作。中国科学院研究生院自 2003年开始就定期举办中国科学家人文论坛，以此为平台促进科技创新与文化创新、自然科学与社会科学更好地结合起来，让自然科学家和社会科学家相互交换信息、交流思想，相互理解、相互学习，进而找到合作的方式，确立某些共同的研究课题。

科学合作扩展了科学家的视野，提高了科研效率，对科学的进步起到了极大地促进作用。

1）提高科学生产率

由于在良好的合作中合作者的目标一致，心理相通，从而使科学人员的智力得到放大与增强的效果，合作过程也充满着创造的气氛。科学史表明，参与合作的科学家，其出成果的质量和数量都相对来说更加有优势。美国的普赖斯在《小科学、大科学》中指出，根据其引用的资料显示，某科学家的第一篇论文如果是和他人合作完成，那么这位科学家完成第二篇论文的可能性是 80%，要远高于独自完成第一篇论

---

① 列宁. 列宁全集. 中文第 1 版. 第 20 卷. 北京：人民出版社，1959：189.

文的科学家，因为独立写作第一篇论文的使这种可能性下降为 25%。普赖斯还进一步指出，自 20 世纪以来，这种合作现象一直稳步增长，而且发展越来越快。

资料显示，在 1900 年，由个人写成的论文占论文总数的 80%，其余 20% 则大部分是由两人联名发表的。虽然也有如居里夫妇、库克劳福特和瓦尔顿、福尔摩斯和华生医生那种类型的联名文章，但大部分是由教授和他的研究生联合署名的。此后，联名论文的比率开始稳定地增长，并且三人、四人或更多人联名的文章开始增多。[①] 事实证明，由于存在一个集体的领导使其比单枪匹马时能更有效率地完成更多的工作量，大多数参与合作的科学家都能够提高生产率。马克思这样说过："由协作和分工产生的生产力，不费资本分文。这是社会劳动的自然力。"[②] 科学家们大多是乐于合作的。当德国化学家维勒向李比希提出合作的建议时，李比希欣然接受，并且事后在其自传中写道："我有个大好的运气，即得到一位气味相投的和目的相似的朋友。"[③] 我国的钱三强教授曾经也表示，他在居里实验室工作时发表的约 30 项科研成果，其中有一半是与他人合作完成的，若不是因为善于与人合作，那些成果仅靠自己是不可能在 10 年内做成的。

2）提高研究质量

科学合作还能提高科学研究的质量。不同学科的科学家在合作的过程中，其知识、能力等各方面得到了互补，从而形成最佳的科学劳动结构，产生出凭借个人无法获得的想象力和创造力。例如，曾经有好几位诺贝尔奖获得者都试图单独研究超导理论，但都以失败告终。后来，精通固体物理的巴丁教授，熟悉量子场物理的库玻以及擅长实验技术的施里弗通过科学合作，成功解决了这一难题，3 个人共享了诺贝尔奖。根据美国科学社会学家朱克曼的统计，诺贝尔奖金获得者的研究成果，大部分是通过不同形式的集体合作取得的。资料显示，"1901～1972 年间的 286 位诺贝尔奖金获得者中，共有 185 人，亦即多达 2/3，是因与别人合作进行的研究而获奖。在诺贝尔奖金设立后的头 25 年，因协作进行研究而获奖的人只占获奖人总数的 41%。在第二个 25 年，这一比例跃升至 65%，而现在则占全体获奖者的 79%。"[④]

作为社会化过程的一部分，科学合作正逐渐成为制约科研成果的重要因素。一个良好的科学群体，要想取得高质量的研究成果，必须是能够互补、形成梯队的优化结构。例如，英国著名的卡文迪许实验室和被称为美国"思想库"的兰德公司，都是这样的优秀群体。

3）有利于科技人才的成长

具有不同素质和专长的科技人员通过科学合作，能产生一种思维与智慧的碰撞，从而诱发出个人在通常情况下不能产生的创造力，造成智力的"叠加"和"重组"，

---

　① 普赖斯 D. 小科学、大科学. 北京：世界科学出版社，1982：76.

　② 中共中央马克思恩格斯列宁斯大林著作编译局. 马克思恩格斯全集. 第 23 卷. 北京：人民出版社，1975：423，424.

　③ 王极盛. 科学创造心理学. 北京：科学出版社，1986：329.

　④ 朱克曼. 科学界的精英. 北京：商务印书馆，1982：243.

出现人才群落现象。贝弗里奇在他的《科学研究的艺术》一书中曾经写道，"一个人如果被隔绝于世，接触不到与他有共同兴趣的人，那么，他自己是很难有足够的精力和兴趣来长期从事一项研究的。多数科学家在孤独一人时停滞而无生气，而在群集时就相互发生一种类似共生的作用。"① 钱学森和他的导师冯·卡门就是这样一个成功的合作案例。钱学森的非凡想象力和数学才能，帮助卡门提炼了自己的某些思想，对一些未解决的艰深的问题有了更多的新想法。从惊奇到赞赏，冯·卡门和钱学森之间的关系已不仅仅只是师生，而成了亲密的合作者，充满了深厚情谊和合作精神。在20 世纪 30 年代末到 40 年代中，冯·卡门发表的许多文章都是与钱学森共同署名的。由冯·卡门提出命题，然后由钱学森做出结果的著名的"卡门-钱公式"，是师生二人合作的最好体现，在航空科学史上留下闪光的一页。科学合作的例子还有许多，科学家们在合作的环境下相互吸取营养，从而更好地发挥自己的优势，我国科学界著名的钱学森-宋健、华罗庚-王元、苏步青-谷超豪等合作组合，都充分说明了这一点。

第三节　科研竞争

从自然界的生存之争到人类社会的优胜劣汰，竞争不仅仅是一个自发的过程，也是一种必然的社会现象。科学作为人类的知识体系和社会现象，在其社会系统中也存在着激烈的竞争过程。

一方面科学作为一种普遍认可的生产力，已成为经济领域里的一个独立部门。而在商品经济社会里，竞争主宰着一切。马克思对这个问题有这样的见解，"社会分工则使独立的商品生产者互相对立，他们不承认任何别的权威，只承认竞争的权威。"② 科学人员处在一定的社会地位，不得不受到物质、经济利益等条件的支配，在他们看来，竞争是必然存在的。尤其是当前经济发展越来越依赖科技的进步，并需要以此为支柱，科技方面竞争的存在就显得更加自然了。另一方面，作为先进生产力的要素之一，科学家们所具备的知识、品德和素质，使他们了解科学技术对人类社会发展的重要意义，从而有一种油然而生的责任感和事业心去促进科学的发展。再加上对自我荣誉和理想的实现，大多数科学家都处在一种奋发向上的状态。这些因素都是竞争之所以存在的重要原因。

在自然科学发展的悠长历史中，最常见的一种科技竞争形式是不同学术观点或者各种不同学派之间的争论。"科学创造往往起源于论战，科学家们在追求创造力和自我实现的过程中，会处心积虑地参与竞争。"③ 一个著名的案例就是发生在 20 世纪 20

① 贝弗里奇 W. 科学研究的艺术. 北京：科学出版社，1979：161.
② 中共中央马克思恩格斯列宁斯大林著作编译局. 马克思恩格斯全集. 第 23 卷. 北京：人民出版社，1975：394.
③ 张碧晖，王平. 科学社会学. 北京：人民出版社，1990：259.

年代，爱因斯坦与玻尔之间关于量子理论的争论。当时，爱因斯坦对玻尔关于测不准关系的统计解释有异议，为了推翻这一理论，他精心设计了一个理想实验"光子箱"。面对爱因斯坦的挑战，玻尔开始废寝忘食地思索该如何对其进行回击，以维护自己的权威。后来，他想到了广义相对论的红移现象，这是爱因斯坦自己的理论。在充满着争论的索尔维会议上，玻尔阐述了自己的观点，并且迫使爱因斯坦放弃了"从内部不一致的基础上"否定量子理论的希望，转而在量子力学不完备性上，继续他的批判和论战。① 在科学史上，几乎所有的学派、各种学会和"科学沙龙"都充满了论争。控制论的创始人维纳，曾经参与过一个私人讨论会，这个类似沙龙的集会聚集着来自不同学科的科学家，大家共同分享自己的方法论论文，接受其他人连珠炮似的批判和攻击，从而使一些不成熟的思想或者过分自信和妄自尊大的作风得以反思和纠正。② 法国的布尔巴几学派，每次的学术活动都会成为一场近乎疯狂的论战。科学活动中这些表现为新旧理论不断嬗替的自由的竞争过程，也符合择优选择的原则，正确的认识不断取代错误的认识，更加全面和普遍接受的认识不断取代片面、局部的认识，真理不断战胜谬误。

　　科学竞争的另一表现形式是科学家对某一科学发现的所有权，对科学上发现的优先权的争夺是科学史上长期存在的普遍现象，牛顿、李斯特、拉普拉斯、高斯等科学巨匠都为此而不遗余力。科学史上最有名的一次优先权的争夺官司，就发生在牛顿和莱布尼茨之间。这两位天才的科学家一直是很好的朋友，经常会有书信来往。在一次信件交流中，牛顿透露了自己关于微积分的设想。莱布尼茨则用 dx、dy 等符号明确叙述了他所思考的微分方法，并在几年后公布于世。虽然当时没有引起争论，但后来却遭到一个瑞士数学家迪耶的质疑，他在皇家学会杂志上发表文章，公开指责莱布尼茨剽窃牛顿的成果。当时皇家学会的会长正是牛顿，他虽然为此组织了专门的调查委员会，但鉴于牛顿的声望，调查的结论明显是有利于牛顿的。这场关于"谁是微积分的最早发现者"的论战持续了很多年，两位科学大师也相继辞世。经过几代数学家的多方考证，最终才得出两人各自独立发现了微积分的公正结论。人们普遍认为，在创造性的科学活动中，重复的劳动是毫无意义、一文不值的。而科学发现的优先权不仅是对科学家创造性劳动的一种肯定和尊重，也使科学的有效性有了一个评估标准。随着各种对于科学发现优先权的奖励方法的出现，这种竞争更加激烈了，为争夺科学优先权的"官司"更是频频出现。1974 年丁肇中教授主持了国立布洛克海文实验所工作，通过实验发现了 J 粒子，差不多同时，美国斯坦福研究小组的里兹特教授也宣布了这一发现。次年的诺贝尔奖评委们为了论证谁是最先发现者而煞费苦心，最后证实了这是他们各自独立的发现，从而共同分享了 1976 年的诺贝尔物理奖。值得指出的是，在争夺科学优先权的竞争中，科学家的道德风尚、大度豁达也可使问题妥善解

---

① 赵中立，许良英编译. 纪念爱因斯坦译文集. 上海：上海科学技术出版社，1979：365，366.

② 朱熹豪. 现在是通讯和控制的时代. 自然辩证法通讯，1981，(2)：71.

决，如达尔文和华莱士在处理发现进化论的优先权上就是个很好的例证。但是，解决这类问题主要还需要相应的法制和政策的调节和约束，如专利法。如今重要的学术杂志上刊登的科学论文，都必须注明收到论文的日期，就是避免争论的有力证据之一。

由于科学技术对经济、社会的重要促进作用，科学的竞争自然成为一种集团或国家规模的竞争，与经济、国家实力的竞争结合在一起。在一些发达国家，"经济的竞争就是科技的竞争"，"科学是企业竞争的生命线"等口号早已深入人心。社会发展到今天，将是依靠科学技术制胜的时代，这一点也很早就被我们伟大的设计师邓小平认识到，果断提出了"科技是第一生产力"的英明论断。科学竞争不仅无法避免，而且会愈演愈烈。

在世界科技竞争日趋激烈和科技全球化快速推进的形势下，科技人才已经成为决定国家科技竞争的最重要的战略资源，成为确保国家发展和安全的重要支撑力量。实施人才竞争战略也成为众多国家提升科技实力和综合国力的战略选择。从现实情况来看，美国是全世界实施科技人才竞争战略最成功的国家。与其他国家相比，它不仅吸引和接受了最多的海外留学生和科技移民，而且在保持吸引人才和发挥人才作用的优势方面也做得最具成效，这是美国所以能够在 20 世纪甚至 21 世纪世界科技竞争和综合国力竞争中始终保持领先地位的最重要原因。据美国国家科学基金委员会的报告显示，近年来世界各国在美国攻读硕士和博士学位的研究生人数呈不断增加的趋势。1995～1996 年，共有 450 万外国学生在美国高等教育系统中注册；截止到 1993 年，居住在美国的 73 岁以下的科技博士中，有 23.0% 是移民到美国的；1993 年在美国获得学位的科学家和工程师有 268.5 万，其中 43.1 万来自海外；在美国获得博士学位的有 34.5 万，其中 10.1 万来自海外，比例高达 29.3%；与此同时，在美国产业界中工作的科学家和工程师也有 15.5% 来自海外。

除了美国以外，日本、英国、德国、新西兰、加拿大等发达国家近年来也加紧了对科技人才的竞争，并通过积极吸引海外留学生和技术移民的方式来改善本国的科技人力资源，尤其是高层次科技人力资源的供给状况。与此同时，一些发展中国家或新兴工业化国家也纷纷在全球范围内开展科技人才竞争活动，努力利用各种机会吸引高层次科技人才。例如，前苏联解体后，韩国通过技术合作协议，从前苏联吸引了1000 多名专家，其中许多是前苏联的尖端技术专家；伊朗和伊拉克甚至开出比美国还高得多的报酬争夺前苏联的核物理和核技术专家；以色列也高度重视前苏联的科技人才，并将其作为提升以色列科技能力的重要基础。中国社会科学院 2007 人才蓝皮书指出，中国 28 年来海外留学人员回国率约为 25.77%，超过七成留学人员滞留海外。未归留学人员有相当一部分留在发达国家跨国公司的研发机构或其他研究机构。人才外流使得发展中国家损失惨重。美国从 20 世纪 50 年代初至 70 年代中期就引进20 多万名高级人才，按美国培养一个专家约需 4 万美元教育经费计算，仅此一项就可节约近百亿美元的教育经费。而这些流入美国的高级人才，20 年内至少可以创造600 多亿美元的收入。发展中国家从 20 世纪 60 年代初到 80 年代末的 30 年中，共流失 140 多万名人才，经济损失达 700～1400 亿美元，间接损失无法计算。①

随着世界各国尤其是发达国家加强对高级科技人才的争夺，全球科技人才流动的非平衡现象表现得越来越突出。一方面，大量高级科技人才涌入发达国家或新兴工业化国家，这些国家因此从这种人才的非平衡流动和科技人力资源的集聚中大大获益；另一方面，广大发展中国家在很大程度上成为发达国家和跨国公司的人才培养基地，不得不在科技人才竞争中面临大量科技人才外流和高级科技人才短缺的尴尬现实。其中，我国的形势也颇为严峻。一方面，大量留学海外的科技人才滞留不归，至今已达 20 多万人；另一方面，随着我国改革开放的深入发展，发达国家及其跨国公司大量涌入我国本土，掀起了一场惊心动魄的人才争夺战，致使大量高素质的科技人才从国内单位流入跨国公司设在中国本土的研发或经营机构。这种状况如不及时改变，无疑将对未来我国在世界科技竞争乃至综合国力竞争中的地位和影响形成巨大的掣肘。②

为了解决这一现实问题，一方面，从研发人才利用全球化的长远考虑，我国要建立一个开放的高等教育体系，积极推进高等教育国际间的合作与交流，引进国外优质教育资源来华合作办学，大力支持部分高校与国外名校联合办学，建立中外合作高等教育机构，增强我国高等教育的竞争力和吸引力。这样，可以加速实现科技人力资源的国际双向流动，使我国成为国际科技人力资源流动、知识流动的枢纽和中心。另一方面，继续扩大外国留学生的规模。我国已在"十一五"期间就大幅扩大了来华留学规模，留学人员每年都有所增加。为了打赢争夺"优秀头脑"之战，相关部门应在充分调研和论证的基础上，在现有规模上进一步扩大外国留学生规模。同时以提高我国紧缺的特定学科专业的奖学金的额度吸引这些专业的外国优秀人才来华学习和就业。最后，我国还应建立完善的配套政策措施，做到待遇吸人、事业留人。例如，在国内外加大对来华留学的宣传力度；进一步完善来华留学生的医疗保险制度，改善来华留学生的学习和生活条件；建立来华留学生和毕业生的跟踪、调查和统计体系；在部分高校采取英、汉双语授课；建立外国留学生勤工助学制度；降低外国优秀留学生毕业后在中国居住的门槛；建立和完善紧缺学科专业和行业的外国留学生毕业后在我国逗留就业的政策，并经常更新这些紧缺学科专业和行业的名单。③我国在吸引科技人才方面做了不少努力，中央人才工作协调小组于 2008 年不失时机地制定了"关于实施海外高层次人才引进计划的意见"（简称"千人计划"），大力引进海外高层次人才回国或来华创新创业。"千人计划"主要是围绕国家发展战略目标，从 2008 年开始，用 5～10 年的时间，在国家重点创新项目、重点学科和重点实验室、中央企业和国有商

① 谭绮球，邓保国. 全球化视阈下研发人才国际竞争——规律、影响及我国应对措施. 科学学研究，2009，27（5）：730.

② 冯鹏志，母小曼. 科学技术在当代综合国力竞争中的地位及功能. 北京工业大学学报，2003，3（1）：74.

③ 谭绮球，邓保国. 全球化视阈下研发人才国际竞争——规律、影响及我国应对措施. 科学学研究，2009，27（5）：728.

业金融机构、以高新技术产业开发区为主的各类园区等，引进并有重点地支持一批能够突破关键技术、发展高新产业、带动新兴学科的战略科学家和领军人才回国（来华）创新创业。"千人计划"为壮大我国研发人才队伍和迅速提升我国创新能力提供了前所未有的契机。

要赢得人才，不仅要着意引进国外顶尖人才，更要注意培养本土的精英人才，以形成某些科技领域中的人才优秀群体优势，扩大优秀科技人才的国际影响力。各国在抓紧吸引国外高科技人才的同时，纷纷修订自己的人才培养战略。例如，美国制定了"培养 21 世纪美国人"的人才战略；日本提出了"培养世界通用的 21 世纪日本人"的战略目标；新加坡从国土面积小、自然资源少的国情出发，确定了"人才立国"的战略。不发达国家为了应付竞争和挑战，围绕经济结构调整主线，在加大吸引滞留海外高层次人才回归力度的同时，也正在抓紧调整自己的人才培训政策，为实现在某一方面赶超发达国家奠定专业人才基础。例如，印度按照美国麻省理工学院方式，建立了 6 所以培养信息技术人才为目标的印度理工大学，为全国 2500 所中学配置了电子计算机，在 400 所大专院校开设了计算机及电子计算机软件专业，还建立起世界上最大的多媒体教育系统，全国每年有 25 万人接受信息培训。

科技竞争不论是对科学主体还是对社会都会产生以下重要的影响。

1）科学发展的指示器

竞争机制对科学发展的影响是不可忽视的，戴维德曾系统地考察了欧美各国的科学兴衰，发现科学中心的发展与衰落始终和科学社会系统中的竞争程度紧密关联。[①]竞争程度成为科学发展的指示器，当社会系统及其制度引起高度竞争时，科研生产率就会提高，这个国家就会被公认为是世界的科学中心。反之，如果竞争减弱，科学中心就会发生转移。

在 16 世纪的英国，科学是资产阶级的宠儿。当时，学术思想活跃，学术交流频繁，英国的科学家们广泛吸收欧洲各国的科学知识，并很快成立了"以促进自然知识为宗旨的皇家学会。"学会的首位主席威尔金斯对于促进科学的应用、传播和交流可谓不遗余力，允许各种思想派别互相竞争和交锋，使英国成为当时世界的科学中心。据不完全统计，在 1660～1730 年，英国全国共有 60 多名杰出的科学家，占当时全世界杰出科学家的 36％以上，他们的重大成果占全世界的 40％以上。[②] 可是好景不长，皇家学会对一些有竞争性的后来者的出现不以为然，变得越来越保守，正如当时一些年轻科学家所说："先生们，我们必须承认皇家学会已经不再像我们现在这样，用各种努力来促进自然科学的发展了。"[③] 事实上，皇家学会态度的转变只是当时的英国对待科学竞争的一个缩影，之后科学中心不可避免地从英国转移了。二战后，人类的

① 张碧晖，王平．科学社会学．北京：人民出版社，1990：263.
② 赵红州．科学能力学引论．北京：科学出版社，1984：17.
③ 张碧晖，王平．科学社会学．北京：人民出版社，1990：264.

知识水平和科学水平发展到很高的程度，由于科学活动中的竞争愈发激烈，自 20 世纪 60 年代以来，科学技术上的新发现、新发明比过去两千年的总和还要多。

2) 竞争的激励作用

竞争是人们行为上的一种比较。这种比较，能自然地激发起人们的热情和能量。同样的，科学竞争对于激发科学群体或个人的积极性，更好地调动他们的创造性和主观能动性都有很大的激励作用，受个人或集体荣誉的驱使和经济利益的支配，竞争的各方面都能够较充分地发挥个人的聪明才智和大胆创新的奋斗精神，从而使得科学社会系统成为互相比较、互相促进、择优选择的过程。列宁曾说过，竞争是"在相当广阔的范围内培植进取心、毅力和大胆首创精神。"① 正是在这种激励作用之下，许多科学技术在相互追逐和此消彼长的过程中得以不断发展和突破。许多杰出的美籍华人物理学科学家，如杨振宁、李政道、丁肇中、吴健雄等，他们在美国取得的卓越成就引起了世人的关注。他们成功的原因有很多，但他们以新移民和非白人的少数民族身份跨入美国社会并参加到竞争行列中去，无疑是一个重要的社会因素。在那里，"拿到学位并不意味着前程有了保证；相反，它仅仅是竞争的起点。只有不断地奋斗，才可能得到稳定的职位，……如果稍事松懈或停顿，将会影响到学术水平以及在学术界乃至社会上的地位。因此，百尺竿头，更进一步，成为竞争大军潜在的呼声。"② 科学史上另外一场值得一提的竞争，是法国的吉耶曼和波兰的沙利关于内分泌学研究上的争论。这两位先是合作而后成为竞争对手的年轻人，从 1955 年开始就走上了长达 22 年的旷日持久的马拉松式的争夺战。激励的竞争使得他们在各自的研究中充满活力，在寻求那些难以捉摸的脑激素的过程中，始终信心十足，曾经为了做一次实验，收集并砸碎了 50～100 万个羊脑壳，只为取得几毫克的下丘脑激素。他们不怕同行的冷嘲热讽，也不顾政府撤回资金资助的威胁，一心一意投入到各自的研究中去。终于他们在 1977 年获得了成功，共同分享了诺贝尔生理学或医学奖，他们的竞争也在科学史上一度传为佳话。

随着信息技术广为渗透，科学的发展速度不断加快，市场竞争日趋激烈，科学竞争也会日趋激烈，在世界范围内会不断涌现新一轮的科技竞争。新的一轮科技竞争的主要目的是促进经济发展，它的出现有着深刻的科技、经济和政治背景。近几十年高科技的发展使得科技自身需要重新调整其发展方向；现代经济的发展需要科技发展作出相应调整；"冷战"结束后，国际竞争的主战场由军事转向经济，能大幅度提高经济水平的科技必然成为各国竞争的制高点。

为了抢占科技这一国际竞争制高点，近年来一些国家和地区对科技给予了前所未有的高度重视，它们争先恐后地调整科技发展战略，成立专门的科技管理机构。这是

---

① 列宁. 列宁选集. 第 3 卷. 北京：人民出版社，1995：375.

② 姚蜀平. 华裔美籍物理学家对现代物理的贡献及其某些社会原因初探. 自然辩证法通讯，1985，(1)：26.

"冷战"结束后国际形势中的一个重大动向，它将大大促进科技进步，从而带动经济发展，人类社会也将因此发生一次变革。

不少国家和地区出台了新的计划、政策及重大措施，以加快科技创新步伐。日本政府继续贯彻"科技创新立国"的方针，公布了它的第二个"科技基本计划"。计划认为，科技在 21 世纪既是社会持续发展的动力，也是人类开拓未来的力量，所以要将科技发展置于优先投资的地位。欧盟围绕着"欧洲研究区"建设蓝图制定了第六个研究开发框架计划，决心逐步实现欧洲研究开发力量一体化，与美日相抗衡。澳大利亚有"创新战略行动计划"，并在全国提出了建设"知识国"口号，政府要使澳大利亚成为知识生产国和出口国，即从农牧业和矿业生产为主过渡到知识产品和技术密集产品生产为主。进入 21 世纪，知识经济和经济科技全球化的时代已经全面来临，科技创新能力成为决定经济竞争成败的分水岭，成为决定国际产业分工的基础条件。主要发达国家均把科技创新作为国家战略，把科技投资作为带动经济发展的关键举措。如美国实施了信息高速公路计划、国家纳米技术计划和氢能研发计划，欧洲开展了科技框架计划和伽利略计划，韩国实施了先导技术研发计划和替代能源计划等。后发国家也积极借助科技革命的历史机遇，利用后发优势谋求生产力实现飞跃，全力缩小与发达国家的发展差距。

综合计划也罢，专项计划也罢，决策者们都立足于抢占世界高新技术的制高点。美国要在所有的重要科技领域独占鳌头；欧盟和日本以追赶美国为战略目标，甚至要在一些领域超过美国。一些比较发达的小国也在学习近年异军突起的西北欧诸国，如瑞典、爱尔兰、芬兰等。

扬长补短，保持科技均衡发展，提高综合竞争力，是新的一轮科技竞争的一大特点。美国和欧洲在继续加强基础研究的同时，大力发展技术开发。重应用轻基础的日本则在发挥其应用技术特长的同时，开始重视基础研究。日本政府制订的"新技术立国"方针对基础研究给予了高度重视。1993 年度日本政府科研经费中的 16％用于基础研究，而 1991 年度这一数字仅为 2.9％。

与科技竞争相伴的还有国际间的人才竞争也会日趋激烈。国际人力资源的争夺战则主要围绕优秀科技人才进行。美国为提高科技创新能力，高度重视创新教育与创新人才的培养。政府确定了创新教育的工作思路，建立了创新人才的培养机制，鼓励大学、科研机构和企业科研人员相互流动。金融危机发生后，奥巴马政府更加重视人才问题，在 7870 亿美元的"经济刺激法案"中投向教育领域的经费达 920 亿，约占 12％。同时，美国实施更为宽松的绿卡和 H-1B 签证计划、科学基金会研究生计划等高层次人才培养和引进计划。美国凭其先进的高等教育系统、世界级的研究设施和发达的知识密集产业网罗全球优秀人才。不可否认的是，大批国外高科技人才包括中国高科技人才到美国创业，为美国提高自主创新能力提供了重要的智力支撑。韩国把培养创新型人才作为教育的主要目标，鼓励以研究为主的理工大学及政府研究机构增加博士等高级人才的培养，支持大企业自办大学，培养产学研科技人员。为有效利用外国高科技人才的"头脑资源"，韩国制定"聘用海外科学技术人才制度"，规定从事电子通信、生物工程、航天航空、新材料等研究开发机构，可大力引进外国科技人才，政府给予一定资助。澳大利亚为吸引外来人才，规定凡是在澳学习信息技术的海外学生不用离境就可以申请永久居留，在办理长期临时签证时，对与高新技术有关的职位予以优先照顾。新加坡实施外资和外才引进并举的政策。欧盟在建设"知识欧洲"的战略基础上，促进研究人员在欧盟区内的虚拟和实质流动，而遏制他们向北美的外流。英国提高原有的对博士的津贴标准。澳大利亚拟将博士后研究职位数扩大一倍。总之，各国都使尽招数留住和吸引人才。

除了人才竞争外，目前众多的国家和地区在科技前沿展开竞争，竞争热点领域则是信息通信技术、生命科学和纳米科技。

信息通信技术是当前最关键的技术，在 21 世纪上半叶仍将起主导作用。在新的世纪里，生命科学将对人民健康、财富创造和环境质量产生重大影响。纳米科技是未来的启动技术。据美国权威机构预测，20 年以后，纳米技术对社会的影响将抵得上整个 20 世纪技术带来的社会变革。不管各种预测的准确度如何，许多国家和地区的领导人都不敢低估这三个领域对未来的重要性。

信息通信技术的发展潜力仍然很大。美、日、欧盟等都致力于开发容量更大、速度更快、功能更多的器件、装置、系统和网络。然而，当前竞争最激烈的还是在信息技术的应用方面。几乎所有发达国家及众多发展中国家都先后出台了社会信息化或信息社会计划。欧盟的"电子欧洲"战略旨在使信息网络延伸进每一个办公室、教室和居所，根本改变人们的工作、学习和生活方式。信息通信技术应用方面相对落后的日本，2001 年，先后制定了"电子日本"（e-Japan）战略和重点计划，以加速建设高水平的信息通信网络，全面走向高度信息化的社会。俄罗斯也制定了信息社会建设纲要。

2001 年 2 月人类基因组工作图谱的发表是生命科学进步的一个里程碑，生命科学进入了"后基因组"时代，其前景也更加明朗。许多国家都计划增加对生命科学的资源投入。如美国联邦政府每年用于生物技术研发的费用高达 380 多亿美元，2004 年美国财政预算已将国家健康卫生研究院的研究经费提高到 280 亿美元左右；欧盟科技发展第六个框架报告中将生命科学列为七大主题领域的首位，并投入巨资资助欧盟范围内的联合攻关；日本政府 2005 年初制定了"推进基因组学的战略"，决定实施国家基因组工程；德国、澳大利亚、韩国等国政府近年来研究开发投入最多的领域是生物技术。由此可见国际上生物技术的竞争异常激烈，西方发达国家以及许多发展中国家均把发展生物技术作为抢占世界科技新的制高点和促进本国经济发展的基本国策。目前，生命科学的热点领域是结构基因组学即蛋白质组学、生物信息学以及干细胞研究。

2000 年美国正式发布"国家纳米技术计划"（NNI），提出发展纳米科技的战略目标和具体战略部署，标志着美国进入全面推进纳米科技发展的新阶段。NNI 是一项跨部门的系统工程，旨在确保美国在纳米技术方面的领先地位，同时也为提高国家经济竞争力提供支持。此后，在全世界出现了"纳米热"和"纳米大竞赛"。全球纳米科技研究投资在 1997 年约为 3.5 亿美元，2001 年已增至约 13 亿美元。德国政府 2011 年颁布了"纳米技术行动计划 2015"。该计划将为德国提供一个可持续的开发和使用纳米技术的新框架，有利于德国在这项尖端技术上扩大自己在欧洲的领先地位。"纳米技术行动计划 2015"由跨部门的"纳米技术指导小组"在德国联邦教育与研究部（BMBF）的领导下制定完成，旨在衔接 2007 年出台的"纳米倡议——行动计划 2010"，是德国政府在高科技战略框架下针对纳米领域施政的一个共同纲领。纳米技术投入占欧盟公共资助经费总额的 15%。除卢森堡外，欧盟成员国都有各自的纳米技术研究开发计划。日本从 2001 年开始实施"材料纳米技术七年计划"，年投资 50 亿日元。大阪 61 家公司联合组建了一个纳米技术研究所。韩国国家科学技术委员会拟定了"2009 年纳米技术发展施行计划"，内容包括为了 2015 年晋升为纳米技术三大强国之一，政府今年将向纳米技术的研究开发、基础设施和人才培养等领域共投入 2458 亿韩元。据悉，韩国的纳米技术水平目前已经超过英国和法国，跻身世界四强，其他三国为美国、日本和德国。世界各国大力发展科技的浪潮将促进经济的大发展。竞争有助于加速科技进步并振兴和发展经济，谁能在新的一轮科技竞争中取得优势，谁就能在下世纪的国际竞争中处于有利地位。因此，每一个国家和地区都必须投入竞争。只要战略和政策得当，参加竞争者都有可能成为赢家。

思　考　题

3-1　科学交流的形式有哪些？

3-2　大科学时代科研合作有哪些特点？

3-3　科研竞争的形式及其对科学家有何影响？

3-4　社会为什么要鼓励科研竞争？

第四章　科学主体和科学精神

科学研究工作主要由科学主体来承担。科学主体包括科学个体和"科学共同体"，科学主体是科学社会的主要成员，其活动离不开社会诸多因素的影响和制约，在与社会的相互作用过程中，科学主体不断社会化，成为科学社会的主体力量；而科学共同体不仅是社会的组成部分，其本身又构成一个小社会或子系统。科学共同体有自己的结构、组成和游戏规则。科学主体的行为受科学精神的支配，一个社会科学的发展、社会和谐、进步与一个社会科学精神的弘扬、科学文化的氛围有着十分密切的关系。大科学时代，作为科学主体的科学劳动者的活动不仅有科学活动的内在性，而且具有较强的社会性，承担着一定的社会责任。

第一节　科学个体和科学共同体

科学活动是人类认识自然变革自然的活动，而这一活动主要由从事科学活动的科学主体来完成的。科学主体是与科学对象发生作用并具备一定科学知识，理论方法和科学实践手段的人（科学劳动者）和知识劳动者集团。一般认为，科学主体在同科学认识的客体相互联系中获得其规定性的。作为科学认识主体（科学劳动者）有下列特点。

（1）自觉能动性，主要指作为科学认识主体能够把握科学研究的方向，构建科学认识客体，创造和使用工具。

（2）科学主体必须具备一定的科学研究素养和社会适应性，有较为扎实的科学理论基础，掌握科学方法，分析解决问题的能力和社会适应能力等。

上述特点可视为内在特点，由于作为主体的人在一定的社会历史条件下从事认识和实践的人，因此又表现出外在的特点。

（1）自然属性。科学主体是人，因此都具有一般人的特征，如思维、劳动、生活等，也离不开自然环境提供的生存发展条件。

（2）社会属性。作为社会中的成员，科学主体的时间和认识活动是整个人类实践认识活动的组成部分，其科学认识成果最终要社会认可和评价，并成为整个社会的共享财富。科学主体都有个社会化过程，其认识能力和知识的形成、发展都依赖于一定社会的政治、经济、文化等方面的社会条件。

（3）时间历史性。科学认识主体在不同的历史时间阶段有着不同的能力水平和组织结构。

科学主体一般分为科学个体和科学共同体。科学个体是以个人为主的科学认识活动的人，其科学实践的规范由个人决定，科学个体是科学社会活动的基本单元。科学发展的最初阶段科学认识活动就是以科学个体为主的，"最初，文艺复兴时代的科学家都是单独工作的，或是几个人在某一大学城或者某一王侯的宫廷中偶尔碰在一起共同合作的。他们通过函件互通情报。由于他们人数极少，谁都能够很快地获悉任何一项新发现或新理论。大家一开头就有通过合作来更有效更迅速地取得进步的愿望，可是实行起来却不容易。"①

科学共同体是有科学个体组成的科学家集团，有特定的结构和规范。20 世纪40 年代，英国科学家、哲学家和社会学家波拉尼就探讨过科学共同体的某些问题。美国社会学家默顿十分强调科学共同体的作用，认为科学的目的是获取可用的知识，科学共同体的任务则是建立和发展科学家之间那种为获得可用知识而必须的最佳关系。

库恩（1922 至今）是美国当代著名的科学哲学家和科学史家，1922 年生于美国俄亥俄州的辛辛那提城。库恩曾在加利福尼亚大学柏克莱分校和普林斯顿大学等校教授科学史，担任过美国科学文学会会长，是美国科学院院士，现任美国麻省理工学院"科学、技术与社会"课程的教授。1962 年，他的《科学革命的结构》出版后，科学共同体更加引起科学社会学界的广泛重视。库恩的贡献是提供了科学共同体形成、发展和转变的认识论基础。科学共同体的功能表现在：能形成持续的科学研究能力，对科学成果进行同行评议，为科学家提供更多的学术交流的机会等。科学共同体的社会作用，是通过科学研究工作的实际社会效果和在科学共同体中作出过重大贡献的代表人物表现出来。

库恩在《科学革命的结构》中认为，科学共同体是在科学发展的某一特定时期、某一特定的领域中持有共同基本观点、基本理论方法的科学家集团。科学共同体是遵守同一科学规范的科学家所组成的群体。在同一科学规范的约束和自我认同下，科学共同体的成员掌握大体相同的文献和接受大体相同的理论，有着共同的探索目标。

在库恩定义的基础上，有关科学共同体的结构、科学共同体的规范和行为、科学共同体的社会意义等，众多学者给予了探索，其中不乏产生的学术争论。"把科学共同体作为推动科学发展的新科学主体，是科学社会学理论研究的一大成就。传统的科学主体是科学家个人，尽管科学家的新发现、新理论可以通过实验加以验证，但要获得接受和确认必须由科学家群体作出判断并裁决。科学共同体作为新的科学主体正是评价、选择理论的角色。尤其在现代科学中，科学共同体更是有其至高无上的权威，并成为一种科学评价和理论选择的客观准则的象征。当然，科学共同体依据什么标准对科学理论作出评价和选择是一个重要而又复杂的问题。事实上，传统的五大科学价值：理论的精确性、自治性、广泛性、简单性、有效性构成了科学共同体理论选择的

---

① 贝尔纳 J D. 科学的社会功能. 陈体芳译. 桂林：广西师范大学出版社，2003：27.

共同基础，同时，也不排除科学家个人的信仰、个性阅历，以及一些社会因素的影响。不可否认科学共同体是由科学家个体所构成的。但是科学共同体的"集团效应"却能够把客观因素和主观因素、共有准则和个人准则有效地统一起来，形成一种科学家个体无法取代的科学功能。"①

著名的科学社会学家默顿早在 20 世纪 40 年代就在一篇题为《科学的规范结构》的论文中，通过对科学社会规范的讨论来定义科学共同体，并提出了著名的关于科学的社会规范的四条原则。

(1) 普通主义。这是一种科学的信念。科学共同体的成员深信科学真理是普遍的，放之四海而皆准的。普遍主义这种强制性规范深深地植根于科学的非个人性的特征。普遍主义所强调的是科学知识的客观性、真理性。科学家必须以客观存在为基础，凭科学事实立论，用实验手段检验真理，而不是以社会属性、宗教信仰、政治面貌，或个人意志作为科学真理的评价标准。

(2) 公有主义。主要是指科学知识的公有性，即科学知识是人类的共同财富。任何科学发现都是社会合作的产物，是属于整个科学共同体的。因为科学家的发现只有通过科学共同体的评价和选择才能获得社会的承认。如果科学家一旦有所发现，又不马上公布于世，与科学共同体其他成员进行交流，接受论证，那么，科学发现将会失去意义和价值，这项科学发现的优先权有可能为其他科学家所获得。科学发展的历史上就有许多这类例子。因此，科学的公有性原则正好与技术的保密性、功利性原则相对立。

(3) 无私利性。说明科学家从事科学活动，首先是追求科学真理，而不是谋取物质利益，这样才能保持科学的真正价值，使科学的纯洁性不被功利主义思想所污染。科学家应当具有献身科学、造福人类的利他主义思想。

(4) 有条理的怀疑精神。科学家对于任何科学理论都不能不加分析地盲目信奉和接受，而是应用理性的精神和科学的态度来评价一切。科学共同体在评价和选择科学理论时，应当采用严密的逻辑推理手段，严格的实验验证方法，而不是简单地怀疑一切。这称之为有条理的怀疑精神或有组织的批判精神。

默顿把上述四条规范原则作为科学共同体的精神气质，以揭示这一社会亚文化群的独立性和特殊性。与此同时，默顿等还对科学共同体进行了大量的社会学研究。他们深入探讨了科学共同体内部的人际关系、组织形态、社会结构、分层现象、交流网络、社会心理等问题，充分揭示了科学共同体这个抽象程度较高的概念及其丰富的内容。从某种意义上说，默顿的科学社会规范原则和库恩的科学范式的讨论，构成了我们研究科学共同体的基本的理论框架。

科学共同体这种精神气质应该扩大到社会的经济、文化等方面，"科学家不能强迫社会接受他们的服务；他们必须成为科学与社会之间自觉自愿的伙伴关系的一部

---

① 何亚平. 科学社会学教程. 杭州：浙江大学出版社，1990：1.

分。可是这就意味着不从事科学工作的公众要更加充分认识科学的成就和发展的可能性。为了使科学充分发挥威力，也需要从经济上把社会妥善地组织起来，使普遍的人类福利——而不是私人利润和民族扩张——成为经济活动的基础。科学家也许会比目前社会中任何另外一部分比较富裕的人都更适合于这样的经济制度。因为科学事业一向是科学工作者的公社，彼此帮助，共享知识，它的个人或集体不追求超过研究工作所需要的金钱或权力。他们一贯以理性的眼光和国际眼光看待问题。因此，从根本上来说，他们力求把同甘共苦的原则不但扩大到知识界而且扩大到社会和经济领域中去的运动是殊途同归的。①

大科学时代，表现为研究课题的高度综合化，研究规模的日益扩大，国家对科学技术的大量投入，研究设备的大型化、复杂化，还有一个很重要的方面就是科学从业人员数量的指数级增长，这就要求社会为科学研究提供大量的有资格从事研究的科研主体。这些科学主体的资格问题，以及他们在成为科学主体之前，都有一个科学主体社会化过程。这里的"社会化"，简单地说就是一个人内化社会价值标准、学习角色技能、适应社会生活的过程。在由自然人到社会人的转变过程中，每个人都必须经过社会化才能使外在于自己的社会行为规范、准则内化为自己的行为标准。科学主体的社会化，就是一个人如何从一个不懂科学的门外汉，通过接受作为一种社会文化的科学的过程，而变成一个对科学有深刻认识和见解、对科学家的身份有所认同、思想成熟、技术熟练的科学主体（科学家）过程。这个过程包括以下三个方面的内容。

（1）通过对科学文化的学习，将科学精神内化为自身的思想。科学文化的内化就是对科学价值的认同过程，同时也是对科学精神的内化过程。科学精神是人们在长期的科学实践中逐渐形成的共同信念、价值标准和行为规范的总称，它一方面约束科学家的行为，是科学家在学科领域内取得成功的保证；另一方面，也在逐渐地渗入到大众的意识当中。科学精神包括许多方面的特征，如执著的探索精神、创新精神、理性精神、实证精神、协作精神等。纵观科学史，从阿基米德到牛顿再到爱因斯坦，许多做出重大发现的科学家，无一不是秉持着执著、求真、创新、理性的科学精神奋斗在探索真理的漫漫道路上。科学作为一种特殊的社会建制，科学家必须对科学的价值和精神具有深刻的认识才能开展科学研究，否则将无法在科研工作中作出符合科学要求的价值判断，进而也就无法为科学发展贡献力量，更不能被称为是一个"科学家"。

（2）通过学习科学研究方法，掌握科学研究所需研究技能。职业的发展还需有一定的技能作保障，科学家社会化的过程也是学习职业技能的过程，从而培养科学家的角色，认同科学文化。熟练掌握一定程度的科学技能，这是既是科学研究本身的内容，也是科学发展必备的工具。对于一个合格的科学家来说，除了必须具备最基本的

---

①　贝尔纳 J D. 科学的社会功能. 陈体芳译. 桂林：广西师范大学出版社，2003：376.

包括观察、预测、测量、下定义、实验、搜集资料等在内的开展科学研究所必需的能力，还有其他各方面的要求。由于在科学共同体中，科学家只有将自己的研究成果写成论文发表出来，接受同行评议才能获得他人认同，进而获得科学中的奖励来取得在科学界的地位，所以职业化后的科学家还要有良好的书写表达能力，能完整透彻地将自己的成果传播出去。另外，交流能力也很重要，以便在学术交流与合作中有所收获。随着社会的进步和科技的迅猛发展，科学家所需要具备的技能也越来越专业，人们意识到把科学研究技能作为社会化的一个重要内容有助于各学科之间的交流与合作，更有利于科学的发展，因此，对科学家进行专业化的教育和职业技能培养开始受到更多人的重视。

（3）形成作为科学家的特定科学观，并以此指导科学研究。作为科学家，树立正确的科学观也是必要和必需的。一个人在科学研究的过程中，如何对待自己的科学事业和科研成果，以及对科学的认识方向和认识的程度，这些都会受到他的科学观的影响。可以说，没有正确的科学观，科学家是无法取得巨大科学成就的。然而，正确的科学观并不是与生俱来的，要靠个人在认识科学以及进行科学研究的过程中逐渐培养，并不断内化而成。此外，科学家的形成还受到一定背景的影响，不同的科学共同体对科学的认识也有所不同，他们的观点还会伴随着教育影响之后的人，从而形成不同派别的科学观，这也是一种社会化的过程。例如，爱因斯坦与玻尔之间关于量子力学的论战，就代表着他们各自所属的派别。前者作为相对论的代表人物，相信有一个独立于人的主观意识而存在的客观世界，而科学有能力揭示出这一世界的规律，所以爱因斯坦深信能够找到准确的测量方法，反对海森堡的测不准原理。身为量子力学的代表人物，玻尔虽承认有一个独立的客观实在，但这种实在本身要比经验世界更加抽象。他对爱因斯坦进行反驳，并总能把爱因斯坦的方法解释为测不准的。科学家在社会化过程中，会逐渐形成自己的态度，对待科学和科学史上的事件都会有自己的判断，这是十分必要的，不然就会人云亦云，没有自己的见解和认识，淹没在历史长河中。

以上三个方面的内容相辅相成，再加上一些外部条件如家庭条件、学校条件、同龄群体、工作单位、大众传媒等，这些条件或因素共同发挥作用，使得一个科学的初学者经历科学文化的内化、学习研究技能并形成正确的科学观，对其作为科学家的社会角色有正确的认识，从而在社会活动中成功扮演科学家的角色。他们的角色一旦被认同，科学主体的社会化过程就完成了。

科学从来就不是基础学科的代名词，它存在于自然领域，同时也存在于社会领域。科学家是自然现象、社会现象进行集中实验思考的人。尽管每一门学科都有其特定的方法，也显示出了不同的研究气质，但是，科学家们无一不奋斗在探索真理这条共同的道路上。科学家首先是人，所以也和普通人一样，有衣食住行的需要，有喜怒哀乐的感情，在精神上也有理性和非理性的层面。然而由于科学自身的性质，科学家在某些方面往往表现出不同于常人的特点，可以从三个方面来看：

一是专注精神。科学研究是发现，是质疑，是探索，是创新，对科学的研究者有极大的吸引力。一个真正的科学家，总会对自己感兴趣的问题昼思夜想，穷究而不舍。反过来，只有专注，才可能于细微之处有所发现，也才能在苦思冥想的过程中激发灵感、产生顿悟。从科学史上看，许多做出重大发现的科学家，常由于全身心投入科学研究而忘记周围世界的存在。例如，古希腊的泰勒斯就曾为了观察天上的星象不慎跌落井内，被一个美丽温顺的色雷斯侍女嘲笑，说他急于知道天上的秘密，却忽视了脚边的一切。在中国，则流传着数学家陈景润的故事。据说他在"文化大革命"时期被看成一个怪人，除了搞数学，什么也不关心，什么也不知道，被当成有名的"白专典型"。实际上是由于陈景润对哥德巴赫猜想极其专注，对与此无关的事物毫不关心。在人文社科领域，历史学家范文澜则有"板凳须坐十年冷，文章不写一句空"的名言，其中坐冷板凳的精神，讲的就是搞学术的专注。如果说专注是科学研究的一种境界，那就是王国维所言的古今之成大学问者必须经过的"衣带渐宽终不悔，为伊消得人憔悴"的境界。

二是求实精神。客观求实就是无条件地"实事求是"，以开放的心态对待可能发现的事实，平心静气地承认已发现的事实，把自己的理论和观点建立在事实基础上，同时能在任何情况下都坚持自己认为有事实根据的观点。如果一个科学家不实事求是了，要么是在认识上走入迷途，要么是被个人的主观感情所支配，要么是迫于外部压力不能自由表达见解，甚至是出于自身利益的考虑，各种情况都曾在历史上发生过。20世纪50年代，经济学家马寅初的新人口论发表后曾遭批判，被认为是马尔萨斯主义观点。当时，关心马寅初的周恩来总理等曾从保护他的角度出发，建议马寅初作一个检讨，然后继续做原来的工作。但马寅初梳理了自己的理论，认为自己的理论并没有错，问题只是还不够完善，所以他表态感谢朋友的好意，但认为在学术上对自己的理论有相当的把握，不能不坚持，学术的尊严不能不维护，只得拒绝检讨。这种拒绝检讨的精神，便是客观求实的精神，也就是陈云同志所讲的"不惟书，不惟上，只惟实"的精神。在一定意义上，一个真正的科学家在事实面前十分像安徒生童话中那个敢说"皇帝没有穿衣服"的孩子，是能面对事实，而且也敢于宣告事实的人，而不去刻意地掩盖、捏造事实。

三是创新精神。创新是文明发展的动力，真正的科学家总是站在创新第一线。如果一个科学家不再创新了，其科学生命实际上就停止了，这就是科学为什么会永远向前发展的秘密。为了理解科学的创新精神，不妨把体育活动和科学研究加以比较，科学研究在一定意义上是一种创新比赛。在科学创新过程中往往只有第一，没有第二。一部科学史，从阿基米德到牛顿再到爱因斯坦，都只写那些第一次发现某种现象或第一次提出某种科学理论和观点的人。当然，科学上的某些发现和理论是由多个人的名字命名，实际上他们每个人都独立地第一次做出这一成果。比如热力学第二定律由开尔文和克劳修斯独立给出了两种表述方式，进化论也是由达尔文和华莱士同时独立提出。面对未解的问题和未知的现象，科学家的创新要依靠自己的独立判断和思考，因而必须敢于质疑成说和定论。从文化层面看，坚持独立思考就是不迷信，不盲从，不人云亦云，有"吾爱吾师，吾更爱真理"的文化气质。从更大的范围看，引领科学团队创新的科学家，也是科研工作的管理者，他还需要组织协作的能力，不固执己见的品格和能尊重不同意见的气度。只有这样，才能平衡创新与合作的关系，带领团队一起完成大型科技工程的攻关。

总之，科学家在投入工作时表现出极为专注的精神，面对研究对象表现出客观求实的精神，其科研成果则表现出创新的精神。从这三个方面，可以具体、全面地理解科学工作的性质和特点。

在科学和社会的相互作用下，科学共同体的作用日益突显，大科学时代的科学研究更是科学共同体合作的过程，"科学尽管是由个人进行的。科学知识本质上却是集团的产物。"在库恩看来，科学共同体是由一些具有共同范式的有专长的实际工作者组成的科学家集团。大科学时代科学研究的成功，与科学共同体的组织形式是密不可分的。不同时代的科学共同体具有明显的时代特征。今天的科学共同体也可以称其为科研团队。现代科研团队具有如下的特征。

（1）科研团队必须有特色鲜明的研究方向和明确的研究目标。特色鲜明的研究方向和优势来源于科研的长期积累，这是保证研究方向具有厚实积累、蓄势待发的良好状态，并始终处于同类研究领先的一个基本条件尽管研究方向和目标可以根据科学技术和社会经济的发展进行适当调整，但核心的研究方向必须保持相对稳定。团队的研究目标应该紧密结合国家和社会的重大需求或学科发展前沿的重大问题，具有明显的可实现性和阶段性的目标，这是保证团队成员旺盛的战斗力和凝聚力，使团队获得支持和实现可持续发展的重要条件。

（2）科研团队应该是一个成员优势互补、相互尊重、相互信任的科研群体。目前国内一些有突出成就的科研团队，都具有多学科多专业交叉的特点。且不同年龄、不同研究经验、不同科学背景、不同研究水平的人相互交流、相互影响、相互熏陶，团队的领导者应该努力创造相互尊重、相互信任、人人平等、充分发扬民主的学术氛围。只有这样，才能发挥优势互补的作用，充分发挥每个成员的创造力和责任感。

（3）科研团队的学术带头人应该具有能力，能使整个团队和谐有序的运作。科技成果在转化为现实生产力的过程中，涉及科学、技术、社会、经济、伦理、法律等各方面关系，因而需要能够驾驭全局，协调好科技与社会关系，具有战略眼光的领导者。一方面自己不仅应该是学科带头人，具有很强的科技创新能力，能够准确把握学科发展方向，选定发展目标；另一方面还要具备很好的人文素质，对科技创新和社会需求的关系有深刻的理解，善于调动团队成员的积极性，协调成员之间的关系。只有这样，才能使团队的每个成员在其适合的岗位上有效发挥作用，充满活力，形成真正的科研团队。另外，团队领导者还要创造良好的外部环境，争取获得最充分的资源支持和社会认同，这是科研团队生存和发展的必要条件。

在现代社会中，大科学下的科研团队组织形式，促使国家或某一科研领域内的科学研究能力比之以往有了更为集中和专业的力量，取得的研究成果也更加显著。现代科研团队在大型项目的活动中具有明显优势。

（1）互补功能。大科学进行的科研项目，至少跨越了两个以上的专业领域。以高速列车的研发为例，这个项目不仅包含了材料科学领域，还包含流体力学、电子科学、计算机科学等多个学科领域，不是某一方面的人才就能单独完成的。科研团队成员的学科背景的多样性，能够保证在进行研发时相互的配合，弥补个人学科知识的局限性。俗话说"三个臭皮匠顶个诸葛亮"，讲得就是这样一个道理。

（2）激励功能。科研团队的运作方式，不仅能起到成员之间学科知识的互补，还能够起到成员间的相互启发和激励。"独学而无友，孤陋而寡闻"，成员之间通过大量的合作和实践，能够彼此发现长处和优势，最重要的是能够相互吸取对方对于科研工作的优秀品质，这种精神上的激励比起外部的经济激励所产生的作用更加明显、更加有效，也为提高科研效率起了非常重要的作用。

（3）低耗功能。科研团队集体攻关的工作形式，能最大限度地获得资源，产出效益。个人的认识和眼界难免不够全面，通过团队的组织形式，科学统筹人力、资源、经费等，保证"好钢用在刀刃上"。在组织行为方面，运用集体智慧，民主讨论决断，保证科研方向的正确性和筹划的科学性。

默顿认为，科学具有一种精神气质，从而把从事科学活动的人联系在一起。这种精神气质是价值和规范的综合体，这些规范以指令、禁止、偏爱和许可等形式表现出来，它们又进一步合法化为体制的价值，形成一种命令或规则，使科学家在不同程度上将其内化为自己的东西，形成他的科学良心，规范他的科学行为。正是这种无形的力量维持着科学共同体的存在和运转。

大科学时代的科研团队同样离不开这种无形的力量，这一力量就是我们今天倡导的科学精神，这种科学精神是取得科学研究成功的基本条件，是维系科研团队运转的动力。科学精神是人们在长期的科学实践活动中形成的共同信念、价值标准和行为规范的总称。科学精神也是由科学性质所决定并贯穿于科学活动之中的基本的精神状态和思维方式，是体现在科学知识中的思想或理念。它一方面约束科学家的行为，是科学家在科学领域内取得成功的保证；另一方面，又逐渐地渗入大众的意识深层。

科学精神的特征是多方面的。例如，理性精神，科学活动须从经验认识层次上升到理论认识层次，或者说，有个科学抽象的过程。为此，必须坚持理性原则；求实精神，科学须正确反映客观现实，实事求是，克服主观臆断；求真精神，在严格确定的科学事实面前，科学家勇于维护真理，反对独断、虚伪和谬误；实证精神，科学的实践活动是检验科学理论真理性的唯一标准；民主精神，科学从不迷信权威，并敢于向权威挑战等。何祚庥院士认为，"科学精神可以概括为如下四个特征：特征之一是"主张实事求是"，即认识要从"实事"而不是从"虚事"出发，找出事物发展的规律；特征之二是"主张客观真理"，即认为所认识到的真理是可重复的，可检验的，而不是由少数人所体验、所认可的主观真理；特征之三是"主张解放思想，破除一切迷信"，它提倡凡事要问一个"为什么"，问一个其理由何在，其根据何在；特征之四是"主张理论与实践一致"，认为人们在求出事物的发展规律以后，并不是认识的终结，还要回到实践中去，由实践来检验理论，由实践不断地提出新问题，不断前进，不断创新"。① 很多学者对此作过较为详尽的阐述，石华的硕士学位论文"论科学精神及其当代弘扬"认为，科学精神作为科学活动的精神源泉，其内涵是十分丰富的，具体包括如下几个方面。

（1）客观求实的理性精神是科学精神的第一要义。所谓理性精神，就是在科学实践中坚持客观性，避免主观偏见，坚持科学思考，避免迷信盲从；就是崇尚逻辑分析，善于独立思考，善于辩证综合和科学抽象。② 从本体论意义上说，任何科学知识都坚持用物质世界自身来解释物质世界，没有也不可能有超自然力的地位。科学的研究对象是不以人的主观意志为转移的客观实在，科学研究活动要求人们在探究客观规律的过程中遵循"实事求是"的态度。因此，客观求实，追求真理的理性精神构成了科学精神的第一要义。同时，客观求实的理性态度和方法始终贯穿和渗透于科学活动的各个层面，推动着科学技术的发展与进步。

（2）怀疑批判和开拓创新精神是科学得以不断发展的内在动力。科学研究活动是探求真理的过程，在这个过程中贯穿着批判思维和创新思维的交互作用，体现着科技工作者永不衰竭的创造意识和进取精神。科学的批判思维和批判精神表现为不接受任何未经实验检验的理论，也不承认有绝对正确的科学。科学的这种内在的批判精神，是促使科学不断发展的内在动力之一。科学的创新思维和创新精神要求人们对自然现象和事物保持好奇心和新鲜感，善于独立思考，善于发现和提出问题，并将它们置于科学理性的审查之中，要求人们立足于已有知识，但又不局限于传统的理论框架；要求人们能够充分发挥人的理性能力和创造力，积极大胆地提出新概念、新假说、新思想，勇于突破，志在创新。创新意识是科学精神的本质和核心，是科学得以创造和发展的精神动力和灵魂。

（3）敬业奉献的献身精神是科学家伟大的职业精神。科学是揭示自然奥秘、探索自然规律的精神生产活动。大自然千变万化，奥秘无穷，因而在从事科学研究的过程中，科技工作者必然会遇到各种困难。这时单纯的好奇心已经不能支撑科学的大厦，纯粹的个人兴趣也不能使科学事业发扬光大。只有当科学家认定自己所从事的研究活动是人类最伟大的事业，并愿意为这一事业奋斗终生，甚至献出自己的生命时，他才能够得到前进的最大动因，科学技术作为一种事业才注入了生命的活力和永不衰竭的血液。因此，热爱科学、敬业献身精神就成了科学家首要的职业精神，同时也是科学精神的重要内容。

---

① 何柞麻. 高举科学旗帜 弘扬科学精神. 求是杂志, 1999, (9): 617.
② 杨怀中. 科技文化与社会现代化研究. 武汉: 武汉理工大学出版社, 2004: 53.

（4）互助合作的协作精神是科学得以不断承继和发展的重要条件。科学是人类共同的事业，是人类积极探索自然与自身奥秘的历史性进程，它需要人们在科学探索的过程中互助合作、共同努力。人类文明作为一个整体历经几千年的发展，文化已经有了相当程度的积累，任何科学活动都离不开前人创造的成果。随着人类的认知领域不断扩大和深入，科学的研究对象日趋复杂，实验手段不断完善，单独依靠个人的能力已经很难完成某项科学研究活动，因而团结合作的精神显得十分重要。长久以来，一代又一代的科学家们正是秉承无私奉献、团结合作的科学精神，推动着科学技术的发展和人类社会的进步。

（5）造福人类、恩泽天下的人伦道德精神是科学发展的最终目标。科学具有伟大的力量，是人类智慧的最高体现。千百年来，人类之所以坚持不懈地从事科学活动，不仅仅是获得知性乐趣，也是与人类对生存发展的追求，是与人类幸福昌盛的理想，以及人性的张扬和扩展紧密相连的。正如英国哲学家培根所说："科学的真正和合理的目的在于造福人类社会"。造福人类、恩泽天下的人伦道德精神是始终贯穿于科学活动中的灵魂，是推动科学事业发展和人类社会全面进步的强大精神动力。

科学精神从认识论层次上看，主要表现为科学认识的逻辑一致性和实践的可检验性等规范，它们直接体现了科学的本质特征，构成了全部科学精神的基础；从社会关系层次上看，美国著名科学社会学家默顿揭示的四条规范——普遍性、公有性、无私利性和有条理的怀疑论，就是这一层次上科学精神的基本内容；从价值观层次上看，科学通过求真，可以达到求美、求善，科学把追求真善美的统一作为自己的最高价值准则，这是科学精神的最高层次。科学的伦理精神体现在以理性为基础、以创造为中介的各种关系之中，无论理性精神也好，创造精神也好，其最终表现必然在于对待人与自然、人与社会、人与人之间的关系之中，伦理精神便是对相互关系的规范和调节。因此，伦理精神是整个科学精神结构的核心所在，科学精神不仅蕴含伦理精神，而且还外在为对人们行为的规范。

社会和科学系统内部把科学创新看成最高价值，科学规范也要求科学家具有创新精神。大科学时代，科学研究不断向深度和广度延伸，人们面对的自然界探索对象也不断复杂化，科学研究的难度不断加大。有科学精神才能有创新精神，而解决个体和共同体的科技创新问题涉及社会众多的因素，现代社会没有良好的社会环境科学创新是难以成功的。关于科学创新与社会环境的关系，中国科学院院长路甬祥总结了四个阻碍科学原创和创新的障碍。

（1）现行教育体制不鼓励青年人创新思维。当前青年人自主创新的自信心不够强，最重要的表现就是他们不敢、不善于提出问题，这就影响了他们独立思考的能力。其中的深层次原因在教育。当前我们的教育还是灌输式的，背书、应试比较多，启发式的教育相对少。

（2）科研评价机制不科学。要进行自主创新，选题很重要。但是从国内来看，许多科研人员的选题往往是跟着外国走，尤其是跟着美国走。一个重要原因就是评价急功近利，评价体系不科学。现行的评价体系重数量轻质量。一个科研人员如果一年只完成一个科研项目，即使这个项目很重要，但是他的论文数量没达标，就可能导致他年终考核不合格。事实上，基础研究的价值在于认识客观规律、发现未知，并从科学知识体系中或从应用需求中找矛盾、找问题，而不在于写出了多少论文。爱因斯坦的论文并不多，但是仅仅关于相对论的那两篇文章就奠定了他在科学史上的地位。作应用研究也存在着同样的问题。应用研究的价值在于是否造福人类、有没有创造新的市场和能否创造新的财富，不应该只用文章来衡量，而应该根据实际贡献来判定。从科研探索规律本身来看，无论是基础研究还是应用研究，探索未知领域必然有风险。我们的评价体系的宽容度不够，一些前沿的、有可能取得重大突破的领域，让科学家觉得风险大、可能失败，他们就不愿去做。

（3）市场竞争不规范导致企业家创新无动力。企业家创办企业的目的是要赢利。从多数企业家来讲，创新是一件有风险的事情，他们更愿意通过使用廉价劳动力获取利润，或者迅速仿冒畅销产品。目前我们国内的企业家创新自信心不足的原因在于，市场环境发育不完全，对知识产权保护力度不够，仿造和抄袭并没有受到应有的制裁，投资搞创新可能要花三五年才能搞出成果，仿冒抄袭却只用几天、几个星期就可能获利。这使企业家觉得创新无动力，更无利可言。

（4）急功近利政绩观羁绊官员创新发展。路甬祥说，当前国家制定了科教兴国、建设创新型国家的战略蓝图。但一些政府官员头脑中还存在着一定的认识误区。有些政府官员口头表态多，付诸行动少，他们还是觉得引进先进技术比自主创新的效益要来得快。现在有的地方政府仍希望大干快上，采取扩张式生产。

第二节　科学家的行为动机

动机是直接激励或推动人去行动以达到一定目的的内在原因或动力。它是在人的生活活动过程中，为了保证自己的生存和满足各种需求而产生的。人的绝大多数动机都是需要的动态表现。需要产生动机，动机激发行动。无论是物质的需要或精神的需要，只要它以意向、愿望或理想的方式指向一定的对象，并激起人的活动时，就可构成活动的动机。所谓人的动机，就是诱发、活跃、推动并指导行为指向目标的内在驱动力。当人有了动机后，就会导致一系列寻找、选择、接近和达到目标的行为。如果人的行为达到了目标，就会产生心理上和生理上的满足。

科学家的行为动机就是推动科学主体进行科学活动，以已达到认识自然、社会发展规律的内在动力和原因。那么诱发、推动科学家科学活动的动力是什么呢？爱因斯坦 1918 年 4 月 23 日在德国著名物理学家普朗克 60 岁的生日纪念会上，作了关于科学探索动机的著名演讲：

"在科学的庙堂里有许多房舍，住在里面的人真是各式各样，而引导他们到那里去的动机实在也各不相同。有很多人所以爱好科学，是因为科学给他们以超乎常人的智力上的快感，科学是他们自己的特殊娱乐，他们在这种娱乐中寻求生动活泼的经验和雄心壮志的满足；在这座庙堂里，另外还有许多人所以把他们的脑力产物奉献在祭坛上，为的是纯粹功利的目的。如果有天使跑出来把所有属于这两类人的人都赶出庙堂，那么聚集在那里的人就会大大减少。……

如果庙堂里只有我们刚才驱逐了的那两类人，那么这座庙堂就绝不会存在，正如只有蔓草就不称其为森林一样。

现在让我们再来看看那些为天使所宠爱的人吧。他们大多数是相当怪癖、沉默寡言和孤独的人，尽管有这些共同特点，实际上他们彼此之间也很不一样，不像被赶走的那些人那样彼此相似。究竟是什么把他们引到这座庙堂里来的呢？首先我同意叔本华所说的，把人们引向艺术和科学的最强烈动机之一，是要逃避日常生活中令人厌恶的粗俗和使人绝望的沉闷，是要摆脱人们自己反复无常的欲望的桎梏。一个修养有素的人总是渴望逃避个人生活而进入客观知觉和思维的世界，这种愿望好比城市里的人渴望逃避喧嚣拥挤的环境，而到高山上去享受幽静的生活。……

除了这种消极的动机以外，还有一种积极的动机。人们总想以最适当的方式来画出一幅简化的和易领悟的世界图像；于是他就试图用他的这种世界体系来代替经验的世界，并征服它。这就是画家、诗人、思辨哲学家和自然科学家所做的，他们按自己的方式去做。个人把世界体系及其构成作为他的感情生活的支点，以便由此找到他在个人经验的狭小范围里所不能找到的宁静和安定。"①

研究科学的人们的动机常见的有两类：追求智力上的快感和纯粹的功利性。但是，这两类人并不是真正投身科学事业的人。因为，对这些人来说，只要有机会，人类活动的任何领域他们都会去干；他们究竟成为工程师、官吏，还是科学家，完全取决于环境。真正投身于科学事业的人是对自然和谐与美的追求。"渴望看到这种先定的和谐，是无穷的毅力和耐心的源泉。"毫无疑问，爱因斯坦的动机是一种非功利的、为科学而科学的动机。爱因斯坦认为，自己和普朗克一样，是属于科学庙堂里的第三种人。科学研究的目的是追求客观描述自然现象，揭示其内在的规律。科学的美感是世界体系的和谐，揭示这种和谐是科学家无穷的毅力与耐心的源泉。他们工作时的精神状态是同信仰宗教的人或谈恋爱的人的精神状态相似的，达到了一种忘我的境界。

爱因斯坦的话道出了科学研究的真谛：对科学真理自身的热望和激情是激励科学家探索的最强烈动机，是主要的动力。

史蒂文森和拜尔利把驱动科学家行为的动机和影响区分为三个范畴。一是内在于科学研究过程的动机：科学的好奇心，作研究过程中的愉悦；二是指向科学共同体的

---

① 许良英等编译 . 《爱因斯坦文集》. 第 1 卷 . 北京：商务印书馆，1976，(1)：101.

动机：渴望科学声望，渴望在科学职业内的影响；三是对科学研究的外部影响：公众名声的吸引，渴望发现科学知识的有益应用，需要资金支持（得到金钱作科学），渴望从应用科学研究中获得利益（从科学制造金钱），影响公共政策的抱负（在幕后或通过公众运动）。总之，科学的动机也就是科学家想了解某些事物的理由：单纯的好奇心、理论兴趣和潜在的有用性。

科学家科研活动行为的动机，可以分为内在动机与外在动机。[①]

内在动机指人们对某些活动感兴趣，从活动中得到了满足，因而活动本身成为人们从事该活动的推动力。例如，一些人追求艺术或真理，可以完全不理会世俗的功名利禄。对他们来说，科学探索、艺术创造已经成为内在满足的一种来源。布鲁纳认为，内在动机主要有三种内驱力引起：好奇心、好胜心、互惠。

外在动机是指人们参加某种活动的动力不是基于对此活动本身的兴趣，而是因为外在的奖赏或压力所致。也就是受价值规律、社会需要的控制。

在人们的行为中，内在和外在动机都会发挥巨大作用。从事一项重要的国家事业既需要激发人们的内在动机也需要适当的外在激励，即内在和外在动机都必不可少。不过，当人的外在动机过强时，就有可能减弱、甚至完全替代原有的内在动机，人们可能由于追求外在的东西——如功名利禄等，反而对自己原来喜欢的活动失去兴趣。待遇、名利等虽然是一个很有效的工作动机诱因，并在社会现实中已经成为一种重要的、普遍的激励机制，但是，它并不是万能的。它有一定的负面作用，它有可能降低人们对工作本身的兴趣。干一项事业，特别是那些有重要社会意义和价值、需要较长时间艰苦努力的事业，外部利益驱动和内在信念驱动都不可缺少，而往往起决定性作用的是内在动因。

科学的奖励制度就是一种推动科学行为的外在动力。科学的奖励制度是建立在科学家心理特点基础上的。根据马斯洛的需求层次理论，人类的需求按其重要程度分为：生理需要、安全需要、社交需要、尊重需要、自我实现需要五个层次，科学家一般处于后两个层次。

科学家从事科学事业，一方面是出于个人的好奇心和兴趣；另一方面是受到社会激励机制的引导。科学的奖励制度是建立在科学家心理特点的基础上的：科学家有自己的需要和极强的成就感，对自己的能力很有信心，希望成为同行中的最优者，而优秀和成就的标志就是获得奖励。科学奖励的功能，一是保证科学家为科学的目的而工作；二是保证社会通过科学活动，达到预期的目的。社会主要是通过报酬和奖励等方式来调节科学家的行为。科学家通过艰苦卓绝的研究工作，取得了成果，发表了论文，如果获得了奖励，也就说明科学家取得的成绩得到同行、共同体或公众的认可和肯定。

---

① 田克俭. 论科学创新必须增强科研工作者的内在动机，中国科学院院刊，2006，(4)：338.

默顿从观察"科学发现的优先权"这一现象入手，对科学奖励系统作了比较深入的研究。他认为，科学界中优先权之争，是科学建制的目标和科学规范之间相互作用的结果。根据对优先权的认识与解释，默顿进一步提出并论述了科学奖励系统的概念，他认为科学奖励系统的实质就是成就和承认。1957年默顿发表《科学发现的优先权》，该文列举大量事实说明，从近代科学兴起开始，就出现了关于科学发现或发明优先权的争论。他强调指出，应该把这种争论看成由科学体制本身的内在规范要求所造成的。科学界把科学创新看成最高价值，科学规范要求科学家具有创新精神，而科学家在努力作出贡献之后，则要求科学共同体以及广大社会承认其工作及其创新。于是，科学体制规范的要求就对科学家施加了压力，从而使科学家为维护自己的发现或发明的优先权而斗争。在《科学发现的优先权》中，对优先权争论的根源与实质的分析，引出了对科学奖励制度的研究。默顿指出，科学奖励制度，作为科学共同体对科学家所作贡献的肯定和承认体系，是体现科学体制要求、肯定科学家创新的手段。这就一语道破了科学奖励（报偿）制度的要害和实质。作为对科学奖励制度的进一步的专门性研究，1968年默顿发表了《科学中的马太效应》，深入分析、揭示了科学奖励制度中涉及个人事业和荣誉分配的一种不公平、不平等现象——优势积累效应，默顿称之为"马太效应"。《圣经》"马太福音"中有一个故事：凡有的，还要给他，叫他有余。没有的，连他有的，也要夺过去。即富者越富，穷者越穷。科学上的"马太效应"就是当科学工作者获得了一定优势以后，就有了更多的机会获得更多的优势成为名人；而未能获得优势者，相对地会变得更加默默无闻，甚至成为"无产者"。这种效应也称为积累效应或光环效应。"马太效应"作为科学社会的一种现象，对科学的发展既有利的方面，也有不利的弊端。其积极作用表现在：一是有利于形成科学社会的权威机构，形成科学共同体，集中科学研究资源；二是有利于科学社会更富有竞争性，推动科学的发展，也有利于科学的继承和创新。其消极作用表现在：一是容易埋没人才，消磨一些原有的创新和拼搏精神，甚至消极怠工；二是助长社会"崇名心理"，也给沽名钓誉者可乘之机。如何看待科学上的"马太效应"，发挥其积极作用，避免消极作用，是科学社会学研究的一项重要内容。

科技奖励是科学活动的动力，也是激励机制运行中的主要手段。科技奖励是产生科学上"马太效应"的原因之一。因此，正确认识科学奖励的社会功能和作用，是保证科学健康运行的关键内容。

从科学社会学的原理分析，科技奖励体现了科学共同体和社会对科学家在增进知识方面所作出的贡献的承认和荣誉，因此，科技奖励对于维护科学在社会中的正常运行具有重要的意义。特别是在科学已经高度职业化的现代社会，科技奖励构成了对科学家职业评价体系中的重要因素，其社会功能也远远不止于简单的鼓励与鞭策，而是影响到科学的社会运行的方方面面。

（1）鼓励科学家做出独创性的发现，促进人类真知的增长。科技奖励体现了社会对科学家工作的认同、评价和强烈的鼓励，通过奖励可以促使科学家们充分展现自己的才能，为科学发展作出独特的贡献。我们说奖励是对科学家工作的鼓励，并不是说科学家们是为名利所驱使而工作。作为科学家，首先追求的是确证无误的新知识，以实现自身认识世界的价值，但同时所有的科学家也都希望自己的艰苦劳动能够得到科学共同体和社会的承认，而科技奖励正是众多承认方式中使人印象最为深刻的一种。得到社会的肯定之后，科学家会对自己所从事的工作充满信心，他们会不畏险阻，坚定不移地继续奋斗下去，从而为人类真知的不断增长与积累继续作出更大的贡献。

（2）激励青年科学工作者成长，培育新的科技精英。青年科技工作者初出茅庐，充满着工作热情与激情，敢于向新的科学发现或技术发明冲刺。对于那些取得一定科技成就的青年科技工作者，社会和科学界应因势利导，及时予以适当的科技奖励，这样才能保护他们进行科技工作的积极性和科研兴趣。在我国社会主义市场经济建设的特殊时期，还可专门设立一些激励青年工作者奋进的科技奖励，以鼓励他们坚定不移地攀登科学高峰，成为高级科技人才。

（3）科技奖励有利于帮助科研人员选择科研突破口，实现科研成果向现实生产力的转化。在科学技术高度现代化的今天，科技奖励所设立的项目，大多代表着社会需要，反映了科学前沿对重大科学突破的强烈需求。科技工作者可以根据这些奖励项目选择自己的科研突破口进行科学研究，这样不仅容易出成果，而且科技成果也容易和现实需要相结合，迅速转化为现实的生产力，发挥巨大的经济效益和社会效益。

（4）科技奖励可以发挥社会对科学发展走向的控制作用。科技奖励对科学技术的发展可以起到积极的导向作用，通过有效的科技奖励政策，可以引导科学技术向着有利于人类和社会发展的方向进步，同时抑制其畸形发展和负面效应，从而促使科技与社会的良性发展。我们知道，人类对科技的需求是发展变化的，在人类社会的不同历史阶段，人的认识和实践能力、范围都是不同的，对科学技术需求的侧重点也很不相同。值得注意的是，科学研究与技术开发中心的发展与转化并非完全能够自然实现，必须结合社会需求加以人为地控制，而科技奖励的设立、增删可以在一定程度上发挥这种社会对科学走向的控制作用。那些目前不太重要或不适应社会需要的科技领域，可以减少或不设立科技奖励项目，以减缓、抑制其发展；对于那些紧跟时代步伐，反映社会需求，对社会发展有巨大促进作用的科技领域，可以通过改变获奖标准、增加奖励项目的数量或设立新项目等方式，来激励其快速发展。

大科学环境下，科研团队的研究方式要求有相适应的激励机制，才能促进科研工作的可持续发展。如何改革目前的科研激励机制，促进科研团队成长和维持工作的良性发展，已经成为了摆在科研团队面前的重要问题。

科研激励机制是推动科技发展的动力机制。重视并不失时机地进行科研激励机制改革，建立适合科研发展相应的激励机制，对任何国家或组织的科技事业发展都具有重要意义。对科研团队成员的激励要从整体着眼，培养成员共同的责任感和荣誉感。科研团队内部激励，一方面要考虑整体利益的分享，另一方面也要考虑不同成员贡献的差别，必须使突出贡献的成员得到公平合理的回报。激励机制是形成竞争机制的前提和条件，要形成强有力的竞争机制，就必须对科研人员进行激励。激励得当才能更好地提高竞争力，才能使面临的问题转化为前进的推力。

（1）完善科研奖励制度，提高科研人员的积极性。调动科研团队内部积极性的有效办法是实行科研奖励。应该说，我国现行的奖励制度在推动科技进步和社会发展中起了不可磨灭的作用。但目前各个科研单位的科技奖励活动不够活跃，奖励的数目量小面窄，针对性和时效性不强，不利于充分调动广大科研人员的积极性。

（2）实行科研津贴制，激活科研活力。在我国现阶段，由于劳动仍是谋生的手段，科研人员必然要考虑所付出的劳动与所获得的报酬是否相符。但这几年来，社会上一般简单劳动的收入较大幅度提升，而从事复杂科研工作的人员，特别是从事基础性研究的人员，其报酬没有得到相应的提高，致使一部分基础性研究人员另谋高就，许多年轻人不愿意投身到基础研究工作中去。

（3）建立和完善基金制，增添科研活力。由于财力受限，致使许多科研单位在项目申报上很难得到主管部门的全力支持。由于缺少经费，许多项目所必需的前期调查和研究工作无从展开，申报自然无望，在多次申报未果的情况下，部分科研人员的积极性受到严重挫伤。要缓解这类局面，就应不断建立和完善基金制，充分利用基金的激发、激励作用，为科研增添活力。

（4）创造开放、流动、竞争的动态人才培养和职称评聘制度。要把"能者上，庸者下"落到实处，某些岗位可以实行公开招聘，竞争上岗。

（5）建立科研数据公布制，激发科研动力。注重建立科研统计数据公布制度，定期巩固本单位科研的有关数据，同时结合工作考查，评选出争取科研经费、出科研成果以及获科研成果奖最多的部门。评选结果在公开场合进行表彰，并给予一定的奖励。

总的来说，目前所制定的科研激励政策、制度和措施是比较完备的，但缺乏的是对这些政策、制度和措施的执行力度，正是这种有"法"不依、执"法"不严，才使得科研激励常常流于形式，激励效果不够明显。大科学高度组织化、大规模大投入、科学与技术相结合的环境特点，决定了科研工作具备高度的社会性。因此，对于科研团队组织的管理方法和手段需要与时俱进，不断改革创新。然而，对于科研团队进行有效激励的关键，归根结底还是在于对激励机制的严格落实。

第三节　科学家的社会责任

科学家的社会责任是科学社会学研究领域中的一个基本问题。当前，这个问题更是成为科学社会学学家和社会关注的一个焦点问题。20 世纪以来，随着现代科学技术的迅速发展，特别是它对人类社会生活产生的巨大影响和造成的难以预料的冲击，人们开始对科学这种特殊而重要的社会活动进行系统的反思。这种反思所带来的一个值得人们注意的结果是，人们在普遍的范围内对科学活动可能造成的社会后果表现出极大的忧虑，科学不再被仅仅看成那种能够为社会创造物质财富、谋求普遍幸福的事物，科学为社会实现这种美好期望的同时，也作为一种重要的直接的根源而使得各种重大的社会问题，如社会安全、共同富裕和人类和平等，变得更加难以捉摸和控制。而作为科学创造主体的科学共同体，在现实的社会生活中也在扮演着越来越重要的角色，因此科学家在他们的活动中应当承担某种社会责任。

1946 年，世界科学工作者协会宗旨规定：充分利用科学，促进和平和人类幸福，尤其要保证科学应用，要有利于解决当前的迫切问题。1949 年，国际科学协会联合理事会通过的《科学家宪章》中，对科学家的义务和责任作了明确规定。科学家的责任包括：制止战争，捍卫和平；普及科学，推广教育；发展经济改善生活。其目的就是要最大限度地发挥作为科学家的影响力，用最有益于人类的方法促进科学的发展，防止对科学的错误利用。

人们要求科学家承担社会责任，这是与科学这种特殊的探索活动作为一种社会建制联系在一起的。因为，如果科学活动仅仅是一种完全属于科学家个体行为的事情，这种事情就不会发生。而既然科学是作为一种建制而存在，那么，要求科学家承担某种特定的社会责任和义务，就是一种十分正当的事情。一般地说，科学家所承载的社会责任，如同其他的社会建制如政治、经济、法律、军事、宗教等所承载的社会责任一样，在性质上是相同的。然而，从科学与社会生活的关系上看，情况并不完全如此。科学实在是太重要了，在科学的社会化和社会的科学化的进程不断加快的今天，我们有必要对科学家的社会责任问题给予更多的关注。

作为科学家一般应遵守两个基本法则：①将新的概念与结果无保留的公之于世，以供其他的研究者独立试验并重复证明其结果；②在出现更精确与可靠的实验证据的条件下，必须放弃或修正已经被接受的理论，甚至创造新的科学的假说。这是对于科学家学术责任的基本要求，但是科学家作为一个在世界范围内普遍受到尊重的职业，其身负的责任不止于此。可见，科学家作为当代社会的精英，不仅要以其聪明才智为社会创造财富，而且以其在美和道德方面的良好教养帮助社会敦风化俗，主持正义和公道，对公共事务发挥其应有的作用。

一个科学家应该力求把自己的目标放在更加广泛的基础上，而且他不能轻率地为着少数人而去危害多数人。因此，科学家的精神品质和伦理规范中就应当包括责任性——负责任地去思考、预测、评估其所产生的科学成果可能的社会后果，使自己所从事的科学活动成为一项造福人类的事业。

大科学的时代，科学与社会复杂的互作导致了科学社会化和社会科学化，而且二者正呈现出加速深化的态势。一方面，科学日益社会化，科学活动需要强大的物质基础、昂贵的仪器设备、大型的科研院所和实验室，以及组织化了的以科学为职业的庞大的研究队伍和共同体；另一方面，社会日益科学化，已具备了一定的机制使科学发现从其出现到实际应用的周期日益缩短，在很大程度上加速了技术进步的速度，为现代社会不断产生新的产业，这不但带来了巨大的经济效益，慷慨回报了社会的投入，而且深刻影响了社会的政治、军事、文化乃至人的发展。这样，发展科学也就自然在各国都成为国家行为。"事实上，第二次世界大战以来，科学——或者更精确讲是科学研究——之所以成为所有国家都极为关注的政治因素，正是因为使用科学资源的能力现在已经明显地成为一个国家经济和政治力量的主要组成部分。到处都在制订科学政策和建立相应的国家机构。研究组织趋向于越来越集中，变得完全置于国家的直接或间接的控制之下。"①

由于科学的社会性质决定了任何科学和科学共同体都会打上社会的烙印，其活动都会对社会产生影响，到了大科学时代，那种"纯"科学研究、"为科学而科学"的探索越来越少。任何科学探索，在基础理论研究中，科学家都要思考其社会价值问题，都要承担起应有的社会责任。"从课题的选择、科学观察和实验的进行，到科学假说的提出、科学理论的形成和科学知识体系的建构，再到科学理论的评价和科学成果的应用等，每一个环节都负载着价值。"科学价值中立"的纯科学理想的基础已不复存在，说明了"为科学而科学"的"纯"科学研究只不过是一种神话或幻想。在这种情况下，"纯科学"这一概念已被相对于应用科学的"基础科学"所代替，科学研究概念也被包括基础研究、应用研究和开发研究在内的研发（R&D）所代替，纯科学早已不足以代表科学的整体。在科学已大规模地介入社会的政治、经济、军事和文化之中时，科学家就不仅仅是科学共同体的成员，而且也扮演着社会共同体的角色。在第三次帕格沃什会议上通过的《维也纳宣言》中写到："科学家由于他们具有专门的知识，因而相当早地知道了由于科学发现所带来的危险和约束，从而他们对我们这个时代最迫切的问题也具有一种特殊的能力和一种责任。"② 佛山大学的刁生富对科学家在从事科学活动时应自觉承担起应有的义不容辞的社会责任作出了以下详细阐述。③

一、把握研究方向，使科学造福人类的责任

科学家的社会责任是多方面的，但首要的一点就是把握好自己的研究方向，使自己所从事的科学活动成为一项造福人类的事业。现代科学的飞速发展，在给人类带来福音的同时，也产生了一系列负面效应，科学知识的滥用可能会产生势不可当的灾难性后果，有的已直接危及人类的生存本身。科学作为人类的一项事业，同人类的其他任何事业一样，应以确保人类的生存和促进人类的发展作为终极的目标。科学绝不仅

① 拉特利尔·让. 科学和技术对文化的挑战. 北京：商务印书馆，1997：11.
② 陈恒六. 从科学家对待原子弹的态度看知识分子的社会责任. 政治学研究，1987，(6)：72.
③ 刁生富. 大科学时代科学家的社会责任. 自然辩证法研究，2001，(7)：53～56.

仅是一个"求真"的过程，同时也是一个"求善"的过程。著名科学家杨振宁说过，科学研究"基本的最终的价值判断就不会取决于为了科学的科学，而是取决于科学是否对人类有益"①。因此，科学家的精神气质和伦理规范就不仅仅是普遍性、公有性、无私利性、合理的怀疑性和独创性等，也不仅仅是谦虚、理性精神、感情中立、尊重事实、不弄虚作假和尊重他人知识产权等，而且还应包括一项重要的内容：有责任性——有责任地思考、预测、评估其所产生的科学知识的可能的社会后果。正如前苏联著名科学家谢苗诺夫在第十次帕格沃什会议上发言时指出的，随着科学的社会功能的日益增大，"科学家的社会责任，也就越来越大了。一个科学家不能是一个'纯粹的'数学家、'纯粹的'生物物理学家或'纯粹的'社会学家，因为他不能对他工作的成果究竟对人类有用、还是有害而漠不关心，也不能对科学应用的后果究竟使人民境况变好还是变坏采取漠不关心的态度。不然，他不是在犯罪，就是一种玩世不恭"②。

二、参与科学决策，影响政府行为的责任

当代科学家不仅要对科学知识及其应用承担责任，而且还应对科学体制和社会政治承担责任。传统认为，科学家只应埋头于实验室，不必为社会政治问题而操劳费心。实际上，这是一种不负责任的态度。当代大科学对人类的社会事务的影响越来越大，这使得许多人，包括大多数科学家在内，都注意到，科学家的作用不仅限于各自的科学专业领域，而且应该在社会政治生活中扮演重要角色。在这一点上，爱因斯坦为我们树立了典范。他不同意科学家对政治问题——在较广泛的意义上来说就是人类事务——应当默不作声，他曾语重心长地对加利福尼亚理工学院的学生说："如果想使你们一生的工作有益于人类，那么，你们只懂得应用科学本身是不够的。关心人的本身，应当始终成为一切技术上奋斗的主要目标；关心怎样组织人的劳动和产品分配这样一些尚未解决的重大问题，用以保证我们科学思想的成果会造福人类，而不致成为祸害"③。1949年，他还发表了题为《为什么社会主义》的论文，提出了很有价值的见解，"有必要记住，计划经济还不是社会主义。这种计划经济也可能同时带来对个人彻底的奴役。社会主义的实现需要以一些极端困难的社会-政治问题获得解决为条件：考虑到影响广泛的政治经济权力的高度集中化，如何能够防止官僚的权力无限膨胀而凌驾于人民之上，如何保护个人的权利以及如何确保利用民主力量与官僚的权力相抗衡？"④ 今天我们重温这些话，不能不由衷地敬佩这位科学巨人高度的政治敏锐度和洞察力。实际上，在二战前后，许多科学家都曾以不同的方式，对各国政府政策的形成和政治首脑们的决策产生了实际的作用，影响了社会政治的进程。在大科学

---

① 刘大椿. 在真与善之间——科学时代的论理问题与道德抉择. 北京：中国社会科学出版社. 2003：123.
② 戈德史密斯 M. 科学的科学——技术时代的社会. 北京：科学出版社，1995：27.
③ 爱因斯坦. 爱因斯坦文集. 第5卷. 北京：商务印书馆，1979：73.
④ 爱因斯坦. 爱因斯坦晚年文集. 方在庆等译. 海口：海南出版社，2000：126.

时代，科学家在社会政治中的功能比任何时候都显得更加重要。

三、普及科学知识，唤醒民众参与科学的责任

在今天这样的大科学时代，虽然科学与社会已紧密地联系在一起，并发生复杂的相互作用，但从某种意义上可以说，科学研究本身依然是一项很孤单的事业。我们这样说，不仅仅是指科学家的工作方式，而且更重要的是指科学家与社会群体的关系。现实中可以经常看到，不同领域的科学家之间、科学家与工程师之间、自然科学家与社会科学家和人文知识分子之间彼此的联系不多，而与非科研人员的联系就更少。这与现代科学发展的特点是不相符合的。对很多科学家而言，他首先关注的是他的科研课题是否立项，是否能够得到"恩主"的资助和奖励，科研成果是否标新立异，是否站到专业的前沿，能否得到同行的认可和赞扬等，而却很少考虑到这一研究的社会价值和广大公众的态度：他们是否明白你的研究指向，他们是否理解你的研究动因，他们又是否懂得你的研究成果的应用等。要知道，公众是一个强大的社会因素，他们的支持意味着何等强大的动力，而他们的反对又体现着何等强大的阻碍。在第三次帕格沃什会议上，代表们一致认为，科学家应在力所能及的范围内对公众进行启蒙教育，使其了解科学的破坏性和创造性潜力。《维也纳宣言》明确指出："我们认为，致力于民众的教育是所有国家的科学家的一个责任，要向民众传播对于由科学空前的增长所带来的危险和潜力的广泛理解。我们呼吁，我们的同行们都来致力于这一努力，通过对成年人的启蒙和对未来一代人的教育，特别是教育应当强调一切形式的人类关系的改造，应该取消对一切战争和暴力的颂扬。"[1] 著名科学家拉宾诺维奇也说："只有公众了解核子学的发展隐含着可能的灾难，必要的道德发展才能防止滥用核能，因此公众就会给予要求防止危险的决定以支持。"[2] 历史上，正是由于科学家和科学技术与广大公众的隔绝而没有形成广大民众支持的社会道义的力量，才使得原子科学家反对美国对日本使用原子弹斗争的失败几乎成为必然。正是基于这种考虑，拉宾诺维奇在二战之后为教育公众做了许多工作，包括编辑著名的《原子科学家通报》。现在，我们应该清醒地认识到"科学家和广大公众的隔绝，使科学家的正当呼声得不到民众的响应，有时甚至形成敌对（当部分科学家对技术的滥用或负面效应不愿承担责任的时候）"[3] 实际上，这也是影响科学家对社会责任发挥作用的重要因素。这一点，对中国来说，尤其显得十分重要。因为，虽然中国不乏"科学传统"，"赛先生（科学）"也请进来了近百年，但中国的科学文化远未能成为大众的文化，科学理性在大众中的极端匮乏仍是当前中国的一个重大问题。"法轮功"的迅速泛滥及由此带来的严重社会问题就是对我们的最大警示。科学家必须认识到，科学的宗旨就是造福民众，而反

---

①　陈恒六. 从科学家对待原子弹的态度看知识分子的社会责任. 政治学研究，1987，(6)：72.

②　王德禄，刘戟锋. 科学与和平. 北京：北京大学出版社，1997：68.

③　张黎夫，邹成效. 科学家对技术的伦理责任. 自然辩证法研究，1999，(9)：26.

过来民众也是发展科学之本，缺乏民众的支持，顺利发展科学几乎是不可能的，向公众普及科学不仅是科学家的传统和责任，更是发展科学所必需的活动。因此，在新世纪，在实施"科教兴国"战略进程中，中国当代科学工作者的重大社会责任之一，就是唤醒公众的科技意识，全面推进科学文化。通过科学普及，尽可能地提高公众对科学的理解程度，形成弘扬科学精神，遵循科学方法，参与科技实践，尊重知识和人才的社会氛围；树立科技创新意识、成果应用意识、科技先导意识、尊师重教意识，在尽可能的范围内动员民众参与各种类型的科技活动。

四、加强与新闻界合作，引导社会舆论的责任

在科学家、政府与公众之间，还有一个重要角色——新闻界。在信息时代的今天，媒体使用的广泛性和传播速度的瞬间化以及传媒业的飞速发展，使新闻界在影响科学家的活动、政府的行为以及公众的态度上起着不可忽视的重要作用。从伦理上讲，科学界的责任是讲述自己所知道的、特别是后果之类的事情，新闻界的责任是不使用修辞手法地原本转述事实的真相，科学界和新闻界应良好合作，以影响政府的行为，引导公众的舆论和态度，并发挥科学普及的作用。以克隆研究为例，"克隆羊"诞生后，全世界各地的新闻媒体进行了大量的报道和评述，其中不乏失实和夸张的成分。结果，使公众的注意力没有放在对克隆技术本身及其作用的理解上，而更多地关注到所谓的"克隆人"问题。可以想见，这对克隆技术的进一步发展可能会带来消极的影响。"多莉风暴"留给我们的启示很多，其中之一便是，科学家和新闻工作者在科学发展和科学普及中应处于什么样的角色地位和怎样扮演好自己的角色作用。陈敏章指出，国内外对"克隆人"的议论沸沸扬扬，主要是对克隆的含义不理解。要利用这个好机会加强宣传，使大家知道克隆、基因是怎么回事，真正理解克隆对自然界、对生物学的正面效益，而不要过多地渲染"克隆人"等问题。[①] 事实上，大力普及有关克隆的知识，引导人们正确理解克隆的概念，公众才会更好地支持包括克隆技术在内的科学技术的发展。现实已经表明，大科学时代也正是"公众科学时代"，社会各界无论在思想上，还是在行为上，都应为适应这一变化做一些准备。科学家和新闻工作者当然也应担负起自己义不容辞的社会责任，并通过自己的努力，正确影响和引导公众思想和社会舆论，提高全民族的科学素养。

五、弘扬科学精神，反对伪科学的责任

我们生活在一个科学昌盛的时代。科学带给我们经济发展、社会进步和生活富裕，导致生产方式、生活方式、思维方式乃至情感方式的变革。但也就是在这样的时代，各种各样的伪科学也同样盛行，导致人们思想的混乱和人类文化的衰退。应该看到，伪科学的流行有其社会土壤，在其传播过程中，权威效应起到了一定的作用，因

---

① 林平．克隆震撼．北京：经济日报出版社，1998：184.

为地位较高的或特殊的权威者的意见比一般人的意见更容易成为群体的集体规范与见解，伪科学往往会利用他们来支撑门面、挡驾庇护和达到传播效果。科学家在群众中拥有较高的威望和权威，较易被伪科学所利用。因此，科学家要特别注意提高自己识别真伪科学的能力，防止被形形色色的伪科学所利用。现代科学既高度分化又高度综合，产生了众多的学科，并且知识更新的速度越来越快，一位科学家往往只在他所从事的和熟悉的范围内是专家，对其他领域可能知之不多，甚至是小学生乃至"科盲"。在现实生活中，公众常会把信赖科学同信赖科学家等同起来，在有关科学的是非面前，常常听从科学家的意见，由科学家来裁决，而科学家在对自己不太熟悉的事情或领域进行表态时，就极易被伪科学所利用。因此，科学家也要对自己进行科学普及，不断扩大自己的知识面。尤其是注意弘扬科学精神，因为伪科学的传播和泛滥与违背科学精神有很大的关系。而且，接受科学观念，具备科学精神，远比了解科学知识本身困难得多。科学精神是科学共同体在从事科学研究活动中所遵从的精神价值和道德规范，包括理性信念、普遍主义、有组织的怀疑精神和感情中立原则等，它通过科学思想、科学方法、科学思维、科学道德体现出严肃认真、客观公正、实事求是、敢于实践、独立思考、尊重证据、坚持真理、修正错误的精神气质，构成了科学的完整内涵。科学精神是科学的灵魂，不仅缔造了科学本身，而且为人类提供了改造自然与社会的手段。可以说，科学精神的迷失是伪科学流行的深层原因之一。由于公众和科学界对科学精神缺乏深入的认识，使那些明显违背科学精神和科学道德的伪科学活动没能受到应有的抵制。

六、重视科学教育，确保科学可持续发展的责任

当科学家在某一领域取得公认的科学成就后，就有责任和义务把其纳入科学知识体系的结构中去，通过课堂讲授或编入教科书和通俗读物，向受教育者——他们可能就是未来的科学家——传授。这既是科学知识传播和扩展的需要，也是培养科学人才，确保科学研究后继有人和科学事业可持续发展的需要。许多著名的科学家，他们不仅自己作出了杰出的贡献，而且都高度重视科学教育，培养了大批新一代科学家。据统计，汤姆逊和费米的学生中各有 6 人获得诺贝尔奖金，玻尔的学生中有 7 人获奖，有 11 位诺贝尔奖金获得者曾受过卢瑟福的教导。美国在 1901～1972 年的 92 位获奖者中，有 48 人其老师也是诺贝尔奖金的获得者。一些科学家编写的教科书和通俗读物对科学教育和人才培养发挥了重要作用，如欧几里得的《几何原本》、卡文迪许和泰特合著的《自然哲学基础》、马赫的《发展中的力学》、爱因斯坦和英费尔德合著《物理学的进化》等。这些科学大师的研究风格、研究方法和思维方式是造就伟大科学家的最重要的因素。他们对科学教育重视是确保科学可持续发展的重要条件。因此，高度重视科学教育应是科学家应尽的重要社会责任。

综上所述，可以看出，科学家的社会责任既是科学精神和科学目的的价值要求，也是社会的道义原则，表现为科学活动中"求真"和"求善"的统一。明确科学家的

社会责任，不是为了使科学家逃避责任，或者只是为科学在应用过程中所产生的各种社会后果提供保护。在今天，当科学越来越广泛和深刻地参与和融入社会生活之中的时候，我们希望见到的一种景象是，整个社会包括科学家在内真正地联合起来，共同努力使科学成为谋求人类幸福、健康、安宁、和谐的一项最基本的事业，而不是异化为人们之间用来争夺物质财富、杀戮生命、谋求霸权和炫耀武力的工具。在科学发展日益深刻地影响世界面貌的今天，如果科学家们都真正地担负起促进科学事业发展和人类社会进步的责任，那么人类社会的历史车轮将会更加和谐地前进，科学事业的殿堂将会更加壮丽辉煌。

思 考 题

4-1　什么因素维系着科学共同体的存在？

4-2　科学共同体的特征是什么？

4-3　科学家的精神气质包括哪些内容？

4-4　推动科学家科学研究的动力是什么？

4-5　科学家的社会责任是什么？

第五章　科学文化与社会

　　科学不仅作为一种经济力量有力推动着社会物质文明的发展，而且作为一种文化力量有力推动着社会精神文明的进步。科学文化是近代以来社会转型过程中的重要方面。科学知识通过人文阐释和实践转化而成为科学文化。科学文化存在器物层面、制度层面和观念层面三个层次。器物层面的科学文化表现为科学的物化成果；制度层面的科学文化表现为科学的社会建制；观念层面的科学文化表现为科学知识、科学方法、科学思想和科学精神。在社会科学化和科学社会化融合的科技社会，人们在建设创造了巨大的物质财富和富有效率的市场经济体制，创造了更加符合人们需要的生存背景和有利于激发社会成员活力的自主活动条件的同时，更加关注精神生活和观念的更新。

第一节　科学文化及其特征

　　科学文化应当包括科学的价值观、制度、行为和成果（理论的、技术的和物化的东西）这四个层面，其中科学的精神、理念、理想和价值观是科学文化之"魂"，属于科学文化的形而上层面，而技术的、实证的、数学的或逻辑的东西是科学文化之"体"，属于科学文化的形而下层面。科学的制度、行为和成果都渗透着科学的精神、理念、理想和价值观，科学文化是形而下和形而上两个层面的有机统一。因此，研究科学文化，不仅要研究其形而下层面，更要研究其形而上层面，特别是研究二者之间的有机统一。

　　科学文化是人类在认识自然、改造自然进而与自然和谐相处的过程中产生和发展起来的。科学家是一批探索者，如同波普尔所说："人之所以成为科学家，并不是由于他占有知识和驳不倒的真理，而是由于他对真理的持续的、不顾一切地批判地探索。"[①]

　　科学文化是人类文化的一种形态和重要构成要素，是人类的诸多亚文化之一。科学文化是科学人（man of science）在科学活动中的生活形式和生活态度，或者是他们自觉和不自觉地遵循的生活形式和生活态度。科学文化以科学为载体，蕴涵着科学的禀赋和禀性，体现了科学以及科学共同体的精神气质，是科学的文化标格和标志。与艺术、宗教等亚文化相比，科学文化的历史要短得多，但是它在数百年间的影响却如日中天。科学文化深刻地内蕴于科学，并若隐若现地外显于世人。因此，它的一些

---

　　① 波普尔．科学知识进化论．北京：生活·读书·新知三联书店，1987：45.

组分已经潜移默化地浸入了人们的思想和心理，塑造了世人的思维方式和心理定势，乃至成为人性不可或缺的要素。还有一些组分比较隐秘，需要研究者加以发掘和阐释，才能被人们在理智上领悟，在行动中效法，从而进一步彰扬科学的文化意蕴和智慧魅力，促进人与自然的和谐，推动人类社会的进步和人的自我完善。

科学文化是以科学理性和实践为基础发展起来的，因此探索科学文化的特征离不开科学理论和科学活动，很多学者正是从这个角度出发阐述了科学文化的特征，认为，科学文化不同于人类的其他文化，如宗教文化、艺术文化等，而具有自己独有的个性，或具有与其他文化相较显得特别突出的性质。例如，在胡适看来，以科学文化为主导的西方近世文化有三大特色：一是理智化，即一切信仰须要经得起理智的评判，需要有充分的证据——"拿证据来"。凡没有充分证据的，只可存疑，不足信仰。二是人化，即知识的发达提高了人的能力，扩大了人的眼界，使他胸襟阔大，想象力高远，同情心浓挚。三是社会化的道德，即不局限于个人的拯救和个人的修养。我们知道，近世西方文化在某种意义上即科学文化，因此胡适列举的三大特色也可以说是科学文化的特色。一般而言，科学文化的主体是认知文化和理性文化，它与作为信仰文化的宗教，与作为感性文化的艺术有较大的差异。科学主要是对世界的认知探索和对真理的理性揭示，而非价值判断和感性欣赏——当然也不能完全排除科学中的价值和审美因素。于是，科学文化自然而然地拥有一些其他文化不具备的独特的性质。①

科学文化有以下几个特性。

1) 科学文化是实在的而非虚幻的文化

科学文化面对的对象是自然界（以及社会和人的某些方面），它们都是现实存在的即实在的，不管这样的实在是实体还是关系。与宗教和文学艺术不同，在科学文化中，没有子乌虚有的人格化的上帝，没有虚幻的美妙天堂和阴森地狱；也没有天方夜谭式的神话，或者变幻无穷、魔法无边的孙大圣。诚如拉兹洛所说，科学-技术文化用看不见的力和实体充实这个世界，这些力和实体是实在的，不是超自然的神灵，而是物质世界的元素和特征。

2) 科学文化是探索性的文化

科学的探索往往是从猜想开始，对观察和实验事实进行归纳，得出普遍水平较低的理论，然后用演绎法加以检验，提出普遍水平更高的理论。"科学客观性的要求，使每一个科学的陈述都不可避免地保留永远地试探性。"各个时期科学家所创造的理论都不是终极理论，而只是对真理的持续的逼近和探求。只有与当时观察和实验相符合的理论才被接受，一旦发现理论与事实有矛盾，就得修正，甚至完全推翻。科学家们总是不断地发现更深、更一般的新东西，不断地使试探性的答案越来越严密，越来越新颖，越来越经得起事实的检验。探索精神推动着世代科学家前仆后继地工作，因

---

① 李醒民. 论科学文化及其特性. 科学文化评论, 2007, (4)：76.

而形成了科学文化的探索性特征。①

3）科学文化是怀疑和批判的文化

宗教叫人信仰，法律使人服从，科学则公开让人怀疑和批判。科学文化内部的怀疑和批判对于科学发展和进步来说是生死攸关的。毫无疑问，怀疑和批判是摧毁旧科学观念的破坏性力量，如马赫对经典力学的怀疑和批判，沉重打击了牛顿的绝对时空观和机械自然观，成为物理学革命行将到来的先声。怀疑是迷信的清洗剂，批判是教条的解毒药。难怪英国哲人科学家皮尔逊这样写道：在像当代这样的本质上是科学探索的时代，怀疑和批判的盛行不应该被视为绝望和颓废的征兆，它是进步的保护措施之一。我们必须再次重申，批判是科学的生命。此外，在科学文化中，作为怀疑和批判主体的科学家不光是怀疑和批判他人的或共同体的已有观念，也自我怀疑和自我批判——这是抑制草率的或有缺陷的科学产物出笼的有效工具，对于科学的健康发展是至关重要的。

4）科学文化是独创性的文化

从科学文化的产生来看，独创性是科学文化的独特要求和鲜明标识。齐曼说："科学是对未知的发现。这就是说，科学研究成果总应该是新颖的。一项研究没有经充分了解和理解东西而增添新内容，则无所贡献于科学。"② 独创性使科学文化区别于重复的物质生产文化，也区别于有价值的和可复制的精神生产文化，它是科学文化的重要标志。在科学文化中，只有世界冠军或世界第一，没有世界亚军和世界第二，更没有所谓进入半决赛或前十名的个人或团队的地位，而非冠军名次在体育和艺术文化中都是难能可贵的，甚至是很了不起的。科学文化所要求的独创性也隐含着，剽窃抄袭和重复发表不仅在道德上应该受到谴责和批评，而且这样做对科学的进步毫无积极意义。

5）科学文化是理性的和实证的文化

在科学文化出现之后，同时代的其他文化虽然有长足的发展，但是与科学文化相比，其理性和实证的成分显然要逊色得多。科学强烈地受到理性和经验的制约。科学文化的最大特色之一是以经验实证为根基，以纯粹理性为先导，理性和实证成为科学文化的鲜明标识。尽管理性的和经验的约束存在于所有文化，但是毫无疑问，它们在科学文化中表现得最为充分、最为强劲。可以毫不夸张地说，科学文化就是理性的和实证的文化。科学生活是理性生活的一种形式，是按正确的理由而生活的生活形式。它要求感觉经验、仔细观察和谨慎证实，通过经验了解自然。它要求理智地探求，用理性解释经验，把秩序引入感觉资料；要求严格地逻辑、有控制地想象、理智地洞察、明确地分析和广泛地综合，以及精神对新奇事物的警觉。它是以经验和理性的连续作用为特征的，科学生活要求思想和行动的理性统一。

---

① 解世雄．论科学文化的基本特征．科学学研究，2007，25（4）：616.
② 李醒民．论科学文化及其特性．科学文化评论，2007，（4）：77.

6) 科学文化是应用于社会的文化.

科学文化不是人们约定俗成的生活习俗,而是人类在主动认识自然、适应自然过程中,人为地创造出来的一种文化。科学的一切研究成果,都毫不例外地被运用到生产技术和国防技术领域。也就是说科学文化源于对自然的好奇心,又受生产需要、物质生活需要强烈地推动,有时也受政治和军事的需要推动。

早期对磁学规律的认识,为人类发明指南针提供了理论依据,而指南针的发明促进了航海业的发展;对天体运行规律的认识和火箭的发明,为人类发射卫星提供了理论基础和必要的运载工具;现代光学理论成就、微电子学理论成就、半导体材料和光纤通信的发明为人类进入信息时代奠定了基础。

另外,科学理论的应用性,不仅表现在技术应用方面,而且对相关学科的发展也起了推动作用。科学的原理、方法、概念,对现代社会科学提供了重要的方法论启示。[1]

7) 科学文化是普遍性、公有性和共享性的文化

各种宗教、民俗和艺术门类(文学、音乐、绘画、戏剧等)的人文文化具有很强的民族性和地域性,从实质内容到表现形式,可谓千姿百态、异彩纷呈。科学文化尽管在创造过程中及初级阶段多少带有一些地方特点和个人色彩,但是经过科学共同体的充分交流和再加工,这种差异在成熟的理论中便大为减少,从而具有其他文化所不具有的普遍性。也就是说,科学文化在各个国家和地区都是共同的,能为每一个乐于分享它的个人和群体所共享。斯诺也认为:"我们需要有一种共有文化,科学属于其中一个不可缺少的成分。"他进而指出:"科学文化确实是一种文化,不仅是智力意义上的文化,也是人类学意义上的文化。"科学界的成员彼此之间常常并不完全了解,他们的出身、阶级、宗教信仰和政治态度也大相径庭,但是"他们却有共同的态度、共同的行为标准和模式、共同的方法和设想",其相似程度远远大于其他文化群体的成员。科学是国际的,没有人为的疆界。各种自然规律在人类有限的历史中,每时每刻,在每一个地方都起作用。古希腊、中国、埃及等文明古国的哲人、先贤对自然规律的认识作出过巨大的贡献。近代科学从哲学中分离出来后,西方科学家建立了科学的体系、价值标准和科学规范,逐步同化了世界各国各民族各地区的科学,实现了科学的国际化。科学的研究对象是共同的,科学的研究也是开放的,科学发展过程中,始终存在着广泛的国际交流和合作。[2]

8) 科学文化是社会竞争的文化

作为科学文化活的载体的科学家走出学术圈,进入社会以后,随着科学向物质生产的转化,科学的激烈竞争就突出地表现出来。科学家成为一种职业,他们要么服务于国家的研究机构,要么服务于大学,要么服务于大公司,因而他们不可避免地进行

① 解世雄. 论科学文化的基本特征. 科学学研究,2007,25 (4):617.
② 解世雄. 论科学文化的基本特征. 科学学研究,2007,25 (4):618.

着竞争。科学家们为了得到科学上的承认往往进行激烈的竞争。科学活动在本质上首先是个人的思维活动，由好奇心驱使的独立自由地思考是科学家从事科学的最原始的动力。科学又是人类的一种社会活动，是一个包括交流、合作与竞争的互动过程。科学活动中既有合作也有竞争。竞争是人类社会择优选择的必然现象，人类的科学活动，也始终存在竞争。科学中最常见的一种竞争是各种不同的学术观点、各种不同的科学学派之间的争论。在科学争论中，正确认识不断取代错误认识，全面普遍的认识不断取代片面局部的认识。

在科学文化形成过程中，为了保证科学研究趋向真理，国际上发明了一种推动竞争的机制，就是对首创性的重视和建立维护首创权的制度。维护"首创权"的知识产权制度，是 18 世纪逐步建立起来，20 世纪得到全面发展的制度。所谓知识产权，就是权利人对其在科技领域所创造的智力成果所享有的独占权的总称。它一般包括：著作权（版权）、专利权和商标权。[①]

推动科学竞争的第二种机制是各种名目繁多的奖励制度，如国际性的"诺贝尔奖"，各个国家设立的科学奖项，如我国的"三大奖"（自然科学奖、科技进步奖、国家发明奖）、各种国际和国家的学术团体设立的奖等。科学文化竞争成为经济社会的普遍意识和观念。

上述特征概括起来可以看出，科学文化在精神层面上所体现出来的特征是探索求知、严谨求实、怀疑批判、协同合作的精神；在方法论层面上，科学文化所强调的是数学方法和观察、实验的方法；在知识层面上，科学文化具有客观性、普遍性、系统性的品格；在历史形态上，科学文化表现出一种动态的创新过程，科学精神本质上体现为怀疑批判、求索创新。科学文化的实质就是诚实、理性、创新，是一种理念和社会的意识。

大科学时代，科学文化是时代的精神，是社会行为的灵魂，因此传播科学文化就成为时代科学研究和实践的重要内容，没有恰当的科学文化传播理论和高效的科学传播机制，就不可能有很高科学素养的社会公民，也就不可能有现代化科技发展和文明进步的持续推动力量。

科学的文化传播不仅不同于一般的科技传播，而且也不同于一般的科技文化传播。要达到科技的文化传播，首先有一个概念的推进：从科技传播到科技文化传播。

如果说科技传播指的是科技知识的普及，那么从科技传播到科技文化传播，既是将一般的科技传播推进到文化的层面，从而使科技传播具有更丰富的内涵，也是对科技传播进行一种文化分析，即从文化的意义上来解读科技传播。

由于科技本身就是一种文化，所以科技传播本身就是一种文化传播，所以在强调"科技的文化传播"时，就不再只是谈论科技本身这种文化形态的传播问题，而是在超越自身之后、在广义文化的层面上所产生的传播效应及其意义扩散。所以从科学文

---

① 张之沧.科学哲学导论.北京：人民出版社，2004：129.

化的传播到科学的文化传播，是指科学技术渗入社会的文化生活之中，成为决定文化之性质和形态的因素，使该社会的文化形态不再是非科学的文化形态，而是科学的文化形态，或以科技文化为主导因素的文化形态，如近世西方的文化样式。

科技文化的传播，在其社会效应上，通常是科技文化成为整个社会文化的一个组成部分；而科技的文化传播，通常是对前者的一种深化，是科技文化与社会的其他文化进行一种互动式的整合，产生出有机的融合，或其他内置性的结构，如社会的文化是科技性的，而社会的科技是文化性（人文性）的。甚至，科技成为一个社会的文化形态的内核，成为该文化样式的决定性的因素。从传播的受体或对象上看，从科技传播到科技的文化传播对个人的影响呈现一种由浅入深、由表及里的对人的精神世界的影响和文化生活方式的建构过程。例如，其起点是科技知识的传播与接受，然后是科学方法传播与掌握，进而达到科学精神的传播与培育。也就是说，科技的文化传播离不开科技知识的传播，但又超越于它，负载着更加广泛的内容和多重的意义，不仅是科技知识的"硬传播"，更是科学方法、科学精神的"软传播"。这样的传播对于受体来说不仅导致一种科学观，而且导致一种文化观，进而导致一种社会观，终而形成一种世界观。例如，牛顿力学在起点上作为知识的传播与作为终点的机械论世界观的形成，就呈现了一种基于科技知识的传播而导向科技文化的传播的扩展。

如果科技传播可进一步细分为科学传播和技术传播的话，那么科技的文化传播也可以进一步分为科学的文化传播和技术的文化传播。其中，科学传播的功能是一种狭义的文化功能：知识的普及，科学素养的形成；而科学的文化传播则是一种广义的文化功能，其中包含有科学观甚至世界观的形成，以及社会的文化形态的特征等。

从技术的层次上，也有一个从技术传播到技术的文化传播的区别。技术的推广，技术的转移，技术的引进和输出，可称为技术的"硬传播"方面；而技术的文化传播则是技术的"软传播"，包括技术方法与技术精神（求真与求效、求善的一致性）的传播，并且通过新技术影响社会，尤其是社会的深层文化观念。由此可知，技术的文化传播应该是以技术的"硬传播"为基础，或负载于技术的硬传播之中的达到了技术之"软传播"效应的那种传播。

第二节　科学文化与科学创新

创新一般是指发现或得到世界前所未有的新事物、新现象、新质态。科学创新是科学主体使用科学技术方法对客观事物规律的认识和把握，从而提出崭新的理论、思想和方法。广义上讲，科学创新也包括了技术创新。科学创新离不开创新的环境，包括社会经济、政治、文化等创新的环境，也与创新主体的自身素质密切相关。科学创新实质上是科学精神的内化，因此，正确理解科学文化与科学创新之间的关系是弘扬科学文化、推动科学创新思想基础。在探索科学文化与科学创新关系研究中，很多学者作出了概括，其中学者杨怀中和潘建红在"论科学文化走向创新文化"一文中认为，代表新时代最先进和最重要生产力的科学文化是科学创新的基础与前提，科学创新内在地要求是弘扬科学文化。①

一、科学文化的作用

（1）科学文化以知识的积累为科学创新奠定基础。科学知识是人类创造性劳动的精神产品，构成了科学文化的核心。纵观历史，科学上每一次新知识的获得，都增添了人类认识世界和改造世界的新的能力，也为科学的不断创新奠定了基础。科学知识的广泛传播，使得人们对客观世界的本质及其发展规律的认识越来越正确，越来越深刻。人们认识世界和改造世界的能力是以科学知识为基础的，没有科学知识的积累，就不可能攀登科学的高峰。可以这样说，"一种文明之所以停滞不前，并不是因为进一步发展的各种可能性已被完全试尽，而是因为人们根据其现有的知识成功地控制了其所有和选择行动及其当下的情势，以致完全扼杀了促使新知识出现的机会。"显然，科学知识所具有的客观性、普遍性、系统性的品格不同程度地提高了人类科学创新的水平和程度。

（2）科学文化以思想的变革为科学创新扫除障碍。一定意义上说，人类社会所取得的每一个进步，都是在科学思想的指导下进行的。科学思想一旦为人们所掌握，就可以转化为一种巨大的精神力量，帮助人们识别真伪，明辨是非，战胜困难，走向成功。科学思想为科学创新扫清了障碍。例如，近代西方科学的孕育就是在文艺复兴运动扫清宗教神学的思想障碍基础上完成的。"文艺复兴运动把宗教神学所编织的僧侣主义、信仰主义、禁欲主义这些束缚近代科学发展的思想网络冲击得百孔千疮，从而使作为婢女的科学获得最初的思想解放。"② 科学创新必须适应社会需要，借鉴相应的人类文化成果。近代西方科学革命从人文主义思潮中汲取营养，正是基于自然发现和人的发现的。综观世界各国近现代发展历程，随科学革命而生的理性、规范、批判、创新、效率、公平、宽容、协作等价值观念和思想因子，一直是推进各国工业化变革的文化动因。

（3）科学文化以精神的提升为科学创新提供动力。科学文化的核心内质是科学精神。科学精神就是探索求真的理性精神，实验取证的求实精神，开拓创新的进取精神，竞争协作的包容精神，执著敬业的献身精神。在科学活动中凝聚而成的科学精神不断引发和促进着人们文化价值观的深刻变革。可以这样说，在现代社会生活中，没有任何一种观念比科学观念更有力量，没有任何一种精神比科学精神更为重要。科学文化的发展和弘扬就是要呼唤能够最大限度地激励或激发人们进行文化创新，就是要充分体现科学之魂，即科学精神。在科学实践中凝聚而成的科学精神已经成为不断引发和促进科学创新的深刻和持久的内在动力。

---

①　杨怀中，潘建红.论科学文化走向创新文化.第四次科学文化与社会现代化学术研讨会，2007：87.

②　王洪波.科学文化研究尝试建制——访中科院科学史所方在庆研究员.中华读书报，2002-9-25.

　　（4）科学文化以方法的更新为科学创新创造条件。科学方法不仅可以转化为技术，物化为物质财富，引发生产方式和生活方式的革命，为科学文化的发展提供根据和支撑，更重要的是通过科学方法而建立起来的思维方式，可以极大地提高人们的认识能力，升华人们的精神境界，从而有力地推动科学的创新。科学工作者在创新的结果与成败上可能产生种种的差别，这存在着多种的主客观原因，其中与方法是否科学大有关系。从方法论角度来讲，最重要的是要站在科学前沿来思考问题，要融入科学研究领域的主流，洞察科学研究的发展趋势。

　　（5）科学文化以伦理的诉求为科学创新指引方向。科学文化也蕴涵着某些不成文的行为准则和规范。"科学文化和更广泛的文化是反映和指导科学家行为的价值之源泉"。[①] 随着现代科学的发展，新的伦理道德问题开始显现，科学不仅仅成为"生产性"力量，也成为破坏性，甚至毁灭性的力量，成为造成种种危机力量的源泉。正如德思查汀所指出的那样："科学并不是价值中立的，尽管在我们的文化中，早已形成一种深刻却未经考察的信念——认为科学是关于知识和真理的最终权威"。[①] 人们如此强烈地呼唤科学的道德和良心，正是因为人们已普遍意识到科学发展的伦理问题。因此，对科学研究进行伦理调节，对科学技术成果的应用进行人道规范，都体现了文化对科学的调控。问题的解决应是在推动科学发展的同时，限制有意识科技成果的滥用，对科学行为进行伦理约束和对科学运用进行道德限制，增强科学发展中的伦理关怀。

　　大科学时代，科学文明是科学社会的基础。在长期的科学实践中形成的科学文化，即科学精神、科学方法、科学理性、科学道德等都是人类文明的精华。这种代表新时代最先进和最重要生产力的科学文化是科学创新的基础和前提，只有在科学文化的基础上我们才能更好地实现科学创新。没有科学文化提供良好的文化氛围和创新环境，科学创新只能是纸上谈兵。

　　科学与社会大环境之间存在着不可分离的联系，科学创新与社会人文文化、科学文化、社会政治经济等交互作用而成的复杂系统。对科学创新主题而言，创造性思维能力和创新精神必不可少，而这正是科学文化的内在要求。科学文化通过影响创新主体的心灵，使他们具有科学精神和科学态度，使他们形成科学的世界观和方法论，进而指导创新主体进行科学创新活动。一个时代的文化，如果是先进的文化，必定包含积极向上的科学精神。

　　先进文化是一定历史时期发展水平最高、最能体现时代要求的文化。它在包容、覆盖既有文化资源中合理东西的同时，必须及时反映人类社会在当下创造的物质文明和达到的经济水平，并适应社会生产力进一步发展的要求，成为引导社会进步的最活跃和最敏感的精神动力。简而言之，先进文化的先进性体现在它的时代性、科学性、实践性和包容性。科学文化是先进文化的重要组成部分，可以说只有科学的文化才是先进的文化。理性是科学精神的第一要义，也是先进文化的重要特征。因此，科学精

---

①　杨怀中，潘建江．论科学文化走向创新文化．第四次科学文化与社会现代化学术研讨会，2007：88.

神是引领先进文化发展的核心和灵魂，是先进文化的基石与先导。

1) 科学精神是科技时代先进文化的精髓

先进文化是人类精神文明的结晶，也是推动人类社会前进的精神动力和智力支持。它影响着人的精神和灵魂，渗透于社会各个方面。先进文化主要包括两个方面的内容，即思想道德和科学文化，两者相辅相成，不可分割。因而，文化中具有科学的精神和科学的态度，是先进文化的基本特征。科学精神是科学文化的核心，是人类精神文化的升华，包括理性、宽容、严谨、创新等丰富内涵。现代社会，科学精神作为科学家的共有的价值观念的集体体现，在规范和约束科技工作的同时，又在以一种文化形态注入整个社会，成为现代文明的象征。科学精神也就成为人们把握和判断社会事物、思想观念、道德行为价值的重要标准和依据。科学精神在引导先进文化发展过程中的灵魂和核心作用也日益显现。但是，从中国传统文化的整体来看，是缺乏这种理性传统和科学态度的。中国社会几千年的封建政治体制，单一的农业经济发展模式及各方面其他因素的影响，使得中国传统文化形成了重直观、感性、综合，轻逻辑分析、推理和实证，凡事只求大略、笼统，不求精确，不作严格推理的特点。正因为如此，中国古代拥有为数众多的技术成果，但是却缺乏如牛顿力学体系那样具有严密系统性和逻辑性的理论体系。中华民族要形成崇尚科学、反对迷信的风气，在文化建设中就要大力弘扬科学精神，引导人民热爱科学、学科学、用科学。只有坚持用科学精神审视传统文化，探索未来文化，才能使我们的民族文化具有时代性、先进性。只有在科学精神的引领和促进下，先进文化才会更具理性特征，才能成为屹立于世界民族之林的优秀文化。

2) 科学精神是先进文化的基石与先导

从文化的视角而言，科学精神是体现在科学文化中的基本精神，是科学文化的灵魂和精髓。而从伦理的视角而言，科学精神从本质上来讲也是一种道德精神，是社会主义道德建设的根本和基础。科学精神是先进文化的基础与先导，正是针对这个方面而言的。对于科学精神在先进文化体系道德建设中的根本与基础性地位，江泽民同志曾有过以下论断："在全党全社会大力弘扬科学精神，普及科学知识，树立科学观念，提倡科学方法。弘扬科学精神更带根本性和基础性"。[①] 科学精神在整个先进文化系统中的根本性与基础性地位，不仅是因为理性精神是人类精神宝库中的财富，更因为科学作为一种精神力量，具有教化功能，对人生观和价值观会产生直接影响。具体表现在以下几个方面。

(1) 科学精神是道德体系的基本内核。科学精神体现在科学知识之中，贯穿于科学活动之中。科学精神蕴涵着深刻而丰富的内涵。科学精神是一种客观求实、崇尚理性的唯物主义精神；科学精神也是一种热爱科学、献身科学的崇高职业精神；科学精神更是一种造福人类、恩泽天下的人伦道德精神。科学的理性指

---

① 江泽民. 论科学技术. 北京：中央文献出版社，2001：192.

导着人类以科学的方法和态度处理问题，而其至善、臻美的精神追求为人们的思想行为提供了正确的导向。科学精神是人类文明的重要基石，同时也是先进文化道德体系的基本内核。

（2）科学的认识论是合理构建道德规范的前提和基础。科学不仅仅揭示客观世界的变化、发展和运动。科学还为人们进一步研究和认识这些客观规律提供科学的世界观和方法论。道德规范的建立往往涉及社会生活的许多方面。科学的世界观和方法论有利于人们从整体上正确认识社会中的道德现象，从而随着时代的发展构建合理的道德规范体系。

（3）科学的道德观也体现了社会主义道德观的基本要求。科学的道德观来源于人类对自然、人生和社会的科学认识。马克思主义道德观其本身就是建立在近代自然科学成果的基础之上，两者具有相同的理论米源基础。科学的道德观具体体现为造福人类、恩泽天下的人伦道德精神。马克思主义道德观的最终目的是追求大多数人的幸福。两者在具体内涵上也是基本一致的。正是由于科学历来是抵御愚昧、迷信和伪善的有力武器，同时也是道德体系的基本内核，是构建道德规范的前提和基础，体现了社会主义道德观的基本要求。因而，科学精神引领社会道德发展的根本性和基础性地位不容忽视。

3）从互动机制上看，科学精神对先进文化的发展呈现双向功能

科学精神进入社会文化大系统以后，对文化发展的双向功能主要体现在以下两个方面。首先，科学活动是人类对未知世界的努力探索。科学活动的进行往往不是一帆风顺的，必须有坚定而正确的精神力量作为支持。科学家必然自觉吸收和借鉴现有的优秀文化传统，形成科学的思想方法，无私奉献、艰苦求索的职业精神，从而在完成科学研究的同时，实现对传统文化的弘扬。其次，科学家经过艰苦努力获得的新方法、新理论，经过总结和归纳必然形成新的知识体系和新的精神文化，这反过来又是对现有社会文化新的补充和丰富，有利于进一步推动文化的发展和繁荣。在这样一种双向的良性互动中，科学精神和先进文化都会获得深入发展。

弘扬和宣传科学文化是一种社会行为，在这个过程中，应该充分发挥科学创新主体引领作用和政府的主导作用，有效地疏通有利于科学知识、科学思想、科学精神与科学方法获得的社会渠道。应积极拓展弘扬科学文化所必要的社会规模，应积极引领社会民众参与科学文化活动，以求切实提高全社会的科学文化素质，形成科学文化自主创新的良好的社会基础。应通过建立、完善和实施法律、政策以及有关规章制度，优化运行保障流程，为科学文化系统的安全运行创造良好的法治环境、政治环境、市场环境和舆论环境。

二、科学、艺术与创新能力

1. 创新能力对科学和艺术的要求

创新能力是主体在创新活动中表现出来并发展起来的各种能力的总和。创新能力

具有综合性、内省性、外在性等特征。所谓综合性，一是指创新能力的基础是建立在一定量的各门学科知识之上的，知识经验越丰富，其创新的能力就越强；二是创新能力是一个多种素质的集合体现，是由多种能力构成的，包括哲学、人文社会科学等素质，也包括如学习能力、分析能力、想象能力、解决问题的动手能力、组织协调能力等。所谓内省性是指创新主体的内在心理、个性和精神意识相关的无形气质，因为创新要求创新主体经得住科学探索艰难性带来的压力，具备良好的心理素质，养成争强好胜的性格，保持积极向上的精神状态。所谓外在性是指创新主体在创新活动中必然受到外在因素影响，也是人们所说的创新环境，环境是主体的创新能力和提高的重要条件，环境优劣影响着主体创新能力发展的速度和水平。创新能力是创新主体内省要素和外在因素的有机综合；创新能力也是创新主体创新激情、积极向上的精神体现。创新的本质是进取革新，是对现有理论或技术的扬弃。

（1）创新能力与科学。推动科学发展的矛盾之一就是继承与创新，创新是科学进步的内在本质要求。科学是科学主体建立在对客观世界认识基础上构建的知识体系，是对客观物质世界本质规律的揭示，其本质是务真求实，不断进取。而创新的本质是不断进取、革新，因此科学的发展需要不断地创新，创新的前提是大量的科学积累。在宽泛的科学理论积累中，最为主要的积累是基础知识和科学方法的学习。创新是知识量和发散性思维结合的结果，具备大量的知识是创新的基础，掌握创新的方法是创新的条件。一个具体的创新就是根据一定的目的和任务，运用一切已知条件和知识信息，开展能动思维活动，经过反复研究和实践，产生某种新颖的独特的有价值的成果。科学是创新能力的基础，创新能力是科学主体推动科学发展的动力。

（2）创新能力与艺术。从一定意义上说，创新伴随着艺术的全过程，创新是艺术发展的动力之源。在艺术发展的长河中，创新是一个亘古不变的主题与追求。一部艺术史就是艺术家不断自我否定，不断创新的历史。艺术需要创新，只有不断地创新才能为艺术的发展注入活力，带来新鲜的气息。艺术创作的基本技法是可以通过学习来掌握的，但是艺术家对情感生活表现的强烈需求，对自我心灵体验展示的强烈需要，对情感抒发的强烈渴求，则是不能去学习和模仿的。艺术的实践者要实现突破，不仅需要具备卓越的艺术禀赋和扎实的基本功，还必须具备独特的思维认知和创造意识。对于一个有鲜明个性色彩的艺术家来说，他只有在不断否定传统、否定自我的艺术创新过程中才能实现自身的价值，也只有在张扬个性的过程中才能诠释生命的全部意义。

可见，科学和艺术都因创新而存在，创新因科学和艺术而超越。科学和艺术创新都遵守着其内在的法则。因此，在科学和艺术创新教育实践中，既要注重科学基础知识的学习，也要弘扬传统与培养创新观念结合、注重内容与形式创新的统一、着眼主体素质与修养的全面提升，才能全方位把握科学和艺术创新的实质，使科学和艺术创新教育在现代创新人才培养过程中彰显其应有的功能。

2. 科学、艺术在人才创新能力培养中的作用

信息化社会个人要学会生存的本领，无疑应具有自我学习的能力，从信息的角度来看也就是说要具备能够在不同的社会环境下敏锐地捕捉所需信息，主动、有效地检索和吸收信息的能力。而现代人才培养进行信息素质教育，就是赋予他们自我学习的能力，为其终身学习打下基础。素质教育也包括艺术的修养和学习。创新人才具备了良好的艺术熏陶，掌握了科学的创新方法，就能够突破学科界限，随时按照自己的兴趣或研究方向，进行艺术想象、科学探索。

雄厚的科学基础是创新能力提升的前提。创新以知识量和一定的智力为基础，依据创新理念，主要表现为以现代科技知识为依托，并具备合理的知识结构。当今世界，科技迅猛发展，只有打好知识基础并不断地吸收新知识、掌握新技能，不断完善自己的知识结构，才能有所创造、有所作为。

培养创新型人才，要树立创新意识，就方法而言，包括两方面的内容：一是用什么方法传授知识，二是传授什么创新方法。方法是创新的桥梁。创新的本质就是超越，而只有有了思维的超越才会有行动的超越。方法是重要的，因为方法是理念和行为的中介。笛卡儿曾说，最有价值的知识是方法的知识。

如何打牢科学基础是教学改革的重要方面，其关键是教学方法的改革。教学方法改革应以培养自主学习能力、开发创新思维为出发点和落脚点。目前的各种教学方法改革中，电化教学、讨论式、教学互动式教学等形式多样，实现教学方法由注入式向启发式、讨论和研究式的跨越，在培养和提高学生的自主学习能力，开发学生的创新思维和潜能方面起着极为重要的作用。但在实施过程中也存在诸多的问题，如电化教学缺少生动性问题，讨论式教学、互动式教学的条件约束性等问题，这些问题是当今教学方法改革探索的热点，这里不作过多的阐述。创新能力，是人才素质结构中的关键素质，是创新思维的外化表现。关于传授什么方法，则是创新思维培养的重要方面。什么是思维呢？思维是指向理性的各种认识活动，创新思维是在各种认识活动中不墨守成规，在别人后边爬行，创新思维就是在各种认识活动中求异图新，追求差异性。

我们在人才培养过程中注重创造性思维方法的讲授，目的也就在此。一是讲解收敛思维和发散思维的应用与体验。收敛思维是把问题所提供的各种信息聚合起来得出一个正确答案或一个最好的解决方案；发散思维是指沿着各种不同的方向去思考、去探索，追求多样性的结果。二是讲解直觉思维、灵感思维。直觉思维是人们在面临新的问题、新的事物和现象时，能迅速理解并作出判断的思维活动；灵感思维是指创新主体对百思不得其解的问题通过意识的积淀作用在头脑中瞬间迸发出解决问题的思想火花。三是学习形象思维、想象思维和逻辑思维。形象思维是指人们利用头脑中的具体形象来解决问题的思维形式；想象思维是对头脑中已有的表象进行加工改造，形成新的形象的过程。当然，任何创新都是多种思维的灵活应用，在突出创新思维的学习中，归纳演绎、类比等逻辑思维也是不能忽视的。

　　良好的艺术素养有助于人才创新能力的提高。创新能力的形成和发展是智力因素和非智力因素相互作用的结果，其中非智力因素是创新能力形成和发展的源动力，艺术素养属于非智力因素并贯穿于人才创新活动的全过程，起着至关重要的作用。加强艺术素养的培养对提高大学生创新能力形成和发展的作用主要表现在以下几个方面。

　　（1）加强艺术素养的培养能够激发人才创新兴趣和欲望。创新能力的提高，取决于是否有创新兴趣和创新欲望。兴趣是个体行动的动力，没有了兴趣和欲望，一个人就不会对事物进行探索，更不会在探索的基础上进行创新。大量事实证明，历史上许多伟大的科学家在他们青少年时代都受过的艺术熏陶，审美情感和良好的艺术素养在创新的过程中起到了不可忽视的作用。良好的艺术素养和审美意识有利于调动学生的学习兴趣，便于他们认识和掌握事物的内在规律，从而发现问题大胆创新。

　　（2）加强艺术素养的培养能够拓宽人才创新视野。艺术和其他学科绝对不是孤立的，而是紧密联系的。对非艺术类专业的学生而言，在欣赏艺术的过程中，要求接受者进行个性化的再创造，这种创造力与一般学科逻辑思维的创造力不同，它偏于感性的、综合性的，它融合了相关人文艺术的精华，打通了不同专业的壁垒，融会贯通，在拓宽大学生视野的同时培养了创造力。

　　（3）加强艺术素养的培养能够增强人才创新性的思维能力。从思维角度上看，创新能力表现为采用一种无一定方向、无一定范围、不墨守成规、不因循守旧的思维方式去探索未知世界的能力，是人类最重要的实践活动。艺术这种发散式思维为创新提供更为宽广的联想空间，它的作用是其他思维方式无法替代的，也是创新思维所必需的。

　　（4）加强艺术素养的培养能够有效调节人才创新的心理健康。创新的过程是曲折的，是克服各种困难，坚持实现自己目标的心理过程。创新过程中也被认为是一种非常复杂的心理状态，犹豫、徘徊、反复是最普遍的矛盾心理。美育是一种情感教育，艺术素养的培养对创新的心理健康能够产生明显的积极作用。良好的艺术修养可以适当缓解人才在科学研究中过度的紧张与疲劳，做到自我调节，从而持之以恒。

　　艺术具有的集真善美于一体的特征，以及它所具有的非智力性、独创性的特征，都和创新精神的特征相一致。艺术的精髓就是批判与创新。

　　3. 构建新型的创新人才培养模式

　　"创新是一个民族进步的灵魂，是国家兴旺发达的不竭动力"。民族振兴，教育是根本。因此创新教育成为社会发展的必然所需。21世纪是知识经济时代，知识经济的发展依靠新的发现、发明和创新，其中创新是知识经济的核心。因此，国际社会将21世纪的教育确定为创新教育，培养创新型人才已成为当今时代的主旋律。

　　1）传统教育模式向现代教育模式的转变

　　21世纪世界综合国力的竞争将是人才素质的竞争，创造型人才已成为维系国家未来和民族兴衰的关键，作为素质教育核心的培养创造型人才的创新教育已成为当今教育的主旋律，传统的教育模式必须向现代教育模式转变。

（1）树立创新的教育理念，创新教育是全面素质教育的具体化和深入化。为此，教师在教育理念上应从以传授知识为主转向以培养学生会学习和创造为主的教育方式，从以教师为中心转变为以学生为中心，在教学中要充分发挥学生的主体地位和作用，使学生积极主动地参与教学，培养其创新心理素质。要注重因材施教，发展学生的创新个性。创新能力是构成人的智力因素中最富有个性的一种能力。因此，我们的教育必须重视大学生的个性培养。

（2）调整教学内容，改革教学方法，构建合理的课程体系。教师需要将最新的科研成果和科学理念及时地引入教学实践中，有意识地培养学生以发展的眼光看待客观世界，引导学生探求新的知识；鼓励学生参加科技活动，强化学生的实际动手能力和实践技能的培养，学校应为大学生提供更多的实践的机会和场所；开设专门的课程培养学生的创新意识，增加选修课的比重，允许学生跨学科、跨系甚至跨校选修课程，使学生的知识面得以拓宽，眼界开阔。

（3）造就一支具有创新素质的合格教师队伍。教师是实施创新教育的主导力量，他们的教育思想更新和教育观念的转变对当代学生的教育起到引导的作用。在现代的教学实践中，教师要从知识的传授者变为学生学习的引导者和启发者，要自觉的将创新的思想引入到教学当中来。根据创新人才培养的需要，加强创新教育的研究和实践，不断深化教学内容、教学方法和手段及考试方法等方面的改革。只有教师自身的创新思维和创新能力提高了，才能感染和带动学生进行创新和发展。

2）建立以科学方法传授为主的基础课程

学方法就是学聪明，有办法就是有能力。我们的教育必须引导学生掌握正确、科学的学习方法，尤其是适应他们自身特点的自学方法和自主获取知识的能力。要让学生学会用已知的知识获取未知的知识，培养独立思考能力，逐步学会用所学的知识创造性地解决实际问题，并养成创新习惯。设立以传授科学方法为主的基础课程是提升和培养人才创新能力的手段。例如，教育部规定研究生开设的公共基础课"自然辩证法概论"，课程本身就是讲方法论，它所推崇的整体联系的观点、辩证发展的观点就是创新思维的基础。自然辩证法的课程的培养目的就是，如何从繁杂的客观面临事物和现象中发现那些令人激动的有价值的新问题；如何解决现实所面临的问题，培养学生对真理与知识永无止境的探求、创新与不断反思的精神；强调用变化角度来思考问题，将事物的过去、表现同外界联系起来，挖掘本质，思考未来；全面、高灵敏性地根据具体时间、地点、条件选择不同的思考点。这些都是创新思维培育的重要内容。

一切创新活动都是建立在相应的创新思维的基础上，创新性思维的培育需要的是不仅是丰富的知识，还需要经常对常规的洞察与反思，需要的是灵感与智慧。通过发散思维、逆向思维、联想思维、形象思维等方式的训练，才能不断提高创新能力。

3）努力营造良好的艺术教育环境

（1）加强公共艺术教育和其他学科的有机融合。公共艺术教育与其他学科教育的功能是互补的，两者的融合能够互通有无，弥补各自的不足。在艺术欣赏中渗透科学的方法和精神，以实现人的全面和谐发展的目标。充分发挥艺术对其他学科积极的作用，使各个学科在艺术中相互融合，把各个学科发展的单一目标和艺术发展的目标统一到培养高素质人才这个总目标上来。艺术教育也要贴近时代精神，充满时代气息。例如，关注资源、人口、环保；关心地球、人类、发展。这些都应该成为高校公共艺术教育课中经常出现的主题，这不仅给艺术的发展带来物质手段，更对艺术本身产生了深远的影响，同时也使大学生在感受艺术的同时，关注其他学科的新动向，了解其他学科的基本知识。

（2）加强公共艺术教育与校园文化的整体和谐。要发展公共艺术教育就要加强学生的社团活动，给大学生提供一个更好的接触艺术、亲近艺术、提升艺术素养、感受艺术魅力的平台，营造了良好的校园文化、人文艺术氛围。成立艺术社团，强调艺术的群众性及普及性，使学生得到充分展示自己的机会，也使大学生在课堂上学到的知识有机会得到实践，艺术修养、审美能力在实际生活中得以进一步提高。丰富的校园活动本身就是公共艺术教育的一部分，同时也促进了校园文化的整体和谐。

创新型教育也是全面发展的教育，是一种全方位的育人活动，包括人与自然、人文与科技相结合的教育，开阔胸怀、健康的心理和良好的人格。教育改革就是要贯彻教育理念，使这种理念进入教师的头脑，进入教材，进入课程。提高人才的创新能力，要将科学教育和公共艺术教育有机地结合起来，以科学技术为基础，以艺术为辅助，以教育理念更新为前提。

第三节　科学文化与和谐社会的构建

20世纪以来，特别是当代新科技革命和知识经济兴起后，科学技术成为现代经济发展和社会前进的首要推动力量，并已成为现代文明的象征。它不仅深刻地改变着经济社会发展方式和人们的物质生活，而且也空前深刻地改变着人们的精神生活与社会生活。现代科学技术不仅是第一生产力，又是第一精神力、文化力，并通过这两个方面的巨大社会功能表现出来的。对于科学技术的物质功能、经济功能，人们已经熟知，但对于科学技术的精神功能、文化功能和意识形态功能，尚未引起与其重要作用相应的关注。这就是科技文化研究的一个基本缘由，亦是科学发展观、文化观的重要内容之一。

科学技术是指人类全部社会实践的概括和总结，是人类关于自然界、人类社会和思维规律的所有知识体系及其创造活动的总称，它是包括了数学、自然科学、技术科学和人文社会科学在内的人类全部知识与创造活动的总和。当前，关于科学文化与人文文化的讨论，实际上就是基于这种认识运用"科学"这个概念的。科学文化、科学技术文化也都是在这种涵义上理解、运用科学概念的。随着大科学时代的到来，科技文化与人文文化这两种文化，也必将在科学技术社会化和社会科学技术化的历史进程中，在更高的层次和更广阔的领域里进一步整合为大科学文化，形成最广涵义的科学概念相对应的新型文化。马克思早在150多年前就指出，自然科学往后将包括关于人的科学，正像关于人的科学包括自然科学一样，这将是一门科学。这一关于科学发展整体性的思想，揭示了近代以来自然科学、社会科学历史发展的内在规律，是人类知识综合化、系统化和社会化整体发展本质特征的反映。如果说在马克思生活的那个时代，它还只是一种天才预见的话，那么随着大科学时代的到来，现在却正在逐步变为现实。

在广义上理解的科学文化，包含了技术、人文文化等，是与大科学时代相适应的文化。科学文化既提升了文化的科学技术含量，又增强了科学技术的文化气息，从而创造了一种新的文化形式。作为人类文化的一部分，科技文化标志着人类社会进步和发展的水平，是社会文明的核心要素，亦是先进文化建设的基石和先导。和谐相处的社会，一定是以科学文化为核心的社会。在全社会弘扬科技文化，是当代中国现代化建设提出的历史性课题。当前，在我国社会发生深刻变革的历史进程中，建设一个全体人民各尽其能、各得其所而又和谐相处的社会，是我们党和政府的重要使命和责任。

和谐社会的诚信、民主法制、公平正义，人与人之间的和谐、人与自然的和谐以及各项政策和管理都离不开科技文化的内容，特别是当代知识、信息的社会渗透，科技社会的到来，人们的行为活动无不渗透着科技文化的要素。尤其是在现代社会中，科技飞跃发展，各种文明相互碰撞，人类在享受高科技带来好处的同时，也经受着因不恰当地利用科技破坏自然和生态带来的灾难。这样科学技术在促进社会和谐的同时，也会带来一定的负面影响。要彻底地解决这些矛盾，只有把以科学精神和人文精神相结合的科技文化渗透到科技之中，科学技术才能为社会和谐发展奏出至真、至善、至美的强音。因此，大力传播科技文化的价值观与行为规范，弘扬科学理性和创新精神，提高全社会的科技文化品位，是构建和谐社会的重要内容，也是科技社会发展的必然要求。

党中央提出的社会主义和谐社会的要求是，民主法治，公平正义，诚信友爱，充满活力，安定有序，人与自然和谐相处。这个要求内容涉及广泛，需要在党中央领导下，经过全体人民共同努力，要在比较坚实的经济基础上，提高全民族的素质，经过长期的努力，才能全面实现。从当前来说，解决人民群众最关心、最直接、最现实的各种利益问题，无论是扩大就业，还是建立健全社会保障体系，缓解地区之间和部分社会成员收入分配差距扩大的趋势，还是发展教育，解决环境问题，解决教育不公问题，完善公共卫生和医疗服务体系、建立新型农村合作医疗制度等，这些促进社会和谐的重大问题的解决，首先是要有经济发展作为基础。发展经济首要的是发展社会生产力，而科学技术是生产力，大力发展科学技术自然是构建社会主义和谐社会的最主要的条件。20 世纪以来，特别是当代新科技革命和知识经济兴起后，科学技术成为现代为经济发展和社会前进的重要推动力量，并已成为现代文明的象征。正如马克思说过的"劳动生产力是随着科学和技术的不断进步而不断发展的"。① 现代科学技术是第一生产力，恰恰是由于科学技术既是第一物质力、经济力，又是第一精神力、文化力，并通过这两个方面的巨大社会功能表现出来的。随着科学技术的广泛渗透和巨大社会功能的发挥，社会已经是科技化的社会。在科技社会，推动科学技术进步是构建和谐社会的一个重要维度，建设和谐社会离不开充分发挥现代科学技术的支撑、动力和纽带作用。

（1）科技与社会的融合，使得科技文化传播必须摆脱传统的说教，不仅强调科技意识，而且要注重质量意识、竞争意识。陈昌曙先生在《技术哲学引论》中不仅十分清晰地勾画出了近代技术文化与传统农业和手工业文化传统的巨大差别，而且精辟、深刻地概括出了近代技术文化的价值观与行为规范的基本特点，即协作意识、科技意识、创造意识、标准化意识、质量意识、保养维护意识、适时更新意识、竞争意识等。这些科技文化的价值观念和行为意识，已成为我们今天价值观念的重要内容。崇尚一流、追求卓越、设定更高的目标，实现自身最大的价值，是科技传播的重要内容，也是传播科技文化的最终目标。在我国封建迷信活动、伪科学的宣传，不时会在部分地区沉渣泛起，一些人打着伪科学的幌子，大肆骗取那些缺少现代科学知识的老百姓的钱物；一些人利用人民群众对科学的信任和崇拜心理，到处贩卖、炒作科技概念；甚至一些媒体广告和网络也成为宣传伪科学、搞封建迷信和伪宗教的阵地。因此，建构和谐社会离不开科学传播和科学普及，尤其要大力宣传科学文化，积极开展科学普及事业，在民族精神中培育、光大科学精神与科学理性。

（2）在和谐社会建设中，全社会应该把和谐理念作为一项重要任务，在社会真正树立社会主义核心价值观念和核心价值体系，培育实现中华民族伟大复兴所需要的理想信念、和谐精神、和谐意识。这是当前构建和谐社会的重要使命，更是实现社会持久和谐的不竭动力。"努力建设资源节约型、环境友好型社会"。这正是和谐社会的内在要求，环境友好型社会是社会主义和谐社会的重要基础。

和谐社会在价值理念上就是主张以人与自然的和谐促进人与人、人与社会的和谐；坚持以人为本的思想，重视发挥人的积极性和创造性；坚持公平正义和可持续发展，强调社会公平、体现社会关爱，遵循城乡、区域、经济社会、人与自然、国内外发展的五统筹原则；这些都离不开科学的素养和科学的理念。提高科学素养人们从人文的、社会的、哲学的、伦理的角度都可以来审视科技，评判科技，引导科技。正确评价科学技术的社会功能，才会把握好社会与自然之度，趋利避害，是在创造福址而不是同时带来灾难，社会才会更加健康和谐民主法制建设的内涵是公平。环境公平是环境友好型社会的社会基础。

① 马克思. 资本论. 第 1 卷（1867 年 7 月）. 马克思恩格斯全集. 第 23 卷. 664.

（3）古今中外的历史证明，只有在和谐的氛围中，真正达到人与人、人与社会、人与自然的和谐相处，国家发展才得以保障，人类社会才得以稳定，人民群众才得以安居乐业，人自身的物质文化需求才不断得以满足。今天我党所强调的"构建和谐社会"，是时代的要求，符合全中国人民和世界人民的愿望。

科学文化更是推动整个社会政治、经济、文化协调发展不可或缺的价值取向和精神动力，是先进文化发展的指向。科学文化不仅为人的全面发展提供物质前提，更从精神、观念、意志、理性等方面促进人的不断完善。科学文化中所蕴涵的科学知识、科学理论、科学方法、科学思想和科学精神，是人类文明的结晶，是人类精神世界和意识形态领域的巨大进步成果。在构建和谐社会的过程中，科学文化是重要的构成要素，也是人类走向真正的文明和社会进步的重要标志。和谐社会需要高素质的建设者，普及科学文化就在于提高全民族素质，培养和谐社会所需之才。因此，要弘扬科学文化，倡导科学方法，提高科学素质，让现代科技文化的观念深深植根于我们民族文化之中，渗透到大众文化之中，融汇进全民族素质之中。通过弘扬科学文化，在社会实践中引导人们正确地分辨美与丑、善与恶、是与非，自觉地抵制各种错误的观念和行为，有效抵制和消除不利于和谐社会的东西，并积极投身于社会主义和谐社会建设的伟大实践之中。

和谐社会呼唤科技文化的传播。传播科技文化主要以科学发展观为统领，"使媒体科技传播与党和国家的方针、政策和谐一致，不添乱子，不搞杂音，摒弃浮躁，排除干扰，大兴实事求是之风，积极为构建和谐社会服务。"① 我们必须大力发展科学技术，实施科学技术创新工程，加强科学文化建设，抢占科学文化的制高点，努力形成与市场经济相适应、体现时代精神的中国特色的社会主义科学文化体系。

21 世纪是高新科学技术发展的世纪，科学技术进步与社会、经济、文化的深层互动所产生的新的启示和理念，已经辐射和渗透到社会生产和生活的各个方面。科学技术不仅给我们提供创新的基础和手段，而且也在改变着人们的观念。关于这一点贝尔纳早就看到了，他说，"科学通过它所促成的技术改革，不自觉地和间接地对社会产生作用，它还通过它的思想的力量，直接地和自觉地对社会产生作用。人们接受了科学思想就等于是对人类现状的一种含蓄的批判，而且还会开辟无止境地改善现状的可能性。科学家一定要把发展和传播这些思想当作自己的工作，不过把这些科学思想化为行动却要依靠科学界以外的社会力量。自从现代科学产生以来，这个过程就一直在进行着，不过却是零星地没有配合一致地进行着。今后的任务是要使科学家的工作更自觉、更有组织、更有效果；促使人民大众对科学家的工作有适当的认识，而且把两者结合起来，以便共同努力在实践中实现科学所提供的可能性。"②

未来社会是科技的社会。这样的社会是充满创造活力的社会，是各方面利益关系

---

① 陈婧等. 和谐社会呼唤和谐的科技传播. 人民网，2006-11-21.
② 贝尔纳 J D. 科学的社会功能. 陈体芳译. 桂林：广西师范大学出版社，2003：385.

不断得到有效协调的社会，是社会管理体制不断创新和健全的社会，是稳定有序的社会。政通人和、社会和谐，是全体中国人民的心愿。建设和谐社会，要求我们必须大力发展科学文化，为激励人们开拓创新、奋发进取提供强大的精神动力和智力支持。构建和谐社会，我们要坚持以"三个代表"重要思想为统领，坚持百花齐放、百家争鸣的方针，唱响主旋律、打好主动仗，以科学技术的理论武装人，以科技成果鼓舞人，不断丰富人们的科学精神世界，不断增强人们的科技创新精神。只要我们坚持马克思主义的科技观，就必将会迎来一个科技文化建设的新高潮，构建出一个崭新的充满活力的新型社会。

思　考　题

5-1　科学文化的内涵及其特征是什么

5-2　科学文化与科学创新有什么样的关系？

5-3　科学文化对构建和谐社会有何作用？

第六章 国防科技创新体系的社会运行

国防科技创新体系目标的实现是国防科技创新体系中各实体要素自身创新发展的综合结果。国防科技创新体系是社会系统中的子系统，虽然创新实体在国防科技创新体系中具有相对独立性，但与社会诸因素密切相关。军队院校是国防科技创新体系实体要素构成之一，在国防科技创新体系的运行中起着十分重要的作用，军队院校的发展与国家战略、社会需求和军事变革紧密地结合在一起，在国防科技创新体系建设中具有不可替代的作用。

第一节 国防科技创新体系的内涵及其特征

一、国防创新体系的内涵

所谓科技创新体系，一般是指科技发现、发明以及应用过程中的多种因素相互作用而形成的综合系统，即"创新体系是一个网络"。创新体系由知识的生产者、传播者、使用者等创新实体及其相互关系（联系和作用）等部分构成。从科技产出和社会应用的角度来看，科技创新体系是指一个国家或一个地区科技、经济部门和有关机构之间相互协调、良性互动，促进创新资源合理配置、高效利用，融创新执行机构、创新基础设施、创新资源、创新环境等创新要素于一体的系统。在这一体系中，政府、企业、高等院校、科研机构、中介机构、金融机构等创新主体良性互动，制度、政策和环境相互协调，技术、人才、资金等创新要素协同作用，从而实现科技资源有效集成和合理配置。

这里科技创新并不只局限于科学共同体，科学共同体是科学创新和发明的系统，但在国防科技创新这个系统中，相关的科学共同体只是其中的一个组成部分，其功能的发挥与国防科技体系的结构、运行密切相关，与社会大系统的诸多因素密切相关。

国防科技创新体系是指在国防科技领域中研究发展中，主要包括武器装备的研究、设计、制造、试验，和国防设施或军事设施的设计、建造等方面的科学技术的创新过程中，内在因素和外在因素相互作用机制。"国防创新体系是满足国防和军队建设需要的人员、科研生产单位、科学技术知识、设施及其环境的综合体，其核心内容是国防科技知识的生产者、传播者、使用者以及政府管理机构之间相互作用，并在此基础上形成国防科技知识在国家创新体系内循环流动和应用的机制"。[①]

---

① 游光荣. 国防科技创新体系的地位和作用. 国防科技，2007，(6)：44.

关于国防科技创新体系国内外有诸多定义，但本质上大都是从科技知识在社会体系中的流转、应用，最终转化为市场竞争力的角度阐述的。"国防科技创新体系是由参与国防科研生产的各种实体，通过特定的组织结构和调控制度所组成的网络结构体系。这些实体的活动和交互联系，生产、传播和创造性应用国防科学技术，促进武器装备和军民结合高技术产业的创新发展。"[①]

国防科技创新体系的内涵应从两个方面把握，一方面是创新实体之间的相互关系，即在国防科技创新体系中，创新实体既不是离散的，也不是简单集合，而是相互交连的。这种交连表现为信息、知识、人员、资金、产品等创新要素的相互流动、互为影响、互为支撑。一般认为，市场经济条件下，政府承担建设和管理创新体系的主要任务，也有能力建立和调节创新实体之间的相互关系。而在国防科技领域则是国防科技、国防工业领域国防管理机构的协调和管理尤为重要，其中管理和政策等环境因素起引领和主导作用。"在国防科技创新体系要素基本具备的情况下，影响国防科技体系效率的首要因素既不是人员，也不是设施和环境，而是制度因素"，[②] 这就要求我们探索国防科技创新体系的结构和管理。另一方面是从创新实体本身来探索。在国防创新体系中，不仅要强调实体要素之间以及与社会之间的相互关系，而且要注重各实体要素自身创新功能的发挥。系统论告诉我们，功能是由结构决定的，结构要素的组合并不是简单地相加，结构体系整体的效益来自个体的功效的发挥。国防科技体系整体目标的实现是国防科技创新体系中各实体要素自身创新发展的综合。各创新实体在国防科技体系中具有相对独立性，因此必须关注创新实体在国防科技创新体系中作用，探索在武器装备建设中，国防实体要素，如国防工业院校、军队院校、国防工业企业、国防科研院所等实体的科技创新机制。一个国家、一个地区、一个行业、一个组织，它的创新能力的高低既取决于它的成员的科技研发应用能力，更取决于它的结构和制度是否有利于培育和发挥科技创造的潜能，因此而构成所谓的'创新体系'问题。

我国国防科技活动主要包括三大领域：国防科技工业的科技活动、国防科技院校（包括军队科技院校）的科技活动和国防科技研究院所的科技活动。国防科技工业的科技活动可分为三个方面：一是面向武器装备建设，发展和应用国防科技；二是面向核、航天、航空、船舶、兵器、电子等国家战略性产业（亦称军民结合高技术产业），发展和应用军民结合高技术；三是面向军工行业内部中衍生出来的一般民用产业，发展和应用先进适用技术。国防科技院校的科技活动也分三个方面：一是科技教育和传播，其中国防和军事教育是重要的内容之一，包括为军队输送和培养人才；二是国防科研活动，面向未来高新技术武器装备建设需求展开基础性预研和试验；三是针对地

①　"国防科技创新体系研究"课题组．对国防科技创新体系的基本认识．国防科工委新闻宣传中心网，2006-7-22.

②　游光荣．国防科技创新体系的地位和作用．国防科技，2007，(6)：44.

方经济发展的需求开展军民结合军地一体化的教育和研究，包括为地方人才培养和联合协作科技攻关等。国防科技院所主要是专项研究和开发，针对武器装备的特殊领域展开科学研究和教育活动。

围绕国防科技创新环境和内部机制的相互作用，国防科技创新体系是各国防实体要素在国家国防战略的指导下，为加速国防建设而在国防科研、开发、应用、传播等领域的创新活动机制或网络。要最大限度地发挥体系的整体效率，不仅要做到目标明确，宏观有序，分工合作，政策指导，管理规范，还要调动和充分发挥体系内部各实体的创新积极性，研究和探索各实体在国防科技创新体系中的地位和作用，如国防科技工业所属院校、国防科技院校、国防院所等部门的科技创新。

建设国防科技创新体系，既是我国全面发展的现实需要，又是军队信息化建设进程的必然趋势。国防科技创新体系是国家创新体系中不可或缺的组成要素。《中共中央国务院关于实施科技规划纲要增强自主创新能力的决定》中就明确指出：深化国防科研体制改革，建设军民结合、寓军于民的国防科技创新体系。统筹军民科技计划和军民两用科技发展，建立健全科技资源共享、军民互动合作的协调机制，实现从基础研究、应用研究开发、产品设计制造到技术和产品采购的有机结合。

国防科技院校是国防科技体系创新的基础阵地，担负着武器装备建设的基础科学研究、国防科技人才培养、国防科技实验等职责，虽然在科技资源组织形式和调控方式等方面，与其他院校、科研院所、军工产业等相比有一定的特殊性，但同时与国防科技工业、院所又都有着密切的关联，如科研成果的转化、走军民结合的研究开发道路等，因此在宏观调控、政策环境影响等方面与其他国防科技创新实体没有大的区别，自然地融入了国家创新体系和国防科技创新体系之中。

二、国防科技创新体系的一般特征

（1）系统整体性。国防科技创新体系是由各个创新实体要素构成的，各个实体要素相互联系、相互作用，构成一个有机联系的整体。武器装备建设发展是国家国防战略的重要方面，装备项目的计划和实施不仅受国家经济实力、科技实力等方面因素的影响，而且其超前预测、科学论证、总体设计目标设定、实体任务分工协调等都具有明显系统整体性。一方面，受国家战略的影响，它植根于国家创新体系之中。国防科技创新体系是国家创新体系的有机组成部分，国家整体科技资源和能力是国防建设和军民结合高技术产业创新的基础。国防科技工业创新活动与国家制度、政策、资源等有着千丝万缕的联系，体系功能的发挥离不开国家整体科技发展和产业发展环境，体系的完善依赖于整个国家创新体系和环境的改善。因此，国防科技的发展具有战略性和全局性。另一方面，国防科技创新体系的发展又具有相对的独立性。很多院校和军工企业提出的是"积极参与国防科技创新体系建设"，"发挥各自的技术优势和特色，积极主动服务，促进协调发展"。国防科技创新实体要素服务于国防和军队建设，与民用科研院所、民用产业比较，国防科技实体要素发展有其特殊性，不仅要用好国家激励、引导和规范创新活动的一般调控工具，还要根据自身的特点，认识自身在国防科技创新体系中的地位作用，构筑相对完备而有效的政策、管理手段，解决自身发展中的深层次矛盾。

（2）管理有序性。国防科技创新体系离不开实体创新并创建有利于实体创新的机制。实体的技术开发创新自主性、能动性极为重要，但宏观上是以国家意志为主导，具有较强的有序性。表现在国防军事人才培养方面，服从于国家人才培养计划的需要，其人才输送和流动服从于国家指令计划；表现在国防科研方面，服务于国家大型的尖端项目，以避免研究项目的重复和浪费；表现在管理关系方面，既有中央政府部门的条条管理，也有地方政府的块块管理，还有军事部门通过订货的管理等。这就决定了这个创新体系的制度安排和更新特别需要综合考虑多方面的因素，在重大关系上需要有强有力的顶层协调。"一般创新体系动力主要来自市场，相对无序，靠自身组织能力来稳定。国防科技工业创新面向国防科技发展和武器装备建设，虽然它的创新实体有追逐经济利益的一面，从而导致它的构成、运行和演化不可避免地受市场机制的作用，但从根本上说，它更多的是受着国家意志的支配，因而具有较强的有序性。"① 政府可以也必须在它的组织结构设计和调整、资源布局等方面发挥主导作用，进行必要的干涉，以保证国家资源的高效利用和国防建设任务如愿实现；同时需要通过政策工具来驾驭市场机制，而不能放任让市场力去调整等。总而言之，在国防科技创新体系中，从政策到行政管理，政府在制度安排和更新上拥有巨大的作为空间。因此，国防科技创新体系研究，市场和政策环境是研究是重要的方面。

（3）交叉融合性。国防科技创新体系不仅受环境因素的制约影响，而且其内部实体也有着相互之间的密切关联，如国防科技院校要为科技院所、军工企业输送大批的科技人才，针对国家国防战略科研项目科技协作和交流，与民用技术结合与市场结合等，具有直接的相互作用性、鲜明的军民结合性特点，作为一个网络系统，其调控机制是复杂的。国防科技工业既要考虑国防科技和武器装备的发展的同时，还担负着为国防建设物质基础的军民结合高技术产业发展提供创新的知识和技术的责任，既要面向国家安全利益，又要面向市场获取经济利益。

第二节　国防科技创新体系的建构与社会运行

一、国防科技创新体系的实体要素构成及其功能

国防科技创新体系要素类型包括：国防工业所属的院校、军队技术院校、国防科研院所、国防工业企业、中介机构、具有政府管理职能的部门，院校、院所、国防工业企业可以称为创新的实体，中介机构、政府部门等称为环境。一个成功的国防科技

---

① "国防科技创新体系研究"课题组. 对国防科技创新体系的基本认识. 国防科工委新闻宣传中心网，2006-7-22.

创新系统应具备三个基本条件：一是创新体系的组成部分具有实力并且充满活力；二是体系实体之间发生着广泛地相互作用；三是体系外部有良好的环境条件。从国防科技体系的运行角度来看，国防科技创新体系的构成要素主要有以下几个。

（1）国防科技院校。所谓国防科技院校，是为国防科技工业培养高层次人才并为国防现代化提供重要科技支持的院校。它以服务国防建设为主，同时兼有推动国家和区域经济发展的使命。其主要职能应该是为国防科技工业创新发展提供知识基础，担负在国防基础研究与应用研究、前沿探索方面的创新及人才培养任务。

（2）军队科技院校。军队科技院校是为国防和军队建设培养高层次国防科技和管理人才，承担武器装备科学研究的使命。其主要职能是为推进中国特色的军事变革，在培养高素质新型军事人才方面，担负在武器装备基础研究与应用研究、前沿探索方面的创新任务。

（3）国防科研院所。其主要职能是开发国防核心技术，实现技术的转化和创造性应用，担负关键技术攻关、技术集成验证、核心系统与平台研制等创新任务，部分院所还承担基础研究和应用研究任务。

（4）国防军工生产企业。其主要职能是将科研成果武器装备化，是国防科技成果的出产地，担负开发和应用先进工业技术、面向国内外市场开发新产品等创新任务，部分军工企业也承担技术开发等科研院所的职能。

相对于国防科技创新实体而言的环境，是国防科技成果最终实现的渠道和支撑。

（1）中介机构。由于国防军工科研和产品的特殊性，只有少数科研成果进入技术市场，其中介作用并不明显，但在军民结合、军品向民品转化过程中起着十分重要的作用。

（2）政府部门。国防科技体系是国家创新体系的组成部分，国家的宏观调控和管理不仅指导国家创新体系的建设，同样也指导和规范着国防科技创新体系。国家的发展战略以及国防科技发展战略规定着国防科技体系的发展。政府承担着引导创新和营造创新环境的功能，包括通过战略需求的牵引、政策调控、投资引导、宏观管理以及对基础性领域和市场机制失效的其他领域实施干预等。对于国防科技创新体系而言，"政府还有两项突出的功能。首先，在许多情况下，政府直接建设管理创新的基础资源，指导和规范创新活动、组织和投资创新计划、采办创新产品等；其次，政府通过组织实施重大项目，凝聚力量和资源，推动战略高科技、前沿科技的系统发展和重大关键技术的突破。"[1]

---

① "国防科技创新体系研究"课题组．对国防科技创新体系的基本认识．国防科工委新闻宣传中心网，2006-7-22．

二、国防科技体系运行的实质是创新

1. 国防科技创新为国防工业提供新的技术手段

科学技术特别是国防科技的进步为国防工业提供的更新更先进的技术手段，直接促成了以武器装备的制造为主要任务的国防工业迅速由半机械化、机械化技术阶段向半自动化、自动化等技术阶段演变。随着科学理论向技术和生产转化的周期缩短，科学技术生产一体化已成为现代科学技术发展的突出特点，科学技术对生产技术的推动作用，正如马克思所指出的那样，生产过程成了科学的应用，而科学反过来又成了生产过程的要求，即所谓职能，每一次发现都成了新的发明或生产方式新的改进和基础。而在国防工业领域，这种应用转化更为明显。为满足武器装备制造对高质量、高产量、高效益的要求，国防科研人员总是尽最大可能地采用新的高水平的制造技术和工艺，这是国防工业得以从手工制造过渡到机械化并进一步向自动化发展的主要原因或动力。

2. 国防科技创新为国防工业研制更新换代的新产品

随着现代科学技术的发展，国防科技不仅为国防工业提供新的技术，而且还为国防工业提供更新换代的产品，使国防工业能满足国家军事上的需要，生产出一代又一代的武器装备。国防科技创新的目的在于为军队提供更加优良的武器装备。国防科技发展根据国家的安全政策或军事战略、目前的和潜在的威胁、国家的经济能力、当前各项技术的水平和未来的发展等，不断进行科技创新，以满足不断发展的国防和军队现代化建设的需要。如果没有国防科技创新，国防工业企业很可能是"几十年一贯制"地长期生产原有的老产品，其生产制造技术和生产出的产品，会越来越落后。

3. 国防科技创新导致新的国防工业部门的出现

从世界军事技术发展的历史轨迹来看，国防工业是随国防科技的不断创新发展而逐渐扩充的。在冷兵器时代，只有单一的冷兵器制造业。在黑火药时代，基于国防科技创新的成果，出现了枪械制造、火炸药制造、火炮制造、舰船制造等国防工业。工业时代，随着国防科技创新的跨越式发展，先后研制出了飞机、化学毒剂、高爆炸药、坦克、潜水艇、航空母舰、导弹、雷达、核武器、军用卫星等一系列新型武器装备。不但使原有的几种国防工业规模更大、技术水平更高，而且逐步建立了崭新的航空、军用车辆制造、军用电子、导弹、原子能、航天等多种不同门类的国防工业。随着空天飞机、军用空间站、定向能武器、隐形武器、军用机器人、基因武器等高技术武器装备的研制成功，国防工业还将进一步得到扩展，而且还会产生更新的国防工业部门，如定向能武器工业、生物工程武器工业和智能武器工业等。

4. 国防科技创新是军队现代化的物质技术基础

1) 军事需要是国防科技创新的助推器

恩格斯曾指出："社会一旦有技术上的需要，则这种需要会比十所大学更能把科学推向前进"。① 同样地，国防科技的不断创新发展则是军事需要的产物。

　　为了维护国家的领土主权以及维护和获取国家的根本战略利益，各国都力图掌握更先进的军事技术手段，以造成军事上的巨大优势。二战后，在军事需求的强烈刺激下，国防科技发展获得了强大的推动力。据统计，到 20 世纪 80 年代中期，世界各国每年的国防科研经费累计高达 800～1000 亿美元。冷战结束以后，世界主要国家都调整了军事战略，压缩了军费开支，军事需求从原先既追求武器装备的数量又重视其质量转向主要追求其高质量，国防科技进入了"打什么仗需要什么武器就能研制出什么武器"的高新技术武器装备研制新时期。总之，国防科技是在军事需要的推动下不断获得创新发展的。展望未来，世界各国的国防科技都将在军事需求的不断推动下，继续不断地获得创新发展，并随着军事需求而日益走向国防高技术化。

　　2）国防科技创新推动军事技术手段的变更

　　军事需要促进国防科技的发展，而国防科技发展在满足日益不断增长的军事需要的前提下，通过武器装备的不断更新换代，最终导致军事技术手段发生革命性变革。

　　由于国防科研的开展，使许多新的理论、原理和技术被用于武器装备之中，从而不断出现一批又一批概念全新、性能优良的武器装备。现在，一艘现代大型攻击型航空母舰的作战能力相当于二战时美国全部海军舰队攻击力的总和。国防科技创新的持续发展，导致更多更新的高技术武器装备问世，如计算机病毒、电磁微波炸弹和炮弹等信息战武器以及天基和空基高能激光武器、无人作战航空器、微型侦察探测器、微型攻击机器人等。这一切将使未来的军事技术手段发生根本性变革。

　　3）国防科技创新促使军事变革的发生

　　国防科技创新不仅为军事和战争的需要提供必不可少的武器装备，国防科技的创新发展还往往会导致军事领域中作战方式和军队编制构成发生变革。首先，武器装备的创新强制性地引起作战方式的变革。正如恩格斯所提出的："一旦技术上的进步可以用于军事目的并且已经用于军事目的，它们便立刻几乎强制地，而且往往是违反指挥官的意志而引起作战方式上的改变甚至变革。"② 军事发展史表明，所有作战方式都是由武器装备决定的，即有什么样的武器装备，就有什么样的作战方法。其次，武器装备的创新引起军队组织编制的改变。随着武器装备的不断发展，军队的编制构成及规模也不断发生相应的变化。恩格斯曾指出："随着新的作战工具即射击火器的发展，军队的整个内部组织就必然改变了，各个人借以组成军队并能作为军队行动的那些关系就改变了，各个军队相互间的关系也发生了变化。"③ 武器装备的创新导致新军兵种的诞生和旧兵种的消亡成为历史证明的客观事实。当前，随着国防科技的不断

---

　　① 中共中央马克思恩格斯列宁斯大林著作编译局．马克思恩格斯全集．第 4 卷．北京：人民出版社，1972：505．

　　② 中共中央马克思恩格斯列宁斯大林著作编译局．马克思恩格斯全集．第 20 卷．北京：人民出版社，1956：187．

　　③ 中国人民解放军军事科学院．马克思恩格斯军事文集．第 1 卷．北京：战士出版社，1981：53．

发展和武器装备的日益现代化、高技术化，军队的组织编制将进一步从数量规模型转变为质量效能型，从人力密集型转变为科技密集型。

三、国防科技创新体系的运行类型

国防科技体系的运行首先是在国家战略和国防科技战略指导下通过政府部门的管理调控或按照市场规则，形成以创新活动为中心的相互作用，从而促成不同实体创新取向相对一致的模式运行。

（1）管理保障运行。首先树立全方位为国防军工建设服务的意识，充分发挥各自优势，以管理创新为国防科技创新提供有力保障。各类实体在创新活动中的准确定位，是创新体系高效运行的前提。不同实体间的功能存在着必然的交叠，但一般不能发生严重的功能错位，否则就会造成由国家配置的资源使用的不合理、低效和浪费。在创新管理模式上，发挥管理组织机构的功能，对国防科研生产任务、军工科研项目和基础国防项目、基础项目成果的转移实施统一管理，进一步明确各自国防科研特色方向，发挥各自优势，理顺内部关系，对外联系协调以及成果推广，重点抓好质量体系和保密制度建设。由于国防科技创新体系的交叉融合性，在管理上既要依据国家政策和指令性计划安排，又要注重各实体要素利益的发展和超越一般市场规律的特点，积极搭建国防科技创新及成果转化平台，建设好国防研发生产基地，为优势方向的研究、设计与生产提供保障。同时，积极整合资源，将配套任务的完成与国防科技、军工业发展建设联系起来，解决研制生产中所需要的关键仪器、设备。

（2）基础创新运行。国防科技院校和军队院校是国防科技体系创新的主体之一。当前，随着信息技术在军事领域的渗透，武器装备的信息化、智能化、无人化、隐身化、微型化、一体化等趋势日益增强，国防科技基础研究面临新的巨大挑战。我国的国防科技基础研究应以我军新时期军事战略方针为指南，根据《国家中长期科学和技术发展纲要（2006～2020年）》，面向建立打赢高技术条件下局部战争精干有效的武器装备体系需求，瞄准世界国防科技基础研究领域的前沿，从我国的国情和国防建设的实际出发，坚持有限目标，突出重点，有所为，有所不为的原则，选择国防科技基础研究主题。对于国防科技院校和军队院校，包括科研院所，首先是强化基础研究，以基础突破引领应用创新。对学科前沿与国防事业有重要关系的基础研究课题，经国防科技系统内的专家评议，对有新原理、新概念等创新苗头的项目择优立项予以资助，开展先期研究。积极鼓励原始创新，大力争取预研基金、行业基金及各类基础研究计划的支持，在此基础上申报国防预研等研究计划项目，提高项目申报的起点和竞争力。其次，结合国防科研大力培养国防创新型人才。高质量的创新型人才是国防科技体系创新的源泉，是国防科技体系运行的基本人才保障。国防科技体系的运行实际上是保障国防科技任务实施和完成，创新人才流动的一种相互关系，不论是国防科技院校还是军队院校、科研院所都应发挥优势，取长补短处理好各自之间的关系，相互协调，积极拓展横向科研合作，在协调中创新发展发展。

（3）成果产出运行。国防科技体系创新运行的最终结果是满足国防武器装备的需求，从基础研究到项目的开发试验、到科研成果的转化，最终是结果是新的武器装备，军工企业是运行后期的最终环节。武器装备的性能质量与军工生产企业的技术创新密切相关，大力提高生产工艺、创新生产过程是企业创新的重要内容，同时在管理、人才培养等方面上不断创新。对于军工企业现在还要进行逆向开发，用研制和生产军品形成的先进科技和工艺，开发民品，以军带民，发挥国防科技工业对国民经济的促进作用。而国防科技工业是专门满足军队需求而建立的产业部门，往往是一国发展最迅速、处于科研最前沿的高新技术产业，是科学技术最先进、生产工艺水平最高的行业。同时，从科学和技术的角度看，军用技术与民用技术很多是相通的，但军用技术对产品的安全性、质量性能等方面要求更高。因此，以军带民，发挥国防科技工业对国民经济的促进作用，不仅必要，而且可能。

第三节　国防科技创新体系社会运行保障及对策

体制和机制直接决定着国防科技发展创新的绩效，是孕育创新的土壤，也是实现军队建设科学发展的根本动力。加快发展国防科技，增强自主创新能力，必须构建国防科技新体制，以适应社会主义市场经济要求，并符合国防科技自身发展规律的军民结合、平战结合的要求。

一、逐步形成军民结合型的国防科技创新体制

调整国防科研结构，整合科研能力必须按照军民结合、平战结合的原则，根据国防科技工业的生产能力，科学安排科研与试制能力，积极促进科研和试制生产相结合，同时，在确保完成军队建设任务的前提下，大力开展军用技术向民用转移，逐步形成军民结合、平战结合的国防科技体制。

当前，调整国防科研结构，整合科研能力的重点，是合理调整现有国防科研单位的专业方向、任务，相对集中总体和系统的科研能力。在调整国防科研单位专业方向、任务的基础上，对当前军队建设所急需的军事装备研制总体、主要分系统、大型试验和测试鉴定机构，要实行军队重点扶植。同时，在国防科研结构调整中要大力推进国防科研单位的横向联合，整合科研能力，形成拳头，团结协作，加强国防科技的创新发展能力，实现军队建设的科学发展。

1. 积极引入竞争机制，激活国防科研运行机制，发展国防科技

创新的动力来自于竞争。发展国防科技，就要建立和完善适应社会主义市场经济特点和国防科技发展规律的有序竞争机制，"坚决打破垄断，为有关方面参与军品科研生产竞争创造公平环境"，避免无序竞争和低水平建设，激活国防科研运行机制，使国防科技部门把有限的资源投入技术进步和创新工作中去，实现军队建设的科学发展。

对于军队建设的重大国防科研项目，要在实行国家指令性计划下合同制的前提下，积极引入竞争机制。武器装备研制项目应按照《武器装备科研生产许可实施办法》贯彻公开和公平的原则，实行招标制，最大限度地调动的科技创新主体参与其中，通过竞争签订合同，以实现国防科技投资效益的最大化。

2. 建立知识产权制度，增强自主创新能力，发展国防科技

没有知识产权保护，就没有自主创新。创新国防科技体制，核心就是要增强国防科技自主创新能力，要在国防科技若干重要领域掌握一批核心技术，拥有一批自主知识产权，为实现军队科学发展提供技术保障。

建立知识产权制度是创新国防科技体制的重要内容。首先，完善国防科技知识产权政策法规体系，制定符合社会主义市场经济特点的国防科技知识产权归属政策，加大对知识产权创造者的奖励力度，营造有利于国防科研人员自主创新的环境，最大限度地激发广大国防科研人员从事国防科技创新活动和推动军队科学发展的内在动力。其次，加大国防科技知识产权管理与保护力度。加强对国防科技成果知识产权管理，在国防科研计划项目执行的各环节中，把知识产权保护作为重要指标。同时，建立重大经济活动中国防科技知识产权的特别审查制度，建设国防科技知识产权信息平台，加快国防科技知识产权信息资源整合利用，实现信息共享。

二、创新国防科技人才脱颖而出的人力资源管理制度

人才是科技进步和经济社会发展最重要的资源，智力是活的知识力量。要从国防科技发展和军队建设的全局出发，进一步认识加强国防科技人才队伍建设的重要性和紧迫性，以国防科技高层次人才队伍建设为重点，优化人才结构，提高人才素质，进一步建立健全国防科技人才队伍建设的长效机制，为国防科技发展创新提供有力支撑。

（1）建立健全有利于优秀人才脱颖而出的用人机制。目前，择优用人机制还没有真正形成，一些单位口头上重视人才，但在实际工作中，却常常"只看学历、不看能力"，"只看文凭、不看水平"等。为此，要在国防科技领域逐步创造一个公开、平等、择优的用人环境。也就是说，国防科技人力资源管理要按照社会主义市场经济体制和国防科技发展的内在要求，选人用人必须坚持公平竞争，形成有利于优秀人才脱颖而出的用人机制。

（2）科学构建具有我军特色的国防科技人才培训体系。我国国防科技自主创新能力及在国际间的竞争力，越来越取决于教育的发展和人才的培养。院校是培养人才的基地和摇篮，国防科技人才建设必须发挥院校主渠道的作用，构建具有我军特色的国防科技人才培训体系，切实把培养具有现代科学思维和现代军事技能，创新能力突出的高层次国防科技人才放在突出位置。

（3）增加智力投资，创造拴心留人环境。国防科研单位要吸引人才、留住人才，就要加大对国防科研人员的智力投资力度，创造一个良好的拴心留人环境。实践证

明，事业的不断发展，也是吸引人才、留住人才的重要方面。因此，要不断拓展领域，发展事业，创造出与高层次国防科技人才相匹配的、知识与科技含量高的岗位。

国防科技创新能力是决定一个国家在国际竞争和世界格局中的地位的重要因素。正如江泽民同志所指出的："一个没有创新能力的民族，难以屹立于世界民族之林。"① 建设国防科技创新体系，要以政府为主导，以军事科研院所和国防工业企业为骨干，充分利用包括军队院校科技资源在内的全社会科技资源。

军队院校，特别是军事技术类院校，是国防科技研究最重要的力量，是基础研究和高技术前沿领域原始性创新的重要来源，是培养国防科技领域高素质创新性人才的主要基地。由于军事院校是新技术、新知识的最主要和最大的生产者、创造者、输出者和转化者，汇集了我国最著名的国防科技专家学者群、先进的实验设施以及比较充裕的经费，更重要的是，这里拥有深厚的科研氛围，加之多学科的交融和碰撞，必将成为激发国防科技创新灵感的不竭源泉。

当前，军队院校在国防科技创新管理体制机制上的深层次矛盾和问题，成为影响军队院校国防科技创新发展的关键因素。

1）国防科技创新体制的环境障碍

当前，我国社会主义市场经济体制还不完善，计划经济形成的体制弊端尚未得到完全克服，造成国防科技创新的体制环境还很不完善。

（1）管理职能转变不能适应国防科技创新的需要。当前，在国防科技创新中，军队院校的科研管理保障部门还没有实现管理职能的完全转变，部门之间协调配合不足，国防科研资源配置依旧是条块分割、分散重复，未能实现国防科研资源的有效整合。国防科技创新管理部门的宏观协调、政策管理和服务能力还很不足，无法为国防科技创新发展提供科学指导和有效服务。

（2）军队院校国防科技创新部门之间的利益不相容制约国防科技创新发展。在国防科技创新中，一些国防科技创新单位和部门在局部和眼前利益的驱使下，过度保护本部门、本单位利益的现象依然严重，在国防科研项目的竞争合作中内耗大，不利于鼓励国防科技创新的公平竞争环境的建立，也不利于跨院所跨学科的协作融合。

2）国防科技创新的机制障碍

国防科技创新的动力机制是激活国防科技创新的基础条件。当前，军队院校国防科技发展创新的动力机制不完善表现在以下三个方面。

（1）利益连接机制不完善。国防科技创新的供需间建立合理的利益连接机制，是国防科技发展的核心和内在的动力，这就要求国防科技研究机构和军方实现风险共担，利益共享。但军事院校国防科技研究机构作为独立的主体，很多地方还停留在买断过程中，价格、质量等时刻影响利益连接的紧密度和双方的行为，这严重影响国防科技研发机构进行科研创新的积极性。

---

① 江泽民．江泽民国防和军队建设思想学习纲要．北京：解放军出版社，2003：69.

（2）激励推动不到位。国防科技创新发展滞后于对国防科技的需求，一个重要原因就是激励推动不到位。我国军队院校国防科技研究、开发、设计力量薄弱，综合性的高素质人才、高水平专业人才严重匮乏，不能满足新时期国防科技发展和军品研制的需要，已成为制约国防科技创新的紧迫问题。而产生国防科技人才问题的根源在于军事院校在国防科技创新领域没有形成有助于自主创新的人才激励机制，在吸引和留住高水平创新人才方面缺乏竞争力，严重影响国防科研领域高水平创新活动的开展。

（3）国防科技创新的利益分配机制不完善。利益分配机制不完善是国防科技发展创新能力没能够得到根本性提升的重要原因。①缺乏有效的利益分配制度，对国防科研人员的劳动、贡献的价值没有予以充分体认。国防科研人员，特别是年轻的国防科研人员在利益分配上参与有关的物质利益分配的权利受到弱化，使科研人员在国防科技发展中缺少一种成就感和价值感，因此就很难吸引、稳定国防科技队伍并调动其成员的积极性，推动国防科技创新的实现。②在国防科技发展中，利益分配上还存在"吃大锅饭"、"搞平均主义"的倾向。没有按市场机制进行分配，也没有以效率、贡献和效益的差距形成物质利益分配的差距，因此也就无法以利益分配的差距激励效率、贡献、效益的提高，调动国防科研人员的积极性、主动性和创造性。

人类已进入 21 世纪，军队要适应现代军事变革发展的需要，适应高技术武器装备信息化的需要，必须分析现实面临的问题，走出一条国防科技创新发展之路。历史和实践已经证明，军队院校已经成为实施科教兴国、人才强军、科研强军战略的主要力量，军队院校的发展与国家战略、社会需求和军事变革更加紧密地结合在一起，为强军战略提供了强有力的人才支持、技术支撑和知识贡献，在国防科技创新体系建设中具有不可替代的作用。军校国防科技体系创新包含着广泛的内容，思考其未来发展，应从战略的高度，明确战略目标，扎实做好人才培养的教学方法创新、国防科研的攻关创新、管理体制的改革创新。

（1）明确目标，适应军队院校国防科技改革创新的需要。为适应国家国防科技发展战略发展的需要，未来 10～15 年军队院校国防科技创新发展的总目标必须做到以下 4 个显著增强：

① 知识自主创新能力显著增强。实现基础知识创新和领域的扩大，不断涌现与国防军事相关的新型学科；形成一批高水平的、资源共享的基础科学和前沿技术研究基地，实现基础学科发展的跨越。

② 国防科研创新能力显著增强。武器关键技研发能力上有所突破，建成创新型军校科研体系，满足高技术武器装备发展的需要；实现高新技术武器装备发展的跨越。

③ 军队急需创新人才的培养能力显著增强。武器装备的高技术化对人才要求越来越高，复合创新性人才战略的实施尤为紧迫，实施国防科技高层次人才队伍建设规划，积极推进国防科技人才工作机制的创新，实现在创新人才培养机制上发展跨越。

④ 科研教学保障能力显著增强。管理保障和优良的环境是国防科技创新顺利进

行的基础，加大管理体制改革的力度，建设良好的自然环境、人文环境，实现院校管理机制上的发展跨越。

(2) 深化改革，大力提升国防科技人才培养创新能力。人才是国防科技自主创新，实现可持续发展的决定性因素，必须从战略的高度重视人才的培养，实施人才战略，为军队战斗力可持续增强提供根本保证。抓好军校的人才培养工程，高水平的师资队伍建设是根本问题，充实队伍实力、提升教师水平，是师资建设的首要任务。

军事院校要从国防科技创新的全局出发，大力提升国防科技人才培养创新能力。

① 解决好教员人才队伍建设。以国防科技创新的高层次人才队伍建设为重点，优化军队国防科技教学的人才队伍结构，进一步健全军事技术院校国防科技教学人才队伍建设的长效机制，为国防科技的人才培养发展提供人才保障，为自主创新基础知识提供强大的人才资源。根据国防和军队建设战略，实施"国防科技创新团队计划"和"紧缺人才培养计划"。

② 人才培养的质量问题。人才质量关系到未来军队建设的生命线。提高军事人才培养质量和水平是军校主要的永久性的任务，只有高质量的教育教学，才能催生出高水平军事创新人才。当前军校人才培养质量问题不仅是培养大批合格的军队急需人才，更重要的是如何产生拔尖人才和大师级人物。军校高等教育经过快速发展，培养规模取得了令人瞩目的成就，但随之而来的是如何加快人才培养的质量。质量不相应提高，势必影响军校的创新发展，影响人才强军的重大战略。军队院校由于长期以来受计划经济体制的影响，学科划分过细，学生知识面窄，特别是人文社会科学知识基础较差；在教学内容和课程体系上，还未能全面、及时地反映出当代科学技术的最新成果；在教学模式上，还是以已有知识的传授为目标，以课堂讲授为主要方法，以教师和教材为中心，以考试成绩为主要评估手段。这种现状无法为学生提供创新所需的宽松环境，压抑和窒息了个性，极不利于创新能力的培养。打赢现代化的局部战争要靠高科技，但更要靠创造性运用高科技的人才。深化教学方法的改革是人才培养和创新能力提高的关键，要鼓励多种教学方法和教学模式的应用，为新的教法和学法开路搭桥，探索一条人才创新能力培养的新途径。

(3) 重点突破，大力提升国防科研创新能力。国防科研要面向未来战场的需要，按照我军新时期军事战略方针，提升高新技术武器装备的自主研发和快速供给能力，满足军队机械化、信息化复合发展的战略需求。

① 注重基础研究和军事应用研究。军校可以按国家军事战略发展的需求，超前部署一批国防基础与前沿技术、共性关键技术和技术基础研究。突破一批重大基础性、前沿性和共性技术，加强高水平的技术基础体系和能力建设，有效支撑军队武器装备的创新发展和信息化水平的稳步提高。在重大基础和前沿技术方面，形成催生重大科技发现和发明的综合实力；在共性关键技术方面，形成坚实的技术储备；在国防科研人才建设方面，形成一批具有国际先进水平的专家团队。强化军队院校在知识发现、前沿探索中的主力军作用。加大基础性科学研究在国防科研经费中的投入比例。

国防科研鼓励自由申报、自主选题，支持新概念、新原理、新方法和前沿技术的探索研究。

②　军校应加速国防科技平台建设，为国防自主创新提供强大的研究、试验、验证手段。充分发挥各院校国家重点实验室和军队重点实验室的作用，为加强武器装备更新换代和新武器的研制创新提供优良的基础条件和手段。

③　注重院校学科的协作与融合，推动国防科技的集成创新。集成创新是国防科技创新的核心。集成创新可以带动单项技术的原始创新，带动引进技术的消化吸收再创新，推动武器装备技术的更新换代。推动国防科技集成创新，需要军工系统、军事院校以及各学科等各个小核心开展大协作，而目前各创新机构小而全发展趋势严重，出现了大核心小协作的现象，不利于集成创新。所以，促进集成创新，需要尽快着手积极稳妥地推进国防科技研发结构调整和科技体制改革。

④　国防科技创新，关键要有宽松的环境，要激励宽容并重，不拘一格选拔人才。各级领导和管理部门在人才使用上要避免拉帮结派，要为科研人员创造良好的心神环境、学术环境和人文环境。注重国防科技人力资源开发利用，充分发挥科技人员的特长，避免科技人才使用上的浪费。国防科技创新要通过科技人员去实现。国防科技人员精神上没有负担，才有利于创新成果破土而出。

⑤　军队院校要积极主动服务，促进协调发展。积极拓展横向科研合作，努力为军工行业服务。紧密围绕军民结合高技术产业化的需要，着力突破关键技术和产业化瓶颈，增强产业技术创新能力。以鼓励国防科技运行体系各个因素的分工与合作，促进各要素良性互动，实现资源共享。同时，学校还积极整合资源，将配套任务的完成与学科发展建设联系起来，充分利用 211 工程、985 工程解决科研和应用中所需要的关键仪器、设备。

（4）多措并举，大力提升国防科技管理创新能力。国防科技创新的管理改革是国防科技创新顺利展开的有力保障。积极推进国防科技创新，军队院校必须加大国防科技创新管理的改革力度，构建军队院校国防科技创新的科学管理体系，以积极推进我国国防科技创新发展，发挥科技进步和创新对战斗力提高的推动作用，促进我军高新技术武器装备的自主发展。

①　注重国防科技创新管理的顶层设计。各军队院校成立由各学科带头人、学校领导成员组成的国防科技创新领导小组，专门负责学校国防科研生产任务的管理、对外联系协调以及成果推广。国防科技创新领导小组通过广泛征求广大教职员工的意见，进一步凝练国防科技创新的特色方向，理顺内部关系，组建符合我国国防和军队现代化建设需求的国防科技创新研究发展前沿的跨院系、跨学科的研究中心或研究所，由国防科技创新领导小组直接负责各研究中心或研究所的国防科技创新研究的业务领导，通过多学科联合承担任务，较好地发挥学校多学科优势和人才资源优势。促进信息、知识、人才等创新要素的流动，规范、监督和保护创新活动，为国防科技创新活动及其决策、管理过程提供基础性保障。

② 建立创新保障体系。强化组织领导保障，采取政策引导、总体规划、提供咨询服务等方法，促进创新体系各组成部分之间的交流，共同推进科技创新体系建设。完善政策法规体系，在准确把握军队科技发展实际情况和趋势的基础上，制订《军队科技创新体系建设规划》，明确国防科技创新体系建设阶段性目标和长远规划。建立多元投入机制，同时改善投资方向，提高国防科技经费使用效率。改革军校管理体制和运行机制依然沿袭着计划经济时代的部分模式，解决内部发展动力不足问题。

③ 注重国防科技创新的利益引导协调机制的构建。利益引导，前提是指思想观念的引导，使军队院校的国防科技创新领导小组与科技创新工作者牢固树立积极推动国防科技创新的思想观念，教育、引导广大国防科技工作者正确处理国防科技创新过程中个人利益与集体利益、局部利益与整体利益、眼前利益与长远利益的关系。利益协调，就是要把国防科技创新过程中个人、集体与国家利益统一起来，明确军队技术院校必须建立在积极推进国防科技创新的基础上，实现国防科技创新与军事技术院校、国防科技工作者的统筹协调发展。例如，在与职务发明相关的知识产权界定中，要探索更加灵活的分配机制，以调动创新者的积极性，而不是过分强调国家作为创新活动资助主体的权益。利益协调离不开制度配合。改革国防科技奖励制度，大力倡导勇于创新、善于创新的精神文化。积极推进国防科技奖励制度改革，加大对原创性科研成果的奖励力度。在国防科学技术奖中分设国防技术发明奖、国防科技进步奖。建立和完善国防科技创新人才培养、使用、激励和保障机制。

④ 积极引入竞争机制，激活国防科研运行机制。创新的动力来自于竞争。发展国防科技，军队院校也要建立和完善适应社会主义市场经济特点和国防科技发展规律的有序竞争机制，坚决打破部门垄断，避免无序竞争和低水平建设，激活国防科研运行机制，提高国防科技投资效益。对于重大国防科研创新项目，最大限度地调动尽可能多的科技创新主体参与其中，通过竞争签订合同，以实现国防科技投资效益的最大化。加强科技评价，确保高效运行。建立科技规划实施和效果后评估制度，实施科研项目的全过程的跟踪、监督和考核。

第四节　军队院校在国防科技创新体系中的作用

国防科技创新体系运行是其内部实体要素之间的相互作用，从各实体运行的宗旨和肩负的任务来看，军队院校、国防科技院校、科研院所等，都是为了推进国防现代化建设和实现"科技强军"，其根本目的是保卫国家的利益和安全。围绕这一根本目标，国防科技创新体系的运行是通过承担国防预研和重大工程项目、开展科技攻关、人才流动等形式集中表现出来。在国防科技创新体系中，虽然各实体要素间相互作用、联系密切，但在国防和军队建设中各自的作用是有一定区别的，与其他国防科技院校和院所相比，军队院校在隶属关系上、人才培养的流向上、国防科研服务和应用的对象上、对外空间交流的合作的范围上等都存在一定程度的不同。鉴于军队院校的特殊性，探讨它在国防科技创新体系中的地位和作用，就有着十分重要的意义。

我们认为，这种讨论一是必须放在国际大背景下全面审视，认识军队院校国防科技创新的重要性；二是必须结合军队院校的使命和任务，认识和分析军队院校在国防科技创新体系建构中存在的障碍和发展对策。

一、新时期新阶段军队院校国防科技创新的时代紧迫感

当代新军事变革的本质是以人类技术社会形态转型亦即由工业社会向信息社会过渡为主要背景，以信息技术为核心的高技术的发展为直接动力，以信息为基因，以信息化建设和"系统集成"为主要手段，把适应打机械化战争的工业时代的机械化军队，建设成适应信息化战争的信息时代的信息化军队。由于信息技术的军事渗透而正在军事领域引发的从武器装备的概念、军队基本组成到军事作战能力、作战思想、军队结构等各个层面的重大变革，构成了近年来特别是海湾战争以来国际军事发展的大趋势和核心线索。目前美军陆军信息化装备已达到50%，海、空军已达到70%以上。在20世纪末至21世纪初发动的几场局部战争中，展示了美国信息化装备的优势。军事斗争的现实要求我们必须尽快缩短同世界主要军事强国的差距，努力完成机械化和信息化双重历史任务，争取实现我军建设跨越式发展，作好打赢信息战条件下高强度局部战争的准备。军队院校服务于国防和军队的现代化，是以国防工业和军队装备高技术化作为办学的宗旨。发展以信息技术为核心的高科技，加快武器装备的信息化，军队院校责无旁贷。

军队院校与其他院校不同之处就在于直接面向国防和军队建设：一是大量的武器装备科学研究时间紧任务重，武器装备科研成果鉴定、应用不仅直接关系到军队院校的发展，而且也关系到军队武器装备和国防科技整体上的全新突破，国防科研任务的完成是国防科技创新发展的重中之重；二是大批适应新军事装备、一体化训练的军事、科技人才输送部队，满足部队应急作战人才需要；三是理论上要做好法律战、舆论战和心理战的全面论证，加快形成部队作战理念，发挥科学理论积极的指导功能。

军事人才的培养和储备已成为我军能否适应和打赢未来高技术信息战争和完成我军历史使命的当务之急。加快军校教育改革和发展，走中国特色的军事人才培养之路，建立新的培养机制不仅是适应军事斗争发展的需要，也是我军院校改革的动力源泉。军队技术院校担负着培养高级专业技术人才的任务，拥有较为先进的教学科研条件和较强的科技人员队伍，承担了大量国家、军队和地方的科研课题。在培养目标上，要注重培养高层次创造性国防工程技术人才和军事指挥人才。国外军事院校一个重要特征是十分重视培养人才的创造性。高层次创造性人才，作为知识经济时代的中坚力量，其创新能力与创造水平，直接推动社会经济和军事技术的发展。

二、军队院校国防科技创新的使命

在国家创新体系中有三大创新：知识创新、技术创新、知识传播创新。国防科技

工业自主创新的目标是实现"三个显著增强，两个基本满足，五大跨越"，即国防科技工业自主创新能力、国防科技保障国家安全和促进经济社会发展的能力、国防科技综合实力显著增强；基本满足现代化武器装备自主研制和信息化建设的需要，基本满足军民结合高技术产业国内外竞争的需要；在高新技术武器装备研制、军民结合高技术产业化、军工制造技术、国防基础与前沿技术实力、国防科技创新保障能力五个方面实现重点跨越，建成创新型国防科技工业。国防科技院校和军队院校都是围绕着国防和军事展开知识创新、传播、研究创新，为军队输送人才的国防科技创新，因此不论在国家创新体系中，还是在建成新型国防科技工业上都承担着重要的使命。军队院校的科学研究是国防科技创新的体现，是国防科技工业创新发展的动力，也是连接军队武器装备跨越发展和军工生产的纽带桥梁，更是国防、军事人才培养的摇篮。

1. 军队院校是国防基础研究的主阵地

国防科技基础研究属于应用性基础研究一类，是以军事应用为目的进行的探索新思想、新概念、新原理、新方法、新材料的科学研究活动，为解决武器装备研制的技术问题提供基本知识。国防科技基础研究一是着眼于现有军事系统需求的"渐进式"研究，二是为满足未来国防需求的革命性研究，前者逐步提高技术发展水平，后者则为突破性创新和形成能力奠定基础。军队院校是国防武器装备原始创新的动力源。任何技术上的重大发现的基本原理都来源于基础研究，基础研究对人类认识和改造世界、对经济发展和社会进步具有巨大的推动作用。

随着军校学科领域的扩大，取得了大量的拥有广泛而深厚的探索性和应用性基础研究成果，这些成果为国防科技发展提供了雄厚的知识基础，是发展国防科技不可缺少的条件。国防科技基础研究不仅具有一般基础研究的许多共性，还具有一般基础研究不具备的独有特性，如由于高、精、尖武器体系间的激烈对抗性导致国防科技基础研究的先进性、紧迫性和针对性，多学科领域的综合性，以及保证国家安全带来的保密性等。这些特性决定了国防科技基础研究是国家基础研究的重要组成部分。立足科学技术发展前沿，重点支持有重要军事应用前景、对军队院校科研主攻方向具有重要支撑作用，对科研未来发展具有重要意义。因此应加强基础学科与基础理论研究，积极探索科学基本规律、理论和方法，增强学校科研的原始创新能力和可持续发展能力，为未来武器装备发展提供理论和技术支撑。当前一些军队院校确定的基础研究领域和方向都是高科技的前沿领域：核心数学及其在交叉领域的应用、信息技术物理基础、航空航天重大力学问题、新材料科技基础、信息科学理论、微纳米科技基础、脑科学与认知科学、复杂系统科学、生命科学，包括耐高温发动机材料、视频成像、激光器、信息处理及全球定位等技术的发展，这些基础领域经过5～10年的探索，一旦突破，都将对国防科技发展起重要的推动作用。

2. 军队院校是军队继续教育的"主渠道"

继续教育是国防和军队建设对军队院校的特殊要求，同时也是军队院校自身发展的特殊需要，军队院校作为军队的重要成员，积极开展继续教育更有着特殊的意义。

江泽民同志曾经指出，军队院校教育对军队现代化建设具有基础性、全局性和先导性的重要作用。《军队院校教育改革和发展纲要》也对军队院校的继续教育提出了具体目标和要求：院校继续教育的任务，主要是推进受教育者知识的更新、补充、拓展和深化，完善他们的知识结构，提高他们的业务水平和创新能力。

一般来说，军队院校教学资源丰富，师资力量雄厚，教学环境优良，特别是一些综合大学和重点院校，集中了一批高水平的专家教授，设有国家和军队的重点学科、重点实验室，拥有先进的科研设备和最新的研究成果，广泛的国际关系，为开展高层次的继续教育，培养学科带头人和技术骨干提供了很好的条件。这种特有优势，决定了军队院校成为我军军事教育的主体，是开展继续教育的"主渠道"。

3. 军队院校是造就国防科技人才的摇篮

军事人才是国防和军队建设的生力军，是战斗力中最活跃的因素，建设创新型军队，军事人才的需求是第一位的。军队院校是军事人才主要来源。军校应该该校瞄准国防和军队建设对高层次人才的需求，不断优化学科结构，形成了以信息技术为主，覆盖国防和军队建设关键技术主要领域的综合学科体系。

4. 军队院校是国防科研创新的主力军

当今国际上由于信息技术的发展，武器装备更新速度日益加快，高技术和信息技术的广泛应用，使得战斗武器系统的性能极大提高。例如，在作用距离或射程方面，采用增程技术可使火炮的射程从 20km 以上增大到 50km 以上。在命中精度方面，采用制导炮弹可使射击精度达 0.3m，各种导弹的射程则可依据需要任意控制，其中洲际弹道导弹的射程已超过 10000km，命中精度在 10m 以内；采用空中加油技术可使军用飞机作远距离的甚至是作不着陆的环球飞行等。新形势的发展已使世界各国更加关注国防科研创新发展，作为国防高技术生长点之一的军队院校的科研创新紧迫感也日益加剧。

军队技术院校是国防科技创新的驱动者，作为国防科技创新体系中的一个环节，在我国武器装备改造和创新进程中，集人才、学科优势和长期的科研积累，在国防科技创新方面具有不可忽视的重要作用。

军队技术院校成为科研创新的生力军主要是基于其自身的优势：一是具有厚重的学术基础和浓郁的创新文化氛围，有利于国防科技的原始创新；二是国防科研关系到国家未来的安全利益和生存发展，因此大批的高科技优秀人才汇集军校，使军校自然成为催生更多创新成果的沃土；三是充分利用军队投入发展学科优势、开展国防科研及学科交叉渗透和跨学科研究，催生国防新学科、新思想和新成果。

5. 军队院校是国防科技扩散的辐射源

任何国家、任何时候，国家的尖端技术都较早应用于国防军工领域，形成军民技术梯度。二战结束后的 50 多年里，美国每隔 10 年左右就推出一个以军带民的大型科学技术发展计划。依靠这些计划，美国高新技术产业相继涌现，始终保持超前于世界其他国家一两代的领先地位。当今社会主要的科技如电子、激光、核能、电子计算机软件、生物工程、数控机床等前沿科学技术方面，无一不是首先从军事科技领域中产生出来，进而溢出、辐射、散发到民用科技上，并带动了全社会科技加快发展。我国军转民的理论与实践已进行了多年的研究和发展，取得了突出的成就，其中不乏军队院校科研成果的转化。军队院校国防科技成果的特殊性，决定了其国防科技辐射的范围、多少，但积极支持民用开发生产品创新，以特色和优势服务于国家战略和社会发展是军队院校国防科技创新发展的重要动力之一。

思 考 题

6-1　什么是国防科技创新体系？国防科技创新体系的构成是什么？

6-2　影响国防科技创新的社会因素有哪些？

6-3　如何加快发展我国的国防科技？

6-4　军队院校在国防科技创新体系中的作用是什么？

第七章　军校科技成果的社会转化

20世纪是科学技术迅猛发展，人类社会巨大变革的世纪。以信息技术为基础的新技术革命，正以前所未有的速度改变着人类社会生活的各个方面。今天知识经济的浪潮使世界各国都清醒地认识到，未来世纪科学技术的地位将更加突出，加快科学技术向生产力和战斗力的转化，振兴经济、增强国力，是新形势下最为紧迫的任务。为适应世界科技和经济发展形势的需要，我国不断加大改革开放的力度，社会主义市场经济不断完善和成熟。振兴经济、增强国力，在市场经济条件下很重要的一个内容就如何将先进、成熟适用的科技成果向现实生产力转化，向军队战斗力转化。对军队院校而言，一方面要贯彻落实科技服务于军队、社会的有关政策；另一方面也要探讨新的形势下，如何加强军校科技成果社会转化，服务社会的有效途径。

第一节　军校科技成果社会转化的特点和类型

军队院校的科技成果的社会化一般是指院校的科研成果从理论转向实践，由实验室的成果转向实际领域的开发利用和转化，它包括在国民经济建设和国防建设领域两方面的利用，即转化为社会生产力和军队战斗力。今天科学技术不仅是第一产力，而且也是第一战斗力，科学研究的出发点和最终归宿就是实现科技成果的转化，使之成为现实的生产力和战斗力。按《促进科技成果转化法》的定义，科技成果转化就是为提高生产力水平而对科学研究与技术开发所产生的具有使用价值的科技成果所进行的后续试验、开发、应用、推广直至形成新产品、新工艺、新材料，发展新产业等活动。军队科研成果的转化既有一般科技成果转化的共性，又有其转化的特殊性，这也是由于军校科技成果的类型和自身特点所决定的。

军校科研成果一般具有以下特征。

（1）先进性。由于军队科研主要是承担国家大型课题、重点项目及国防相关的任务，其中相当一部分项目代表了国际先进水平，也是国家和军队科研水平和实力的反映，属于科学技术发展的前沿技术成果，涉及国家安全和武器装备的性能指标，因此军校科研成果一般具有高智能和高价值的特点，这样对科研成果的接受者也有技术和使用方面较高的要求。

（2）保密性。军校科研成果的大部分是满足国防需求，而国防的特性则要求对军校大部分科研成果相对保密。处于保密状态下的科研成果暂时不具有对民用的开放性，只有解密的科研成果才能向民用转化。因此军校科研成果只能首先向军用部门转化，而在向地方民用部门转化中必然会受到一定的限制。

（3）阶段性。考虑到国防科研应服从国家经济建设的大局、面向国防需求等因素，使相当多的国防科研成果只能停留在实验室阶段，充其量也只能小批量开发做出个别样品，因此很多院校科研成果处于基础研究和基础应用阶段，很难适应一般科研成果"基础研究—应用开发—推广应用—技术商品"的发展模式。这样使得军校科研成果在取得一般阶段性成果后即申报奖项，由于缺少中试阶段和推广应用，一定程度上影响着军校科研成果的转化。

军校科技成果的类型大致有以下几种。

（1）国家级大型科研成果。这类科研成果的项目来源多半是国家、军队的工程型号项目、国家自然科学基金项目等。其成果是国家经济实力和国防实力的反映，它直接关系到国家的经济和军事地位。其成果投入大、周期长、影响大、效益高。

（2）部委级协作科研成果。这类科研成果项目一般来源是国防试验技术研究项目、国防预研基金项目和国防军工部门等。其科研成果偏重于国防科技前沿领域的探索和跟踪研究，以及国防关键技术的攻关，这方面的研究直接关系到军队武器装备更新和发展。其成果投入较大、保密性强、军事效益突出。

（3）地方级协作科研成果。这类科研成果的项目来源多半是地方科研单位、企业政府部门等。其规划、研究成果直接为地方经济和社会发展服务。其成果研究周期相对较短、见效快。我国《高等教育法》明确指出，国家鼓励高等学校同企事业组织、社会团体及其他社会组织在科学研究、技术开发和推广等方面进行多种形式的合作。选择适当方式，重点进行技术工程、技术咨询、技术服务等"软转化"将成为军校科技成果转化的主要形式。

（4）军队院校自拟研制的科研成果。这类成果项目的来源多为院校自拟，也包括学校研究所、研究中心、实验室等自研项目。其科研经费一般自筹，选题为军队和社会经济发展的急需并有一定市场的中小项目，其特点是科研经费少、项目周期短、经济效益直接。

分析军校科研成果的类型，认识军校科研成果的特征，才能在新的形势下探索军队服务于社会、军校科研成果向现实战斗力和生产力转化的契机、选择科技成果转化的重点。

科技成果社会化，是科学研究的最终目的，是科学技术发挥生产力、战斗力功能的体现，探索和实践军校科技成果的社会化不论在理论上还是实践上有着十分重要的意义。

（1）军队院校科技成果的社会转化是实现我国经济、科技、教育"两个根本转变"的必然要求。现代经济建设必须依靠科技进步，现代科学技术必须面向经济建设。随着以电子信息技术为主导的现代新技术革命的不断深入和扩展，科学技术在社会经济建设中的作用与日俱增，并已经成为经济增长和发展过程中当之无愧的"第一生产力"。但是，说第一生产力是指现代科学技术在社会生产过程中处于主导地位、起着支配作用，就科学技术成果而言，大部分还只是理论上或潜在的生产力，还不是直接的生产力。作为生产力，尚须经过一个中间转化过程，即转化成生产力体系中的人的智力和能力，以及技术、机器设备、仪器仪表、原材料、工艺流程、管理方法和手段等要素。军队院校大量的科研成果都没有形成现实的生产力，科技成果的商品化、市场化、产业化程度远远低于地方高等院校。结果是军队院校科技人员为攻克一个个高新技术难关殚精竭虑，而许许多多的厂长经理因缺乏新产品开发、技术创新能力而愁肠百结。江泽民同志在《庆祝北京大学一百周年大会上讲话》中指出，高等院校"应该是知识创新、推动科学技术成果向生产力转化的重要力量"。因此，将积淀在军队院校中的现代科技成果转化为生产力应该是"科教兴国"战略重要组成部分，是实现我国经济建设向集约型、效益型转化的必然要求。

（2）军队院校科技成果的社会转化是邓小平"保军转民、军民结合、以民养军"的战略思想的进一步深化。在我国六路科技大军中，军事院校兼有两重性，既是国防科技大军的一部分，又是高等院校科研大军的重要组成部分。现代高技术几乎都是两用技术，通用性强，军与民的界限越来越模糊，应用领域越来越广泛。军队院校的科研项目又几乎都是高技术领域的课题。例如，现代武器装备、军事指挥、军队管理、军事医学、后勤保障方面的技术创新，大都离不开现代信息技术、新材料技术、生物工程技术、航空航天技术、自动控制技术等，这些高新技术应用到国防（军事）领域能大幅度增强战斗力，推广到国民经济领域又能大幅度提高生产率。据统计，军事高技术转为民用，其投资费效比为 1：10，甚至是 1：100 以上。随着军队院校的教学、科研水平的提高，产生在军事院校的科研成果会越来越多。充分利用积淀在军事院校的科技资源，为国民经济建设服务，无疑是在继我国国防科技工业军转民取得举世瞩目的巨大成就后，又一重大的举措，也是邓小平"军转民"战略思想的进一步深化，和军转民水平的进一步提升。通过军队院校科技资源的逆向开发利用，会更有力地促进国防建设与国民经济建设的良性循环。

科技成果转化是提高战斗力、生产力水平所要求的，也是最大限度地发挥国家科技投入效能所要求的，是利国、利军、利民、利校的大好事。

（1）促进科技成果转化，是实施科教兴国伟大战略、适应知识经济发展的需要。当今世界，科学技术突飞猛进，以知识（包括智力和科技成果等）为基础，以创新为灵魂，以高新技术产业为第一支柱，以强大的科学系统为后盾的知识经济发展迅速，综合的国力竞争日趋激烈。党和国家非常果断及时地提出了科教兴国伟大战略。走产学研结合的道路，要深化科技和教育体制改革，促进科技、教育同经济的结合，有条件的科研机构和大专院校要以不同形式进入企业或同企业合作。江泽民同志在庆祝北京大学建校 100 周年大会上指出，我们的大学应该成为科教兴国的强大生力军。教育应与经济社会发展紧密结合，为现代化建设提供各类人才支持和知识贡献。这是面向 21 世纪教育改革和发展的方向。为了实现现代化，我国要有若干所具有世界先进水平的一流大学。这样的大学应该是知识创新、推动科学技术成果向现实生产力转化的重要力量。胡锦涛同志在庆祝神州七号飞行圆满成功的大会上突出强调，我们始终把培养造就高素质人才作为根本大计，努力建设宏大的创新型人才队伍。科技成果转化是落实科技是第一生产力的具体实践。高校肩负着培养人才、发展科学技术文化、直接为社会服务三大职能。军队要服从服务于国家建设的大局，军队技术院校在科教兴国伟大实践中也要发挥应有的作用。

（2）促进科技成果转化，是贯彻军队新时期军事战略方针、实施科技强军战略的需要。军事高技术的发展在军事领域引发一场极其深刻的变革。现代战争越来越取决于武器装备的高技术含量。科学技术是第一生产力，在军队和国防系统，科学技术就是第一战斗力。落实科技是战斗力就要使军队和国防建设真正转到依靠科技进步和提高广大官兵和国防科技工业工作者素质的轨道上来。客观上，现代先进科学技术推广应用到我军武器装备领域还有很大的潜力。

（3）促进科技成果转化，是学校学科专业本身发展，提高教学质量和科研水平的需要。未来的高等学校应当是"研究密集型大学"，集教育、科研于一体。没有科研，教学质量、教学水平的提高是不可能的。开展科技成果转化工作，是促进教学和科研理论联系实际的好形式之一，是学生实践的好课堂，有利于更好地培养工程型人才。科技成果转化，还有利于对科技成果进行检验，并启迪科技人员的创造性思维。成果转化工作有助于实行开放办学。转化作为科研工作的延伸，在向社会转移成果的同时，又是一个对外窗口，将会把社会和市场对人才和技术的需求及时反馈到教学和科研中来，再通过专业调整，使专业更适应于国防和社会需要，进而人才和成果又成为高校成果转化的坚实基础和不尽源泉。在转化过程，除便于高校与社会交流外，也便于高校进行技术引进。现代知识的突出特点是知识、技术更新快，且又相互交叉、相互联系；在转化过程中，可以做到军用民用技术相互促进。历史上先进技术往往首先应用于军事，之后军转民。当今信息技术的发展使得地方企业的技术水平和设备得到了极大的改善，很多高技术仪器设备、技术水平不低于国防科技领域的水平，如在通信领域、复杂工程的建设方面等，因此国防系统必要时也需引入吸收一些先进的民用技术，如先进的民用通信技术、生物技术等。

（4）实践证明，成果转化与推广应用对学校全面发展能起到积极的促进作用。科技成果的社会转化，自然而然产生一定的经济效益。显然，成果转化工作，不是单以"创收"为目的。美国斯坦福大学校长卡斯帕尔教授在北京大学论坛上就说，大学与社会经济紧密联系，不仅为社会献上一份厚礼，也为大学自省的发展创造了良好条件。北京大学、清华大学和几所军医大学等院校的成功作法促进了教育、科研、社会服务的良性循环，促进了学校的全面发展。

军队技术院校通过开展科技成果转化，为地方经济建设服务，不仅增进了军政军民关系，也带动了学校军地两用人才的培养。创办世界知名院校应该在产学研的结合上发挥应有的作用。进入 21 世纪，一些地方院校，尤其是那些重点、名牌大学的预算外经费增长迅速，有的是几倍，甚至是几十倍，科技创收已成为国家预算外的一个最重要的教育经费来源。近年来地方和部分军校每年也能从科研创收中拿出数百万元用于弥补学院正常经费不足，从而大大改善了学院的教学条件。

第二节 军校科技成果社会转化的模式

为适应新形势发展的需要，充分发挥军校教学、科研和服务社会的职能，在理论上探讨军校科研成果转化的概念、转化的重点和转化的模式是发挥军队服务社会职能的基础。军队院校科研成果的转化不同于一般科研院所和地方高校的科研成果转化。根据军队院校科研成果的特征，军队院校的科研成果转化就是为提高军队战斗力水平和生产力水平而对科学研究与技术开发所产生的具有实用价值的科技成果所进行的后续试验、开发、推广等活动。

科学技术向现实战斗力和生产力转化是一个由"科技理论到科技成果再到技术产品"转换的复杂过程。这个过程包括两个主要环节：一是科技理论向科技成果的转化。这一环节是将基础理论、科学原理与应用相结合，通过实验分析提出可行的理论和方法，其结果是分析报告、工艺流程或是通过科学鉴定和审查的科技样品、科技专利等。这样的科技成果只是潜在的战斗力和生产力。二是科技成果向技术产品的转化。通过对科技成果的选型、开发、生产，使科技成果转化为技术产品。技术产品是现实的战斗力和生产力，可以带来明显的国防效益和经济效益。军校科技成果的转化主要是指科技成果向技术产品的转化，它是将军校科技成果面向军队、面向社会，通过选型、开发，使科研成果得到应用和推广，尽快转化为现实的战斗力和生产力。

军校科技成果转化过程涉及三个行为主体：军校领导决策和管理主体、科研成果的研究主体、科研成果的接受主体。决策管理主体主要是根据国家科技方针和军队新时期的指导方针，结合本校实际，在宏观上指导和政策调控，并负责技术成果交流，组织、管理，协调财力、人力和物力；研究主体则是进行科研成果的研究、实验，供给技术、参与技术咨询和技术服务；接受主体是提出技术成果需求，将间接战斗力和生产力转化为现实的战斗力和现实的生产力。在科技成果转化的过程中，应该说三个行为主体的主观愿望都是迫切希望加速科技成果的转化过程，以便从中体现出各自的价值。这就要求三者之间的沟通与协作，并基本保证各自行为的正确性。如果决策管理主体协调不畅，不能充分调动和发挥研究主体的积极性，甚至出现政策方面的失误，科技成果转化就会动力不足，方向不明；作为科技成果的研究主体只关心科研成果的获奖，不关心科研成果的应用，缺乏科研成果的转化意识，加上接受主体不重视技术储备，只图眼前利益不关心科技进步，不注重市场开拓，不舍得投入，必然使科研成果的转化环节脱节，供应和需求脱节，转化就难以实现，降低科研成果的转化率。

科研与需求相结合是军校科研成果转化的关键。要实现这种结合，除了要认识转化过程中各行为主体的作用和地位外，还应了解新形势下军校科研成果转化的模式，探索科研成果的转化形式。模式是对某一客观系统或事物运行规律的概括和描述，它在一定程度上体现了规范性和实践性的有机结合。

从科研成果的转化过程来看，军队院校的成果项目来源和经费来源相当一部分是国家或军队的指令性计划，完成国家级的科研成果，并产生重大的国防、经济和社会效益。军队院校的科研成果转化主要是要解决好军队院校、国防需求部门和社会企事业部门的需要之间的协调和沟通。军队院校要出高、尖端技术的科研成果来满足国防军事上的需求，一旦应用转化，则国防需求部门多半以成果奖励作为补偿；同时军队院校也应与地方企事业部门加强联系，了解社会对科研成果的需要，以不同的形式将科研成果推广应用于企事业部门，发挥服务社会的功能，社会企事业部门则以一定的资金作为军队院校技术服务等的补偿。最终使军校科研成果产生出国防经济效益和社会经济效益。

按照上述模式军校科研成果转化的实现，是军队院校与国防部门、军队院校与地方企事业部门相互作用的过程。由于军校聚集一批较高科技水平的科技人员，优良的实验设备，相当的基础研究成果，因此要将这些科技实力发挥出来，就必须探索和选择军校科研成果转化的有效。

一般来说，高校的科研成果转化有"软转化"和"硬转化"两种，所谓的软转化是指技术咨询、技术转让、技术服务、技术开发等；所谓硬转化是指由高校技术成果产业化、创办实体、面向商品市场等。1999 年 3 月国务院办公厅转发的科技部等 7 部门《关于促进科技成果转化的若干规定》阐述了转化的三种主要形式：创办高技术企业、技术入股和技术转让。显然，前两种形式当前不适应军队院校，因此军校科研成果转化不同于地方科研院所和院校。根据军校科技成果的类型和特征，主要转化形式应以"软转化"为主，主要有以下三种。

1. 技术开发和技术服务

技术开发是在基础研究和应用研究的基础上的科学技术研究活动，是把科学技术转化生产力的必由之路。军校面向的是部队和社会的需求，这种需求是不断变化的，军校的科研优势要发挥出来，真正地为国防和地方服务，就必须适应国防和社会的需求变化，不断开发出新方法、新工艺、新设备和新产品，并使其满足军队和企事业技术改造和提高产品质量的需求。技术服务是军校发挥自身的科技优势，对用户进行技术帮助、技术指导和服务。通过技术服务，使用户正确使用科技成果，充分发挥成果的功能并产生效益。技术开发和技术服务是新形势下横向联合、军校走产学研相结合道路的主要形式。科技成果转化的主体是部队和企事业单位，军校的任务之一就是协助军队和企事业单位做好转化工作，解决技术难题，使学校的科技成果更好地向社会辐射，这一点和地方高校一样，是发挥学校的科技源头的作用。技术联合、技术协作解决部队和企事业部门需要的技术问题，新形势下军队院校主要采取承接技术工程项目、派科技人员深入部队和企事业的第一线，实现军校技术与军队武器装备的改造和社会实用技术的开发。

2. 科技成果推广和成果转让

军校科研成果一般有两极性，即一部分是较为成熟的高、精、尖成果，其投入大、技术含量高；另外一部分是自行开发的小型成熟成果。前者费用高、用户有限，后者费用低但效益不高。在军校这样的科技成果都不可能是大批量的，但也都存在一个推广和转让的问题。针对军校的大型科研成果，科技投入大，技术水平高，经济和社会效益突出，除国家指令性的应用和订货外，军校本身也应积极宣传和推广，积极主动参加各种形式的交易会、展销会。

3. 技术咨询和技术培训

针对军校科技成果阶段性的特征，相当数量的科技成果有待于进一步开发和应用。由于单元技术多，技术成果集成化不高，加上缺少中试基地，加大了军校科技成果转化的困难，但有针对性的大力开展技术咨询和技术培训，将这些技术传播推广到部队和社会企事业单位，充分发挥科技成果转化主体的作用，是实现军队院校服务社会的重要形式之一。

军队院校开展咨询服务主要是技术咨询。在市场经济条件下，部队加速了武器装备的更新换代和创建新的军事技术体系，均面临着大量的技术问题，地方也同样在工程项目的论证、新产品的开发、技术改造、技术引进及生产中的存在技术问题，需要尤其是高技术方面的帮助。军事院校可充分发挥高技术人才集中的优势，派出有关方面的专家利用其专业知识与技术进行咨询，为部队和企事业单位的技术进步献计献策。利用军队院校高科技人才的优势，开展继续教育，为部队和地方企事业单位充分积极培训实用人才。

第三节　影响军校科技成果社会转化的社会因素

影响军队院校科技成果转化的原因是多种多样的，有科研体制、管理政策、人的观念、经济条件、技术适应性等单方面的原因，也有多种因素的综合影响。

一、管理体制和政策的影响

（1）科研任务来源的渠道单一，科技成果的应用面窄。军队院校基本上是纵向计划科研项目，通过市场选择的横向科研项目少，来自生产领域的企业课题就更少，因此，科研工作主要是为完成上级指令性计划任务，科研成果的应用也主要是考虑其军事价值，而较少考虑科技成果向国民经济领域的继续开发利用。而地方院校现在基本上是通过市场调节的渠道获得科研课题，企业委托的项目多，其科研成果的经济适应性和针对性自然比较强。

（2）科技成果的所有权结构单一，科技成果开发应用的灵活性差。军队院校的科研成果不能归部分科技人员占有、支配，更不用说由单个科技人员支配、使用。这就很容易导致成果转化过程中的行政性，只能是有组织、有计划的开发利用，否则就带有"非法性"，对市场上的随机性转化机遇往往失之交臂。

（3）受军队生产经营管理条例的限制，军队院校在创办科技成果应用实体方面难度大。而地方院校在这方面则比较大自由度，具有与市场经济接轨，实现技术经济一体化的优势，学校、院（系）、教研室，甚至是科技人员个人都可以创办技术经济联合体，可以成立综合性的投资公司，也可以是某项科技成果折价入股的高新技术公司，或单项技术成果的开发、推广应用实体。例如，清华紫光、同方，北大方正，复旦大学的生命科学公司，浙江大学的杭州华滤膜工程公司等都是高新技术商品化、产业化的结晶。

（4）科研体系不尽完善，致使开发研究缺乏连续性。军队院校的科研力量主要集中在理论研究方面，而缺乏开发、应用研究的组织机构和力量。几乎所有的军队院校都不具有应用、开发研究和中试条件。致使科技成果滞留在院校，停留在理论形态，难以形成向生产领域转化的应用性技术成果。

二、社会经济因素的影响

这主要是指军队院校的应用开发资金普遍投入不足。从科技成果向战斗力和生产力的转化，一般都需要经过一个中间的开发阶段，在这个过程中同样需要耗费大量资金。据国外科技经济学专家统计计算，基础研究、应用研究与开发研究三者之间的投资比为 $1:3:6$，但军队院校普遍缺乏这种的资金基础。由于军事领域缺乏风险投资机制，不能建立风险投资基金，民间资金一般也无法进入军事领域。而地方院校在市场经济条件下，资金渠道已非常多，如设立股份公司，发行股票和债券、引进外资、银行信贷、政府拨款、单位内部集资等。没有这部分资金的支撑，军队院校的科技成果向经济领域的转化就较地方院校更难以持续。

三、技术因素的影响

这主要由于军队院校科技成果的特殊军事性质所决定，对大部分科研项目在技术上存在一定的保密要求，向社会公开宣传受到一定的限制，社会对军队院校的科研成果了解也少，加上大部分科技人员在科研过程中几乎是闭门造车，科研成果缺乏实用价值，技术适应性较差，从而影响了部分科研成果向国民经济领域的开发利用。

由于军校科研管理体制、政策和经济、技术等方面所存在的不利因素，军校的成果转化周期就大大被延长。

科技成果社会化是一个复杂系统，转化过程还涉及社会政治、文化等因素的影响，当然人的主观因素影响也是不可忽视的。

首先从军事院校领导方面看，对军事院校的科技成果转化缺乏正确认识，意识淡薄、观念陈旧。由于大部分军事院校都是以教学为主，院校领导脑子里对教学的重视程度远远超过科研工作。科研主管部门抓科研，也主要是注重完成上级下达的课题任务，注重科研成果的评审、报奖，而不重视甚至可以说是不在乎成果的转化，尤其是向国民经济领域的开发利用。教学硬、科研软的局面在军队院校系统中几乎可以说是带有普遍性。这里除了军民分割的传统意识外，主要还是没有转化的经济压力和经济动力。地方院校和其他非军队的科研系统，现基本上实行了企业化管理，普遍都存在一个增收、创利的问题，而军事院校的科研机构和人员都是国防预算，旱涝保收，一般经费都有保障，更不存在自己养活自己的问题，因此而普遍缺乏推动科技成果转化的内在动力。

其次从科研人员自身看，科研的动机主要是为完成指令性科研计划、为职称评定创造条件、或是由于个人的专业兴趣、爱好而投身科研领域，对科技成果的转化问题考虑自然少，同时也没有开发利用动力和压力。再者军队院校科研人员的知识结构也不尽合理，在科研过程中考虑社会实际、市场需求情况较少，对市场消费心理不甚了解，更谈不上研究。致使许多科技成果不仅技术适应性差，而且研制成本高、经济性差，从而影响了向社会的转化。而对地方院校中已进入了市场的科技人员来说，其市场营销优势就非常明显。

军队院校科技成果的开发应用意义重大，影响因素众多，可以说是一项复杂的社会系统工程。如要加速军队院校科技成果的开发应用，主管部门和有关院校应着重于以下几方面采取新的对策和措施。

1. 重视军队院校科研管理体制、政策等方面进行改革创新

（1）科研机构和科技人员的考核、评价创新。在传统的科研管理办法中，科研成果的技术水平、课题的等级和规模，尤其是研究成果的获奖情况是主要的评价指标。单位的成绩、个人的水平都是看这几项指标的水平。而对科研成果的进一步开发研究、推广应用则只有软考核，没有硬性指标。科研单位没有开发研究、推广应用的指标，院校的科技人员个人更没有转化的压力。今后应对院校的科研进行投资经济效益评价，不仅要考核科研成本，比较成本系数，更要考核科研成果的开发应用情况。例如，制定科学合理的考核、评价科研成果转化的指标。

（2）实行科技成果推广应用奖励政策。将科技成果的开发应用与院校的科研机构、科技人员的物质经济利益挂钩，为加速科研成果的转化。要实行以激励为主，约束与激励相结合的管理办法。调动积极性，包括在职称、物质、精神奖励等方面调动积极性，让他们感到转化工作大有作为、有成就感。这也是军内尊重知识、尊重人才的表现方式之一。

（3）引入风险投资机制。例如，成立国防科技投资开发基金，或允许社会风险投资公司，即"第三者"有条件地进入国防科技投资领域。在风险投资管理制度、法规完善后，基金可以上市公开发行，以吸引更多的资金，扩大投资规模，并增加基金运作的科学性和民主性。

（4）经过统一安排、批准部分军队院校的教学、科研人员到企业（公司）兼职，担任技术顾问或进行技术咨询。为保持在军队内部各类人才经济待遇的公平性，可以对到企业兼职的人员获得的收入进行单位提成，而对从事基础研究或在部队兼职的科

技人员给予适当的补贴。

（5）对军队院校采取特殊政策，建立人才培养、科学研究开发、推广应用服务于一体的产学研复合组织。在不增加编制的前提下，将现有教学、科研人员进行新的排列组合，建立新的教学、科研组织。

2. 重视科研组织体系的创新

（1）建立科技成果转化的专业理论研究机构。军队院校的科研组织过于单调，科技人员一般都是从事纯技术研究工作。今后应成立推进科技成果商品化、市场化、产业化的相关研究机构，加强对科技成果转化的技术经济可行性分析论证、产品市场预测和效益评估，以及对科技成果转化的环境、政策、投资机制、市场消费心理等进行超前理论分析和开发、应用的对策研究。

（2）建立工程研究中心，促进科研成果向生产力转化的开发研究。我军的工程技术院校与地方的一些工科性院校比较，各种类型、级别的工程研究中心很少。

（3）建立专门的面向部队和经济市场的调研巡查和联系机构。其人员构成可利用军队院校的在编职工，而不是现役军人，但必须是懂技术、熟谙市场的专业人员。在管理上应将工作人员个人的工作业绩与成果转化的实效紧密结合，以形成推广应用的动力。

3. 重视科研方向的创新

现代科技经济研究理论表明，国外的科研项目，尤其是开发性研究课题大部分都是直接来自于企业。军队院校的科研立项，应重点围绕军队现代化建设和国民经济现代化建设的实际需要进行科研选题，如重点在医药、生物、电子信息技术等领域选题，注重科技成果的两用性研究，并要加强横向联合的科研。同时要利用军队院校的科技力量，积极参加国民经济建设的科技创新活动，如国家的"高科技发展计划"等。

4. 重视科技人员的知识创新

只有具备与市场经济接轨的知识结构，才能增强科研人员开发、推广应用科技成果的意识和能力。据专家分析，北京大学的校办产业之所以红火，在很大的程度上是得益于拥有两院院士王选教授这样的现代复合型人才。军队院校应通过办科研成果转化研究的培训班或派出部分科研人员到地方院校或国民经济其他领域系统地进修、学习管理学、经济学、市场（营销）学，优化军队院校科技人才的知识结构，培养和造就一批精通技术，既懂经济，又会管理的新型"三栖"人才。

科技是第一生产力，它的核心就是要把科技成果转化成现实生产力。成果转化不应理解只是经鉴定和获奖成果的转化，还应包括非鉴定和获奖成果，以及一些储备技术的转化。广大军队的科技人员要树立以推广应用为目的，以争取科研经费为手段，以取得成果和效益为动力的观念。破除高校根深蒂固的重研究、轻开发，重论文、轻实践的思想观念。学校要鼓励一批专家教授在拥有一个学科、一个科研方向的基础上发展一个科技产业方向成为自觉行为，鼓励大多数科技人员在取得成果之后自觉继续往前再走一步。要鼓励不同学科专业的科技人员加强协作，因为转化工作具有多学科交叉和多种技术集成的特点。

社会主义市场经济是一种法律经济。鉴于科技成果转化，既属于科技范畴，也属于经济范畴，军队技术院校开展科技成果转化活动要遵守市场经济的一系列法律法规和军队有关文件精神。遵守国家法律法规和军队规定。人才培养是高校的根本职能，发展教育和科学文化是高校的中心工作。开展科技成果转化要尽量与教学、科研结合，以发展与教学实习结合的项目和技术含量高的项目为主。要特别强调，不能以开展科技成果转化活动的名义，打着军队的旗号，从事不该从事的活动。要维护军队形象，珍惜军队荣誉。要努力促进军队技术院校科技成果转化工作健康稳定发展。

军校不仅是培养科技人才的摇篮，军事科研的基地，而且也是高科技的辐射源。面对世界军事领域发生着的深刻变革和社会主义市场经济的快速发展，面向军队、面向经济建设的主战场，努力做好军校科技成果的转化是军校坚持以人才培养为中心，发挥教学、科研、社会服务职能的重要方面。因此，做好军校科技成果的转化工作，充分发挥军校服务职能，必须认清形势，明确为部队提高战斗力和为地方提高生产力的任务，完善机制，加快军校科研成果向战斗力和生产力转化的步伐。

军队是社会大系统的子系统，军事技术和国防科研是推动社会和军队建设的根本动力，虽然军队科学研究有其特殊性，但军队的科学研究绝不是一个孤立的系统，离开社会大系统任何一个系统都无法运行和生存下去，因此，军事技术和国防科研与社会的相互作用必然是科学社会学研究的一个领域。

思 考 题

7-1　军校科技成果社会转化特点和类型有哪些？

7-2　军校科技成果社会转化形式有哪些？

7-3　影响军校科技成果社会转化的社会因素有哪些？

第八章　国防军事创新与社会

贯彻落实科技强军的战略，本质上是通过科学技术的创新发展，尤其是国防科学技术的创新发展渐进地实现。在国防军事领域不论是国防科技理论的创新，还是军事训练等领域的创新都与科学技术的发展以及社会因素密切相关。国防科技理论的创新发展影响着国防关键技术的发展，而国防关键技术的创新发展，不仅对提高武器装备、形成新的军事能力、增强威慑能力有特别重要的意义，而且对整个社会科学技术水平的提高有较大的带动作用。

第一节　国防科技理论创新

一、国防科技理论创新的战略导向作用

国防科技理论是探索和揭示国防科学技术发展一般规律的知识体系，它包括国防科技发展的战略、规划理论，国防科技的应用理论，国防科技发展的基础理论等。国防科技理论创新，就是在国防科学技术发展的基础上，在战争实践的过程中科学地探索国防科技与武器装备、社会诸因素之间的相互关系，它不仅总结历史上科技对国防军事的促进作用，而且要根据科技发展的趋势和战争未来的状况，在国防战略和规划等理论上开拓新概念、形成新理念和新思想，在理论上引领国防科技的发展，发挥其战略先导作用。国防技术的突破，会极大地促进国防科技理论的发展，"从而使国防战略目标、规模和重点作出不断地调整，使国防战略更加突出武器装备的质量和智能化。"[①] 但国防技术的发展和突破离不开国防科技理论的指导，在信息技术广为渗透、军事变革迅猛发展的今天，国防科技理论的战略指导作用更为突出。

国防科技理论创新引领了国防技术发展的方向。美军 2005 年新版的《联合核作战条令》不仅是其作战思想和理论的创新，而且也指出了国防关键技术的发展方向。在全面阐述了在新的作战环境下美军核部队核作战行动原则、核作战中的部队使用、指挥与控制关系等内容外，特别强调先进常规作战力量与核力量的结合，认为，"在预先计划中需要利用核武器打击的目标，如果常规武器也能达到所需效果，便可使用常规武器进行打击"。在这一理论指导下，美军正在研发的国防关键技术就包括了可部署在太空对地面战略目标实施摧毁的天基打击平台、伽马射线炸弹、电磁脉冲炸弹、金属轻武器以及基因武器等一批高精尖常规武器。这些高技术兵器在性质上仍属

---

①　刘戟锋. 国防科技发展战略. 北京：军事谊文出版社，1998：110.

于"洁净"的常规武器，但却具备核武器的作战效果。

国防科技理论创新不断扩大国防技术发展的领域。在美军的军事转型理论研究中也尤其注重国防技术的支撑作用。美军事转型突出强调军事能力的提升，包括提高网络中心战能力，利用精确的信息和有选择的打击能力，获得不间断的情报、监视、侦查能力，获取清晰的共用作战图像能力等，这些能力的获得和保障都需要相应的技术来支撑。为此，在"美国空军转型计划（路线图）"中就列举了数十项相应的关键技术，其中就有精确制导技术，传感器技术，信息管理，决策辅助与通信技术，隐形技术等关键技术。这些技术的开发和突破会提高联合作战的能力，实现未来联合部队的完全一体化、网络化、决策实时化、打击致命化。

国防科技理论研究的另一个繁荣领域是国防科技战略和规划，这些理论研究创新不仅规定和决定着未来武器装备发展的方向，也加速了军事变革向深度和广度的发展。自 20 世纪 90 年代初开始，美国国防部、美军参谋长联席会议及三军，每年都要研究并提出美军的军事需求，同时根据这种需求制订和调整其国防科技和武器装备发展计划。例如，早在 1996 年，美军就确定了未来 11 大军事需求，为满足这些军事需求还分别制订了国防科技"基础研究计划"、"国防技术领域计划"和"联合作战科学技术计划"，这些计划对所要研究发展的科学技术领域及武器装备所要达到的性能要求都有明确的规定。俄罗斯、日本及西欧国家也采取了类似的举措。由于未来的军事需求主要是关于信息作战能力的需求，因此有关国家的国防科技发展正紧密围绕夺取信息优势的信息战技术、C^3I 系统和精确制导武器等军事高技术开展研究。

二、国防科技理论创新发展的基本特征

在 1997 年 5 月，美国国防部根据军事、经济和科技发展及美军作战需求的变化，推出了《国防科学技术战略》这一针对国防科技发展的指导性文件，规定了今后一段时间内美国国防科技发展的方向、重点和管理原则。虽然美军的战略和计划后来不断修改完善，但其主体思想并未发生根本改变，即适应新形势挑战，支持美国联合作战，集中关键技术领域，如信息优势、精确打击能力作战识别、电子战等的创新、开发，强调美国国防部科学技术计划必须发明、发展和利用先进的技术来实现美国军事领导人所要求的新的作战能力。

从未来战略发展的视角来看，国防科技理论创新研究呈现出以下几个特征。

1. 国防科技理论创新以国家利益为出发点

从国家安全利益出发，探讨国家安全的威胁和挑战是发展和创新国防科技理论的基点。例如，担心一些国家拥有如生物技术、巡航导弹与弹道导弹技术、计算机先进技术等，美国将这些国防关键技术列为战略考虑的重点。2004 年 5 月，《美国国家军事战略报告》提出美国面临的安全挑战之一是"技术扩散和先进武器的获取，是对美国国家安全的重大威胁。"这些技术包括军民两用技术，特别是信息技术、自动化信息处理技术、先进武器系统和创新性投送系统等，这些技术的扩散都会对美国产生威

胁。为应对这些威胁，美国在军事力量建设上，以寻求对手难以匹敌的全谱优势和掌握未来战争主动权为基点，进一步明确了"基于能力"的建军模式，将军事转型和提高联合作战能力作为美军建设的重中之重。正是基于这种威胁的考虑，美军将重点开发和保持关键作战能力的技术支持：情报技术，尤其是早期预警、传递情报和一体化技术；能在全球展开行动的太空、国际水域与空域、计算机空间等技术；全球远距离投送部队的能力技术、后勤快速保障技术等。

国家利益是美国国家安全战略的出发点，也是美国国防科技理论创新的重点。美国认为，冷战后，尽管像前苏联那样的全球争霸对手不复存在，但其国家利益仍面临着大量不确定因素的严重威胁。为维护和促进国家利益，美国针对不同时期的各种威胁进行了大幅度的战略调整。满足国家利益需求是美国军事行动的核心和准则，也是推动其国防科技理论创新与发展的原动力。

2. 国防科技理论创新以信息网络技术为核心

信息技术是现代社会的基础，也是军队现代化建设的核心。信息技术特别是电子信息技术创新，日益显现出强大渗透性、功能整合性、效能倍增性，以及军民两用性。以微电子技术、光电子技术、电子计算机技术、人工智能技术、通信技术等组成的高技术群，全面扩展和延伸了人类获取信息、传输信息、处理信息的功能，极大地提高了电子信息技术在社会经济生活中的地位和作用。特别是军事电子信息技术的迅速发展和广泛应用，不仅为提高武器性能开辟了新的发展道路，而且为推进武器装备信息化建设、提高信息化作战能力和系统综合集成能力开辟了崭新时代。例如，以精确制导武器为代表的信息化弹药、以计算机和网络为核心的指挥控制系统，极大地提高了武器系统的整体作战效能。武器装备电子信息技术创新，已成为衡量武器性能优劣和现代化水平高低的一个主要标志。通过提高电子信息技术水平增强武器的性能，发展新型武器装备，已成为世界发达国家的普遍做法。

最近，根据美国国防部提出需要研究发展的信息战新技术可以看出如下的新的发展趋势：功能综合化；三军系统集成化；侦察、通信和导航等业务部分实现卫星化；分层式与非分层式信息处理体制相结合；加强信息和信息系统的安全，对安全体系结构提出严格要求。

以应对新的军事变革为牵引，促进作战方式、作战理论和国防科技理论的更新，强调以信息战和远程打击为核心的一体化作战样式下的技术发展，强调与国防关键技术相关的多位技术的发展，已成为当今国防科技理论创新的核心内容。

3. 注重国防科技理论创新的层次性和系统性

国防科技系统是一个复杂多因素构成的体系，衡量技术是否先进，不仅要考虑其外在标准，即在国内外同类技术中所处的地位，而且也要考虑其内在标准，即相关子技术的先进程度和配套性能。同时，现阶段技术在保障武器装备的性能上以及未来一段时间技术的发展趋势、工业部门和军事部门的配合等都是国防科技理论创新的内容。

在众多的各类战略规划和报告中，国防科技理论创新既重视未来战场变化对国防技术发展的影响，也关注与现实的技术改进和技术适应性，针对实践展开理论研究，已成为国防科技理论创新的特色。将现有技术和军事任务结合，分阶段考虑国防科技的发展和突破，探索基于技术的军事力量发展的可能路径是国防科技理论创新的重点，如美国要执行"导弹防御"任务，未来 5 年内需要经过改造的"宙斯盾"导弹防御系统和初级的机载激光器；到 2015 年左右将依靠成熟的动能杀伤武器、成熟的机载激光器、陆基激光器和天基红外传感器；到 2020 年左右就将主要依赖天基激光器了。例如，激光武器技术从初级的机载到成熟的机载、陆基型和天基红外传感器，再到成熟的天基型，就是执行"导弹防御"任务的技术支撑。这样做的最大好处在于，它能够结合既有的技术进展情况，及时指明为执行某项任务而进行武器研发的方向。可见，美国的战略分析家和国防转型设计者们"没有就技术论技术，不仅仅预测某项技术的发展前景，而且以军事需求为落脚点，把未来要执行的军事任务同现有技术的发展趋势结合起来，重点评估那些对具体作战任务和作战方式产生转型性影响的技术的发展前景。"①

三、国防科技理论与国防关键技术的突破

以信息化发展为本质特征的世界新军事革命，极大地改变了军事斗争的面貌，推动了军事领域一系列新的变革，引导军事斗争发展的新方向，将催生新的战争形态和作战样式，进而引起军事思想、作战理论、武器装备、体制编制等的全面创新。国防关键技术在新军事革命进程中，一直起着引领导向的作用，在国防科技领域中的一些技术之所以冠以"关键"二字，突显了这些技术对未来军事变革的重要作用和影响。

为加快信息化步伐，各国不仅加大国防投入，而且从战略上确立国防关键技术的选择，纷纷出笼国防科技战略规划，加速国防关键技术的开发和应用。美国 2003 财年的国防预算为 3640 亿美元，据"政府电子信息技术协会（GEIA）"资料显示，2009 财年的国防预算达到 4840 亿美元。其中，空军 2004 财年获得的军费为 114 亿美元，2009 年将为 158 亿美元，增长 38%；陆军分别为 94 亿美元和 133 亿美元，增长 41%；海军分别为 117 亿美元和 158 亿美元，增长 35%；国防部机构为 57 亿美元和 89 亿美元，增长 56%。印度的国防开支仅 2004 年军备开支较上年增长了 40%。俄罗斯 2005 年度军费预算比上年度增加了 28%，英国增加了 18%，而在增加的国防预算中，很大一部分被用于了国防关键技术领域。

从国防关键技术战略发展的趋势来看，当前国防关键技术的主要领域集中在以下几个方面。

（1）信息网络通信技术。这种技术能够把战场上敌对双方的人员和武器状态、战场上的物理状况等有效信息转换成一个清晰、准确的实时画面，这将有利于更好、更

---

①　周建明. 美国的国防转型及其对中国的影响. 济南：山东人民出版社，2006：245.

快的指挥决策。目前的"网络中心战"不论是理论探索还是应用开发都成为军事变革的重点，对"绝对军事优势的追求，和"网络中心战"概念所描述的近乎梦境般的作战场面已成为美国政府向其海军投资的不竭动力。"①

（2）太空开发技术。不受限制地使用太空已成为美国的重要战略利益之一。太空是信息战的"高地"，是获取优势的关键资产。2005 年，美空军颁布了《反空间作战纲要》、《航空航天作战的战术、技术和程序》，突出了空间技术开发和应用。

（3）精确制导技术。这项技术的发展使未来的武器弹药可能做到"百发百中"。"精确制导技术比任何东西都更能使军事行动发生转型。因为从理论上说，它将把武器装备的使用效率提高到几乎无以复加的地步，而操作者对武器的使用也将达到随心所欲的程度，从而极大地提高部队的战斗力和杀伤力。"② 为此美军正加速开发多种新型巡航导弹系统。

（4）隐形材料技术。美军的各个军种都在寻求能降低其作战平台的可探测性，开发避开雷达探测的新技术，从技术上改变武器装备的声、光、点、磁、热等特征，使对方难以发现和识别。

（5）新型核武器技术。核技术用于武器装备以来，始终是国防上关注的技术。美国早在 2001 年就出笼了"新型核计划"，虽然美参众两院否决了 2006 财年对研究坚实型核钻地弹的拨款，但实际上这项计划并未寿终正寝。③ 据许多媒体报道，美国对新型核钻地弹的研究有可能在新的名义下继续进行。

国防关键技术是建立在现代科学技术成就的基础上，处于当代科学技术前沿，对武器装备发展起巨大推动作用。不难发现，国防关键技术的突破必将带来一系列军事上的变革。例如，网络通信技术、太空开发技术、精确打击武器的出现，必然会带动一场以探测器和网络相联系的情报革命。隐形材料技术、新型核技术也会导致军事未来战场攻防观念的更新。随着关键技术和作战理念不断应用到武器装备和作战指导原则等领域，必将对武器装备的操作人员和指挥人员的技能提出新的要求，产生更广泛的影响。

同时国防关键技术的突破也将促进民用技术的大发展。我国《国家中长期科学和技术发展规划纲要（2006—2020 年)》确定的 16 个重大专项中，与国防科技直接或间接相关的项目包括核心电子器件、高端通用芯片及基础软件、极大规模集成电路制造技术及成套工艺、新一代宽带无线移动通信、高档数控机床与基础制造技术、大型先进压水堆及高温气冷堆核电站、转基因生物新品种培育、大型飞机、高分辨率对地观测系统、载人航天与探月工程，占全部重点项目的 70％左右。国防科技将在信息产业、机械制造和化工领域发挥其巨大的带动作用，成为这一时期我国科技投资的重

---

① 周建明 . 美国的国防转型及其对中国的影响 . 济南：山东人民出版社，2006：99.
② 周建明 . 美国的国防转型及其对中国的影响 . 济南：山东人民出版社，2006：123.
③ 李效东 . 世界军事发展年度报告 . 北京：军事科学出版社，2006：125.

要主题。当今社会主要的科技如电子、激光、核能、电子计算机软件、生物工程、数控机床等前沿科学技术方面，无一不是首先从军事科技领域中产生出来，进而溢出、辐射、散发到民用科技上，并带动了全社会科技加快发展。

目前，在新技术革命深入发展、国际舞台上的竞争从军备竞赛为主转向以综合国力竞争为主的情况下，以关键技术推动经济发展和提高竞争力，保持武器装备的质量优势，在各发达国家已成为一种共识。针对本国经济条件和科学技术基础，以满足国家近期需要为目标，选择若干关键技术优先发展，已成为这些国家发展科学技术特别是国防科学技术的一项重要战略。

四、我国国防关键技术突破和国防理论创新的策略

进入 21 世纪，世界新的军事变革浪潮呈现加速发展的趋势，这场变革是人类文明由工业时代向信息时代转变的产物，是当代国际综合国力竞争在军事领域的反映。面对世界新的军事变革的严峻挑战，我们必须在更加勇敢地投身军事变革的激流之中，以强烈的责任感、使命感和紧迫感，不断创新与发展有中国特色的国防科技理论，使我军在新世纪的国际军事斗争中始终处于战略主动地位，确保国家的长治久安，确保本世纪中叶全面建设小康社会的战略目标的实现。

加速理论创新是加快我军战斗力生成模式转变的根本保证。加速国防关键技术的发展和开展国防科技理论的创新是打赢未来信息化战争最紧迫的现实课题，需要我们着眼世界新军事变革的发展变化，紧密结合我军实际作出创新性的探索，创新加快我国防关键技术突破指导理论。创新与发展国防科技理论，关键是把握军事战略的本质内涵，跟踪当代国防科技发展的前沿领域，以中国优秀战略文化为底蕴，推出有时代气息和中国特色的理论成果。

1. 发扬优良传统，在继承中创新

武器装备发展到今天，其科技含量陡升，高技术成为武器装备的核心构成要素，代表着当代最前沿的科技成果。不论是新概念武器的发展，还是传统武器装备的改造，都离不开技术的创新与进步，更离不开国防关键技术的突破。计算机技术、人工智能技术、控制技术及信息处理技术等一大批先进技术的创新与发展，导致了高精度、智能化的精确制导弹药的出现；微电子技术、先进材料技术及制造技术的创新与发展，使武器装备实现了微型化、轻型化、智能化。翻开我军武器装备的发展史，就是一部技术创新史，国防科技创新的历史。"两弹一星"的成功，是技术创新的结果；"载人航天"飞行圆满实现，也是飞船设计、火箭改进、轨道控制、飞船回收等方面一系列技术突破和创新的结果。事实充分证明，没有科学技术的创新与突破，就无法实现武器装备的跨越式发展。在军事科技领域，我们已经取得了一批重大科技成就，但科技总体水平同世界先进水平相比仍有较大差距，如关键技术自给率低、自主创新能力不强等。这对我国经济社会发展和国家安全构成严重制约，要改变这种状况，必须把自主创新提到新高度来认识，走自主创新道路。我们必须加快国防关键技术

的创新的步伐，把国防关键技术的选择和创新放到国防科技和武器装备发展的重要位置。

国防关键技术项目一般都是技术复杂、难度很大，工艺要求很高，涉及部门多、学科多的宏大系统工程。我们要发扬国防科技攻关的光荣传统，大力协同、集智攻关。在此基础上国防科技创新要坚持三个统一：理论研究与信息化战场实践相统一，传统技术与高新技术融合统一，国防科技理论研究和当代科技发展战略相统一。

2. 跟踪国际国防关键技术发展，在借鉴中创新

创新与发展国防科技理论既要善于借鉴外军的有益经验，更要以中国优秀战略文化为底蕴，推出有自身风格和特点的理论成果。

核武器中子物理学与核试验诊断理论专家杜祥琬院士认为，自主创新应是开放性的，不能关起门来搞，开放非常重要。只有充分利用开放的优势，了解国际科学技术的前沿，站在前沿上创新，才不至于重复别人做过的工作。在战略高技术领域，一些关键技术、核心技术，是根本不可能引进的，是买不来的。即使在这样的领域，思想的借鉴同样是重要的。

当然我们这种借鉴应该是自主性的、批判性的、扬弃性的，而不是模仿式的、尾随式的，不是盲目的照搬照抄。这种借鉴必须和中国的国情军情相结合，为我服务，为我所用。

中国是当今世界上最具活力的发展中国家，具有经济发展速度快、研究开发规模大、整体水平较低等特点。在高技术研究开发方面，虽然获得了一些国际领先水平的研究开发成果，但系统化、工程化与产业化的整体水平仍然比较低。战略定位是实现未来中国技术跨越式发展的关键。在国防关键技术领域通过引进、消化和吸收国外先进技术，最终通过自主创新实现国防技术的跨越。中国高技术各领域所处发展阶段和面临的竞争环境不同，国防关键技术应该选择不同的发展目标与模式，有所为，有所不为。为此，需要加强基于技术预见（technology foresight）技术发展战略研究，评估其影响，进而选定可能产生最大军事、经济与社会效益的国防关键技术战略研究领域。

3. 加强国防关键技术基础研究，注重原始创新

江泽民同志指出，基础研究和高技术前沿的创新探索，是科技进步的先导与源泉。基础研究的突破性成果，往往会带来技术上的重大创新和武器装备的大跨度发展。例如，原子光谱研究的突破，产生了原子钟，与卫星技术相结合，形成了全球定位系统，为美军提供了精确的定位与导航能力；以微电子、信号处理特别是先进材料技术为基础的热成像技术的应用，使美军极大提高了夜战能力。美军许多武器的性能和质量之所以超过俄罗斯，一个重要原因，就是他们在许多关键的基础技术方面加强创新研究，技术水平遥遥领先。

国防关键技术创新涉及面广、科学性强、复杂程度高，正确选择技术创新的途径，对于抢占先机、少走弯路、快速推进、多出精品，是至关重要的。

基础理论创新这里主要是与国防关键技术相关的基础学科和基础技术领域，信息科学技术、电子科学技术、空间科学技术、新材料技术等创新是国防关键技术突破的先导。以理论创新来牵引国防技术创新，首先应加强对武器装备发展趋势的预测与预研，特别是对新概念、新机理武器的研究和预测，为武器装备的发展提供理论基础和技术基础；其次应把握世界军事变革的趋势，明确未来高技术战争对武器装备的基本需求，正确把握武器装备发展的大方向；再次应以作战需求牵引理论研究，把未来高技术战场的特点规律搞清楚，把可能的作战对象搞清楚，把担负的作战任务搞清楚，科学论证武器装备建设的发展战略和长远规划，优化装备体系结构，使武器装备与新时期军事战略方针相适应，与未来军事斗争的要求相适应，与国家经济、科技发展水平相适应。

而国防科技理论的创新，一是要从实际出发，而不是从本本出发，以现代高科技发展为基点，探索现代国防科技发展的新变化，揭示国防科技发展的新规律，拓展国防科技研究的新领域，推动国防科技理论体系创新。美国《2020年联合作战构想》就指出："技术革新必须伴以能导致编制体制和作战思想变革的思想创新。"在军事技术优势的强力驱动下，美军军事理论及国防科技理论才得以加速向前发展。二是以新的体制与机制保证和促进国防科技理论创新。国防科技理论创新的根本目的是指导国防技术的健康快速发展。体制创新和机制创新必须以促进理论成果的创新，特别是理论成果的应用和转化，必须有利于国防科技理论的繁荣和发展。

第二节　军事创新的政策支持

军事创新是国家创新体系的重要组成部分，它是随着信息技术广泛的社会渗透在军事技术、军事体制、军事理论和军事战略等方面引起的全方位变革。随着军事革命的深入发展，军事高技术的应用，军事领域变革的速度不断加快，全面的军事创新日益受到世界各国的重视。美国《2020年联合作战构想》提出，要重视军事技术之外的军队体制编制和作战理论以及与之相关的创新，即全面的军事创新。它要求美军把作战理论、战术、训练、支援行动和技术结合成一个有机的整体，从而为形成新的作战能力提供一个框架。美军希望在2020年前后建立一支新型的联合作战部队，要倡导大胆创新，跳出美军历史上形成的盲目崇尚军事技术的老路，真正重视研究军事战略思想。

美军认为，尽管技术变化是环境变化的主要动力，但并不是唯一动力。创新必须以联合作战的整个情况为背景，探索和研究理论、组织、训练、后勤、教育、人事等方面的新变化，最终目的是找出足够灵活的合理方法。同时美军也承认，创新也存在着很强的不确定性，因此允许试验中出现低概率的误差，从而使新概念、新能力、新技术中最有建设性的部分被及时发现，使各军种和作战司令部为职业军人提供创新后的思想和观点。

综合国外军事创新的内容来看，除了主要围绕军事装备技术创新外，在军事体制、军事理论、作战方式、军事思想等方面也广泛展开。目前各国在制定军事高技术发展计划的同时，均加大了军事财政方面的倾斜，集中一流科技人才于国防领域，全力突破军事上的高难度技术。例如，微电子技术和电子计算机技术已应用渗透到国防科技的各个方面和所有武器系统之中，生物工程技术也被应用于研制基因武器。具有人工智能的各种军用专家软件系统、军事机器人以及用于弹道导弹防御的全新的"天战"武器，如定向能武器、微波武器等，都成为国防科研的重点项目。随着现代高技术的军事应用，可以预见，军事高技术武器装备的性能将发生质的飞跃。在军事组织体制上，由于信息技术的应用，使军队具备了很强的指挥、控制、通信和情报能力，陆、海、空、太一体作战成为可能。实际上，早在海湾战争中多国部队联合司令部已向人们展示了未来军队组织体制的雏形。它每天管理的陆、海、空、天各种军事与作战活动均有条不紊，仅空中作战的飞机飞行活动就达数千架次，涉及 122 条空中加油航线、600 个限航区、312 个导弹交战空域、78 条空中攻击走廊、92 个空中战斗巡逻点、36 个训练区和 6 个国家的民用航线，总航线超过 940000 英里。多国部队建立的复杂的互联通信网每天可处理 70 万次电话和 15 万份电报，使用 3 万种无线电频率。诸兵种联合体制已初步形成。此外在未来军队组织建设规划中，裁减军队员额，改革体制编制，走精兵、高效的建军之路：军队规模将不断缩小，军事力量结构将进一步优化；作战指挥体制将趋向"扁平网络化"；部队编制将趋向小型化、一体化、多能化等。在军事理论方面，现代高技术对战争的重大影响使军事理论面临着新的挑战。首先，带来了一系列战略观念上的更新，如全新的力量观念、集中观念、效费比观念、制电磁权观念等；其次，由于精确制导武器、远战兵器以及先进的侦查、情报、通信、控制手段的应用，使战争理论研究呈现出许多新的样式和特点，如非线式作战理论、地空立体作战理论、应急作战理论、远战理论、电子战信息理论以及非接触作战理论等。这些理论将随着信息技术的广泛渗透而不断得以深入研究和完善。

当前世界军事创新体系正朝着三个目标迈进：一是提高军队内部的管理水平，各级军事组织之间多种多样的联系更加便利；二是提高军事装备的效率，无论是兵器的单项使用或组合使用都将发挥前所未有的效能；三是提高军事理论研究的地位和力度，理论创新对于实践的先导作用将更加明显。

为保证军事创新目标的实现，关于军事创新的支持和环境保障研究已被摆到与军事创新内容同等重要的地位，而且被认为是军事创新的重要组成部分，其中，国家和军事政策支持的研究，是一个国家军事创新能否最终完成的关键。俄罗斯国防部长谢尔盖·伊万诺夫在谈及俄军改革的基本方向时指出，塑造军事组织的新面貌，需要把整个军事组织的改革确定下来，对国家在军事建设领域推行的政策进行必要的修改。具体政策调整包括：调整拨款体制，解决军事组织的社会保障其政策应符合服役的条件和社会意义，符合军人劳动的特殊性和内容；在完善技术保障武器装备的订购体制方面，制定国家的统一技术政策，将减少武器装备的型号和种类、简化其目录，实现武器装备的通用化和标准化；改变过去国防和国防安全拨款的近 70％用在应付军队现实的需求上，而 30％用在研制和购买新式武器装备的比例，2011 年前达到 50％对50％的比例；确保建立结构合理、编成和员额优化、能可靠地完成保障国防和国家安全任务的、高效的军事组织。

军事创新政策就是为了加快和改变军事技术和武器装备、军事组织结构和军事人员的素质，适应新的军事革命需要而采取的一系列有关军事政策的总称。军事创新政策的本质是充分利用现代高科技成果广泛应用与国防和军队建设的各个领域，有利于提高军队应付现代高技术局部战争的能力，其目标是创造有利于军事创新的外在环境和全新的技术条件。

军事创新政策的特点如下。

（1）协调性。由于军事创新涉及作战部队、国防科研、军事院校等军事领域的各个方面，涉及国家经济、科技等多个部门，宏观上政策之间的协调，避免各自政策的相互矛盾尤为重要。因此军事创新政策是国防政策和国家经济发展政策及科技发展政策相互协调的产物，它要求制定政策的相关机构应建立良好的协调关系。

（2）稳定性。军事创新是一个涉及方方面面多因素的复杂过程，如对一项军事技术创新、对一项军事理论研究方面的突破等一般较难有一个时限，同时任何创新都需要一定的积累，军事活动领域更是这样，因此军事创新活动的全过程更需要较长的时间，缺乏连贯性的创新政策可能会给军事创新带来不利的影响。

（3）现实性。由于世界军事变革的快速变化，军事战略的不断调整，政策也应反映现实的变化，这就提醒人们注意有些政策的内在局限性。应该看到国家宏观的发展军事的政策主要是起引导作用，宏观政策不可能解决所有问题，制定政策时必须注意给具体部门留有较大的余地，许多的具体政策需要军事所属部门决策者根据现实性需要做出。

军事创新是一个综合性范畴。它围绕优选的目标和途径，以提高武器装备的性能、效益和军事人员素质为目的，以维护和促进军事创新为基本取向，也具有系统性、全局性和长远性。从军事斗争主体角度来考察，军事创新发展主要表现为由人参与的军事技术、国防经济、军事组织、国防科技、军事理论、军事政策等军事活动的进步过程，是一种数量、结构上的变化和多层面、交叉式的协调共进。从军事斗争准备的环境来看，军事创新离不开军事国家政策、政治、经济、科技等支持和协调保障。

应该看到世界军事革命的发展和高技术领域的激烈竞争，军事竞争已经由短期局部的孤立竞争演化为全局和长期战略竞争，因此军事创新不仅只是军事部门的策略，也是国家和军事战略的研究内容，构成国家和军事发展战略的重要内容。我军只有未雨绸缪，运筹在先，着眼于较大历史跨度制定军事创新发展战略政策，才能在战略谋划上胜人一筹，才能实现武器装备、军事组织体制、军事人才的跨越式发展，缩短与发达国家之间的差距。

作为发展中国家，我国的国防军事领域也处在改革变化之中，处在复杂的、不平衡的发展时期。加速高技术、信息技术向传统武器装备渗透，提高军队指挥管理系统现代化的水平，深化现代军事理论研究，已成为我国国防和军队建设面临的紧迫而艰巨的任务。

信息技术在我国的迅猛发展和广泛渗透，为我国军事的创新提供了难得的发展机遇。我国军事创新必须适应形势的发展，抓住机遇，更新战争观念，大力发展国防关键技术即电子计算机技术，引进先进的武器装备技术，加速高科技成果向现实战斗力的转化。

实现军事创新的跨越发展，需要较完善的制度架构支持，需要周密的战略，需要军事各个部门和军事创新主体的高度活力。近来人们认为我国航天发射技术已实现了跨越式发展，在国家发展政策支持方面，其基本经验可以概括为：国家始终重点投入，人才集中，实施开放与海外接轨，完善的组织管理。这些经验值得在军事创新过程中总结和借鉴。

军事创新不仅是国防军事领域自有生成的产物，国家的意志，国家的经济条件，国防科研和军事组织等创新主体的激励，各方面国际国内条件的配合，都意味着政府政策和军事政策需在实现军事创新的过程中起到核心推动和资源整合的作用。

在实施军事创新的过程中，政策的作用主要应体现在以下几个方面：引入市场机制，在国防军事领域创造公平竞争，使国防军事领域的创新主体有军事技术创新，体制变革、理论突破的压力和动力；把握创新的方向，通过政策引导帮助军事科研部门、军事院校、武装部队作出有关发展创新的决策；在培养高素质军事人才上出台新方案；在国防关键技术的重点领域组织力量攻关；在军事结构编制调整、现代军事理论创新等方面牵引指导。

根据我国实际情况，军事创新的政策支持讨论集中以下几个方面。

（1）根据我国现有国防科研基础和军事技术力量，在跟踪和仿制水平的基础上，有重点地选择极少数具有核心带动作用的国防关键性技术，如信息化弹药技术、信息化平台技术、定向能和中子弹技术等，组织相关国防科研部门和院校技术部门研究、制订5～10年的跨越式发展战略，并建立由军方牵头，国家权威机构和地方相关机构组成的协调机构，统一协调实施。

（2）在国防资金投入和使用方面，重点倾斜国防高技术武器的研究和实验、重点规划的创新领域、重点放在调动各类人员的创新积极性方面。例如，设立创新基金，扶持一些创新项目，为创新项目提供担保，分担创新风险，奖励创新人员等。

（3）军事采购是影响军事创新方向和速度重要的政策工具，采购政策可通过价格、数量、标准等对军事创新产生影响。军事采购有严格的技术标准，随着军事采购体制的改革，有些项目可向社会公开招标，充分发挥各领域的创新潜力，其政策上应坚持平等、公开的原则。

（4）军事创新离不开军事人才，人才是知识的主体，是军事创新的决定因素。为推动军事领域的创新，要特别注意军事创新人才的培养，要制定有利于创新活动的人才政策。除了培养、引进专业人才外，也要再政策上注意稳定现有军事人才队伍。具体地从工资报酬、津贴、住房、福利、职称等方面，给予支持，鼓励他们投入军事创新的活动。

第三节　军事一体化训练兴起的动因

一、信息技术发展不仅催生了一体化战场也催生了一体化训练

随着计算机技术、信息技术在军事领域的广泛应用，军事信息技术不断向更深的领域发展，在经历了 $C^3I \rightarrow C^4I \rightarrow IC^4I$ 的发展过程后，近年正进入调整、改造、提高的综合一体化 C^4ISR 新阶段。一体化 C^4ISR 系统是一个集战场感知、信息融合、智能识别、信息处理、武器控制等核心技术为一体、旨在实现军事指挥自动化的综合电子信息系统。伊拉克战争已充分表明，作为军队神经中枢的指挥、控制、通信、计算机、情报、侦察、监视（C^4ISR）系统正在成为武器装备作战能力的"倍增器"。一体化 C^4ISR 系统几乎涵盖了战场上所有的军事电子技术功能和装备，将太空、地面、海上、陆地连成了一个整体，成为获取战场信息优势的一个重要方面，受到了世界各军事大国的高度重视。美军的 C^4ISR 系统包括了美全球军事指挥控制系统、国防信息基础设施、国防信息系统网络等关键部分，力求通过约束和规范 C^4ISR 系统的采办和开发，保证 C^4ISR 系统间的互连，实现从原来分立的、功能单一的系统向综合系统的转变。美军旨在把相互独立的众多系统逐步集成为一体，把作战人员、作战平台与装备等纳入统一的网络中。

由于高技术，尤其是信息技术的军事渗透，军事领域引发了从武器装备的概念、基本组成、作战能力、作战思想、军队结构、作战方式、战场样式等各个层面的重大变革。如在武器装备发展上，各国积极建设信息化武器装备体系，主要包括信息化武器系统、信息化指挥控制系统、信息化士兵系统和信息化后勤支援系统。要建设信息化武器装备体系，最重要的是提高武器装备的信息技术含量，为其配备更多、更复杂、更先进的电子信息系统。随着战争形态向信息化的演变，一体化联合作战已经成为未来信息化局部战争的基本作战形式。

美军在1973年国防部《总体部队政策》文件中，首次提出了"一体化"作战思想，强调将现役与后备役、军队与地方有机地组织起来，形成"总体部队"，并在而后的联合出版物中提出了"一体化战场"、"一体化联合部队"、"一体化作战"等观念，逐步形成了一体化联合作战思想和以伊拉克战争为代表的作战实践。一体化联合作战将打破军兵种界限，实现战斗力、战场空间、战争手段、作战指挥等一体化联合。

军事信息技术的发展以及一体化战场的出现，不仅使战争的形态、样式、方法和手段等发生了一系列变化，也极大地促进了军事训练的发展，使之在内容、方法、手

段等方面发生了很大的改变。在军事训练的内容上，信息化战争的多样性和作战行动的一体化，使现代军事训练的内容不断扩展。除了一些传统的训练内容外，还出现了大量因信息技术的发展而增加的军事技术专业内容，尤其是出现了许多如情报信息训练、通信信息训练、电子对抗训练等与信息息息相关的内容。在军事训练的手段上，出现了以信息化训练为主的各种形式的模拟训练、网络化训练，从而使现代军事训练的手段不断更新，形式不断变化。在军事训练的方法上，以计算机为核心，结合声、光、电、自动化、集成化技术，模拟、网络和虚拟现实技术等的大量采用，突破了传统训练方式在时间、空间上的限制，可在短时间内传输和显示大量的形声信息；可将一些看不见、摸不着和难说清楚、难演示的问题，生动形象地显示给受训者，为其感知、理解各种事物创造了条件；可模拟战场环境和特殊战场条件，提高训练的仿真程度。所有这些，为讲授、演示、观摩、作战、演习等在方法上提供了更多的选择，对优化训练过程，提高训练效益和质量，具有重要意义。此外，对军事训练的管理、训练体制等多方面也带来深刻的影响。

二、经济承受力是一体化训练产生的客观要求

1. 高技术战争是高消耗的战争

现代军事高科技在军事领域的应用已使得战争形态出现了巨变，军用卫星、电子战、智能型武器、系统分析等高技术的应用已经成为现代战争中的重要手段。以自动化系统为核心的现代高技术武器装备，在现代战争中起到了越来越重要的作用。不仅使战场空间愈加立体化、多维化，无形战场的角逐更加激烈，也使得战争消耗以已往无法比拟的速度增长。

现代高技术战争是高消耗的战争。由于高技术武器作战强度高，使得战争直接耗费与损失倍增。在 42 天的海湾战争中，多国部队投入的飞机为 2780 多架，共出动 11.2 万架次，平均日出动达 2600 多架次，投弹万余吨，耗油 45000t，再加上日耗零配件等物资，1 天耗费物资达 34000t，价值 10 亿多美元，且每天还要 5～6 万人次为其完成技术保障任务。美军对伊拉克的空袭强度之高，大大超过了朝鲜战争和越南战争时的程度。美国在 3 年的朝鲜战争中投弹量为 680000t，平均月投弹量为 18000t，而海湾战争第 1 天的前 3 个小时美军就投下 18000t 各类炸弹。在 8 年的越战中，美军共投弹 7500000t，月均投弹超过 77000t。仅 42 天的海湾战争，美军就投弹约 500000t，按月平均达 357000t，其月投弹量相当于朝鲜战争的 19 倍、越南战争的 4.6 倍。由于作战强度高，所造成的损失也十分惊人。据不完全统计，美军的空袭使伊拉克通信系统 75% 被摧毁，60% 的指挥机构被破坏，44% 的机场不能使用，75% 的防空系统瘫痪，战略后方的军工厂、化工厂、核工厂、炼油厂、油井等生产设施几乎全部被毁坏，200 多个弹药、油料、给养等储存库被摧毁，底格里斯河和幼发拉底河上的 36 座桥被炸垮了 33 座，直接摧毁的武器装备有飞机 215 架、装甲车 2400 辆、坦克 3500 辆、大炮 2600 多门、舰艇 143 艘等。

另外，由于高技术武器造价昂贵，使得战争耗费大增。如 1 枚"爱国者"导弹价值 110 万美元，1 枚"战斧"式巡航导弹价值 135 万美元，1 枚空对空"麻雀"导弹价值 169 万美元。海湾战争中，美军共发射各类导弹 5500 多枚，平均日发射达 130 多枚，仅导弹一项 1 天耗资就近亿美元。

由于高技术战争的直接物资耗费大，使得间接保障的经常负担必然加重。为了保障美军在海湾作战，政府有 80 多个经济和技术部门为其筹办作战物资和装备器材，有 38 家航空公司和几十家海运公司及 7 个州的铁路部门保障运输，占全国 1/3 的企业为其生产价值为 284.6 亿美元的物资及装备，有 73 家公司为其生产提供 80 多亿美元的食品及被装、药品等，还从英、法、德、日、加等几十个国家的 1000 多家公司采办了数十亿美元的物资，租用大量国外商船运抵海湾等。如此巨大的耗费和战争承受力，必然对社会经济产生严重的冲击。

未来战争是高技术信息化的战争，高技术信息化装备必然导致经济上的高消耗、高投入。美军 2005 年 1 月 1 日正式执行的《信息资源管理战略规划》中，为充分发挥空间通信卫星的作用，计划投入 109 亿美元，构建转型性通信卫星系统。据 2005 年 8 月出版的英国《国防信息分析》周刊报道，英军将分三个阶段完成全军性综合信息网络系统建设，目前的在建项目所消耗和投入也相当可观，其中"天网 5"卫星通信系统，主要用于加密军事卫星通信系统，耗资 25 亿英镑。改进现有国防固定电信系统，并融入国防信息基础网，国防部投入了 15 亿英镑。[1] 未来战场高技术信息化，一方面，现代技术保障更加艰巨困难；另一方面，也使各国在国防发展上不得不考虑本国的经济承受能力。

正是现代武器高技术含量的增加使得武器装备的研制、试验费用加大，很多国家不得不考虑试验和费用问题，"两用技术"的出现、"军事技术的转移"、"合理够用原则"的提出以及目前普遍采用的"先期技术演示"、"先期概念技术演示"等试验训练手段，除了技术上的需求外，很大程度上是从经济上考虑的。"一种新技术在用到正式进入采办程序的武器装备系统之前，先期技术演示为评估其技术风险和不确定性提供了一个相对省钱的方法。"[2]"经济承受力在美军的计划转型中已是影响其能力发展的重要因素，如作为《2006—2011 财年目标备忘录》的一部分，陆军将重新审议它的现代化问题。陆军将参照《国防风险框架》重新审议各项能力的发展和风险平衡，从整个力量角度考虑，确定何种能力的发展应予以取消，以使陆军的计划是经济上可承受的"。[3]

2. 战前试验、战场环境、作战训练效益的统一

战争的经济承受力指一个国家或国家集团为实现战争的战略目标，在战前准备、

① 李效东 . 2006 年世界军事发展年度报告 . 北京：军事科学出版社，2006：274.
② 中国国防科技信息中心 . 美军转型指南 . 2004，(3)：216.
③ 中国国防科技信息中心 . 美军转型指南 . 2004. (3)：210.

战时使用、战后恢复三个阶段中对消耗资源支付的承受能力。战争的经济承受力、军队战斗力和后勤保障力共同构成了国防经济学科领域三个基本的理论命题。战争的经济承受力决定着国家的军事战略方针，影响军队战斗力、保障力的生成，是研究战斗力、保障力的理论基础。在世界各国中，美国的军费开支名列榜首，遥遥领先。在2003年，美国的军费开支达到4050亿美元，2004年则增加到4550亿美元，比排在其后32个国家的军费开支总和还要多。对此，斯德哥尔摩国际和平研究所表示："美国是世界军费开支趋势的主要决定因素，其军费开支占世界军费开支总额的47%"。

考虑到战争的承受能力以及减小损耗和代价，追求实战环境的训练已成为各国军队发展的重点。随着科学技术的发展，军事训练手段逐步进入信息网络、模拟仿真时代，并向多样化和普及应用的方向发展，从而使训练保障对提高训练质量的作用越来越大。目前，一些部队训练受保障条件制约，存在着"训不起"、"打不起"、"演不起"的现象，直接影响着军事训练工作的落实。这就要求我们必须认真研究训练保障的新情况、新特点，积极主动地加大训练投入，着力改善训练保障条件，注重引进和吸收科学技术成果，逐步实现训练保障的基地化、网络化、模拟化，为训练提供和创造最佳的物质、技术、信息、勤务等条件。尤其要着眼营造逼真战场环境、提高军事训练效益，积极发展信息化训练手段，进一步完善各类训练设施，以先进的训练手段和有力的保障措施，促进军事训练高标准、高质量地开展和落实。

"仗怎么打，兵就怎么训"这种古老的训战一致的思想至今仍是指导军事训练的基本原则。高消耗的战争也使得现代高技术训练的费用不断增加，尤其是现代化的训练手段的出现和发展。针对一体化战场的出现，现代作战训练手段不断更新，模拟化训练、基地化训练等训练方式的出现，不仅是基于技术的发展结果，也是经济上减少战场消耗的客观要求。例如，机械化时代的作战筹划，主要依靠指挥员的判断和推理，同时进行一些辅助的数学计算。一体化作战的筹划，由于广泛采用计算机和实兵模拟手段，把定量分析与定性分析有机结合起来，因此大大提高了预见性和科学性，使得作战筹划具备了明显的"预实践"特征。也就是说，一体化作战可以在作战仿真实验室里或演习场上预演。世界各发达国家军队都十分重视此项研究和实践。

目前，美军建有16个军种作战实验室和2个联合作战实验中心，建立了网络化模拟系统，能够对各军种和联合作战行动进行综合实验和评估。在进行计算机模拟的同时，美军还注重采取实兵模拟的方法进行认真推演，以便使评估结果更加贴近实战。伊拉克战争前，美军专门在以色列选择了一块与伊拉克相似的沙漠地形，以伊军为假想敌进行了代号为"内窥-03"的计算机模拟和实兵演习，演习的结果与后来的实际战争进程惊人地相似，仅仅相差了一天。值得注意的是，由于现代战争的作战节奏越来越快，持续时间越来越短，战场上留给指挥员的反应时间越来越少，因此更需要加强预先筹划。一体化作战中指挥员的临机处置是否科学得当，更多地依赖于预先筹划是否严谨周密。与其说一体化作战"胜在战场"，不如说一体化作战"胜在战前"。

为了达到与战场一致的真实效果，以及加强训练的针对性和经济性，国外作战训练通过利用虚拟现实模拟技术创造逼真"合成"作战环境。虚拟现实是一种使演练者不是被动地观察人工环境，而是与之交互作用的高级计算机模拟过程。虚拟现实训练，是指利用先进的三维图像、多路传感输入等手段，高度逼真地模拟人在自然环境中视觉、听觉、动感等行为，所进行的一种网上作战模拟仿真式训练。与常规的训练方式相比较，虚拟现实训练具有环境逼真，"身临其境"感强、场景多变，训练针对性强和安全经济，可控制性强等特点。美军经过统计和分析发现，美军在近 4 年的训练中死亡的人数是海湾战争的 27 倍，如果利用虚拟现实技术训练，就能较好地改善实装实弹训练安全系数较低，易造成人员伤亡的状况。训练实践证明，利用虚拟现实训练方式后，训练中伤亡的人数大大减少。同时还可大大降低训练费用。在常规训练中，一枚地空导弹的实弹发射费用超过了 100 万美元，而在虚拟环境中，发射"导弹"，甚至花不到 1 美元；同时，还能够减少各种兵器在实弹射击中产生的大量噪声、废气、有毒物质对环境的污染，特别是能够减少训练时占用或毁坏地方耕地的赔偿费用。

一体化作战的主要特点是多兵种联合的战场，天、空、地、磁、电交错、是多种高技术手段综合应用的战场。在相对和平时期，军事演习是一种普遍的训练和实践方法，但其高昂的经费需求、演习规模的限制，以及核作战等一些特殊任务在实兵演习中难以实现，都制约了军事训练效果和水平的提高。而作战仿真模拟训练，以其在指挥决策、训练演习和理论研究上的特有的科学性，以作战原则、参战部队结构、武器装备效能为基础，利用计算机模拟逼真的战场环境和参战部队，以先进的训练方式和贴近实战的训练手段，将武器装备的潜力显现为实际的战斗力，从而创造出一个贴近实战的训练环境，提供了信息时代提高作战效能和加强部队质量建设的一个有效的新途径。

在高技术条件下，要求现代军人具有更强的进行战争实践的素质、能力和手段。进行高技术战争的严酷实践，直接牵动和强烈影响着现代军事训练，"仗怎么打，兵就怎么练"，军事训练按照预想的战争模式进行演练，战争在很大程度上又按照训练模式实施作战，战争模式与训练模式日趋融为一体。未来战争将从实验室"打响"，反映和体现在军事训练上，就是"训练从实验室开始"，训练方案、计划和训练方式方法要进行模拟优选，武器装备的技术战术性能要进行模拟实验，作战方式方法要进行模拟验证，训练的效果、质量和水平要进行定性与定量分析评估。目前，加强作战仿真实验室建设已成为提高作战训练水平的重要着力点。

随着军队高技术武器装备的发展，部队战斗力日益增强，但由于新型装备价格十分昂贵，维护保养费用高，给新装备训练带来不少问题。新型装备集高新技术于一体，价格非常昂贵，用高技术新装备进行训练，消耗高、浪费大、效费比低。一些模拟训练器材只能解决室内的基础操作问题，而不能在野外进行训练。因为野外训练装备使用频率高，还容易发生训练事故，新装备技术损坏和自然磨损比较多，费用开支大，保养、抢修任务也十分繁重。解决这一问题，就必须大力发展训练装备。

　　现代武器装备越来越昂贵，完全使用实战武器训练既不必要也不可能。模拟技术可以让部队在逼真的战场环境中反复、节省、安全地训练各类作战行动，增强其现实战场环境意识，使其在实兵实弹演习前业已具备相当熟练的作战技能。而且通过模拟，美军甚至可以超前训练尚未装备的武器系统，为应付未来战争作先前准备。科索沃战争之后，美更加重视把新技术，尤其是以计算机为主体的数字化模拟技术引入训练领域，从而从技术上解决了作战训练的一系列技术性难题。在解决作战训练的"真实性"问题上，主要借助虚拟现实技术，提高模拟训练的仿真度。在解决部队训练的"规模性"问题上，主要借助网络技术，把大部队与联合训练纳入日常训练课目。网络技术使部队足不出户便可参与各种训练，这对多军种联合训练、盟国的联军训练以及现役与后备役的合练提供了极大的方便。

　　近年来，随着信息技术和仿真技术突飞猛进的发展，模拟训练被誉为新一轮的军事训练革命，成为提高作战训练效能的有效途径，如空军采用模拟训练，实战与模拟费用比就相差百倍。以这型轰炸机为例，模拟飞行与实机训练的费用之比为 1∶87，模拟训练 1h 的效果相当于 36min 实际飞行的作用。如果以某型第三代战机为例，实装每小时需 23 万元，模拟器只需要 1500 元，费用相差百余倍。

　　训练仿真是一种物理模拟技术的应用，它主要是通过模拟实车、实兵或实战环境，来培养单兵或小范围作战编组的作战技能，如目前使用较多的驾驶模拟仿真系统、多用途复合激光作战仿真系统等。这些仿真系统的准确性和逼真性得到了很大的提高，图像的仿真程度也已经与实物、实景相差无几。特别是训练仿真系统具有在危险小、低消耗的条件下训练出较强作战技能的部队的特点，因此受到世界各国军队的极大重视。美军于 20 世纪 70 年代末开始将模拟训练器材应用于部队训练的各个方面。80 年代以来，美军更加重视适合于实战要求的作战模拟系统的研制。截至目前，美军已能够模拟 35 种武器装备的操作使用和相应的战术演练。在针对海湾战争的训练中，美军大量采用了模拟坦克、装甲车辆等器材，通过模拟仿真训练，既避免了由于采用实兵、实车、实弹等进行训练带来的武器、弹药的损耗，又保证了人身安全，节省了大量经费。现在美军从营级到师级的实兵实车等实装训练正逐渐减少，主要进行模拟训练。

　　随着军事训练内容的科技含量的提高，训练费用也在不断增加。例如，美军为落实训练转型，全面落实联合训练系统，不断补充增加用于训练的费用。表 8-1 和表 8-2 是为迅速执行《国防部训练转型战略计划》而提供的资金情况和为支持远程学习/高级分布式学习而提供的资金情况。

表 8-1　美军为执行《国防部训练转型战略计划》而提供资金情况

（单位：万美元）

2003 年	2004 年	2005 年	2006 年	2007 年
510	2660	1660	1670	1750

表 8-2　以支持远程学习/高级分布式学习而提供的资金情况

（单位：万美元）

2003 年	2004 年	2005 年	2006 年	2007 年
350	1760	1770	1310	1450

　　这些增加的费用主要补充支持的训练内容包括适应性强的任务演习以及不断增强的联合能力；与国家安全相关的全球训练网络；网络中心战方式进行系统的训练；与真实、虚拟和结构训练相融合的网络化和工具化部队；通过经费的增加使训练转型达到"像打仗一样训练，像训练一样打仗"。

　　另外，试验训练作战相结合的实践已使得费用的投入很难区分而相对统一，这种统一已使经费投入一体化，投入到试验和训练中的费用与投入到作战中的费用有同等重要的意义。随着试验、研制和使用三结合的科研试验机制的运行，作战部队越来越多地直接参与武器装备科研试验，如何有效地实现作战、试验和训练的有机结合已成为部队训练的一个新课题。

　　事实上，一体化训练的发展，已使得建立在现代高技术信息化基础上的试验训练系统的实施很难说是在战场上还是在训练中，其在平时情报、监视、侦察、试验等，是战、是训的概念日益模糊，因此训练就是作战。

　　英国《防务系统日刊》2006 年 9 月 13 日报道美国空军内已经选择了一个由洛克希德·马丁（简称洛·马公司）公司领导的项目组作为空中和空间作战中心武器系统综合商（AOCWSI）。该项目组将与美国空军共同对全球 20 多个空中作战中心进行标准化升级、维护以及转型为一个互操作的网络中心武器系统，为指挥官提供实时通用的全球战场图像。该合同价值 5.89 亿美元，涉及行动、维修和维护资金。作为联合部队空军司令部使用的主要系统，空中作战中心是由多达 48 个分散系统组成的负责设施。所实施的空中作战任务由不同的系统、行动步骤和人员需求进行支持。该项目将使这种复杂的基础设施转变为一个标准化的无缝综合的设施，实现在空中作战中心间的互操作，更快获得情报、监视、侦察、瞄准和其他重要作战信息数据。它将为技术升级提供一个通用的技术基准，同时降低成本和人员及材料支出。洛·马公司情报、监视和侦察系统部负责国防部项目的副总裁 Mengucci 表示，通过实现一个开放的面向服务的结构，政府和洛·马公司团队将进一步提高空中作战中心内部以及与其他联合部队及盟军作战部队的协同能力。项目组将使美国空军快速、方便地获得新的能力和技术，确保低成本、低风险地提高网络中心行动能力。项目组将利用洛·马公司位于弗吉尼亚的创新中心的"指挥、控制、情报、监视、侦察（$C^2 ISR$）风洞"配置的强大分析、建模和模拟工具对潜在的作战概念、过程和系统的提高进行快速分析。这种分析将平时和战时明显的融合为一体。

　　此外，信息空间、认知空间也将从各个方面影响未来战场的胜负，影响军事训练的成效。

三、军事训练的转型势在必行

在未来战场上不论是作战力量、装备保障、指挥协调趋于一体化。例如，作战空间预警、C⁴IKSRT 和精确使用作战手段三个作战职能领域，并使之网络化、一体化。通过无线电台、光纤通信、卫星通信等手段，将覆盖整个作战空间的通信系统、指挥系统、协调系统、情报系统、计算机工作站、上级数据库和各个用户终端联为一体，呈现出通信指挥一体化。这种一体化，就是所谓的数字化战场：高度透明、信息共享、行动协调、信息对抗。信息技术的出现及其被大量使用，不仅使战争的形态、样式、方法和手段等发生了一系列变化，也极大地促进了军事训练的发展，使之在内容、方法、手段等方面发生了很大的改变。

为适应数字化、一体化战争发展的需要，军事训练转型势在必行。

2001 年 12 月 11 日，美国总统布什在南卡罗莱纳州查尔斯顿堡军校发表讲话，提出了"加速军事转型是美国当前的第一要务"，该讲话使美军军事转型进入了一个全面深入的发展阶段。鉴于 9·11 事件，美国加快了军事战略的调整，但美军军事战略转型不仅只是注重国内安全，这种转型是全方位的。按美军的观点，转型是指以综合运用理论、能力、人员和组织的新方式，重新塑造变化中的军事竞争与合作的本质，以便充分利用本国优势，巩固其战略地位。美国国防部转型计划指南突出战略转型的能力建设，通过转型战略的实施，使美军达到及时编组和投送能力，快速交战推进战局的能力，无预警的打击能力，增强天基系统及其支持基础设施的能力和生存性，提供持续、安全和全球性 C⁴ISR 能力等。为保证军事战略转型的实施，基本途径就是进行军事训练的转型。

所谓军事训练转型是围绕战略转型，为实现战略目标，基于未来战场需求而实施的无缝隙的整体联合训练、一体化训练。为实现美军战略目标，有关联合训练的各类研究和训练指南、计划、目标和要求等都极为详细，并将美军联合训练系统视为确保战备状态的主要工具。

在我国，军事训练转型就是根据中国军事实践的发展，在全军展开具有中国特色的联合训练。联合作战训练，是指根据完成作战任务的需要，以联合作战指挥员及其指挥机构人员为主要对象，以学习贯彻军委战略方针，研究统一的作战思想，演练掌握联合作战行动方法，提高诸军种联合作战能力为基本内容的军事训练活动。我军联合训练的基本要求，必须以我军新时期军事战略方针为指导，最大限度地贴近高技术战争实战，以中高级指挥员和指挥机关的训练为重点，用科学方法提高联合训练质量。同时，注重训练法规、训练保障的要求。可见，实现我军军事训练转型也包含着多方面的内容。

军事训练是战争准备的基本途径，战争形态与作战方式的变化，必然要求军事训练的转型和发展。在我国也把这种转型和发展称为军事训练创新。军事训练创新是社会发展和军事运动基本规律在军事训练领域的必然反映，也是军事训练永葆生机和活力的源泉。军事训练创新是在时代孕育大变迁、军队建设大转型的特殊时期，对军事训练理论与实践进行的一项创造性的探索。因此，结合各个部队实际，实施军事训练的转型，积极开展军事训练创新，是适应多维战场出现的需要，是跟踪世界军事训练前沿的需要，是落实我军新时期军事战略方针的必然要求。中国军队军事训练将以提高一体化联合作战能力为目标，积极推进机械化条件下军事训练向信息化条件下军事训练转变，坚持从实战出发、从难从严训练，坚持全面提高官兵素质，坚持走科技兴训之路，坚持以改革创新推动训练发展，为确保"打得赢、不变质"服务。

思　考　题

8-1　国防科技理论创新的意义是什么？

8-2　国防科技理论与国防关键技术发展的关系是什么？

8-3　国防关键领域的内容主要有哪些？

8-4　我国国防关键技术突破应解决好哪些问题？

8-5　军事创新政策对军事技术发展有哪些影响？

8-6　催生军事一体化训练产生的因素有哪些？

第九章　科学技术与战争

从有人类的历史以来，战争这种特殊的交往方式不断发展，尤其当人类进入文明社会以后，战争武器日益更新，技术含量极大提高，其破坏性越来越强，期间军事理论也相应得到迅速发展。科学技术在战争中的应用是一个十分重要的问题，科技与战争历来关系密切，"实际上，除了 19 世纪的某一段时间，我们可以公正地说，大部分重要的技术和科学进步是海陆军的需要直接直接促成的。"① 经过 20 世纪两次世界大战的洗礼，世界各国越来越深刻地认识到科学技术的发展对战争所起的重要作用，战后纷纷大力培养科技人才、推动本国科学技术进步、深化军事变革，尤其是 20 世纪后半叶，全球范围内掀起了一场波澜壮阔的科学技术革命，爆发的几场高技术局部战争更使人们深刻认识到以信息技术为核心的新军事变革已经到来。

第一节　战争与政治

早在 170 多年前，19 世纪普鲁士著名的军事理论家克劳塞维茨就在军事思想史上，第一次自觉运用德国古典唯心主义辩证法研究战争现象，并通过战争与政治关系问题的探讨，最先提出了"战争无非是政治通过另一种手段的继续"的经典论断。由于这一论断深刻全面地揭示了战争的政治本质，因而得到马克思主义经典作家的充分肯定和高度评价。马克思主义经典作家还根据无产阶级斗争的需要，批判地继承了这一论断的合理成分，将其补充进了马克思主义的战争观之中，作为马克思主义者"考察每一战争的意义的理论基础"。有人曾经试图借核战争的毁灭效应来摧毁这个基础，鼓吹战争不再是政治的继续，然而终究是徒劳的。但是，这并不等于这一经典论断在当代没有遇到新的问题。坚持运用"战争是政治的继续"的观点来认识当代战争，就必须正视孕育当代战争的政治所发生的新变化。

一、战争的实质

战争是不同阶级、民族、国家和集团之间为了达到一定的政治经济目的而进行的武装斗争。战争不是从来就有的，也不是永远存在的，而是在一定社会历史阶段中（即阶级社会）的一种特殊的社会现象。政治是经济的集中表现。在一定社会历史阶段中，由于人们在一定社会的经济关系中所处的地位不同，使人们划分为阶级。因此，作为经济集中表现的政治，在阶级社会中，主要包括阶级内部的关系、阶级之间

---

① 贝尔纳 J D. 科学的社会功能. 陈体芳译. 桂林：广西师范大学出版社，2003：165.

的关系、民族关系和国际关系。不同阶级、国家和集团为了维护自己的经济利益和政治地位，彼此之间必然展开激烈的斗争，斗争的最高形式就是战争。

在马克思主义以前，鲜有揭示战争与政治、经济之间的关系的论述，总结关于战争的实质往往缺乏科学性，一度认为战争的发起和胜负是"天命"使然，认为它是神的旨意。但也有个别杰出的人物在长期的战争实践和军事学术的探索中，对战争与政治的某种关系有了模糊的认识。例如，《尉缭子·兵令上》中，"兵者，以武为植，以文为种；武为表，文为里。能审此二者，知胜败矣。"就是说，政治是基本的，军事是从属的，军事是现象，政治是本质。《吴子·图国第一》中，"凡兵之所起者有五：一曰争名，二曰争利，三曰积恶，四曰内乱，五曰因饥。"这在一定程度上触及了战争的政治原因和经济根源，而在两千多年以前提出这样的观点，是很了不起的。17世纪至18世纪末，英、法等国相继爆发资产阶级革命战争，资本主义迅速发展，随后爆发的拿破仑战争，使战争与政治的关系进一步明朗。克劳塞维茨受此影响，对战争的实质有了深刻的理解，并提出"战争是政治的继续"和"战争就其主要方面来说就是政治本身，政治在这里以剑代笔"[1]等著名论断。但由于历史条件的限制，其中包括阶级立场和人类智力发展水平的限制，这些军事家、政治家始终没有懂得政治与经济之间的关系，更没有认清政治的阶级内容。克劳塞维茨说："只能把政治看成整个社会的一切利益的代表。"[2]此时政治就成为抽象的、无确定内容的东西了，那么任何一个腐朽反动的统治集团，都可以把他们的政治说成是代表"整个社会一切利益"的，把他们所发动的反动战争，说成是为了"整个社会的一切利益"。由此可见，克劳塞维茨的"战争是政治的继续"的名句，还是没能从根本上揭示战争实质的问题。

随着马克思主义的诞生，在辩证唯物史观的审视下，政治的阶级内容以及政治与经济之间的关系被完全揭示出来，将它们用于分析战争，第一次科学地揭示出了战争是一定阶级、国家、政治集团的政治通过暴力手段的继续的实质。马克思主义的观点认为，在阶级社会中，阶级关系和阶级斗争是政治的重要内容，这里的政治，不再是抽象的政治，而是具体的政治。因此，战争作为政治的继续，是阶级、民族、国家和集团等斗争的最高形式。需要强调的是，在这里所讲的"政治的继续"，是指逻辑上的继续，而不仅仅是时间上的继续，即当某一政治在推行或发展中遇到了严重的阻力、出现了尖锐的矛盾，无法用和平的方法冲破这些阻力、解决这些矛盾时，就使用战争的方法来冲破和解决，从而使政治得以继续推行或发展。

战争的政治内容，是理解战争实质的根据。历史上经历了各种各样的战争，其实质都是政治的继续，不同阶级、国家和集团进行的战争，是不同政治的继续。因此，观察分析任何一种战争，都必须从其政治内容着眼。

在奴隶社会，奴隶制国家代表着奴隶阶级的统治，只要是奴隶主阶级发动的战

①　克劳塞维茨. 战争论. 第3卷. 北京：商务印书馆，1978：902.
②　克劳塞维茨. 战争论. 第3卷. 北京：商务印书馆，1978：897.

争，都是奴隶主阶级政治的继续，都是这一政治的推行和维持。而奴隶的起义，则是奴隶阶级通过暴力向奴隶主阶级政治的反抗，是为了反对奴隶主阶级政治压迫和经济剥削的。

在封建制社会，封建地主阶级占了统治地位并成为统治阶级。这个时期的战争主要是为了封建地主阶级政治的推行、延续和维护。由于阶级的对立，封建地主阶级对农民进行残酷的经济剥削和政治压迫，迫使农民进行起义战争，这些战争，就是农民反抗地主阶级的经济剥削和政治压迫的。在这个时期，还爆发了几场由于宗教冲突所引发的战争，其中较为著名的是发生在中世纪的十字军东征，但究其战争的实质，仍然是与封建的政治和经济密切关联的。西方中世纪时期，皇权与教权相互依存，那些大主教、红衣主教自身就是封建主，封建社会意识形态在宗教及其机构上得到充分体现，宗教深受封建政治影响。因此，这些宗教战争表面上是看远离政治的，实质上支配它们的还是封建社会的经济和政治。

同样，资产阶级所进行的战争，都是资产阶级政治的继续。在资产阶级的上升时期，资产阶级的政治具有进步的性质，在这种政治下产生的战争，主要表现为革命的反封建的民族解放的战争，如北美的独立战争，18 世纪末法国革命战争等。当资产阶级在政治上取得统治地位之后，其政治逐渐失去了进步性，这时它们所进行的战争，虽然也有反抗外来侵略、维护国家和民族独立与统一的政治战争，但从其所进行的大多数战争来说，都是资产阶级掠夺政策的继续。资本主义发展到帝国主义时代，帝国主义是资本主义的垄断阶段，主要特征是垄断组织和金融资本取得统治地位，资本输出具有突出意义，国际垄断组织瓜分世界，最大的资本主义国家已把世界领土瓜分完毕。然而，资本主义国家是按照实力瓜分世界的，当资本主义国家之间的实力对比发生根本性变化时，重新瓜分世界领土势在必行。列宁说："'世界霸权'是帝国主义政治的内容，而这种政治的继续便是帝国主义战争。"[①]作为帝国主义政治内容的霸权主义，是帝国主义国家之间为争夺世界领土所展开的政治斗争，即老牌资本主义国家为维护已有世界殖民体系和新兴资本主义国家为再造世界殖民体系所展开的政治斗争。这种政治斗争达到无法再调和的地步时，就会爆发帝国主义战争。一战，实质上就是各大国及其国内主要阶级长期以来所推行的掠夺殖民地、压迫其他民族、镇压工人运动的政治的继续，也就是帝国主义政治的继续。在民族解放的政治下产生的战争，就是民族解放战争。民族解放战争，根据其不同的政治内容，又可以分为资产阶级领导的民族解放战争和无产阶级领导的民族解放战争。这两种战争，都是民族解放政治的继续。但是，前途不同。前者是要建立资产阶级的独立民主国家，后者是要建立社会主义国家，如中国的民主革命战争。

通过以上分析，战争的实质是具有稳定性、唯一性的，即战争的政治本源。社会上的一切战争，无论是什么时代、什么规模、什么样式的战争，都是政治的继续。这

---

① 中国人民解放军军事科学院. 列宁军事文集. 北京：战士出版社，1981：289.

一点是绝对的。只是不同历史时期，由不同阶级、国家和集团进行的战争，是不同政治的继续。而且同一阶级或集团为了不同目的、以不同的形式进行的战争，也表现出政治上的差别，但战争仍然是由政治所支配。

战争的实质与其表现形式是不可分割的。实质必然要表现为一定的形式和现象，现象和形式必然一定程度地反映其实质。但是，战争实质与其表现形式不是完全等同的。战争的实质是单调的，其表现形式则是复杂多样的。局部战争或世界大战、常规战争或核战争等，都可以是同一政治实质的表现。因此，认识战争必须从其各种表现形式中抓住实质，不能被各种复杂的现象所迷惑。

有人没有深刻理解战争的实质根源，把某种战争形式的变化、某种新武器的出现说成改变战争实质的东西。例如，有一些军事理论家为了掩盖核军备竞赛的政治实质，宣称核武器的出现改变了战争的实质。确实，由于对核进攻没有有效的防御手段，核战争打起来，双方会相互摧毁、相互残杀，难以达到政治、经济目的。但这种情况只说明了当前战争手段与目的之间存在很大的矛盾，并没有推翻"战争是政治的继续"这一原理。冷战时期，美苏进行核军备竞赛，制定核战略，准备核战争，还都是围绕着各自的政治目的进行的，还都是为其政治服务的。

我们承认，武器装备的状况对战争的政治目的能够产生一定的反作用，但绝不能改变战争是政治的继续这一实质。进行战争的手段——武器在历史上发生过多次巨大的变化，今后肯定还会出现更新的武器，战争手段与政治目的之间还会出现新的矛盾，但是只要有战争，它就要受政治的支配，就是政治通过暴力手段的继续。

二、战争与政治的相互作用

战争与政治间的相互作用的辩证关系主要表现在两个方面：一方面，政治支配战争，战争服务于政治；另一方面，战争又反过来作用于政治。

1. 政治支配战争，战争服务于政治

这种支配与服从的规定性，是战争与政治相互关系的主要方面。政治对战争的决定作用是多方面的。

（1）政治决定战争的性质。战争既然是由政治产生的，是实现政治目的的暴力手段，那么用克劳塞维茨的形象说法，即"政治是头脑，战争只不过是工具"[①]，他曾用一章的篇幅论证了政治对战争"起着最有决定性的影响"。因此，有什么样的政治，就有什么性质的战争。在分析某一战争的性质时，要以引起战争的那些政治的性质和战争的政治目的为主要依据。

（2）政治在一定程度上决定战略思想和战略方针。任何一个国家的整体战略思想和战略方针，深受其政治和经济的制约，并在一定程度上由政治决定，如强权政治的炮舰政策及先发制人的战略思想的相辅相成。二战结束后，美国政府抛出以"冷战"

---

①　克劳塞维茨．战争论．第 3 卷．北京：商务印书馆，1978：897．

为特点的"遏制战略",迅速完成了全球战略部署,准备建立"共产主义免疫线",意在与苏联争霸,遏制"共产主义的扩张",全面控制西欧和日本。主要内容是强化意识形态,建立军事同盟——北约,以对抗苏联;加强常规部队建设,发展强大的军事力量以抑制苏联的势力范围;进行前沿军事部署,拉拢支持暂不处在苏联势力范围之内的国家等。当今,世界各国的战略仍然无不是受其政治影响,尤其要指出的是,某些霸权主义为实现它们称霸世界的目的,早已拟定了服务于这一目的的战略和进攻别国的战争计划,并不断进行以它们计划中的敌人为作战对象的军事演习,二战后美国各阶段的战略思想,就是受其霸权主义政治的影响,以全球为目标,推出的一系列全球战略,基本在战后每场地区武装冲突中都能找到美国的身影。相反,我国的积极防御战略,则是由我们保卫社会主义国家的独立完整的政治目的决定的。

（3）政治影响作战方法、战略战术的运用。在不同的政治背景下,军队的领导、组织状况不同,军队成员的素养不同,军队与社会环境的关系不同,必然影响到作战方法的运用,甚至在作战时间、打击目标的选择等方面,有时也会由政治上的需要直接决定。拿破仑时期的散兵战术,是建立在士兵的自由、主动、灵活基础上的。而这一切,正是法国大革命对农民、农民出身的军人的解放引起的,使他们具有以往的雇佣军和由奴隶充军的军队所无法企及的战斗积极性。无产阶级的军队是执行本阶级政治任务的武装集团,这就必然要使它们的作战方法具有自己的特点。解放战争时期,蒋介石和美国在华军事人员,曾经对我军的战略战术进行过研究。但是,这并没有给蒋介石的军队提供任何帮助。"因为我们的战略战术是建立在人民战争这个基础上的,任何反人民的军队都不能利用我们的战略战术。"[①]

（4）政治是决定战争胜负的一个重要因素。战争从属于政治,因此战争会带有政治的一些特点,政治决定着对战争的组织领导是否有力,决定着人心向背,进步政治所决定的正义战争是顺应社会历史发展的,是代表了人民群众利益的,能够得到国际上的同情和人民群众的支持的,因而是必胜的。但这绝不是说政治是决定战争胜负的唯一因素,只要政治一个因素就可以决定战争胜负。有时政治上进步的一方,由于种种原因可能暂时失败。但从历史来考察,政治上进步的战争,是必定要胜利的,这是一条不可转移的客观规律。进步政治对作战行动的影响,能使之产生积极的结果,相反,腐朽政治对作战行动的牵制往往对战争的进程和结局造成坏的结果。例如,在清末中法战争中,正当抗法斗争胜利在望时,清政府竟乘机向战败的法国求和,命令前线停战,并与法国代表签订了屈辱的条约,使中国不败而败,法国不胜而胜。造成这种结局,完全是清政府腐朽政治的作用。再如,19世纪下半叶进行的普法战争,巴黎政府由于政治上的需要,无理干涉战场上军队的行动。1870年8月18日,普军通过圣普利瓦一战,切断了法军莱茵军团的一切退路,并将其合围于麦茨之后,法军能够在战场上自由活动的军队就只剩麦克马洪率领的十多万人。当时麦克马洪主张退向

---

①　毛泽东. 毛泽东选集.（合订本）. 北京：人民出版社,1971：1144.

巴黎，在巴黎城下依托要塞进行防御，争取时间、待机破敌。但是，巴黎政府担心继续后退会引起国内的革命，所以就强令麦克马洪向麦茨前进，以解救被围的军团，结果，造成了拿破仑三世和麦克马洪率领的八万多名官兵在色当被普鲁士军队俘虏的悲惨后果。恩格斯在分析这一事件时指出，法军的这一错误行动，不是战略家计划的过错，"只能解释为出自政治上的需要。"①

以上说明，政治决定战争，战争是政治的工具，是为政治服务的。因此，指挥员在处理军事上的一系列重大问题时，都必须有政治的观点。每一个军事指挥员都应当关心政治，谙熟政治。历史证明，不是一个很好的政治家，就很难成为一个伟大的军事家。

2. 战争反作用于政治

战争，既然作为政治的一种特殊手段，其特殊的政治性必然要对政治产生巨大的反作用。从历史上考察，这种反作用主要有以下几个方面。

（1）战争可以影响政治的进程和前途，加速或阻碍社会矛盾的成熟和解决。战争作为政治的一种手段，其目的在于解决阶级之间、民族之间、国家之间、政治集团之间的矛盾，是矛盾尖锐化的一种外在表现。无论战争的结局如何、目的达到与否，都对政治的进程产生很大的影响。一般说来，在取得战争胜利的前提下，进步阶级领导的战争使政治加速发展，而反动落后的阶级所发动的侵略或镇压进步阶级的战争，则严重延缓和阻碍政治发展的进程。由于战争是极为复杂的事物，它包含着许多矛盾，战争进行过程中各种矛盾的发展是十分急速、不平衡的，造成的内外条件也极不相同。通常情况下，战争往往使社会矛盾进一步尖锐化，因而也会使社会矛盾更快地进一步得到解决。任何一个阶级、一个国家在关系到本阶级、本民族生死存亡的全面战争中，武装斗争成为政治斗争的主要形式，成为当时最大的政治，因而将集中国家的全部人力、物力、财力，一切服从战争，一切为了前线的胜利。这是由于战争的胜败最直接、最明显地体现着政治的成败，体现着政治目的能否实现。

（2）战争给社会巨大震动，社会在战争中经受考验。无论什么性质的战争，都会使社会各个领域产生巨大震动，特别是在政治领域。一个民族要在战争面前有存在的理由，就必须放弃腐朽的东西。马克思说："战争使民族经受考验……正像木乃伊在接触到空气时立即解体一样，战争给已经失去了自己的生命力的社会制度作出了最后的判决。"② 从国家之间的战争来说，无论是侵略的一方还是被侵略的一方，只要政治制度已经腐朽了，那就必然经不起战争的动荡。如果侵略的一方政治制度已经腐朽了，他们本国的人民会在国内发动革命；被侵略的一方，也会在反侵略战争中使腐朽

---

① 中共中央马克思恩格斯列宁斯大林著作编译局．马克思恩格斯全集．第17卷．北京：人民出版社，1963：75，76

② 中共中央马克思恩格斯列宁斯大林著作编译局．马克思恩格斯全集．第11卷．北京：人民出版社，1963：585.

的政治垮台。这就是战争引起革命。可见任何非正义战争都具有两重性：一方面，它是阻碍社会进步的，这是主要的；另一方面，它在客观上能够起到加速腐朽的政治制度解体的作用。

(3) 革命战争加速和推动先进政治的产生和发展。在阶级社会中，新的社会制度取代旧的社会制度，以及不同阶级政权的更替，往往是通过战争来实现的。即使是一个剥削阶级的政治取代另一个剥削阶级的政治，以及同一剥削阶级的不同政权的更替，也往往是利用奴隶、农民起义的力量来实现的。恩格斯说："暴力在历史中还起着另一种作用，革命的作用；暴力，用马克思的话说，是每一个孕育着新社会的旧社会的助产婆；它是社会运动借以为自己开辟道路并摧毁僵化的垂死的政治形式的工具……"①。新兴地主阶级的政权取代奴隶主阶级的政权，资产阶级政权代替封建主的政权，以及无产阶级推翻资产阶级的政治统治，建立无产阶级专政的政权，都离不开暴力革命。尽管在战争爆发前这种社会变革和政权更替的条件已经具备，但最后得以实现都要通过战争，因为没有一种腐朽的社会形态和腐朽的政治会自动退出历史舞台。

(4) 在革命战争时期，政治的进步与革命战争总是相互影响、相互促进的。毛泽东同志在谈到抗日战争与我国的政治进步时指出，国内政治的改进，是和抗战的坚持不能分离的。政治越改进，抗战越能坚持；抗战越坚持，政治就越能改进。毛泽东同志还用抗战十个月的经验来证明这一点，在抗战的十个月中，中国人民的进步抵得上过去多年的进步。"革命战争是一种抗毒素，它不但将排除敌人的毒焰，也将清洗自己的污浊。凡正义的革命的战争，其力量是很大的，它能改造很多事物，或为改造事物开辟道路。"②

总之，战争对政治有很大的反作用，这种反作用具有两重性。从根本来说，战争对政治和社会的发展只能起到加速或延缓的作用，它自身是不能带来真正的社会进步的。

三、霸权主义依然是诱发当代战争的政治母体

霸权主义曾作为帝国主义政治的主要内容，是孕育帝国主义时代战争的政治母体。当代，纵然不会再发生帝国主义列强赤裸裸瓜分世界的局面，但并不代表霸权主义从此销声匿迹，而是由原来的以实施殖民统治来进行资源掠夺和进行商品输出的主要特征，转变成为以制定"游戏规则"对他国或组织控制来谋求自身利益的"规则性"特征。因此，"规则性"霸权主义是经济全球化时代霸权主义的基本表现形式，具有十分明显的暴力性，是孕育当代战争的主要政治母体。

---

① 中共中央马克思恩格斯列宁斯大林著作编译局. 马克思恩格斯选集. 第 3 卷. 北京：人民出版社，1972：223。

② 毛泽东. 毛泽东选集.（合订本）. 北京：人民出版社，1971：425

1. 美国是当代"规则性"霸权主义的主要代表

冷战结束后,阻碍资本、技术、商品、劳务、信息等经济要素在世界范围内自由流动的东西方壁垒被摧毁,经济全球化飞速发展,所有国家的经济活动都被纳入全球经济循环体系,世界经济一体化进程大大加快。美国立即抓住这个构建单极霸权的最佳战略机遇,开始新一轮全球性战略扩张,极力倡导"确立美国领导下的集体安全模式",建立所谓"世界新秩序",明确表达了谋求全球主宰地位的意向,大力营造由它主宰的单极世界。同以往的几轮战略扩张相比,美国的这一轮战略扩张,紧贴经济全球化进程,大力构建由其主宰的经济体系、政治体系、安全体系、军事体系于一体的全球霸权体系,试图乘经济全球化之势将世界一体化于西方世界首先是美国的利益,昭显其"规则性"霸权主义的内核实质,即垄断世界政治经济规则的制定权,推行和维持有利于国际垄断资本实现全球性扩张、并汲取全球财富的不公正不合理的国际政治经济秩序。同时,还经常绕开联合国等国际共同组织,横加干涉别国内部事务。如果哪个国家敢违背它的意志,自己来决定该做什么、不该做什么,不随着它的指挥棒起舞,就会被称为"无赖国家"或"邪恶国家",施之以经济制裁、政治孤立和舆论"妖魔化"。

2. "规则性"霸权主义具有的暴力本质

历史上,霸权主义从来都带有暴力性,暴力性也正体现了霸权主义的真实本质。霸权主义,顾名思义就是征服和奴役,就是恃强凌弱,凭借军事和经济实力称霸世界,因而它离不开暴力。在资本主义发展史上,帝国主义列强为争夺地区霸权或全球霸权,不惜以数以亿万计的生命为代价引发了无数场战争,直至发动了两场世界大战,给人类带来了毁灭性的灾难。冷战时期美苏两个超级大国对峙,双方手中都握有可以毁灭地球数十次的核弹,把对方的人民乃至全人类作为争夺世界霸权的"人质",再一次把人类推向了毁灭的边缘。所有这些都把霸权主义的暴力性表现得淋漓尽致。与传统霸权主义相比较,"规则性"霸权主义的暴力性则表现得曲折而复杂,但它对弱国的征服和奴役本质上是没有改变的,仍然是恃强凌弱,因而同样离不开暴力。美国在标榜美国霸权"仁慈"的同时,始终把战争作为构建全球霸权体系的必要手段,打着推行民主、自由和维护人权的幌子不断对外发动战争。在其强大经济的支持下,美国的军事能力在冷战后的十余年间突飞猛进,每隔几年上一个台阶,从海湾战争到伊拉克战争,其军事能力在每场战争中都有新的表现,让全世界为之震惊。然而,美国并不以此为满足,企图发展更为强大的全球性作战能力,形成能覆盖全球的作战网,把整个地球都笼罩在美国的军事打击能力之下。2004 年 4 月美国前国防部长拉姆斯菲尔德下达了向"10-30-30"军事模式过渡的计划,即要求美军在华盛顿作出在某个地区动武的决定后,能够在 10 天内完成战争准备并向预定地点开进;然后用 30 天时间打败对手并使其无力组织还击;再然后,美军用 30 天时间调整部署,作好到世界任何地区完成新作战任务的准备。为了实现这个战略构想,布什政府从 2004 年 4 月开始,便向国会提出了一系列巨额拨款计划。这里释放出的信息十分明确,即构建全球霸权体系必须发展全球军事打击能力，把所有可能的敌人都笼罩在美国的军事打击网之中。可以说，霸权主义欲望愈强烈，暴力化倾向也就愈强烈，两者成正比。美国当前表现出来的强烈军事冒险性和对绝对军事优势的追逐，驱动力就是对独掌全球霸权的强烈欲望。

　　3. 当代霸权主义给世界人民带来多场战争灾难

　　冷战结束后，原来在美苏两极对峙格局下被遏制、掩盖的某些地区性矛盾被释放出来，在第三世界国家地区诱发了基于民族矛盾、宗教对立、领土争端而起的武装冲突或战争，战争诱因复杂多样，世界形势变动急剧。但应当看到，如果没有霸权主义、强权政治的插手，没有西方发达国家处于一己私利的"拉偏架"式的斡旋，相当一部分地区性矛盾不会激化武装冲突或战争，即便激化为武装冲突或战争，也不会引起全球性动荡，更不会在世界范围内引发军事安全威胁上升。

　　正如邓小平同志在 1982 年所说的："第二次世界大战以后，实际上没有什么和平，大战没有打，但小战不断。小战在哪里打？在第三世界。根源还不是超级大国霸权主义在那里挑拨，在那里插手！"① 以科索沃战争为例，这就是霸权主义和强权政治插手他国内部矛盾冲突而起、并对世界战争与和平全局产生重大影响的一场战争。科索沃是前南斯拉夫联盟塞尔维亚共和国的 1 个省，阿尔巴尼亚族人占全省 220 万人口的 66%。由于历史上复杂的民族变迁，科索沃地区的阿族人与塞族人之间积怨很深。1945 年科索沃并入南联邦之后，阿族人与塞族人之间的矛盾一直没有得到很好解决。当南联邦在国际战略格局剧变的冲击下陷入解体之际，阿族分裂势力乘机宣布成立"科索沃共和国"，并组织了非法的"科索沃解放军"。1992 年南联盟成立后，科索沃地区的民族矛盾更加尖锐，阿族武装同塞尔维亚军警不断发生流血冲突，造成数千人死亡和大批难民。美国视南联盟为进军东欧、主导巴尔干地区的严重障碍，以逼其就范为目的插手科索沃地区的民族纠纷，明里暗里地支持阿族分裂势力，导致那里的矛盾冲突愈演愈烈。1999 年波兰、捷克、匈牙利加入北约后，美国便以制止"人道主义灾难"为借口启动了战争机器，对南联盟大打出手，以武力迫使南联盟在科索沃问题上作出彻底让步。其实，美国并不是真正关心科索沃地区阿族人的命运，当它达到削弱南联盟的战略目的后，对科索沃地区更加混乱的无政府状态再也不闻不问，至于阿族分裂势力的成立"科索沃共和国"的要求更是被置之脑后。从这场战争可以看出，一些国家和地区的民族矛盾是怎样被列强利用来谋取霸权而演化为武装冲突直至战争的。

　　其实，民族矛盾在当今世界各国普遍存在，但是由民族矛盾激化为武装冲突或战争并引来干涉的均发生在发展中国家，而西方发达国家中的民族矛盾则较为克制，一般不会激化为武装冲突或战争，如加拿大魁北克地区的法裔居民要求脱离加拿大实现独立，近年来都闹到公投的地步，但始终没有激化为战争。即使有些发达国家的民族

---

　　①　邓小平. 邓小平文选. 第 2 卷. 北京：人民出版社，1994：415，416.

矛盾发展为流血的武装冲突，但也往往可以自行解决，而不会演化为破坏国家和平全局乃至世界和平全局的大规模战争，如长期困扰英国的"爱尔兰共和军"问题就是如此。两相对照，就不难看出在发展中国家由民族矛盾所引发的武装冲突或战争的深刻政治根源，主要是西方发达国家的霸权主义和强权政治。这就告诉人们一个道理，在当今世界诱发战争的纷纭复杂的政治动因中，霸权主义是全局性的，发挥着主导作用。因此，"要争取和平就必须反对霸权主义，反对强权政治。"①

第二节 科技对战争的影响

自人类社会诞生以来，科学技术便与战争结下了不解之缘，从捕杀猎物用的尖石到各式各样的青铜兵器，再到火药的发明和火枪大炮的诞生，直至现在的信息化武器装备在战场上发挥着举足轻重的作用。科学技术向战争领域的广泛渗透，极大地推动了军事技术的进步和变革，不断引发军事技术革命，军事技术革命促使武器装备革命，武器装备革命又推动了包括军事学说、军事理论、编制体制等一系列相关军事领域在内的军事变革。正如恩格斯曾经指出的那样："一旦技术上的进步可以用以军事目的并且已经用于军事目的，它们便立刻几乎强制地，而且往往是违反指挥官的意志而引起作战方式上的改变甚至是变革。"②武器装备技术作为军事技术的核心内容，它的发展同样对战争具有重要的影响。

一、冷兵器时代，人与兵器之间机械能的传递特性制约战争形式及规模

冷兵器是"古代战争中使用的用石、竹、木、铜、钢铁等材料制成的武器"。③它是依靠使用人力或机械力进行杀伤和摧毁敌军的人马或战具，其种类繁多且延续时间最长，从有战争开始，到火药发明前的几千年间，战争中使用的都是冷兵器。火药发明以后，仍在相当长的时期内与火器相并用。欧洲于16世纪才不以冷兵器为主战兵器，有的国家在19世纪末还在使用冷兵器进行作战。直到现在，枪刺还在使用。由此可见，冷兵器是世界上延续使用时间最长的武器。

最初，人们在相互斗争中普遍是利用拳脚进行互搏，随着后来对自然物质的认识的提高，发明了能够延长拳头的刀、戈、箭、戟。无论是在古代波斯帝国、古代罗马帝国，还是在古代中国，那个时期的军队所用的作战器械除了样式上有些不同以外，基本上大同小异。这些器械的使用也仅限于当时人类对物质的认识程度。那个时代，杀死和制服眼前的敌人是作战的直接目的。使用锋利的器械刺入血肉之躯的人体显然

---

① 中共中央文献研究室第三研部，中国人民解放军军事科学院. 邓小平军事文集. 第3卷. 北京：军事科学出版社、中央文献出版社，2004：239.

② 中共中央马克思恩格斯列宁斯大林著作编译局. 马克思恩格斯选集. 第3卷. 北京：人民出版社，1972：211.

③ 陈力恒，王景佳. 军事知识词典. 北京：国防大学出版社，1988：437.

比拳脚要使其失去战斗力乃至生命要快得多。在战斗中，作战双方使用器械，既要进攻，刺向敌人的身体，又要防身，对敌人刺来的兵器进行抵挡。古代军人穿戴的盔甲和手持的盾牌是防御性的兵器。所以，战斗是通过人与兵器间进行机械能的传递来进行的，这就决定了战斗必须短兵相接，因为那时的任何器械杀伤人员的范围和距离都是非常有限的，战斗特征明显是交战双方通过人体的直接接触或近距离的接触进行格斗，此时人的体能是最重要的。综合一支军队的作战能力，往往就是综合这支军队体能的总和。因为人体的力量是决定战争胜负的重要因素，所以军队人数的多寡就成了衡量战斗力优劣的主要依据，掌握了锋利的、坚固的、耐用的、投掷距离远的、防护性强的兵器的军队比较容易战胜相比之下只有简单兵器的军队。

在这个阶段，除了上述用于贴身近战的兵器装备，还有其他配合使用的兵器，如弓箭、弩砲以及抛石器等"远程"攻击武器，还有马匹和兵车的运用，都在一定程度上增强了军队"远程"打击能力。弓箭的使用增加了杀伤敌人的距离，马匹的使用提高了军队行军和冲击的速度，兵车的使用为士兵在快速运动时提供了利于四面作战的平台，军队突击能力得到大幅跃升，战斗效率得到的显著提高。另外，在充分利用物质的物理性能的同时，人类也对冷兵器进行不断改进，但几乎都只限于兵器材质的改良，没有多少实质的突破。最具里程碑意义的是火药的偶然发明，使火箭、火铳和最初的火炮登上了战争历史舞台，但此时都没有形成实质意义上的热兵器装备。造成这个问题的原因是多方面的，主要还是由于封建社会是以分散的农业和手工业为社会经济基础，劳动生产率极低，科学技术尚不发达，各种器械的制作都是在小作坊中完成的，不可能产生大型复杂和有强大功能的器械。那时，人们评价兵器的最主要的指标还只是它的锋利程度或有利释放人体能量的程度。

另外，由于生产力水平较低，作战的规模极其有限，往往通过一次交战就解决问题，作战持续的时间也很短，像鄢陵之战这样有名的大战，也不过是"旦而战，见星未已"，只进行了一天。据《西洋世界军事史》记载，在古埃及进行的著名的麦吉多之战中，所取得的战利品也只有924辆战车、2238匹战马、200余副盔甲。由此可见，参战军队的规模并不大。由于兵力有限，武器的打击力很弱，作战空间狭窄，所以形成了冷兵器时代的"点"、"线"的作战理论。这种作战理论最重要的表现就是方阵战术。冷兵器作战的实质是力量的对抗，为了夺取作战的胜利，人们必须尽量增强对抗的力度。在以后的作战实践中，人们感到仅仅把军队集结起来是不够的，因为，同样数量的军队，因集结的方式不同，而表现出不同的对抗力。特别是一些数量较少的军队，通过巧妙地集结，灵活地组织队形，常常能战胜数量众多、队形杂乱的军队。这一现象引起了人们对军队集结方式的重视，逐步形成了一个重要的军事概念，这就是方阵。此时的作战理论具有明显的静态特征。

在这个阶段具有代表性的战例历史上有许多，以希（腊）波（斯）战争双方战术战法为例：当时希腊军队采取以重装步兵为主力的方阵队形，战斗时，手执长矛、盾牌的步兵，排成密集行列向前冲锋，两翼由轻装步兵和骑兵进行掩护。这种队形不但攻击力强，而且防御性好，所以在作战中发挥了巨大威力。在马其顿，腓力二世称雄希腊后，对希腊方阵进行了改革，他以 8192 名步兵和骑兵合编组成 1 个初级方阵，以 4 个初级方阵组成 1 个联合方阵，由 2～4 个联合方阵组成 1 个大方阵，作战时由步兵掩护正面，骑兵掩护两个侧翼。亚历山大继承并改善了这种方阵队形和战术，他以马其顿方阵为中央队，以希腊骑兵和帖撒利亚骑兵为左翼，以马其顿近卫骑兵为右翼，并特设一队轻骑兵作为先驱，而在两翼后方，再各配一队轻骑兵。根据这种队形安排，亚历山大通常都是集中主力进行一翼包围的战法。亚历山大采取这种方阵战法，在当时来说是非常先进的。波斯人的陆战中，其战斗队形由数条战线组成。第一线是战车和战象，或是弓箭手，用以与敌接战，打乱敌人阵形。第二线（主线）是重步兵（矛兵），担负主要任务——在白刃战中消灭敌人。骑兵负责两翼掩护，统帅在战斗队形中间指挥。有时为追击溃逃之敌还设第三线，由战车和骑兵组成。在整个战斗队形之后"预备"队成一线列开，用以射杀本军中临阵怯敌和逃阵的兵士。这样的队形虽然具有较强的进攻性，但与希腊方阵特别是与马其顿方阵相比，机动和防御能力明显不足，加上统帅不能灵活运用，因此在会战中多次被击败。

二、热兵器时代，化学能和核能的开发利用拓展了战争的时空

热兵器是随着人类对能量的进一步开发，在动力机器和炸药的全面应用之后，以 18 世纪末，线膛枪炮的出现和使用机器动力的兵车舰船为标志的作战武器。人类的热兵器时代的战争持续了 200 多年。西方国家进入资本主义社会以后，随着蒸汽机的广泛使用，机械化大工业的蓬勃兴起，特别是电力技术的应用及各种金属切削机床的发明和钢铁工业的进步，为以枪炮和军舰为代表的武器装备制造的机械化提供了条件，而战争的需要又为其提供了进一步发展的动力。在这个时期，工业革命促进了科学技术的革命，也促进了军事革命。热兵器的发展大大增强了摧毁力，拉大了作战双方之间的间隔，扩大了战争规模，同时加深了科学技术、工业水平、经济实力与战争之间的相互关系。

在热兵器时代的初期，火炸药的功用被发挥得淋漓尽致，使得直接杀伤敌人的弹丸可以飞得很远。因此，枪炮成为这个时代武器的主要代表，枪管和子弹则被人们形象地喻为士兵的臂膀和拳头的延伸。敌对双方的格斗范围由弓箭和长矛所及的几米到几十米延伸到了几百米。而近代火炮的出现使人的臂膀和拳头更加有力和有威胁——它能把十几千克的弹丸投掷到几千米以外，把敌人炸上天，故也有人将近代火炮的出现作为热兵器时代开始的标志。正是由于武器技术性能不断进步和士兵成分改变，在这个时期诞生了采取散开队形进行作战的散兵战术。这种新式战术充分发挥了膛线速射武器的作用，能在各种地形作战，把火力与机动结合起来，使战斗具有一种新的、主动坚决果断的性质。美国独立战争中，起义者的队伍曾经以这种战斗队形同英国军队的动转不灵的线式队形作战，他们以行动敏捷的散兵群在隐蔽的森林中袭击英国军队，不断取得胜利。

　　19 世纪末至 20 世纪初是这个阶段的中期。随着内燃机作为动力源使得汽车成为武器和士兵的运输平台，人们将火炮和投掷器等火力发射系统安装在这种机械动力平台上，形成各类自行武器系统，如坦克、自行火炮、作战飞机和军舰等，这使军队机动能力得到飞跃。以机械为动力的运输平台被人们形象地喻为士兵腿脚的延伸。因此，这时期战斗的基本特征是交战双方以机械为动力基础作快速机动，通过人眼目力的直接接触，以能量弹丸实施格斗。这些发射能量型杀伤弹丸的武器系统，也重视对能量型弹丸打击的防护，因此在地面车辆、水面舰艇和部分飞机上随后出现了装甲这种以物质为主要特征的防护系统。

　　20 世纪中后期热兵器飞速发展，武器装备机械化特征明显。为了达到在时间和空间上的占领和占有，战争各方不断追求机械化装备的数量、速度和打击能力。这不仅是资本主义在扩张时期的需要，也是一种比较普遍的对战争工具和目的的看法。随着动力机器的不断改进，军队的活动范围不断增加，军事家梦寐以求的快速机动和陆海空间的立体式战争有了实现的可能。采用机械化装备使军队的作战效能大为提高，它的数量成为衡量军队作战能力的一个重要参量。因此，武器装备的机械化为帝国主义国家的战争提供了良好的技术和装备。但这个时代的武器装备的运用仍受人眼目力的限制，能量型弹丸的射程也还受到很大的限制。

　　这个时期的战争是工业化国家在争夺市场、原料和能源的大规模流血过程中，其技术与生产能力的较量和检验。国家之间的战争从来都是国家实力的真实较量。经济的需要和技术的推动使得武器的杀伤效应越来越强。先进的武器装备标志着工业化国家的科学技术水平和工业的生产能力，代表着国家的扩张野心或维护既得利益的决心。这个时期武器装备发展迅猛，用于武器装备的物质材料越来越多，武器系统发动机的功率越来越大，战斗部爆炸带来的毁伤效果越来越强。

　　随着相对论、量子力学、原子物理学、控制技术的不断发展，在追求高能量武器的过程中，核技术的开发和利用可以说是一个非常重要的阶段。核武器和核动力机器是科学家们追求能量破坏威力和能量使用效率的两个重大发明，对整个人类造成了深远的影响。在 20 世纪 40 年代出现的将原子核裂变产生的巨大能量用于军事目的的原子弹，继而又推出的基于核聚变原理的、威力更大的氢弹，使这一阶段以能量为主要特征的武器开发达到了登峰造极的地步。在这一阶段的后期，即在 20 世纪 40~80 年代，当时的美国和苏联两个超级大国对以巨大能量为特征的核武器的大规模的开发和装备标志着战略核威慑的形成。现在，即便经过了几次核武器的裁减，美国和俄罗斯所拥有的核武器仍然可以将地球毁灭数十次。当能量型武器的发展达到这个地步的时候，人们似乎发现，再去追求更大当量的能量性武器已没有什么必要了。因为谁都明白一个基本道理，战争不是为了毁灭自己的。

　　作为大规模杀伤性武器，化学武器和生物武器应该属于一种物质加能量型的武器，因为化学战剂和生物战剂本身是以物质形式存在的，但它们的大规模杀伤作用必须通过能量的释放才能实现。它们的制作和培养需要相当的物质和能量，并且它们被大面积地布撒也必须有机械化的装备和必须的能量条件。例如，化学战剂和生物战剂一般装在炮弹、导弹、炸弹的战斗部里，这些战斗部被发射或投掷到预定区域，通过爆炸和喷播实现大面积的布撒。能量决定了它们的布撒的距离或扩散的范围，也决定了它们的战斗效果。

随着热兵器技术的继续发展，以及这些战争越来越依重于使用机器作为动力的装备，不断带来了许多新的战争的形式，如以火炮为主的炮战，以坦克为主的坦克战，以飞机为主的空战，以军舰为主的海战等。因此，机器或机械在工业技术的推动下，在战争需要的拉动下，不断地被改进和完善。二战时期的坦克和飞机已远远不能和现在的坦克和飞机相比了，但战争的形式趋向于机械化的方向在战后相当长的一段时间里并没有改变。机械逐渐成为了战争的技术基础和基本设备，它提供作战所需的动力，包括运动的、发射的和防护的。对武器装备中机械的操作规范了士兵的行为，这使得军队形成了更加严格的纪律和行动准则。这些纪律和行动准则以相对科学的方法编入了各种军事条令和法规，变成了新型军队正规化的依据和可执行的条文。

军队的机械化不仅没有禁锢人们对战争进行谋划的能力，反而增加了战术运用和开发的想象力。许多新的战术战法应运而生。杜黑的空战理论、马汉的海战理论、德国的"闪击战"理论、前苏联的大纵深战役理论等都是以工业革命的成果产生的机械化装备为基础的，它们将人类的战争思维引向了一片新的和更高的领域。

热兵器时代前期战斗的基本特征是交战双方通过机械投掷弹药进行格斗，兵器的射程和威力是重要的因素，因此，谁拥有的火炮数量多、口径大，谁的攻击力就强。后期，由于机械化装备大量装备军队，战斗的基本特征转变成交战双方通过机械化兵器进行格斗，兵器的射程、威力、机动能力、防护能力成为重要的因素，综合一支军队的作战能力，往往就是综合这支军队机械化装备能力的质量和数量。机械化的程度就变成了衡量战斗力优劣的主要依据。

以二战初期的波兰战役为例，1939 年 8 月 31 日夜，德国军队对波兰发动了"闪击战"。参战德军主力的第八集团军的大部分，由德国为打大仗、打硬仗而设计的新的装甲机械化部队组成。当密集的德国战机对波军的强固据点进行轰炸时，德军机械化装甲部队迅速在波军集结地之间穿插，同时，德国空军部队掠获了许多停在地面上的波兰空军战机。3 天之内，波兰空中力量已不复存在。在没遭到任何抵抗的情况下，德国空军轰炸机对波兰的城市、军事目标和部队集结点进行了轰炸，德国地面部队也迅速推进，很快包围了波军，不仅切断了他们与其他部队的联系，而且切断了他们与波军司令部的所有通信联络。直到 10 月 5 日，最后一支波兰军队（华沙东南科茨克的 17000 名守军）投降，整场战役，波军被歼灭了 66000，约 200000 人受伤，几乎 69.4 万人成了俘虏。抛开影响战争胜败的其他因素，德军能在短短 5 天之内轻松"拿下"波兰，具有快速机动和突击能力的装甲机械化步兵作为闪电战的工具发挥了重要作用，另外，完美的空中支援也发挥了突出作用。尽管用飞机对地面进行支援已在一战中使用过，但俯冲式轰炸机的研发则使这种战术发挥到了极致。装甲部队所打的机动战自此以后一直是发达国家的战法。在 1956 年、1967 年和 1973 年的阿拉伯-以色列战争中，坦克和飞机是主要武器。1991 年，执行"沙漠风暴"计划的部队向伊拉克人展示了动态军队战胜静态守军的真正能力。

三、高技术时代：军事高科技掀起新军事变革浪潮

军事高技术全面崛起是 20 世纪 60 年代到 80 年代末。美苏在航空技术和电子信息技术领域的激烈竞争，航天、计算机、微电子、通信等高科技产业的兴起，军用卫星、宇宙飞船、航天飞机、空间站及大量高技术武器装备的研制成功，标志着军事高技术在新技术革命的浪潮中全面崛起。

在第一颗人造卫星发射成功所形成的巨大冲击波的压力下，20 世纪 50 年代末和 60 年代初，美国全力发展洲际导弹和人造卫星技术，从事飞机、导弹、卫星制造的航空航天工业逐步形成体系，并成为军事工业的主要领域之一。西欧的导弹和核武器技术获得了极大发展。1960 年 7 月，美国的梅曼研制出世界上第一台激光器，军用激光技术的发展因此而起步。1961 年，苏联用一枚三级火箭把"东方号"载人飞船送入太空。60 年代中期，大规模集成电路研制成功，微电子技术迅猛发展并很快实现产业化。此后，美国的"阿波罗"登月计划、苏联的宇宙飞船计划、中国的"两弹一星"计划、美国的航天飞机计划、苏联的空间站计划等相继获得成功，而这些计划的实施大大加快了后来被称为军事高技术的新技术群的崛起。70 年代，世界开始出现"巡航导弹热"，特别是电子计算机发展到第四代，微型机和巨型机相继问世，而且很快在导弹技术、航天技术、通信技术、核武器技术中得到应用。以航空航天技术产业、电子信息产业为代表的高技术产业在美国、苏联、西欧各国和日本等国家如雨后春笋般涌现并迅猛成长壮大。这些国家的军事科研和军火工业开始全面走向高技术化。精确制导武器、军用卫星、电子战装备、CI 系统、新一代作战飞机和战略核潜艇以及核动力航空母舰等崭新的武器装备大量制造出来并登上战争舞台。在越南战争和中东战争中，一些新武器的性能表明，新的军事技术正在给战争带来崭新的变化。

80 年代初期，冷战仍然在继续。在以军事高技术的发展为代表的军备竞赛中，许多国家都制定了军事高技术或包括军事高技术在内的高技术发展的战略计划。首先是美国于 1983 年 3 月提出了著名的"战略防御倡议"计划。该计划准备研制和建立以天基定向能武器系统为核心的全球反导防御系统，以战略防御取代战略进攻。这一计划的提出极大地刺激了各国对军事高技术的研究。当时，西欧各国、苏联和日本等相继制定与实施了相应的以军事高技术为主要任务的高技术发展计划，如西欧的"尤里卡"计划、日本的"国家研究与发展计划"、欧洲共同体的"关键技术计划"、中国的"863 计划"，美国后来还制定了一系列的"国防关键技术计划"等。这些计划的出笼将军事高技术的发展推向了更新更高的阶段。80 年代中期，世界各国的军事科研经费每年累积达到创纪录的 1000 亿美元以上。与此同时，局部战争给军事高技术的发展以巨大的推动。80 年代，世界发生了几次重要的高技术局部战争，如 1981 年

以色列空军对伊拉克核反应堆的成功袭击、1982 年英国与阿根廷的马尔维纳斯群岛战争和以色列与叙利亚在贝卡谷地的交战、1986 年美军对利比亚的"外科手术式"打击、1988 年美军对巴拿马的入侵等。这些战争都显示了高技术武器装备给战争甚至整个军事领域所带来的崭新变化。因此，在整个 80 年代，军事高技术一直保持着全面强劲的发展势头，而且即使在 80 年代末冷战结束以后，各国对军事高技术的发展仍予以特别重视。

80 年代末以后，随着冷战的结束，以各军事大国和强国根据需要有选择性地发展军事高技术为标志，军事高技术进入了持续的有重点的发展时期。冷战结束以后，世界军事格局发生了重大变化，许多国家调整了军事战略，压缩了军费开支，缩小了国防科研的规模和发展速度。但由于军事高技术作用巨大，各国仍然重视继续发展军事高技术。

90 年代初的海湾战争，对军事高技术的发展产生了重大影响。在海湾战争中以美国为首的多国部队动用了各类高技术武器装备 100 多种，使这次战争实际上成了高技术武器装备的试验场。以美国为首的多国部队之所以能夺取军事上的巨大胜利，主要是由于拥有高技术的巨大优势。如在"沙漠风暴"空袭行动中，占多国部队出动飞机总架次不到 2％的 F-117A 隐身战斗机，竟承担了 40％的重要目标的轰炸任务。这次战争中大量高技术武器装备的使用及其所取得的惊人作战效果，使各国普遍认识到：军事高技术的发展正在军事领域引发深刻的变革；未来战争将是高技术战争，如果不掌握高技术手段，将难以取得战争的主动权，更难以战胜强敌，也就无法保卫本国的安全。因此，在新的形势下，军事高技术的发展反倒引起了各国更大的重视。一些大国和强国为迎接新军事变革的挑战，制定并实施了满足未来战争需要的军事高技术发展计划，而一些小国也纷纷从维护本国的安全出发购买高技术武器装备。90 年代中期北约在波黑战争中的打击作战更加强了这种发展势头，军事高技术因此而进入了一个新的发展时期。

四、信息时代："信息能"的广泛利用使作战空间内的作战行动融为一体

高科技的迅猛发展对军事理论和武器装备带来巨大的冲击。20 世纪 60 年代以来，计算机技术、激光技术、微电子技术、光纤通信技术、现代无线电通信技术的开发和利用为现代战争的信息化奠定了技术基础。它们的广泛应用使军事领域中的高精度武器大量出现，战场感知能力空前提高，通信网络普遍使用。这些都以较低的能量和较少的物质代价，以较少的作战人员伤亡和较低的附带民间损失，使达成战争的目的成为可能。激光制导武器第一次投入战场使用，是在 20 世纪美国对越南的侵略战争中，美国利用"白星眼"激光制导炸弹炸毁河内附近的清化桥，完成此前整整 7 年中付出损失 11 架飞机的代价，实施 869 次轰炸，而未完成的任务。采用激光制导技术的精确打击武器从此登上了历史的舞台。在 1991 年的海湾战争中，美军实施电子战和远程精确打击，则昭示了信息化战争的基本特征。

　　战争的信息化虽然不会改变战争的本来性质，但战争的基本形式却受科技的变革而发生相当大的变化。那种以大规模的物理毁伤为特征的传统战争模式受到了严肃的质疑，特别是大能量战斗部简单毁伤的必要性越来越不被认同。

　　以往的战争，各方主要围绕"物质和能量对抗"这一核心进行综合较量，武器装备沿着增强火力、突击力、机动力和防护力这个轴心而发展。经过两次世界大战，这一趋势的发展不断加快，随着机械化战争的完善和核武器技术的成熟而达到顶峰，同时也陷入了难以摆脱的矛盾境地，促使战争力量的构成要素发生新的变化，围绕着"物质和能量"扩张和增强战争力量构成要素的发展趋势出现调整，战争形态开始由机械化战争向信息化战争过渡。这一进化过渡并没有排斥物质和能量方面的较量，而是更加体现出战争各方信息技术方面的较量，以及科技创新能力和创新速度的竞赛。显而易见，科学技术知识已经成为战争能力的主要支柱。有人曾说"计算机中28.3495g（1盎司）的硅所产生的效能也许比1t铀还要大"。这话还是有些道理的，虽然硅和铀并无多少可比性，计算机和原子弹也是不可同日而语，但综合的信息技术所起的作用越来越大却是不争的事实。

　　现代信息技术的发展促进了武器装备革新，但总体还是围绕火力、机动、信息、指挥和保障等几大作战要素进行展开的。尤其是信息作战能力已成为衡量作战水平的重要标志，突出表现在作战部队对信息的获取、处理、传输、利用、控制和对抗等方面的综合能力。战斗中，对信息优势的争夺是一种动态的对抗过程，是双方在保证自身"知己知彼"的同时，制止对方"知己知彼"的行为。历来各场战争中，信息的获取、利用和控制是谋划战争的重要步骤，对战争的胜败有着举足轻重的作用。在现代战争中，信息作战的作用愈显突出，已成为争夺制陆权、制空权、制海权和制太空权在内的地域和空间控制权的不可缺少的行动。它仍将贯穿整个战争的始终，直接影响着整个战争的进程和结局。必须指出的是，争夺信息优势不能取代战争胜负的本身，其主要目的是为了确立决策的优势，而人才是战争的主宰者。

　　随着信息时代的到来，信息开始向数字化方向发展，数据库已成为文献、资料、情报以及终端存储的重要形式，并通过网络，实现了信息资源的共享。无论在军事领域还是在政治领域，谁能借助现代信息技术，掌握和控制信息数据，谁就能占据主动地位。建设信息化社会过程中，经济全球化已势不可挡，资本和技术国际融合日益紧密，国家安全和经济发展受制于信息数据所带来的影响越来越大。但是由于信息技术发展的不均衡，信息资源可能被少数几个拥有大型数据库的国家所垄断，而其他国家要么信息资源缺乏，要么不得不依赖发达国家的信息资源。这样，信息强国便可轻而易举地对这些国家实行信息封锁或信息截流，使这些国家和军队的信息通信系统立即处于瘫痪状态，或陷于被动的境地。因此，对于信息化程度较高的发达国家及经济集团，它们并不追求对于原料市场、能源市场、资本市场、技术市场和商品市场的空间占领，它们只需要控制和运用相关的信息，建立有关的市场游戏规则，就可以保证它们的利益。当然，如果游戏规则受到威胁或被打破，它们可能实施一段时间的空间占领。在平时，它们只需要"占领"信息领域。相应地，信息化时代的战争，对空间的绝对占领慢慢地显得不那么重要了，战争的目的更多的是对信息的控制。因为，控制了信息也就有了控制空间的保证。

历史的实践证明，战争的需求决定了技术的发展方向，而技术的发展又引导着战术的演变。一项新的军事技术的诞生，往往会带来战术战法的革命，在战场上造成巨大的影响，为技术占有方带来很好的作战效果。就像马克沁机枪的发明，彻底改变了一战局势。飞机和坦克在二战中的大规模使用，更是让机械化武器出尽了风头。斯大林格勒的坦克大会战、英吉利海峡上空的飞机大会战都曾经对战役的进程产生深刻的影响。但这种情况已经一去不复返了。信息化的战场已从平面向立体空间扩展，由陆地、海洋和天空向太空扩展，再向电磁空间和信息空间扩展，形成了陆、海、空、天、电磁和网络虚拟空间的多维一体的作战环境。这种信息化战场是大纵深、全立体、全时空、无前后方的，整个作战观念发生了重大变化。既有传统的空战、海战、陆战、电子战，也有以网络攻防为主的网络战。在信息化的战场上，敌对双方已不再是单一或少数军兵种之间的对抗，更不会是单一种类武器系统的对抗，而是在信息的帮助和牵动下，体系与体系的对抗。这种体系的对抗更多地倚重于信息技术的支撑，通过信息的有序流动，所有作战空间内的作战行动融为一体，信息技术改造的武器装备体系的整体效能得到极大地发挥，多兵种、多种武器装备的综合作战作用将十分明显。

战争的直接目的仍然是消灭或制服敌人。古往今来，战争的主要手段离不开大规模的摧毁活动，尤其是进入工业时代以后，依靠火力摧毁目标的效用更加明显，如炮火压制和轰炸，对有生力量的杀伤以及其对心理造成的震撼效果得到战争双方的充分利用。这种作战方式对应于工业时代的粗放型物质和能源的生产模式，反映了物质战和能量战的思想。在达成战争目的的方面，是一种典型的大规模物质、能量和人员的消耗战。制胜之道在于从空间和时间上比较全面地控制敌人，在人员、能源和物资等方面不断削弱敌人，用大量的人员操作以物质和能量为主要特征的机动装备冲击、追赶、包围敌人，或防御和抵抗敌人的围剿，以物质和能量为主要特征的战斗部最大限度地摧毁敌方的物质和能量类的装备、工事和设施，最后战胜敌人。这种战争形式在二战以及后来的朝鲜战争、越南战争、第四次中东战争和两伊战争中表现得淋漓尽致。

精确打击符合信息时代的特征和要求，反映了战争信息化的基本特点。信息化时代的集约型生产模式讲求的是效率和效益，以较少的物质和能量消耗获得最大的经济效益是信息时代社会经济的重要特点，而以较少的物质和能量消耗获得最大的军事效益则是信息时代战争的重要特点。现代信息化的装备可以将敌人看得更加清楚，将弹药投放得更加准确。以二战为例，炸毁一个目标通常需要用 9000 枚普通炸弹，而现在只要一两枚导弹或制导炸弹就可以完成同样的任务。这不仅节省了成本，更节约了宝贵的时间，创造了无与伦比的军事效益。摧毁敌人的指挥机关等要害部位所产生的效果是决定性的，这一论点在今天仍然适用，而发现和摧毁这样的要害目标在适用信息化技术兵器的今天比使用传统兵器和装备要容易得多。如果再辅助使用非物理性的毁伤，如心理战、信息战等，取得胜利时使自己的损失可以降低到最低的程度。此外由于精确打击可以大幅度降低附带损失，使战争的发展与社会文明进程同步，这有利于发挥战争手段的独特作用。这种战争形式从 1991 年的海湾战争开始，逐渐突显其新的魔力，在 2003 年的伊拉克战争中更是得到世人的认可。

当然，信息化战争主要的还是看哪一方占据信息的绝对优势，不然，纵然精确制导武器有毫厘不差的打击能力，那也不可能达到奇袭的效果。战争中，一般通过对敌方信息系统的干扰使敌信息流通渠道堵塞、混乱。例如，科索沃战争中，北约在空袭中使用了各种性能预警飞机和专用电子战飞机（包括最先进的电子战收音机 EC-130 和 EA-6B），对南联盟的通信与雷达系统进行干扰。美军还首次使用了强电磁脉冲弹，这种炸弹可使半径数 10km 内的电子计算机、雷达等一切电子设备遭受严重破坏，因而对敌方电子信息系统的安全构成严重威胁。南联盟在北约部队的攻击下就曾一度处于信息遮蔽状态，出现雷达盲区，通信中断，连广播电台、电视台的信号都难以接收，给南军队和民众造成不安心理和恐惧心理。

第三节　现代科技与信息战

科学技术在近三百年所取得的空前进步，使人们认识到，信息是与物质和能量同等重要的、维系人类生存和发展的三大要素之一。对于信息的概念，从本体论的层次看待信息，则信息是"事物运动的状态和方式"。而从认识论的层次看待信息，则信息是"认识主体所感知或所表达的事物运动的状态和方式"。

看问题都有基本的方法和观点，用辩证唯物主义的观点去看待问题，物质是第一位的。能量是依托物质而存在的，是物质运动形式的动力。信息是物质及其所构成事物的运动状态和方式，也是这些状态和方式的表征，或表现形式。所以，信息也是依托物质的存在而存在的。从本质上看，信息是事物运动的状态和方式及其表现形式。那么，对信息的探索和研究就是要通过这种"表现形式"找出事物的运动的状态和方式及其规律，并在人类的生产生活中加以利用。广义地来讲，信息技术是指利用科学方法探察、改变、显示事物运动状态和方式，并对其进行控制、处理和利用的技术群。

以信息技术为核心的高技术迅猛发展，从近期由美国主导的几场高技术局部战争中可以看出，信息技术作为战争技术手段的核心已逐步成为战争的主导，战争的技术特征正在向信息化的方向发展。

一、现代信息技术及军事应用

现代信息技术，是应用信息科学的原理和方法研究信息的产生、获取、识别、传输、交换、处理、显示、控制、加工和利用等技术。信息技术，通常是指微电子技术为基础，以计算机技术为核心，包含光电技术、传感技术、通信技术、人工智能技术和自动控制技术等在内的一个复杂的技术群体，内容相当广泛。

1. 微电子技术

它是一种使电子元器件、电子电路和电子设备轻型化的技术。它的基础是新材料和精细、超精细加工工艺技术。它是建立在新概念、新结构和新工艺基础上的微型化电子技术。微电子技术的主要技术是集成电路技术。从 1962 年开始出现小规模集成电路，到 1978 年的 16 年间，集成电路技术经历了小、中、大规模和超大规模集成电路的飞速发展阶段。目前已能够把信息采集、交换、存储等功能集中在一个微小的芯片上，发达国家已经能在邮票大小的芯片上集成 5.6 亿个晶体管，线宽仅为 $0.25\mu m$。这就为实现军事通信数字化、信息交换程控化、通信管理自动化、通信器材智能化打下了基础。芯片和集成电路使武器装备的信息处理速度、保密性、可靠性、小型化以及命中精度得到极大提高。例如，20 世纪 80 年代的机载雷达与 60 年代相比，功能提高了 6000 倍，无故障间隔时间增加了 230 倍，质量仅为原来的 1%。采用微波、毫米波单片集成电路的武器系统的体积和质量只有原来的 1/10～1/100，可靠性提高了 100 倍，元器件数量减至原来的 1/30。微电子技术是节约材料、节约能源、提高劳动生产率的技术，其技术工艺新、产品更新换代快、品种数量多、应用范围广，集中体现了现代高新技术的精华，推动着以计算机技术为代表的信息技术的突飞猛进。

2. 传感技术

传感技术也称传感器技术，其任务是高精度、高效率、高可靠地采集各种各样的信息。遥感、遥测、高性能传感器和显示器都属于传感技术的范畴。传感器按照物理原理可分为光敏、声敏、热敏、磁敏、味敏、嗅敏等不同类型。可用于红外线、可见光、声波、次声波、电场、电磁场和化学分子等的探测和识别，是信息探测的基础技术。

3. 计算机技术

计算机技术的任务是高速度、高智能、多功能地处理和加工各种各样的信息，包括软件技术、硬件技术和网络技术。计算机是信息化武器的"心脏"。几乎每过 5～8 年，计算机的运算速度就提高约 10 倍，体积缩小 90%，价格降低 90%。计算机的发展已经历了 5 代。从 1945 年第一台电子计算机问世起，计算机经历了电子管、晶体管、大规模集成电路、超大规模集成电路和智能计算机五个发展阶段。目前计算机正向体积更小、质量更轻、运算速度更快、形式多样化、高智能化的方向发展。20 世纪末，美国等国家研制出运算速度高达每秒千万亿次的智能计算机。这一重大突破，使武器系统向全面智能化、自动化方向发展迈进了一大步。近年来，随着激光技术和人工智能技术的发展，光计算机和智能计算机越来越成熟，它们将成为计算机领域里的新秀，这将使信息处理、传递真正实现实时化。

4. 通信技术

通信技术的任务是高速度、高质量、及时、准确、安全、可靠地传输各种形式的信息。在这个领域里，无线通信、微波通信、光纤通信和卫星通信的发展已经提供了一些大容量、高质量、覆盖面广、迅速方便、安全可靠和功能多样的通信网。各种智能终端延伸了通信的服务功能，电视会议、自动寻址、转接呼叫、网络重构等新技术不断涌现。

5. 控制技术

控制技术是信息的使用技术，对应于人的执行器官。信号的滤波、分类、提取、处理、测量、反馈等，可以更加准确和精细地引导执行部件完成各种动作。

信息技术最重要的应用就是将传感技术、计算机技术、通信技术、控制技术结合成一个有机的信息化、智能化和综合化的信息系统，有效地扩展人类的信息功能，特别是智力功能。从信息技术构成的基础技术上看，现代信息技术主要包括电子信息技术和光电信息技术两大类。其中，电子信息技术已经发展到了相当成熟的水平。电子设备具有工作速度快、容量大、精度高、信息处理能力强等特点，并正向便携性、灵活性、高速化和网络化的方向发展。

光电信息技术历经 40 多年的发展，成果斐然。激光遥感、光导纤维通信、激光全息摄影、红外探测、微光夜视、光电控制等技术相继问世，激光计算机已进入实际研制阶段，它必将在不远的将来把现代信息技术水平推向一个新的高峰。从利用信息的系统过程来看，现代信息技术不仅使人类社会的生产和生活方式发生了深刻的变化，而且有力地推动着作战方式和方法的深刻变革，推动着武器装备的进步。现代军事信息技术，包括军事信息的获取、传递、处理和控制等方面的技术，集中地反映了人类信息技术发展的最新和最高的水平。

6. 信息处理技术

信息处理技术是对信息进行筛选、分类、计算、分析和储存等方面的技术。

现代计算机的产生，使得人类能够进行快速、大量的信息处理。超大规模集成电路计算机已成为人类生产和生活中不可缺少的伙伴。而那些大型计算机的处理速度可以达到每秒上百亿次、每秒上千亿次，能够解决如气象预报、卫星发射与测控、复杂条件下战略弹道导弹参数计算之类的超常规数量信息的处理问题。

在现代战争中，以计算机为核心的 C^4I（指挥、通信、控制、计算机、情报）系统已经成为作战的神经中枢。计算机与各类武器装备的结合，使得武器装备反应更加灵敏有效。例如，在炸弹和炮弹上安装微处理器芯片，它们在弹丸上可以起到信息处理和控制的作用，准确计算弹丸的运动方向。坦克、火炮、飞机、舰艇装上计算机系统后，既能自动判别各个传感器送来的目标信息，并向敌方发起攻击，又能协助驾驶人员控制航向、航速，避免敌人的攻击。

在军事领域，最早推广并产生巨大军事利益的是炮兵群的自动化指挥系统，如美军的"塔克法"系统，通过计算机能将炮位侦查雷达传来的敌方发射炮弹的参数进行综合处理，迅速产生火炮射击诸元，即时准确地对敌实施打击。整个过程只需数秒钟即可完成。在作战时，甚至当敌方偷袭的炮弹升空时，就侦测到其弹道参数，在敌炮弹落地之前，己方的炮弹已经出膛。这种快速反应，没有计算机恐怕是难以想象的。

7. 信息安全技术

信息安全技术是限制真实信息扩散和泄露的技术。现代信息安全技术主要是指加密、伪装、隐藏和防护等技术。加密技术是指为了防止信息被窃取和非法利用而进行的对信息加注密码的技术。

在通信安全中，通常有两种加密形式，一种是对原有信息加入密码进行调制，把明码转为密码；一种是在原有信息上加设检测程序，自动检查外来信息的"合法"性。现代加密技术主要包括无线电加密和计算机加密。伪装技术主要指隐蔽自己、欺骗和迷惑敌人的技术，如迷彩伪装，利用涂料、染料和其他材料来改变目标和背景的颜色与图案，降低目标的显著性，改变目标外形，减少与背景的对比度，从而控制自身的信息不被获取；设置角反射器则可以强烈地反射对方发射的雷达波，产生假目标的特征，从而隐蔽真实目标。

现代隐形技术是通过降低目标和信号特征，使其难以被发现、识别、跟踪和攻击的技术。例如，美国的 F-117 飞机，经过隐形技术处理，雷达散射截面积仅为 $0.01\sim 0.1\mathrm{m}^2$。电子干扰技术是发射与敌电子通信频率一致的电磁波干扰、破坏敌方电子系统正常工作的专用技术。释放电子干扰信号，可以削弱对手的电子侦察能力，干扰制导兵器的信息获取和识别系统的正常工作。在 1973 年的第四次中东战争中，埃及和叙利亚向以色列的军舰发射了几十枚"冥河"反舰导弹，但在以色列的箔条干扰下，无一命中目标。在 1980 年英国与阿根廷的马尔维纳斯群岛战争中，英军舰艇通过电子战设备进行电子干扰，多次使阿根廷空军发射的"飞鱼"导弹偏离目标。在计算机与网络技术普及的今天，战场上敌我双方利用对手信息的同时，也在防止自己的信息被对手利用，军事控制技术的意义也正在于此。

二、信息技术与信息化战争

现代信息技术的全面出场改变了战争的形态。1991 年的海湾战争，是大规模机械化战争向信息化战争转变过程中的一个转折点，曾被美国人称为"第一次信息战争"。海湾战争也的确是一场比较全面的应用信息技术的战争。电子战、指挥控制战、太空侦察、远程精确打击、隐身飞机等，信息技术在战争中第一次唱了主角。曾经以著作《第三次浪潮》闻名遐迩的阿尔温·托夫勒将海湾战争描述为，美国的信息时代战争对伊拉克的工业时代战争。美国当时已经度过了经济萧条时期，并以信息技术和能源技术的开发利用带动了新一轮的工业革命，促使其进入一个相对比较平稳的经济增长时期。美军的战争观念也发生了改变，更多地在探索高新技术、特别是信息技术在战争中的利用，探索高新技术条件下新的战争形态。伊拉克仍然处于工业时代的机械化战争形态，它的战争观念、战争形式、作战的主要武器和手段都没有打上信息技术的烙印。海湾战争，伊拉克不是输在了武器装备上，而是输在了以科技与经济为基础形成的战争观念上，换句话说，伊拉克是输在了"时代"上。

安全永远是国家生存和发展的先决条件，所以，无论战争的形式和形态如何变化，高新技术总是最先用于国防。例如，推进技术、毁伤技术、防护技术、光电技术、材料技术和制造技术等，在最先出现时，都是应用在武器上。最典型的是美国，只要是新技术，它总是最先运用在武器上。其实以现有财力、物力、军力和科技实力，美国大可不必担心会遭遇比自己强大的对手，但美国还是时刻不忘用最新的技术来加固自己并不弱的国防实力。有专家统计，在海湾战争中美军使用的精确制导武器占全部武器的 8%，却摧毁了伊拉克被毁目标的 80%；在科索沃战争中，尽管南联盟地区地形和气候条件复杂，以美国为首的北约却摧毁了要摧毁的 95% 以上的固定目标，对移动目标的命中率也高达 60% 以上；在 2001 年对阿富汗实施的军事打击中，美军在开战 3 天就摧毁了 85% 的预定目标，主要包括防空设施、机场和恐怖分子的训练营地，基本做到了"发现目标即消灭目标"；在 2003 年伊拉克战争中，美国更是将高技术武器装备发挥得淋漓尽致，战前美国建立的卫星全球定位的定位精度达到了 15m 的程度，测速的精度也达到了 0.1m/s 以上，已能满足战争需求，但为了确保胜利，美国又特意发射了 6 颗更先进的卫星，使卫星定位精度提高到 7m，结果只利用空中精确打击，就剥夺了伊地面部队 80% 以上的作战能力。

在进一步研究探讨信息化战争之前，首先要弄清楚的一个关键问题是何为"信息化"？关于"信息化"有众多解释，莫衷一是。但目前比较权威的定义认为，信息化是"充分利用信息技术，开发利用信息资源，促进信息交流和知识共享，提高经济增长质量，推动社会发展转型的历史进程。"[①]将这个定义推而广之，可以认为，军队的信息化就是通过大量使用信息技术，向军事各个领域全面渗透的过程，其核心是提高军队信息作战能力。信息技术是侦察预警、态势感知、指挥控制、远程投送、精确打击等的基础技术；信息技术的掌握提高了士兵的知识水平和基本素质，改善了具有不同功能和任务的部队之间的协调能力。少量的人员和装备可以在更广阔的地域完成更多的任务，并使自己减少伤亡。因此，军队的信息化为新战术开发和运用提供了广阔的空间。

随着信息技术的发展，战争的信息化程度也在增强。指挥控制战、情报战、电子战、制导战、网络战等，都成为信息时代战争的产物。在过去的战争中，获取、控制和使用信息仅仅限于侦察、通信、干扰和伪装等过程，但在那时，这些都不是战争的主要形式，而是辅助于其他作战过程的附属形式或附属过程。从目前爆发的几场高技术局部战争来看，旨在夺取制信息权的斗争已经成为一种独立的作战样式表现出来，并能在一定条件下获得可观的军事效益。

现代战争形式无不深受信息技术的影响，或为信息技术所主导。但也要清醒地认识到，信息战只是信息化战争的一种形式，并不是信息化战争的最主要形式，更不是它的全部。

---

① 中共中央办公厅、国务院办公厅印发. 2006—2020 年国家信息化发展战略. 2006-5-8.

那么什么是信息化战争呢？至今还没有人能够给出一个具体定义。因为对于一个至少要经历数十年发展历程才能逐渐成熟的战争形态，在开始阶段是很难准确描绘它的全貌的。但从近期几场带有明显"信息化"印记的战争来看，它们的共同特点之一是通过取得信息上的优势保障在物质空间实现局部或全局的优势，而这些的实现，则必须以信息技术和信息化装备作为基础。因此，可以为信息化战争作这样一个广义的定义，即在信息时代发生的、以现代信息技术为主要技术基础的高科技战争。战争的信息化源于社会经济对信息产业的需要，源于科学技术对信息类技术的推动，源于现代高技术战争对信息装备的需求。这些要求表现在武器装备的信息化、指挥系统的信息化、作战管理的信息化、后勤保障的信息化和军事理论的信息化思想等方面，并以军队信息化为基本目标。C^4I 指挥系统、精确制导武器、信息战装备、高技术作战平台、C^4ISR 体系结构等，都是技术和知识密集型的信息化战争的工具，它们具备了传统战争工具所无法比拟的功能和效能。

信息时代也将带来许多新的战争形式，如精确战、太空战、网络中心战等，这些作战样式越来越倚重于使用信息技术的装备。所谓精确战，是指使用精确制导武器远距离、突然、准确地打击敌方目标的作战行动。所谓太空战，是指敌对双方在外层空间或外层空间与空中和地表之间所进行的作战行动。所谓网络中心战，是指利用功能强大的计算机信息网络，将各种作战系统、指挥系统和保障系统集成为一个统一高效的网络，从而实施的一体化的联合作战行动。如此种种作战行动，在信息化战争中不断交织出现。

战争向信息化的方向发展，是因为军用的信息技术在信息产业的推动下，在战争需要的拉动下，不断飞速向前发展，现代武器装备正在信息化，现代军队正在信息化，现代战场正在信息化。这三个方面的信息化决定了战争的信息化。信息技术、信息装备和经过信息技术改造的机械化装备已成为战争的技术基础和基本设备。武器装备的信息化和信息装备的武器化是战争信息化中的一个特点。战争由机械化向信息化的方向发展已是不可逆转的历史潮流。

三、信息化战争中的信息战

信息战的目的在于获取和保持信息优势，充分掌握信息的获取权、控制权和使用权，并由此而夺取战争中的主动权和有利位置。信息战与信息化战争有着密切的联系，是信息化战争的主要内容之一。无论从理论还是实践上来说，信息战都出现在信息化战争之前。

1. 信息战的基本含义

在信息社会里，信息化战争是一种新的战争形态，但信息化战争不等同于信息战。信息战仅仅是一种作战形式。《军语》中将信息战的作用和目的定义为："为遏制或打赢战争创造有利条件"。其实，在传统的战争中，对信息的争夺和控制一直是战争的重要组成部分。《孙子兵法》中就有"知己知彼，百战不殆"的论述，这是人们对信息在战争中重要作用的较早的认识了。现代信息战是传统战争中对情报的争夺和控制的延伸与发展。只不过范围更广，时间更长，手段更多，技术更复杂，斗争更激烈。信息战在现代战争中的作用日益突出，但其作为达成战争目的的一种手段的地位没有改变。所以，信息战只是信息化战争中的一种作战形式，在合成军作战或联合作战中或独立或配合其他作战行动的一种作战过程。从这点来看，现代信息战是敌对双方为争夺制信息权，使用信息技术和装备进行的斗争。

　　1985年，美国海军电子司令部副司令小阿尔卡·加洛塔少将在美国《电子防御杂志》上发表了一篇题为《电子战与信息战》的论文，首次提出了信息战的概念，立即引起世界各国政治家、学者的广泛关注，纷纷开始投入大量的人力、物力和财力对这一新兴领域展开深入研究。美军曾经对信息战的内涵确定了三个方面：一是以电子战为核心的战场信息战，即指挥控制战；二是计算机网络攻击，利用计算机技术，通过网络攻击敌方的计算机系统窃取信息，破坏存储的信息和软件，甚至瘫痪其整个计算机网络系统；三是敌对双方在政治、经济、科技、生活、教育和军事等领域运用信息技术等高技术手段为夺取信息优势进行的对抗。在2001年美国国防部《网络中心战》的报告中对信息战是这样定义的，"信息作战是指那些为影响敌方的信息和信息系统，同时保护己方的信息和信息系统所采取的行动。信息作战还包括那些在非战斗或形式不明朗的情况下，为保护己方的信息和信息系统所采取的行动"。这一定义的要点是，保护和充分利用己方信息和信息系统，攻击和破坏敌方信息和信息系统，以夺取与保持信息优势。换言之，信息战是"在信息空间，使用信息技术手段，为争夺信息优势而进行的斗争"。空战的空间是天空，海战的空间是海洋，陆战的空间是陆地，而信息战也有自己的领地——"信息空间"。不论是为了政治、经济、军事目的而使用计算机病毒，还是在战场上进行 C^4I 对抗，都没有超出上述定义界定的范畴。总之，它基本上涵盖了信息战行动的领域、对象、手段和目的，反映了各种信息战样式的共同特征。

　　2. 信息战在信息化战争中的作用

　　在1991年的海湾战争和1999年的科索沃战争中，信息战确实起到了很大的作用。美军在战争中破坏了伊拉克和南联盟军队的信息传输，限制了其作战效能的发挥。美军所进行的信息干扰和压制，是为其进行大规模的空袭和地面进攻创造良好的信息环境——我知而敌不知我。

　　1) 信息作战服务于作战决策

　　信息的掌握对战争胜败的影响的重要性是不言自明的，在信息化战争中，信息作战已经成为一种可以独立实施的作战样式，但是仅仅依靠对信息的控制还不能达到战争的直接目的，控制信息只是达成战争目的的一个重要条件。特别是以技术手段控制敌方以技术为基础的信息系统，纵然可以给敌方的作战行动造成很大的困难，但其直接结果并不是敌方的完全垮台或宣布投降，敌方可以通过传统的信息传递方式继续保持军事系统的运行来进行抵抗。因此，信息战的功劳主要是使敌方的信息系统降额使用，严重影响敌方的作战能力。例如，雷达失效了可以通过目视方法继续侦察，电台被干扰了可以用电话，网络被破坏了可以派人传递信息。

美军的网络中心战思想认为，夺取信息优势的直接目的是能够识别敌方的伪装和欺骗，保证部队看到真实的战场态势，辅助参谋人员分析敌军正在做什么，预测敌军在随后"最有可能做什么"。因此，可以这样认为，取得信息优势的根本目的是为了确立决策的优势。如果能够及时、准确地获取战场上的信息，就可以及时、正确地制定作战方案。伊拉克战争中，美军的第三机械化步兵师置沿途的城市和要地于不顾而快速逼近巴格达，这种孤军深入和冒着被切断后路的风险的战法，其背后是由美军占据绝对信息优势条件作坚实支撑的。利用先进的信息化装备，美军完全掌握沿途伊军的情况，取得了对伊军的信息监控，所以它并不担心伊军会采取有效的行动。而此时伊军的雷达、通信和指挥系统已基本失效，它只能依靠传统的方法获取信息，这就大大降低了决策的正确性，迟滞了决策和行动的时间。没有信息获取能力，伊军不敢贸然出击，甚至不能果断集中兵力。因为它担心被美军的侦察系统探测到其行动意图，遭到美英联军的空中打击。正是由于该师迅速逼近巴格达，打乱了伊拉克的战略部署。当伊拉克当局被迫过早地调整巴格达周围的兵力部署时，又为美国空军对其运动部队实施战略轰炸创造了机会。当伊拉克几个主力共和国卫队在美英联军的轰炸中失去基本战斗力时，伊拉克的防御体系已经受到了致命的损伤。由于取得了信息上的优势，第三机械化步兵师这种在传统战法中被视为兵家大忌的行动，在伊拉克反倒成了出奇制胜的一招。

2）信息战影响火力战和机动战

信息化战争时代的来临，并没有改变战争的直接目的——消灭或制服敌人，而火力摧毁和快速机动仍然是有效的歼敌手段。火力摧毁可以大量地消灭敌方有生力量，快速机动可以迅速控制战略要地。但如果没有信息战的辅助，单凭火力摧毁一个目标所要花费的代价是相当高的。以二战为例，炸毁一个目标通常需要用 9000 枚普通炸弹。不能及时、准确地发现目标，就不能有效地实施火力突击。不能精确地对目标定位，也不能迅速、经济地摧毁目标，越南战争时期，美军对河内附近清化大桥的打击就是很好的一个例证。另外，机动突击同样依赖准确和可靠的情报保障，伊拉克战争中，美第三机械化师直取巴格达，就是有精确可靠的信息作保证。另外，要将炮弹和导弹打出去，首先必须对目标进行定位。对目标的定位是一个发现、识别、跟踪和瞄准的过程，而发现和识别目标又是一个信息获取的过程，一个信息作战的过程。我方的侦察、情报、信息战分队会千方百计地搜寻敌方有价值的目标，而敌方也会千方百计地阻止我方的行动。

在伊拉克战争中，美英联军始终掌握着信息控制权，以此为火力精确打击和快速机动服务。美军的战场太空侦察、空中侦察、地面侦察直接为远程精确打击指引打击的目标。地面部队的快速突击使近距离的信息争夺也可直接为火力打击服务。美国广播公司（ABC）驻巴格达的记者斯科特·彼得森和彼得·福特在伊拉克战争结束时曾采访了 3 名伊军军官——贾布里和化名者"阿萨德"和"萨阿德"。他们指出,"萨达姆敢死队"在伊拉克南部地区的布防过于集中,结果当美军绕开他们直取巴格达时,他们根本无法重新部署,保卫巴格达的外围地区,让共和国卫队向巴格达南部移动的命令是个"致命的错误"。因为"当他们移动时,共和国卫队成为美军战机攻击的目标"。

因此,信息战的应用主要是为了决策机构获得精确可靠的情报,占领绝对的信息优势,并以此作为战争筹划的主要因素之一,它是直接服务于作战决策的。信息战可独立为一种作战样式,但是只有配合传统的火力战和机动战,才能快速发挥出最大的综合作战效力,达到战争的直接目的。

3. 关于信息战的几点思考

1) 精确打击:武器装备变革的核心和发展重点

现代高技术和信息技术是武器装备更新的动力。由于军事信息技术的大量使用,已使今天的进攻武器装备的精确打击能力大为提高。人们已经看到这样一个不可磨灭的事实,那就是精确打击武器装备已成为未来信息战中争取主动、取得胜利的主要的战斗力和战场打击手段。正是由于信息技术的发展和信息技术与精确打击的紧密结合才有了我们所说的信息化战争。由此我们应当明确:精确打击武器装备反映了当代武器装备发展的方向,尤其是未来十年一些高技术武器加快了由试验场向实战场的转化,这是信息时代的必然产物,是信息技术的进步并在战争中大量使用的结果。21世纪的战争精确化趋势日益明显,前美陆军参谋长戈登·沙利文上将指出:"速度和精度正在逐渐成为战场上起支配作用的重要因素"。今天精确打击能力已成为衡量军队现代化建设和战斗力水平的一个杠杆,是军队在未来高技术局部战争中能否取得主动权的一个主要标志。明确这一点,对加快我军武器装备的重点建设,提高战斗力有着十分重大的意义。

精确打击主要是指精确制导武器,包括制导炮弹、末敏子母弹、巡航导弹、末制导弹药、反辐射导弹等,它们采用寻的制导、遥控制导、地形匹配制导、惯性制导、反辐射制导等技术,其技术功能是能够获取和利用目标所提供的位置信息,控制或修正自己的弹道,以准确命中目标。

精确制导技术的发展已经历了三代,目前正在向灵巧型和智能型方向发展。灵巧型精确打击武器能在敌方火力网外发射。"发射后不管"、自主识别和攻击目标;智能型精确打击武器能在各种条件下,自主地选择目标和作战攻击。世界主要军事强国正在着力研究和发展更先进的精确打击武器,其中主要有:制导炸弹、巡航导弹、制导炮弹、末制导子母弹、反辐射导弹等。这些精确打击武器的开发研制,将大大提高武器系统的作战效能,彻底改变传统作战中以量取胜的观念,使武器装备的发展更加趋向于高新技术领域的全面竞争。

精确打击武器的基本特征有:①信息技术和微电脑在弹药中的起主导作用,信息技术的水平和功能制约着精确打击能力的发挥,信息技术构成了精确打击的基础;

②精确打击武器装备不是孤立的，它是一个作战信息系统，离开了信息的准确收集、处理、决策就难以发挥好的效果；③精确打击武器的高效性，精确打击强调目标的准确性和快速的机动性，因此精确打击武器装备具有科技含量高、成本高、作战效能高的特点。精确打击武器装备体系应该可以利用自己的信息装置侦测目标、识别目标、选择目标，可以选择最佳时机进行精确打击，因此我们说精确打击武器是一个控制、处理信息和弹药综合一体化的作战系统。当然，发挥精确打击武器装备的作用，也有待于人的素质的提高。现代战场上人的训练程度、精神状态、信息分析水平、智谋水平等，对发挥精确打击武器装备的作用有着十分重要的意义。

发展我军精确打击能力武器装备是未来十年武器装备发展的当务之急。从当前世界军事形势发展来看，发达国家的武器装备重点致力于精确打击能力的提高，加快组建信息化军队。他们的目的都是为了争夺 21 世纪战场主动权。21 世纪我们所面临的是用信息化武器装备起来的强大敌人，如果我们现在由于种种原因还没有注重或者放松对精确打击武器的研制，那么就会在 21 世纪扩大与发达国家在武器装备上的差距，战场上就可能遭到较大的损失。

贯彻落实中央军事委员会的战略方针，立足打赢下一世纪高技术条件下的局部战争，我们必须尽快掌握一两项精确制导技术，大力发展精确制导的相关支撑技术。根据"有所为、有所不为"的思想，遵循有限发展、重点投入、联合攻关的方针，争取在未来十年中精确武器装备发展有决定意义上的突破。

（1）建设有限规模的精确制导武器作战系统。建立精确打击武器装备系统代表着 21 世纪武器装备体系的发展方向，但我军近期最可行和最有效的途径，就是要利用已有的武器装备的成果，根据我国现有的技术水平和能力，建立一支有限规模的、在武器装备体系上足以和敌人抗衡的精确打击武器装备系统，以便在关键时刻集中使用于特定地区，形成局部优势，以获取一定的威慑力和局部的战斗能力。从"军事需求"分析，我军所面临的高技术局部战争主要是着眼于本土和近海防御的需要，为维护祖国统一、捍卫国家安全而进行的正义战争。武器装备体系建设应重点在局部地区的某一方向和一定时期之内形成优势。为此，我们一定要发展有限规模的精确制导武器系统。该系统的支撑技术和研究内容包括动力与推进技术、探测技术、微电子技术、光学传感技术四大领域，具体研究内容有超音速燃烧冲压发动机技术，AIP 技术，推力矢量技术，新型固体推进剂技术；光、电、声等探测系统，自动目标识别，一体化电子设备与探测系统；超大规模集成电路技术，微波毫米波单片集成电路技术；长波和红外成像制导、毫米波制导、高分辨率雷达制导和复合制导等技术。

（2）由于上述系统涉及技术项目多、技术复杂，尤其是大部分仍处于不成熟阶段，因此要在短期有所突破，就必须结合我国的实际，重点发展、重点投入和联合攻关。我国目前正处于社会主义市场经济大发展的时期，各方面的经济建设都面临着资金不足这一共同的问题，但是面对未来十年高技术武器装备的发展，加速精确打击武器装备系统是关系到国家安危的刻不容缓的重大问题，不能等靠。在这种情况下，唯一正确的选择是牢固树立效益观念，精打细算，尽可能地避免不应有的损失和浪费，力求以最少的时间、最低的物质消耗，取得精确打击武器装备系统发展的最佳效果，为此我们要加快科研的步伐，重点选择一两项直接促成具有威慑力的精确打击武器装备系统的技术研究项目。仅就制导技术来看，在现有研究的基础上，如激光技术、末敏子母弹技术、长波和红外成像技术、毫米波技术、高分辨率雷达等技术中首选一项，作为攻关的重点。一旦项目论证确定，就应遵循下列基本原则：①重点投入，在经费上予以保证。改变目前分散研究、多项投入、"各自为战"的局面。②加快组织计划管理。可由总装组织专门班子，协调国内现有的研究科技人员，就精确打击武器装备体系的技术问题共同协作，互相支援，联合攻关。③注重实用性，发挥已有的优势。充分利用现有的中远程导弹的成熟技术，将弹头智能化、数字化。重点提高我国已有的中远程导弹的弹头模块化、抗干扰、智能化方面的改进。④发展我军的精确打击武器装备要走自己的路，要以自力更生为主，引进国外先进技术为辅，进行创新的超越式发展。在搞好基础支撑技术的研究前提下，抓住关键技术和重点逐步配套。

2）信息战并不是取得战争胜利的决定因素

从海湾战争以来，人们关于信息化战争的讨论和研究一直抱有极大的热忱，不断渲染信息战在作战中的主导性地位，甚至有人认为信息战在现代战争中起到了决定性的作用。如美国在发动伊拉克战争前夕，其国内就有舆论认为只用一两枚电磁炸弹就可以消灭萨达姆，并导致迅速取得胜利。稍有科技和军事常识的人都能看出来，这是一种不切合当代战争实际的"唯信息战"的观点。必须承认信息战在当代战争中不可或缺。战争前后和战争中不断获取敌情、我情、地形、天候、社情、民情等信息是绝对必要的。这是古今中外无数次军事斗争都印证的常规，是任何军事家都非常重视的环节。由于大量运用信息技术和信息装备在战场上的投入，使得战争双方在信息领域的争夺异常激烈。"知己知彼，百战不殆"，拥有大量的优质信息，对于战争的筹划部署起着举足轻重的作用，使信息优势的一方在某个阶段占据有利态势。

但是，也应该清醒地认识到，信息战不是万能的。随着科技的进步，使用先进信息装备和技术获取有关信息，压制敌方的信息装备和技术，使其不能发挥效能，是一种新的作战样式和过程。这种作战方式虽然可以独立进行，也可以伴随整个战争的全部过程。它在许多时候可以起到关键性的作用，甚至是决定性的作用，但信息战仍然是辅助的作战形式。这是战争的基本目的和信息战的基本作用所决定的。战争的目的是多种多样的，但都离不开控制这一行为。而控制，并不仅仅包含对信息的控制，更多的是对空间、地域、人员，以及对自然资源、生产资源、市场、社会和政权的控制。

在战场上夺取了制信息权，只是控制了信息领域，并不是控制了物质存在的空间。不在物质空间进行的战斗不是决定性的战斗，没有物质存在的占领不是决定性的占领。这就是在信息化战争的今天，美军在有绝对信息优势的情况下，为什么必须出兵控制科索沃，为什么要派特种部队与反"塔利班"的联盟合作控制阿富汗的城市和乡镇，为什么必须在伊拉克发动地面战役的最终答案。

3）信息战有时也是一把双刃剑

利用信息战可以在一段时间搞乱一个国家的经济信息体系，但对于已经融入世界经济体系的国家来说，这样的混乱不仅对这个国家的经济带来沉重的打击，而且对与其保持密切经济关系的其他国家同样也是一场灾难。20 世纪末以来发生的墨西哥经济危机、亚洲金融危机和全球经济危机都说明，在全球化的经济进程中，经济链条中的任何一环出了问题，都将对整个经济链产生负面影响。

使用信息战破坏一个国家的经济运行，肯定比用炸弹、炮弹等能量型损伤武器所造成的影响大得多，它可能导致整个国家的银行系统，证券、债券、期货交易系统，商品流通系统，保险系统等全面瘫痪，造成市场的混乱和信用的崩溃。然而这样的结果固然破坏了一个国家的经济，但对其他国家也没有带来什么任何好处。试想，在这个国家里的外商企业能逃脱这样的厄运吗？与这个国家有千丝万缕经济联系的其他国家能不受到影响吗？这个国家支付能力的缺失显然会给其他国家带来损失。依赖这个国家市场的商品，投入这个国家的资本，依赖这个国家的商品和资本的其他国家市场，都难逃经济灾难。

4）灵活应对信息战威胁

我国的工业基础较之欧美强国仍显薄弱，信息化建设更是任重而道远。面对技术发达国家的军队，我军队的装备技术水平还有相当大的一段距离。对于信息弱势一方，除了要大力发展先进技术和装备，更要加大以弱敌强的战法研究。重点是要突出与信息强势国家和潜在对手作战的对策研究，把作战对手搞透，把自己情况搞透。尤其在信息化战争环境下，注意指战员的规范行为，依靠信息而不受制于信息。

信息弱势只是从整体信息战实力上的弱势，并不意味着信息装备毫无利用价值。在 1999 年的科索沃战争中，南联盟防空部队就是使用相对老式的防空导弹和高炮，将不可一世的 F-117A 隐形飞机击落，极大鼓舞了南联盟军民的士气。尺有所短，寸有所长。信息强势的一方最担心什么？由于过分相信和依赖信息技术，最担心的是不能获取对方的真实信息或对方没有信息。抓住这个弱点，我们可以将在抗战时期常用的"麻雀战"加以发挥，利用大量的、简单的、便宜的、带有一定编码的各种频率和形式的无线电发射机模仿雷达、电台、导航仪和电子战装备等去欺骗、干扰对方的信息系统，达到隐真示假的目的。

另外，处理信息战威胁，特别是对付进攻者将信息战作为攻击的主要武器需要采取其他灵活方法。在大多数情况下是不可能对民用信息基础设施建立起完全可靠的防御。但是应该有可能通过正式或非正式的政府与民用系统间的合作网络向大众发出出现威胁的警报，从而阻止发生"廉价杀伤"的情况。对于关键性的军事通信线路和计算机系统，或许可以建立起坚固的"点防御"，通过其他措施来击退侵犯者。例如，这些措施可能包括将关键的计算机与外部网络采取物理隔离，使用硬件和软件安全系统，这些系统虽然可能对于商业使用过于昂贵或不方便使用，但对于重要的国防系统来说是十分必要的。这些措施需要对硬件和软件进行不断的更新，在某些情况下，甚至应该成为最敏感的系统建立专门的线路。当然，由于防御与威慑目的在信息战中同样难以达成，保护最重要的信息系统的最佳战略可能就是隐形了——即对这类信息系统进行保密，这样它也就不会成为攻击的目标了。当然，秘密的信息系统是不得已而为之的一种选择，从另外一种角度看，这种系统很可能成为费用昂贵、效率低下，不便使用的系统。

值得一提的是，如果敌方在信息领域确实有着非常明显的优势，在已无其他有效手段对抗其优势时，甚至可以采用全频谱干扰，或击毁其通信卫星等手段，在电磁空间与其同归于尽，未来信息战同样是不择手段的战争。

思　考　题

9-1　如何理解战争是政治的继续？

9-2　科技对战争有哪些影响？

9-3　什么是信息战？信息战的特点是什么？

9-4　争夺未来战争的制高点表现在哪些方面？

9-5　科技发展最终能制止战争吗？

参 考 文 献

奥汉隆 M. 2001. 高科技与新军事革命 [M]. 王振西译. 北京：新华出版社

贝尔纳 J D. 2003. 科学的社会功能 [M]. 陈体芳译. 桂林：广西师范大学出版社

刁生富. 2001. 大科学时代科学家的社会责任 [J]. 自然辩证法研究，(7)：54.

何亚平. 1990. 科学社会学教程 [M]. 杭州：浙江大学出版社

黄基秉，袁力，董庆佳. 2007. 加强科学文化传播促进社会文明和谐 [J]. 西华大学学报（哲学社会科学版），
    26（6）：70～91.

黄顺基等. 1991. 科学技术哲学引论 [M]. 北京：中国人民大学出版社

教育部社政司. 1991. 自然辩证法概论 [M]. 北京：高等教育出版社

军事科学院外国军事研究部. 2003. 新世纪美国军事转型计划——美国转型"路线图"文件汇编 [M]. 北京：军
    事科学出版社

邝小军. 2009. 科学与社会交换过程中的科学体制化 [J]. 科协论坛，(9)：181.

李醒民. 2007. 论科学文化及其特性 [J]. 科学文化评论，(4)：72.

刘彬，张亚娜. 2002. 大科学时代对默顿规范的再认识 [J]. 中国农业大学学报（社会科学版），(4)：59～62.

刘戟锋. 2006. 国防科技发展战略 [M]. 北京：军事谊文出版社

刘涛，陈省平，罗轶. 2005. 大科学研究的现状及其发展趋势 [J]. 科技进步与对策，22（1）：5.

路甬祥. 2005. 应全面理解科学技术是第一生产力的科学内涵 [J]. 中国科学院院刊，20（2）：163.

孟建伟. 2009. 论科学文化 [J]. 中国科学基金，23（2）：89.

默顿 R K. 1982. 十七世纪英国的科学、技术与社会 [M]. 范岱年等译. 成都：四川人民出版社

默顿 R K. 2003. 科学社会学：理论与经验研究 [M]. 北京：商务印书馆

齐曼 J. 1985. 知识的力量——科学的社会范畴 [M]. 上海：上海科学技术出版社

尚智丛. 2008. 科学社会学：方法与理论基础 [M]，北京：高等教育出版社

申丹娜. 2009. 大科学与小科学的争论评述 [J]. 科学技术与辩证法，26（1）：101.

沈禄赓，林淑华. 1999. 科学社会学引论 [M]. 北京：北京广播学院出版社

孙宝寅. 1997. 科技传播导论 [M]. 北京：清华大学出版社

王英. 2009. 科学社会学兴起的历史考察 [J]. 科学·经济·社会，1：85.

温熙森，匡兴华. 1995. 国防科学技术论 [M]. 长沙：国防科技大学出版社

熊志军. 2004. 试论小科学与大科学的关系 [J]. 科学学与科学技术管理，25（12）：5～8.

解世雄. 2007. 论科学文化的基本特征 [J]. 科学学研究，(8)：615.

尹琴容. 2005. 现代科技革命与社会发展动力问题 [J]. 郧阳师范高等专科学校学报，25（5）：61.

张碧晖，王平. 1990. 科学社会学 [M]. 北京：人民出版社

张玉玲. 2005. 科学文化：当代中国科学传播的核心内容 [J]. 河南大学学报（自然科学版），35（3）：123～126.

周建明. 2006. 美国的国防转型及其对中国的影响 [M]. 济南：山东人民出版社

后　记

　　科学从一般意义上说也包含了技术。虽然科学与技术有明显的区别，从严格的意义上讲，对社会的经济、军事、教育、卫生、娱乐等方面产生直接影响的也是技术，科学的社会功能主要也通过技术表现出来，但很多学者最初研究科学社会学基本上是在广泛意义上来使用科学概念的，如贝尔纳的《科学的社会功能》一书，不仅论述了科学与贸易、科学与工业的关系，而且也论述了科学与文化、科学与战争的关系。今天大科学观的出现，更是给予了"科学"更加广泛的内涵。

　　在科学社会学的研究中，有的学者将科学社会学研究问题分为两类：一是科学内部的社会学，二是科学与外部关系的社会学问题，即科学的外部社会学。科学内部的有关问题包括科学的主体、科学的内部规范、科学共同体的形成、科学共同体的分层与结构、科学的奖励与评价体系等，而科学的外部社会学则研究科学与政治、经济、文化、军事、宗教等社会诸因素之间的关系。正是由于该门学科涉及内容广泛，众多学者从不同的视角去审视、研究科学与社会的问题，因此，出现了许多版本的科学社会学。国防科技是科学系统中的重要组成部分，国防科技的发展不仅促进了军事装备的变革和更新换代，而且对社会产生了深刻的影响，同样社会诸因素也会作用于国防科技的发展。本书的独特之处就在于阐述了国防军事技术与社会之间的关系，当然作者也只是在这方面作了初步的探索，为的是抛砖引玉。

　　我们结合教学的需要和学生的特点，收集和引用了科学社会学的资料，并结合自己的研究编著了这本《科学社会学》。本书可作为科学社会学的教学用书，也可作为科学社会学工作者学习研究的参考用书。在本书编撰过程中参考和引用了众多科学社会学领域专家和学者们的研究成果，没有前辈们的研究就不会有本书的问世，在此向该领域的前辈们表示敬意。另外，由衷感谢科技哲学研究领域的著名学者、我的师长朱亚宗教授为本书撰写了序；我的同事盖立阁在项目申报和大纲讨论中给予了支持、协助，方超、高萍两位研究生撰写了本书第三章和第九章的初稿，借此机会，谨向他们表示谢意！

　　本书的出版得到了国防科技大学研究生院和人文管理学院的大力支持和资助，在此真诚地感谢组织给予的支持！

高嘉社

2011 年 3 月于长沙